人と文化の探究 ⑫

斎藤茂吉　悩める精神病医の眼差し

小泉博明 著

ミネルヴァ書房

斎藤茂吉　悩める精神病医の眼差し

目次

■カバー・写真協力／藤田三男編集事務所

序章　病者への眼差し

1　病者への眼差しとは

人間は誰もが苦しみ悩む存在であり、まさに「病む者」であるともいえよう。ところが、現代は無病息災を切望する健康至上主義（ヘルシズム）の傾向にあり、街には健康食品が満ち溢れ、抗菌グッズにより無菌状態へ、さらには臭いも絶たれ、無臭状態へ近づこうとしている。これは健康であることと正常であることを、ほぼ同一の如く考えているからである。しかし、人間は厳密に検査し、診断すればするほど、基準値を逸脱する数値が検出され、要注意となり、場合によっては異常と診断され病気となるのである。このように、数値だけで診ると病気をもたない者は誰もいないのであり、完璧に健康な人間などいないということになる。人間は、たとえ今健康であったとしても常に病気になる可能性をもち、一病息災ともいうべき病気と共にある存在であることを忘れているようである。また、医者は病気を診るが、病人を診ないともいう。これは、フーコーが『臨床医学の誕生』で指摘するように、医者は「どうしたのですか」という質問の代わりに「どこが工合がわるいのですか」という質問へと転換していったのである。(1) 医者が、病気を「全身に関わるもの」から、人間の身体は「機械のようにいくつもの部品で構成されているもの」と見なす眼差しへと変化したということである。このように、健康が正常であり、病気が異常であると考える無病息災の枠組みは、病気への否定的な眼差し、病気への差別や排除へとつながる可能性があるのである。

ところで、私たちは誰もが「高齢者」「障がい者」「末期患者」となる可能性がある。高齢者となれば、足腰も弱くなり、眼や耳の機能も衰え、歯も抜けるようになる。要するに、身体が不自由になり「障がい者」となるわけである。さらには、誰もが「末期患者」となり、臨終を迎えることになる。換言すれば、人間とは「老い」「障がい」「死」を〈包むもの〉なのである。また、人間とは病気を〈包むもの〉であり、あるいは、健康とは病気を〈包むもの〉ともいえよう。まさに、健康と病気は一如であり、別の言い方をすれば「健康即病気」「病気即健康」ともいえるのではないだろうか。このような発想に立たなければ、病者への偏見、差別、排除を取り除くことはできないのではないだろうか。

また、健康や病気に対する眼差しや態度は、普段は意識していないメンタリティに根ざすものであり、日本人の健康観や病気観、さらには生死《しょうじ》観へと通底するものである。同時に、人が病み、死に直面した時に、その人がどのように病気と向き合ったかを見ることで、その人の人間性の本質が顕在化するのである。

医学の急速な進歩により、不治といわれた病気も治癒できるようになった。しかし、今なお病気に対する過大な恐怖心や偏見から、病者を差別し排除することから起こる人権侵害がある。エイズをはじめ、ペスト、コレラ、ハンセン病、精神病などに対する差別や排除がこれに当たる。また、病者だけではなく、その家族に対しても、払拭しがたい社会的烙印（スティグマ）が押されてきた。近代以前には、病者と共に暮らす病者のアジール（不可侵の聖なる場所）があったにもかかわらず、近代医学の名のもとに、ハンセン病や精神病者を囲い込むこと、即ち隔離をすることによって、病者を異常な者とし排除するようになった。

さて、斎藤茂吉（一八八二～一九五三）は、高名な歌人でありながら、精神病医でもあった。本書では、精神病医としての茂吉を通して、とくに戦前における精神病者に対する差別や排除という否定的な眼差しを、歴史的な経過をたどりながら検証していく。そして、病者への差別や排除の実態を直視し、茂吉が病者に対しどのような眼差しを向けたかを考察する。また、茂吉自らの病気や老いの諸相から、茂吉の病気観や生死観を探究する。このような精神病者に対する時代の諸相と、病者と共に生きることについても考察するものである。なお、ここでいう「共に生きる」あるいは「共生」とは、当然のことながら馴れ合いによる安易な妥協を指すものではなく、緊張と対立の中で豊かな関係をつくりあげていくものである。そして茂吉が、病者に対しどのように寄り添い、どのような眼差しで、場合によっては病者と一如の精神で、精神病医として臨床医として、その責務を全うしたかを検証するものである。

2　日本における精神病と精神病院

ヨーロッパにおける産業革命と同じく、明治維新における「近代化」という大きな社会変動は、人々の価値観を転換させ、人間の精神構造にまで変革をもたらした。よって、それまでは「狐憑き」などと呼ばれる「憑依性精神病」が代表的であったが、その変革に適応できない人の中には、精神病となる者もいた。

日本は幕末に、不平等な条約を締結させられた。日本の近代化は、対等な条約を締結するために、上からの急速な改革によって断行されたのであった。医療や医学に関しても、西洋医学に基づく近代化、欧米化が推進され、衛生国家の確立を目指したのであった。そのために、病者を衆人から隠蔽するために、病者の隔離政策が実行された。それは、病者を治療し、救済することよりも、日本が衛生国家であることの体裁を国外に見せるための装置であった。市街地の路上に病者、貧者、浮浪者などが生活しているようでは、近代国家である資格がなく、欧米と対等な条約が締結できないのであった。したがって、精神病者は精神病院（現在では精神科病院）へ隔離する必要があったが、予算的にもすべての精神病者を隔離することができないので、私宅監置という劣悪な「座敷牢」を容認することとなった。

ここで、近代における日本の精神病を取り巻く状況を俯瞰することにする。まず、明治初期に二つの公立精神病院が設立された。その歴史的な経過を見ると、一八七五（明治八）年、京都の南禅寺に、日本で最初の公立精神病院である京都癲狂院《てんきょういん》が開院した。しかし、わずか七年という短期間で、財政難から民間に譲渡された。その後は、禅林寺（永観堂）に移され、私立京都癲狂院となり、その後は医師の川越新四郎に継承され、現在も左京区浄土寺馬場町で川越病院として診療を続けている。

東京府癲狂院は、一八七三（明治六）年に上野に開院した救貧的病院施設である養育院の中に、狂人室が付設されたことを嚆矢とする。一八七九（明治十二）年に養育院が神田に移転すると、その跡地に癲狂院が設立された。一八八一（明治十四）年に、癲狂院は向ヶ丘（本郷区東片町一番地）へ移転する。そして、一八八六（明治十九）年には巣鴨（小石川区巣鴨駕籠町四十一番地）に再び移転した。同年には、東京帝国大学医科大学にようやく精神病学講座が置かれ、一八八七（明治二十）年になると、巣鴨病院内に東京帝国大学医科大学精神病学教室が置かれた。本来ならば、東京帝国大学医科大学附属病院に精神科の病室を置くべきだが、反対運動により置くことができなかったのである。これは、精神病者への否定的な眼差しの一例である。以後、医長は東京帝国大学医科大学精神科教授が兼任することとなり、榊俶《はじめ》（一八五七～九七）が就任した。一八八九年には榊医長らの提案で癲狂院の「狂」の字をはずすこととし、東京府巣鴨病院と改称した。榊医長が若くして病没すると、呉《くれ》秀三（一八六六～一九三二）が一時的に医長となったが、留学したため、法医学教授の片山國嘉《くによし》（一八五五～一九三一）が医長となった。一九〇一（明治三十四）年には、呉が帰国し再び医長となり、一九〇四（明治三十七）年からは院長となった。

呉秀三は、当時の拘禁的医療に対して改革を断行した。それは「イギリスのコノリーの提唱にはじまる無拘束主義を導入して拘束具の廃止に努力することになる。これによって病室の構造・職員教育・看護システムなどがはかられ、病院は大きく近代化されることになった」[2]という。今までの治療は、手枷、鎖、拘束衣を使用した前近代的なもので、旧式の催眠麻酔剤が用いられていた。東京府巣鴨病院は、増築し拡張もされたが、市街地であったため、一九一九（大正八）年に東京市郊外の荏原郡松沢村上北沢へ移転し、東京府立松沢病院となった。その後現在の都立松沢病院に引き継がれている。

斎藤茂吉は、東京帝国大学医科大学を卒業した後、一九一一（明治四十四）年二月から、東京府巣鴨病院へ東京帝国大学医科大学副手兼研究生として勤務し、呉秀三教授、三宅鑛一《こういち》助教授の許で精神医学を専攻した。茂吉が二十九歳の時のことであった。同年七月には東京府巣鴨病院医員となり、翌年には助手に昇任した。そして、一九一七（大正六）年一月に、医科大学助手並びに巣鴨病院医員を退職した。ちなみに、この巣鴨病院時代の一九一三（大正二）年に第一歌集『赤光』を出版し、歌人として脚光を浴び歌壇に認められた。このように茂吉は、巣鴨病院において呉秀三が精神病の治療や精神病院への改革を断行していた渦中に身を置いていたことを確認しておかなければならない。

さて、私立精神病院を見ると、一八七八（明治十一）年に、東京の本郷区に加藤照業《てるあき》が開設した加藤瘋癲病院が開院した。一八九八（明治三十一）年に、失火により全焼し六名の焼死者が出たことで、残念なことに廃院となった。一八七九（明治十二）年には、東京の根岸に渡辺道純《みちずみ》によって癲狂病院が開院し、翌年には根岸病院と名前を変え、現在では東京都府中市にある根岸病院となっている。一九〇三（明治三十六）年から作業療法を試み、一九〇六（明治三十九）年には「森田療法の創始者となる森田正馬《まさたけ》（一八七四〜一九三八）が顧問として就任し、院内における作業療法は一段と整備されることになった」[3]という。その後も、東京以外にも、一八八四（明治十七）年に京都の岩倉大雲寺境内の茶屋にはじまる岩倉癲狂院などの開設が続いた。なお、呉秀三の『我邦ニ於ケル精神病ニ関スル最近ノ施設』(4)には、全国の精神病院の沿革が記されており、中には病院縮尺図も挿入されている。

そして、一九〇〇（明治三十三）年に、日本で最初の精神医療に関する法律である精神病者監護法が成立し、体裁上は欧米に追いついたこととなる。この法律が成立するに当たっては、人々へ精神病者への関心を集めた「相馬事件」(5)が大きな要因となっている。さて、同法第一条には「精神病者ハ其ノ後見人配偶者又ハ四親等内ノ親族ニ於テ之ヲ監護スルノ義務ヲ負フ」とある。これは、法的に精神病者の私宅監置を容認するもので、私宅監置ができない場合のみ、精神病院への収容と隔離となる。病者に対する公的な精神医療を後退させるものである。同法第九条には「公私立精神病院及公私立病院ノ精神病室ハ行政庁ニ許可ヲ受クルニ非サレハ之ヲ使用スルコトヲ得ス」とある。これは公立精神病院だけではなく、私立精神病院も、警察および内務省の監督下に置かれるということである。精神病が医療ではなく、治安によって管理されることを意味するものである。とくに、精神病者が逃走すると、近隣の住民が不安となるために、安寧秩序という公安を保持することが優先されたのである。この精神病者監護法は、戦後の一九五〇（昭和二十五）年に精神衛生法が施行されるまで、半世紀にわたって日本における唯一の精神病院に関する法律であった。しかし、公立精神病院の不足が引き続いたので、政府はこの打開策として一九一九（大正八）年に精神病院法を公布した。その中で、内務省衛生局は代用精神病院制度を実施した。この制度は、私立精神病院であっても、一定の基準を満たせば国庫から補助金を給付し、公立精神病院と同程度の病院と見なし、公立精神病院の不足を私立精神病院で代用するという、「お手軽な」精神医療政策であった。代用精神病院に指定されると、病者一人当たりの計算で委託費が給付される。私立精神病院にとっては、代用精神病院に指定されれば、安定した病院経営が可能となったのである。代用精神病院に指定されるために必要な基準が設けられたが、これは今まで精神病院に必要な公的な基準が曖昧なままであったことを明確にした。一九二〇（大正九）年に、東京では加命堂脳病院（亀戸）、戸山脳病院（牛込）、青山脳病院、根岸病院（下谷）、王子脳病院（西ヶ原）、保養院（西巣鴨）、井村病院（幡ヶ谷）が代用精神病院に指定された。ここで注意すべきは、青山脳病院（東京市赤坂区青山南町五丁目八十一番地）は、茂吉の養父紀一が創設し、院長を務めた病院であり、後に茂吉が院長となったということである。一九〇三（明治三十六）年に設立された青山脳病院は、瀟洒《しょうしゃ》な洋風建築で耳目を集めたが、一九二四（大正十三）年に火災で焼失し、一九二六（大正十五）年に郊外の荏原郡松沢村松原（世田谷区松原）へ移転した。一九四五（昭和二十）年には東京都に移譲された後に空襲で焼失した。その後は都立梅ヶ丘病院となっていたが閉院した。

さて、呉秀三は『我邦ニ於ケル精神病ニ関スル最近ノ施設』において、当時の施設を「精神病学ヲ教授研究スル設備」と「精神病者ヲ収容マタハ処置スル設備」の二つに分類した。前者は大学病院精神病学教室に当たり、後者は「甲、官公立精神病者収容所」「乙、私立精神病院」「丙、白痴教養所」「丁、医療上ノ目的ニアラザル精神病者収容所」を挙げている。後者の丁は、寺院や神社などの宗教的な施設で、読経、滝、水行、参籠などによる治療を行っている。小俣和一郎は「こうしたアジール的施設の多くは、明治の近代国家によって『病院』として公認されるだけの条件を欠いていた」が、「そこで行われてきた精神病の治療が、すべて無意味で価値の無いもの(7)」ではないという。このようなアジール的施設が、明治期になって消滅したのではなく、精神病院の役割を補完し、戦後まで引き継がれていた事実も見逃してはならない。

昭和期における精神病院の施設数は、菅修の『本邦ニ於ケル精神病者竝ビニ之ニ近接セル精神異常者ニ関スル調査(8)』にある。一九三五（昭和十）年十二月三十一日時点で、精神病院は百四十二院（朝鮮二、台湾二、満州一を含む）であった。公立九院に、私立百三十三院であり、私立病院が圧倒的に多かった。また、定員は公立が二千四百二十四人、私立が一万六千七百五十五人で合計一万九千百七十九人である。東京には十七院があり、公立は東京府松沢病院で、代用に指定された病院は九院ある。その中に青山脳病院（世田谷区松原町四丁目三百番地）があり、定員が三百九十六名で、院長に斎藤茂吉の名前がある。また、昭和期になり軍部の台頭と戦争が激しくなるにつれ、兵士の精神障害も顕著になった。その対策として、軍人専用の衛戍病院にも精神病室が置かれるようになったが、呉秀三によれば、明治末年に八十三あった衛戍病院の中で、わずか二十四の病院に精神病室を付設したにすぎなかった。(9) そこで、「衛戍病院に付設された精神科とは別に、もっぱら軍人の精神障害を治療するための独立した精神病院が新設されることになった。東京・小平の武蔵療養所および千葉・誉田の下総療養所(10)」である。戦争末期の空襲では、多くの精神病院も罹災した。青山脳病院も、東京都に移譲してすぐに空襲で焼失した。さらに、戦争末期には食糧難により多くの精神病者が餓死したことも忘れてはならない。

さて、ここで注意すべきは、精神病者に対する近代国家の衛生観や健康観など、国の政策に対する批判的な考察だけではなく、当時の一般の人々の精神病者への眼差しに対する検討である。まさに、精神病者や精神病院の置かれた頃の時代精神を読み取らねばならない。例えば、茂吉の歌には「狂人守」「狂院」「狂人」「瘋癲院」などの言葉が使用されている。現代においては差別語であるが、この言葉の使用をもって、茂吉を批判し、差別に対する意識が欠如していたと断ずることが正当であろうか。歌人として高名な茂吉を代表にしてスケープゴートとする批判といわざるをえない。他の高名な文学者や、マスコミ報道はどうであったかも問われるべきである。時代精神を無視した、現今に迎合した議論であってはならない。むしろ、社会全体の精神病者への否定的な眼差しこそ糾弾されるべきである。

このように本書は、茂吉の医学生、臨床医、医学教育者、研究者、そして病院院長という経歴を回顧しながら、精神病医であった茂吉を通して、病者への眼差しを探究するものである。そして、精神病医としての茂吉の存在があればこそ、歌人としての茂吉の存在が、さらに大きなものとして光り輝くのではないだろうか。

注

（1）ミシェル・フーコー『臨床医学の誕生』みすず書房、一九六九年、一五ページ。

（2）小俣和一郎『精神病院の起源　近代編』太田出版、二〇〇〇年、三〇ページ。

（3）同書、四二ページ。

（4）岡田靖雄によれば「癲狂者が大雲寺でうけた治療は、毎日本堂での念仏に参加する、境内の井戸からくみあげた〝香水〟をのむ、智弁谷から水をひいた滝垢離場での灌水、などである」（『日本精神科医療史』医学書院、二〇〇二年、九三ページ）という。なお、岩倉は日本のゲールとも呼ばれている。ベルギーのゲールは、中世から精神病者の巡礼地として有名である。

（5）呉秀三『我邦ニ於ケル精神病ニ関スル最近ノ施設』精神医学古典叢書一三、創造出版、二〇〇三年。一九〇七（明治四十）年に「東京医学会二十五周年記念誌」第二輯に所載されたものを復刻。

（6）お家騒動の一つである。旧中村藩主の相馬誠胤《ともたね》が統合失調症と推定される症状で、自宅に監禁され、後に加藤瘋癲病院や東京府癲狂院に入院した。一八八三年に、旧藩士の錦織剛清《にしごりたけきよ》が、相馬の症状に疑義をもち、家族による不当な監禁であるとし、家令の志賀直道（志賀直哉の祖父）らを告発した。一八八七年には、錦織は相馬が入院している東京府癲狂院に侵入し相馬の身柄を確保した。その後、錦織は家宅侵入罪で禁固処分となる。一八九二年に相馬が病死すると、錦織は毒殺であるとし、相馬家を告訴し、遺体を発掘し毒殺説を裏付けようとする。結果は、死因が毒殺とは判定できなかった。一八九五年に、錦織が相馬家より誣告罪で訴えられ、有罪が確定する（岡田靖雄、前掲書、一三四～一三八ページを参照）。

（7）小俣和一郎、前掲書、六二ページ。

（8）東京都立松沢病院一三〇周年記念事業後援会編『東京都立松沢病院一三〇周年記念業績選集一九一五―一九五五――わが国精神医学の源流を辿る』日本評論社、二〇〇九年、所収、菅修『本邦ニ於ケル精神病者竝ビニ之ニ近接セル精神異常者ニ関スル調査』の附録「精神病者竝ビニ之ニ近接セル精神異常者ニ対スル施設名簿」二九四～二九七ページ。

（9）呉秀三、前掲書、九九～一〇一ページ。

（10）小俣和一郎、前掲書、七三ページ。

第一章　東京帝国大学医科大学時代

1　東京帝国大学医科大学

斎藤茂吉は、長崎医学専門学校教授の時に、恩師である呉秀三の東京帝国大学医科大学在職二十五周年を記念し、賀歌を作成した。正式には「芳渓呉秀三先生大学教授莅《り》職二十五年賀詞倣正抒心緒詞（仏足石詞体）二十五章」と題し、記念文集第四輯に掲載された。二十五周年を祝して、仏足石歌二十五首を作成したのであるが、その中に次の歌がある。

しきしまのやまとにしてはわが君や師のきみなれや Pinel《ピネル》 Conolly《コノリ》 は外《とつ》くににして
霊枢に狂といふともわがどちは狂とな云ひそと宣《のち》しけるらし病むひとのため
中学の四級生にてありけむか精神啓徴をわれは買ひにき小川まちにて

（『つゆじも』「賀歌」大正十年）

ピネル（一七四五〜一八二六）は、精神医学上において、フランスで精神病者を鉄鎖より解放し自由にし、拘束を加えずに治療する方法を実施したという。小俣和一郎は「ピネルによる有名な鎖からの解放は、世界最初のものだったとは到底言い難い。[1]」と批判的ではあるが、精神病者の鎖からの解放を実践したことは事実であり、その名を馳せている。イギリスでは、コノリ（一七九四〜一八六六）が一八三九年に、保護衣その他の拘束用具を使用しない無拘束の運動を推進した。そして、彼らに続き「しきしまのやまと」では、恩師である呉秀三が精神病者の手枷、足枷の使用を禁じ、作業療法や開放性を組織的に始めたのであった。茂吉は呉秀三を、ピネルやコノリを継承し、精神病院を収容目的の監禁から、病者中心の治療病院へと転換を図った精神病医として讃仰したのであった。しかも自らも、その系譜を引き継ぐ精神病医なのである。呉秀三が院長であった東京府巣鴨病院の講堂には、石版画のピネルの肖像が掛かっていた。なお、「霊枢」とは中国の古典医書『霊枢経』のことである。

呉秀三は「精神病ノ名義ニ就キテ」の中で、「余ハ昨年中精神病学ノ一著作即チ精神病診察法ヲ公ケニスルヲ機会トシテ癲狂ノ文字ヲ我精神病学ノ名義中ヨリ駆逐スルコトニ決定シテ之ヲ試ミタルガ(2)」と論じ、精神病の病名から「狂」の文字を駆逐した。茂吉が東京帝国大学医科大学精神病学教室へ入った頃には、病名から「狂」の文字は削られていた。その状況について茂吉は、「呉秀三先生を憶ふ」で次のようにいう。

私が教室に入つたころには、もはや病名から、「狂」の文字は除かれてゐた。従来、躁鬱狂と謂はれてゐたものが躁鬱病となり、早発癡狂と謂はれていたものが早発性癡呆となり、緊張狂が緊張病、破瓜狂が破瓜病、麻痺狂が麻痺性癡呆となり、なほ従来「狂」の字を以てあらはしてゐたところを、精神病或は精神障礙といふ文字を以て代へるやうになつてゐた。此は全く呉先生の見識に本づくものであつて、欧羅巴の先進国といへどもまだ此の挙に出でてゐないのである。中華民国は概ね呉学派を伝へたから、やはり「狂」の字を除いて記載するやうになつてゐる。おもふに病名は精神病学の基礎をなすものの一つであるから、本邦精神病学の建立のうへからいけば「狂」文字の問題といへども重大な意義が存じてゐるのである。(3)

ところが岡田靖雄は、茂吉の歌に「狂人」「狂院」などが使用されていると指摘し、「かれは、その問題点をしりながら、精神病医であるよりは、『狂人』、『狂院』は歌へののりがよいと、歌人であることをえらんだのである。

榊、呉がするどくいだいた差別問題への意識をかれはかいていたというしかあるまい。[4]」と批判している。しかし、今なお、陰で差別的な表現が使用されている現状がある。むしろ、茂吉が、精神病者や精神病院のことを、短歌の題材として取り上げることで、精神病医である茂吉が慈愛の精神で、精神病者に寄り添い、温かな眼差しを向けたことが、読み取れるのである。

次に「精神啓徴」とは、呉秀三が著した『脳髄生理精神啓徴』のことであり、茂吉が開成中学四級生の時に神田小川町通りの古書店でみつけ、購入した時の回想がある。茂吉は「呉秀三先生」で次のようにいう。

学校の課程が済むと、小川町どほりから、神保町どほりを経て、九段近くまでの古本屋をのぞくのが楽しみで、日の暮れがたに浅草三筋町の家に帰るのであった。ある日小川町通の古本屋で「精神啓徴」と題簽《せん》した書物を買って、めずらしさうにひろひ読みしたことを今想起する。（略）「精神啓徴」は呉先生がいまだ大学生であったころに書かれたもので、初版は明治二十二年九月廿日の刊行である。（略）「精神啓徴」は脳髄生理から出発して形而上学の諸問題に触れ精神の本態に言及されたものであるが、（略）荘厳簡浄の文体からなってゐるので、いまだ少年であった私がいたく感動して、著者である呉先生の名を今でもよくおぼえてゐることは、極めて自然的な心の過程であったやうな気がしてならない。[5]

このように、仏足石歌三首を以てして、精神医学者呉秀三の病者への温かな眼差しと、呉秀三と斎藤茂吉との宿縁ともいうべき師弟関係と、先生への敬慕の念とが収斂されているのである。

さて、茂吉は一九〇五（明治三十八）年六月十九日から二十五日まで第一高等学校の卒業試験を受けた。この成績の結果は重要で、進学先が成績順に東京大学、京都大学、九州大学となる。七月五日の卒業式では、医科六十四名中十五番の成績で卒業し、東京帝国大学医科大学への進学が決定した。そして、卒業目前の七月一日に、茂吉は正式に斎藤家の婿養子として入籍したのであった。養父紀一は四十六歳、幼妻てる子は十一歳、紀一の長男である西洋は五歳であった。ここに、茂吉の精神病医への運命は決定づけられたのであった。

そして、東京帝国大学医科大学の授業が同年九月十一日より始まった。それは、前年二月に始まった日露戦争も終わった直後で、ポーツマス講和会議の不満が爆発し、日比谷焼き打事件があった頃である。友人の渡辺幸造宛、同年九月二十日付書簡では、入学時における医科大学の授業などの状況を次のようにいう。

学校はトウ〳〵十一日より初まり申候高等学校とチガヒ教授連が少しも休まず候、僅か三時間か時によりては四時間の筆記に候へども小生にとりては大変な仕事の様で疲れてシマイ候家にかへりて毎日寝てばかり居り候昨今は雨ふりて少しは善くなり候未だ帽子も買はず服も作らず毎日何も冠らずにテクテク通ひ居れども誰も叱るものもなく此だけは何より気楽に候正月頃に相成り候はゞ帽子も買ひ服も作り一ツ写真にでもとりて御目にかけ申すべく候。ダンダン寒くなりて気も落着き書物見るのがシンミリといたす時が来るならんと思ひ居り候が今の処は何分にも元気つかず筆記の直しも下読もせざればドンドン進む解剖の名前（イヤな羅テン語に候）は益々分からなく相成申候、ソレに席をとるために皆が早く行くゆゑ近目の小生も早くユカネバナラズコレニハ又一困ナンに御座候。[6]

どうも茂吉の一途な性格と、要領の悪さが伝わってくるような内容である。同年十一月五日付、渡辺幸造宛の書簡では次のようにいう。

教室の善い処をとるために皆の競争が大シタものに候近い処に居るものは飯くはぬ内に行って帳面を置いて来るので候。赤門が開かない前から行って待って居るとの事に候、小生弱行にて恥かしけれどトテモ左様もする事出来ずさればとて近眼にて誠に困る仕末なれば友に御頼み申して置き候（略）解剖は少しも分らず候へども感心にも毎日毎日行って居り候マダ一度も休んだ事御座なく候御安心願ひ上候。[7]

また、一九〇六（明治三十九）年十一月七日付、渡辺幸造宛の書簡では「皆々が試験の順備《ママ》に忙がはしき様子に御座候、小生近頃先輩に試験の問題を貸して呉れる様に頼み候処、モー人に貸したとの事にて、早き人は夏休み前にすべ（ママ）に借りたる人も多きとの事にて今頃ではすでに遅いと忠告をうけ申候(8)」とあり、さらに一九〇七（明治四十）年一月二十一日付、渡辺幸造宛の書簡では「ソレに試験の用意何にも手がついて居らず明日小林兄を訪ひて用意の方法をきいて来る処に候、今まであまり呑気して居た故五月になりてから困る事ならむと存ぜられ候(9)」とある。

同年、七月二十四日付、渡辺幸造宛の書簡では次のようにいう。

試験中は度々小生の体の事を御心配下され御かげにて病気もせずに受け申候成績は甚だマヅクして面目なき次第に御座候番号は遊ぶので有名なる小林兄よりワルク御座候、これも頭ガわるい為めかもしれずとあきらめ申候、試験休み中は毎日内科と外科の方に通ひ居り見物だけいたし居り申候(10)。

このように、教室での座席の確保、試験対策など、事前準備が不十分な茂吉の要領の悪さが目立つ。しかし、不器用で愚直ともいえる融通のなさ、そこが人間茂吉の魅力でもあるのである。

その後、同年十月三日付、渡辺幸造宛の書簡では次のようにいう。三年生に進級して、臨床の授業を受けるようになった。

拝啓、久しく御無沙汰してしまひ申候青山から毎日電車で学校にゆき居り申候実地が初まり候処悲しい事には小生にも何にも分らず困って居り候その中には何か分る時が来るだろうと自惚れて居り候何時まで自惚れて居る事やら小生近頃は馬鹿だといふ事を分った様な気がいたし候今夜から一ツ診断学を勉強して見べく決心いたし申候ドレ位勉強したならばドレ位進歩するかを見たくおもひ居り候、今日橋本助教授から叱られ申候ソレは胃をも検診せずして胃カタルと診断いたしたる処如何にも馬鹿に候(11)。

さらに同級生である村山達三の「大学時代の茂吉」には、茂吉の性格が見事に記されている。

学生時代の斎藤茂吉は當時守谷姓で卒業間近に改姓されたのである。君は初め筒ぽ袖の和服を着て居た。仲間からゴールデンバットを一本けろや、けろや（呉れよ）と貰ってるのを覚えて居る。（略）君のノートは文字が一つ一つ孤立して兎糞の様に丹念克明に書いてあった。学生時代から小形の手帳を持って居て自分で興味を覚えた事項を記入する事とした。これは晩年迄続いたのであった。

君は剽軽でトボケて居りユーモラスで朗かであったから仲間から親しまれて居た。人の話をききながら目をつぶる癖もあった。君は當時から感心居士であり感激居士であった。

巣鴨病院に精神病の臨床講義があり、時時出かけた。ガタ馬車が多分春日町から巣鴨に通って居た。それを利用し白山に出て今の駕籠町附近にあった巣鴨病院に通ふのであった。その帰途白山下の馬肉屋に立寄る事も合った。要するに君はむしろ平凡な目立たない方であった。(12)

級友による茂吉の性格判断は、かなり的確であり後年も変わらない。山形弁で押し通し、剽軽でユーモアに富むが、ノートを克明に記す几帳面さがある。通常は穏和であるが、ある一点に関して「感心居士」や「感激居士」となり、激情的になるのである。この激情的な性格は、歌人としての論争のエネルギーとなったり、あるいは家人に対しては雷を落としたりすることも少なからずあったが、病者に対しては忍耐強く、剽軽でユーモアに富む性格で、対応したのであった。

さて、医科大学の諸先生はドイツへ留学し、ドイツ流の医学を身につけた人たちであった。藤岡武雄は「青山胤通、三浦謹之助、入沢達吉、佐藤三吉、三浦守治、山極勝三郎、片山國嘉、呉秀三ら各先生に、その指導を色々とうけ（略）とくに呉秀三先生には、卒業後も精神病学教室の助手として親しく薫陶をうけた(13)」という。呉先生の授業については、「呉秀三先生」で次のようにいう。

明治三十九年七月はじめから法医学教室の講堂で先生の心理学講義があって、七月十一日に終了した。その時私ははじめて先生の講義を聴いたのであった。また先生の助手として森田正馬《まさたけ》さんなどが、その席に居て、私は西洋語の綴方を訊ねたりした。私は医科大学の二年生にならうとして居り、父上が独逸から帰って精神病学として立って居たのであるから私が先生の門に入る機縁はそのあたりから形成されてゐたのである。私は学生として先生の講筵に出席してゐる間に精神病学集要・精神病学要略・精神病鑑定例・精神病検診録・精神病診察法等の書物を知り傍ら柵《しがらみ》草紙の文章や医学雑誌（中外医事新報）に連載された徳川時代の医学といふ論文などを読んで見たりした(14)。

岡田靖雄によれば、『精神病学集要』は日本で三番目の、しかも本格的なものとしては最初の精神病学の教科書である。この要約本が『精神病学要略』である。『精神病鑑定例』は、全四十五例が収録されている。『精神病検診録』『精神病診察法』は、病床日誌のフォーマットと診察・検査項目、方法を並べたものという。なお、この心理学講義は呉教授が随意科目として毎年六月末から二十時間の予定で開講されたものである。聴講生は医科大学全体から募集し、大学生以外の聴講も許可する自由講義の嚆矢であった。助手の森田正馬は、後に日本独自の精神療法である森田療法を始めた(15)。

また、呉先生の精神病学講義は第四学年の配当科目であった。「精神医学教室ノ歴史」には、次のようにある。

呉教授時代ニ講義ハ前時代ト同ジク医科大学第四学年級学生ニ課セラレタルモノニシテ、同学年ノ三学期ヲ通ジテ一年間一週二回火曜及ビ土曜日二時間宛（午後三時内至五時）ナリキ。殊ニ最初ハ火曜日ニ学説講義ヲナシ、金曜日ニハ臨牀講義ヲナスコト前代ノ通リナリシガ。明治四十年以来ハ二回トモ臨牀講義トナシテ学説講義ハ只僅ニ時々コレニ加ヘラレタルノミナリキ。当時ノ臨牀講義ハ東京巣鴨病院講堂ニテ行ハレ、学説講義ノミガ大学ノ法医学教室又ハ病理学教室乃至ハ衛生学教室ニテ行ハレタリ(16)。

茂吉は、四年生となり、後に勤務することになる巣鴨病院へ、臨床講義を受講するために行った。臨床講義には、精神病者が教室に呼ばれていた。少し後になるが、茂吉が巣鴨病院助手の時の写真を見ると、呉教授の授業の傍らには、三人の精神病者が立ち並んでおり、その一人は大礼服姿で髭を蓄えた、かの有名な葦原将軍（葦原金次郎）[17]である。

養父紀一が青山脳病院を経営しているため、茂吉は卒業後も呉秀三の門下生として、精神病学を研鑽するべき宿縁にあり、自らも覚悟を決めていた。そして、勉学に精励し卒業試験を残すのみとなった。

しかし、茂吉は卒業試験を前に腸チフスに罹り、卒業試験を受験できず、翌年に卒業試験に合格した。医学生百三十二人中、百三十一番で卒業したのであった。一九〇九（明治四十二）年六月三十日に、四十度近い高熱を出し、八月末まで床に就いた。一時は本復したかに見えたが、十一月初めに再発し、十二月二十八日まで日本赤十字病院に入院し、生死を彷徨するような状況であった。当時を回想し、茂吉は「僕の隣室では入って来る者が死んで、僕のいるうち三人ばかり死んだ。消毒するフォルマリンのにおいが僕の室にも少し漏れてきたりなどした。けれども幸いに僕は生きて毎日たべ物のことばかり思っていた」（『思出す事ども』[18]）という。茂吉は、隣室の病者が死亡し、生命の危機にさらされている状況で、幼少時代に食べた、ほうき草の実が無性に食べたくなった。無常の風が吹いた病者となり、死が間近に迫ったことは、生死を超越した無生法忍の境地に到るような貴重な体験であり、医者となる茂吉にとって今後に生かされる財産となったともいえよう。その後体力が恢復し、大学へ登校できるようになったのは、翌年の五月二日のことであった。

2　呉秀三先生

呉秀三（一八六五～一九三二）は、洋学者箕作阮甫《みつくりげんぽ》の外孫で、一八九〇（明治二十三）年に帝国大学医科大学を卒業した。卒業後は、榊俶教授の精神病学教室へ入り、医科大学助手および巣鴨病院医員となった。その後、医科大学助教授となり、一八九七（明治三十）年から一九〇一（明治三十四）年に、オーストリア、ドイツに留学し、オーベルシュタイネル（H. Orbersteiner）からは神経解剖学を、クレペリン（E. Kraepelin）からは新しい精神病学の体系を、ニスル（F. Nissl）からは神経細胞染色法を学んだ。また、多くの精神病院を見学し、開放的な病院経営の理念を受け継いだ。また、岡田靖雄は「呉は歴史への関心がふかく、史学に転向しようとの志さえいだいていた。学生時代におなじく広島県人の富士川游とであい、のちにともに日本の医史学をきりひらいていくことになる。[19]」という。呉には、『シーボルト伝』など多くの研究成果が残されている。

茂吉の「呉秀三先生を憶ふ」は、呉秀三の一周忌に当たり刊行された『呉秀三小伝[20]』に収録されたものである。この書は、小伝、家系図、年譜、著書および論文、三宅鑛一をはじめとする門下生諸家の追悼文により構成されるもので、呉博士伝記編纂会編となるものである。茂吉は、そこで「先生は大学教授として純学者的活動のほかに、東京府巣鴨病院院長として臨床医家、精神病学普及のための講演説話、精神病者に対する法律の制定、社会医学としての予防救済方面等、その活動せられた内容がいかにも範囲広汎規模宏大であった。そして其等の各領域は先生の優秀な後継者優秀な門下生等によって華をひらき実を結ぶに到ってゐる[21]」という。また、茂吉は呉秀三の病者への眼差しを次のようにいう。

私は東京府巣鴨病院院長としての先生に接して、常に先生の態度に『道』を見たのであった。そのことは嘗ても云った。先生の精神病者に対せられた態度は、いかにも自然で、無理なき流露で寧ろ楽んで居られるのではあるまいかとおもはれるほどであった。益軒の語に『君子の楽はまよひなくして心をやしなふ』といふのがある。先生の態度はいつも精神病者と同化し、そこに寸毫も『まよひ』のかげがなかったごとくであった。私が入局したころは、病院の患者一般に烟草を喫せしめなかった。それだから、職員一般も烟草を喫してはわるいといふのである。私などは後架に入り喫烟して先生から見つかったことなどもあった。この禁烟の院則のごと

きも先生の面目を発揮した一例として伝ふべきものではなかろうか。(22)

呉は患者本位の医療を徹底したのである。インフォームド・コンセントやセカンド・オピニオンなどがようやく叫ばれるようになった現在と比較すれば、圧倒的に医者のパターナリズムが横行していた時である。ましてや、「座敷牢」に患者が隔離された時代であった。医者と患者の関係は、まさに垂直関係で、医者の指示は絶対的で、「黙って、私（医者）に任せろ」という図式であり、それが当然のことであった。専門的な知識のない、素人の患者が、医者に何ら質問もできないような状況であった。そのような状況下、呉は精神病者と同化し、楽しんでいたというのである。

また、茂吉が医科大学在学中である一九〇六（明治三十九）年の『日本ニ於ケル精神病学ノ日乗』の記事を見ると、呉秀三らの提唱により、ようやく医科大学に精神病科の設置が決定されたのであった。

一月　呉博士は「精神病学的国家及社会問題」を発布し、医科大学及医学校に此科の講座を置くこと、医師開業試験に此科目を加ふること及び我邦に精神病院設置の必要を高唱す。

二月二十七日　第二十二回帝国議会に於て衆議院議員山根正次・江原素六より医学校に精神病科設置に関する建議案を提出し、官立医学校に精神病科研究を完全にするに適当なる設備をなし、又文部省医術開業試験に此学科を置かんことを政府に向ひ所望したり。

三月十七日　此建議案は修正可決せられ、直に政府に提出せられたり。其原案及修正案左の如し。

原案。精神病ハ人生ヲシテ無意義ニ終ラシムルモノナリ。故ニ文明各国ニ於テハ本病ノ研究ハ最慎重周密ニシテ、其治療ハ国家的社会的ニ施行セラレルモノタリ。（略）(23)

このように、茂吉が医学生の頃は、精神医学が医科大学に正式に設置されたものではなく、まして医師開業試験に精神医学の科目を加え、精神病院の設置を訴えるような現状であった。

その後、呉秀三は一九一〇（明治四十三）年から一九一六（大正五）年にかけて、東京帝国大学医科大学精神病学教室の教室員に、一府十四県の三百六十四に及ぶ私宅監置を調査させ、百五例を選び、呉の意見と批判を入れ、一九一八（大正七）年に『精神病者私宅監置ノ実況及ビ其統計的観察』[24]として報告した。私宅監置とは、一九〇〇（明治三十三）年に公布された精神病者監護法に基づき、行政庁の許可のもと、私宅に一室を設けて、精神病者を監護することをいうが、その実態は監禁であった。当時の精神病者の数は十四万から十五万人、官公私立の精神病院入院患者数は五千人で、その他は私宅監置か神社寺院などでの民間療法に頼っていた。呉は、私宅監置されている精神病者の悲惨な状況を調査し、報告したのであった。

3　斎藤紀一と青山脳病院

紀一といえば、精神病者に対し頭に聴診器を当てて、「アッ、ここが悪い」と叫び、「ウン、これは頭の中が相当くさっとる」という。そして「心配しないでよろしい。このクスリを飲めばくさったところはキレイに治る」と付言するエピソードがある。[25]

養父である紀一の斎藤家と、茂吉の実家である守谷家とは、山形県南村山郡金瓶《かなかめ》村にあり、両家は複雑な血縁関係にあった。紀一は、喜一郎であったが改名した名前である。紀一は山形医学校を卒業後に上京し、済生学舎に学び、医学開業試験に合格し、一八八八（明治二十一）年十二月に埼玉県大宮で医業に就いた。この地で、青木ひさ（後に勝子）と結婚し、一八九一（明治二十四）年には浅草区東三筋町五十四番地に移り浅草医院を開業した。その後、神田和泉町には東都病院を経営した。一九〇〇（明治三十三）年になると精神病者監護法が公布された。藤岡武雄は、紀一が精神病医となり、精神病院の経営を行った理由を次のようにいう。

東京市からの委託患者をあずかれば、全額市からその費用が支払われた。新しがりやの紀一はこの法案に刺激されて早速、精神病研究のため、明治三十三年十一月十七日、欧州へ留学するのである。ベルリン大学、ハレ大学で脳神経精神及び脊髄病学を修め、ドクトル・メジチーネの学位をうけて三十六年一月二十四日に帰国した。帰国すると直ちに神田和泉町の東都病院を脳病院として改修し帝国脳病院と名づけた。

紀一が脳病院経営に志ざしたのは、前記の通り市から委託患者をあずかればその費用が支払われ、その上、長期の療養を要するため病室はあくことも少なく、患者の浮動性がない。死亡してもうらまれずにすむ、日に一度回診すればそれでよく待遇が悪くてもそう文句も出ないといった利点に着目したからである。(26)

進取の精神に富む紀一が、新しい医療分野に着目したことは事実である。後には、郷里山形県選出の衆議院議員となり政治家としても活躍した。とはいえ、紀一が医は仁術よりも算術と考えただけであろうか。それは、紀一の社会への貢献に対し厳しすぎる評価といえよう。むしろ、茂吉がいうように精神病医は「感謝せられざる医者」であり、精神病者への差別、偏見のある時代に、精神病院を経営しようとする医者は少なかった。そのような状況下で紀一の高潔な志であると、素直に受け取ってもよいのではなかろうか。岡田靖雄は紀一の性格を「肩書きがズラリならんでいる。気のおおい活動家だったことがわかる。女性関係も派手で、(略)病とまではいかなくても、派手ずきで、事業欲・行動欲がつよく、交際がひろく、前をみても後ろをふりむかない性質をもちつづける人を、軽躁者というが、紀一は軽躁者といってよいだろう」(27)という。茂吉の妻のてる子も紀一の性質を継承し、上回るほどであるともいう。このような紀一の性格は、いささか大風呂敷を広げるが、医者として、とくに精神病医としての特性を十分に発揮できるものであった。

一九〇三(明治三十六)年八月三十一日には、赤坂区青山南町五丁目で青山脳病院を経営するようになった。当初は二千七百六十坪の土地を一万五千円で購入し、建坪二百五十坪の建築を始めた。その後一九〇四(明治三十七)

年に第二期工事、一九〇五（明治三十八）年に第三期増設工事、第四期、第五期と続き、病院の完成は一九〇七（明治四十）年九月のことであった。威容を誇る総煉瓦、ローマ式の建築で、この紀一好みの「ローマ式建築」のために、十万円の経費をつぎ込んだ私立病院であった。

呉秀三の『我邦ニ於ケル精神病ニ関スル最近ノ施設』（明治四十年）の「私立精神病院」によれば、次のようにある。

> （十七）青山病院（東京市赤坂区青山南町五丁目八十一番地）ハ明治三十六年八月三十一日斎藤紀一ノ創立セルモノニシテ三十八年五月中脳病院ヲ新築シ地坪参千六百三十五坪建坪一千百五十六坪三合六勺（内二階二百二十坪）病室数三十二棟百四十六室収容定数二百五十人収容現数百八十人（男百十女七十）職員医員九名薬局員五名事務員七名看護人九十名（男二十五、女六十五）院長斎藤紀一ノ事歴ハ前ニ既ニ掲出セリ本院医員中ハ先ニ医学士古川栄アリ（三九—四二）後ニ医学士田澤秀四郎同望月温象医学博士石川貞吉等アリ田澤ハ四十年十一月新任四十二年一月乃至四十三年九月其院長ノ任ニ當リ居タリ望月ハ四十二年ヨリ四十四年マテ在職シ石川ハ四十四年一月ヨリ目下猶ホ在職ス(28)

縮尺が六百分の一の平面図(29)を見ると、病院は第一区から第八区と、新設区よりなる。第二区と第三区は二階建てである。病室以外には、診療所、治療室、院長室、医局員室、薬局、薬局員室、患者控室、看護長室、看護人室、応接室、事務室などの他に、娯楽室、玉突場、図書室、酒保、炊事場、物置及倉庫、職員住室などがある。また鎮静室（即隔離室）や伝染病室、消毒所、屍室などもある。

なお、全国二十六病院の中で、東京府にあった私立精神病院は、同書によれば、（五）加命堂脳病院（東京府南葛飾郡亀戸村）、（六）根岸病院（東京市下谷区下根岸町）、（十二）東京脳病院（東京府北豊島郡瀧川村大字田端）、（十三）戸山脳病院（東京市牛込区若松町）、（十四）王子精神病院（東京府北豊島郡瀧野川村西ヶ原）、（十五）保養院（東京府下北豊島郡巣鴨村大字巣鴨）、（二十）井村病院（東京府豊多摩郡代々幡村幡ヶ谷）、（廿二）大久保山田病院（東京府豊多摩郡淀橋町大字柏木）と青山病院の併せて九か所であった。

青山脳病院とは、青山病院と神田から移した帝国脳病院を併せた病院の呼称である。当時は、精神病院とは別に、脳病院があり、神経衰弱など軽い精神疾患に対応する、「脳病科」の病院のことであった。「帝国脳病院・青山病院案内」(30)により、その実情をうかがい知ることができる。

診察料　弐円、処方箋五円、診断書壱円以上十五円迄。
往診料　東京市内五円以上、十円迄。東京府下拾円以上弐拾五円迄。地方五十円以上百円迄。（略）貧窮者ナルトキハ特別往診ヲ為スコトアルベシ。
入院料　特等参円五拾銭、壱等弐円五拾銭、弐等壱円七十五銭、参等壱円、四等七十五銭。院内ニ看護婦アリテ看護一切ノ事ニ従事スト雖モ病状ニ依リ時ニ附添看護人ヲ請求セラル丶トキハ其傭使料トシテ一日金四拾銭以上金七拾五銭迄ヲ以テ之ニ応スベシ。患者ノ訪問者ニ於テ食膳ヲ要スルトキハ一食並膳金十五銭中膳弐拾銭上膳参拾銭又ハ宿泊ノ夜具ヲ要スルトキハ一組ニ付一日並金五銭中金拾銭上金拾五銭ヲ申受ク。入院証書ニハ三銭収入印紙貼用。

そして、「本院之設備」を読むと、紀一が精魂を傾けて建設した、ローマ建設の威容の一端を見ることができる。その説明のごく一部を記す。

玄関　六間十二間大ナル玄関ニシテ入口ニハ蝋石ノ四本立柱ニシテ上部ハ美麗ニ彫刻シタル青石ヲ以テシ下台ハ花崗石及黒蝋石ヲ磨上ケ美麗ニシテ光沢アル（略）
天井　白亜ニテ塗リ其周囲ハギブスニテ彫刻シタル花模様及唐草状ノ装飾トス室ノ入口及窓ノ部ハ青石ニテ菊花及西洋花ヲ彫刻シタル木形ヲ附シ（略）

その他に、「プラットホーム式椽側」「珊瑚室及明鏡室」「時計塔」などの説明があり、「中央部」の中で次のようにいう。

帝国脳病院ト青山病院トハ同邸内ニ設立アリ只脳神経及脊髄病患者ト精神病患者ノ病室ヲ区別スルノミニシテ院長始メ一般職員ハ同一ナリ、青山病院ノ精神病患者ノ病室ヲ区別シテ男室女室軽症室及安静室トシ此建物ハ独乙国ニ於テ最モ嶄新ニシテ完備セルニーテレーベンノ精神病院ヲ模型トナシ造リシモノニシテ内部ハ日本風景ヲ用ヰ病室ノ数ハ九十七ニシテ一室六畳ヨリ大ナルハ五十五畳敷窓ハ二個以上戸ハ障子床ノ高サ三尺以上天井ノ高サ九尺以上ニシテ空気光線調節尤モ衛生上注意シタルモノナリ

そして、「軽症室」「安静室」「治療浴室」「最新式安全治療浴」「緑色治療所」「蒸気消毒所」などの説明があり、最新の医療が受診できるようになっている。浴室には「鉱泉風呂電気風呂冷水風呂及水風呂及微温風呂ヲ備附ケ又滝ハ高サ二丈三尺ノ処ノ滝口ヨリ射落シ」とあり、微温の風呂に長時間入浴する持続浴も取り入れている。

紀一は、青山脳病院が軌道に乗ると、各国の脳病院の視察と医療器具購入のため一九〇八（明治四十一）年に再度外遊した。アメリカから欧州各国を巡り、一九一〇（明治四十三）年に帰国した。藤岡武雄は、紀一の性格を次のようにいう。

紀一の名誉心と野望は一応の成功をみたのである。とてつもない事業をやる人物として、好奇の眼で人々が見まもる中を彼は大手をふって自己の名誉欲を満足させていったのであるが、「はったり」とみるものも少なくなかった。

日本一大きい私立病院として噂された青山脳病院の院長である紀一は、二女てる子を女子学習院に入学させ、またときどき園遊会を開いて各界の名士を招待するなど、貴族趣味にあこがれ、彼が夢みた上流階級の生活に近づこうとしたのであった(31)。

このような紀一の大言壮語は、同僚の顰蹙を買うことも少なからずあった。経営者としての手腕を発揮した紀一に対する、羨望や嫉妬もあったであろう。また、研究者から見れば、奇異な存在であったろう。しかし、その紀一の後継者として、茂吉は期待され、その重荷を背負うこととなったことは事実である。紀一と茂吉の性格は対蹠的であり、まさに「動と静」といえよう。紀一の俗物主義的な貴族趣味と茂吉の土着性とは、大きなコントラストをなすものである。とはいえ、紀一の精神病医としての業績は大いに評価に値するものである。また紀一の娘である、てる子と茂吉が共に生活することが困難であることは、はじめから予想されるものであった。後に、青山病院は火災で焼失し、茂吉が青山病院院長となり再建するが、それは紀一流の経営ではなく、堅実な経営であり、何よりも茂吉は病者に対しては呉秀三を継承する医者であった。

茂吉は、東京帝国大学医科大学で呉秀三より精神医学を学び、卒業後には呉の指導の許で巣鴨病院の助手となる。このように呉門下生の一員となり、医者としての修行期間に、呉秀三の思想を体得する機会を得たのであった。それは、まさに患者本位の思想に立った医療であり、茂吉はこの精神を受け継いだのであった。

茂吉は、大学時代に伊藤左千夫に邂逅し入門をした。また、左千夫に伴われ、森鷗外が主宰する観潮楼歌会にも顔を出すようになった。医者になるために「骨を砕き精を濯《そそ》ぐ」ことを決意した茂吉であったが、短歌への思いは捨てがたいものであり、生きる糧であったともいえよう。茂吉にとって、医者であり文学者であった鷗外は、敬愛し憧憬すべき存在であり、理想とした存在であったのである。

当時の精神病を取り巻く状況を回顧してみよう。序章でも論じたように、日本は幕末に、不平等な条約を締結させられた。日本の近代化は、対等な条約を締結するために、上からの急速な改革が断行されたのであった。医療や医学に関しても、急速な近代化、欧米化が推進され、衛生国家を目指したのであった。そのために、病者の隔離政策が推進された。それは、病者を治療し、救済するというよりも、病者を衆人から隠蔽し、衛生国家の体裁を国外に見せるための装置であった。繁華街の路上に浮浪者や病者がいるようでは、近代国家とはいえず、対等な条約を締結する資格がないのであった。したがって、精神病者は精神病院へ隔離するものであったが、予算的にも全員の隔離ができないので、私宅監置という、劣悪な「座敷牢」が横行する結果となった。呉秀三の献身的な改革により、改善され、問題点も指摘されたが、根本的な解決への道程は未だ遠かった。茂吉は、このような渦中に身を投じたのであるが、医学生として微力ながらも、呉の思想を体現するための準備期間（モラトリアム）として過ごしたのであった。そして、呉秀三の門下生である茂吉も、場合によっては病者と同化する一如の精神をもって、精神医学者へとなったのであった。

注

（1）小俣和一郎『精神医学の歴史』（レグルス文庫二五二）第三文明社、二〇〇五年、九七ページ。
（2）岡田靖雄『精神病医　斎藤茂吉の生涯』思文閣出版、二〇〇〇年、一四四ページによれば、『神経学雑誌』第七巻一〇号、一九〇七年に所収。
（3）『斎藤茂吉全集』第六巻、岩波書店、一九七三年、一四三～一四四ページ。以下、『全集』と記す。
（4）岡田靖雄、前掲書、一四七ページ。
（5）『全集』第五巻、七〇～七九ページ。
（6）『全集』第三三巻、六八ページ。
（7）同巻、七〇ページ。
（8）同巻、一〇一ページ。
（9）同巻、一一一ページ。
（10）同巻、一一八ページ。
（11）同巻、一二〇ページ。

(12)『アララギ　斎藤茂吉追悼号』一九五三年一〇月号、二四ページ。
(13)藤岡武雄『新訂版・年譜　斎藤茂吉伝』沖積舎、一九八七年、一〇五ページ。
(14)『全集』第五巻、八二ページ。
(15)岡田靖雄、前掲書、五六ページ参照。
(16)同書、五八～五九ページ参照。
(17)葦原金次郎（一八五〇～一九三七）は、分裂病説と慢性躁病説があるが、将軍、帝と称し、勅語を書き、誇大的時事放談を行った。巣鴨病院から松沢病院へ五十六年間にわたり、「有名人」として入院した。
(18)『全集』第五巻、三三二ページ。
(19)岡田靖雄『日本精神科医療史』医学書院、二〇〇二年、一六三ページ。
(20)呉博士伝記編纂会編『呉秀三小伝』精神医学古典叢書三、創造出版、二〇〇一年。
(21)『全集』第六巻、一四三～一四七ページ。
(22)同巻、一四五ページ。
(23)樫田五郎『日本ニ於ケル精神病学ノ日乗』精神医学古典叢書一三、創造出版、二〇〇三年、二一〇ページ。
(24)呉秀三・樫田五郎『精神病者私宅監置ノ実況及ビ其統計的観察』精神医学古典叢書一、創造出版、二〇〇〇年。同書、第七章「意見」で「我邦十何万ノ精神病者ハ実ニ此病ヲ受ケタル不幸ノ外ニ、此邦ニ生レタルノ不幸ヲ重ヌルモノト云フベシ。」と精神病者の二重の不幸を論じた。
(25)斎藤茂太『精神科医三代』中公新書、一九七一年、七〇ページ参照。
(26)藤岡武雄、前掲書、一〇〇～一〇一ページ。
(27)岡田靖雄、前掲書、二〇ページ。
(28)呉秀三『我邦ニ於ケル精神病ニ関スル最近ノ施設』精神医学古典叢書一三、創造出版、二〇〇三年、一一二ページ。
(29)同書、一一二ページと一一三ページの間。
(30)斎藤茂太、前掲書、五九～六六ページ。
(31)藤岡武雄、前掲書、一〇四ページ。

第二章　巣鴨病院時代

1　茂吉と巣鴨病院

斎藤茂吉は精神病医であり、かつ高名な歌人である。茂吉が医学へ、とくに精神医学へ進学するようになったのは、前章で論じたように茂吉自らの志望というよりも、むしろ宿縁といわざるをえない。しかし、その宿縁に逆らうことなく、当時の精神病者への否定的な眼差しがある中で、医者として、あるいは院長として、その責務を誠実に、しかも無器用に全うしたのが茂吉であった。本章では、巣鴨病院の院長である呉秀三と医員であった茂吉に焦点を当て、病者への差別の諸相を考察する。

茂吉は、一八八二（明治十五）年に守谷熊次郎（後に伝右衛門を襲名）、母いくの三男として、山形県南村山郡金瓶《かなかめ》村七十三番地で生まれた。茂吉が上山《かみのやま》尋常高等小学校高等科を卒業するに当たり、遠縁に当たる医者の斎藤紀一の養子となり、進学するために上京することとなった。紀一は、その頃浅草区東三筋町五十四番地に、浅草医院を経営していたが、その時には後継者たる子どもが二人とも娘であったからである。上京の仲立ちの労をとったのは、守谷家の菩提寺である宝泉寺住職の佐原窿應《りゅうおう》であった。(1) 茂吉は、幼時より生家に隣接する宝泉寺へ出入りし、窿應から漢文や書を学んだ。また窪應は、茂吉を深く愛し、その才能を見抜き、将来は自らの後継者として養成しようと思ったほどであり、その精神的な感化は大きかった。茂吉の仏教的な素養は、まさに窪應の薫染によるものであった。(2)

十四歳となった茂吉は、一八九六(明治二十九)年八月二十八日に上京した。開成中学に入学し、その後第一高等学校、東京帝国大学医科大学へと進学し、養父紀一の期待に着実に応えた。茂吉は、東京帝国大学医科大学への入学が決定したことにより、一九〇五(明治三十八)年七月一日にようやく次女てる子(十一歳)の婿養子として入籍し、正式に斎藤家の一員になった。養父の紀一は、神田和泉町に東都病院を経営し、欧州留学後には脳病院の経営に乗り出し、東都病院を帝国脳病院とした。一九〇三(明治三十六)年八月三十一日には、赤坂区青山南町五丁目に青山脳病院を経営するようになった。同病院の完成は一九〇七(明治四十)年九月であるが、敷地二千五百六十坪、威容を誇る総煉瓦、ローマ式の建物の建築に十万円の経費をつぎ込んだ、私立病院であった。茂吉が「感謝せられざる」精神病医となり、自身の歌業を「業余のすさび」と称せざるをえなかったのは、このような背景によるものである。

茂吉は、斎藤家に入籍する少し前に、五月六日付で開成中学校以来の友人である渡辺幸造への書簡で「元来小生は医者で一生を終らねばならぬ身なれば先ず身を丈夫に(略)彼とか何とか言って金でも出来るだけモーケ父母にも安心させ、(略)今の病院を受けつげば目が廻る程多忙ならむ、斯くて小生は骨を砕き精を灑いで俗の世の俗人と相成りて終る考えにて又是非なき運命に御座候」(3)という。この書面から、これから医者として歩む人生を考える二十四歳の茂吉の、苦悩と諦念を読み取ることができる。「骨を砕き精を灑ぐ」という覚悟は、自らの運命を受容し、歌人として歩むことを断念せざるをえない悲壮感が漂うものである。このような嘆息するしかない断絶や孤立状態では、おそらく茂吉は、自らの運命を飲み込むという沈黙によってしか、この哀しみを耐えられなかったであろう。

茂吉の随筆『三筋町界隈』で、養父の紀一の医者としての人物像が書かれている。紀一が浅草医院を開業していた頃は、専門も設けずに、治療をしていたが、後に脳病院への経営に関わるようになった。

父の開業してゐた、浅草医院は、大学の先生の見離した病人が本復したなどといふ例も幾つかあって、父は浅草区内で流行医の一人になっていた。そして一つの専門に限局せずに、何でもやった。内科は無論、外科もやれば婦人科もやる、小児科もやれば耳鼻科もやるといふので、夜半に引きつけた子供の患者などは幾たりも来た。さういふ時には父は寝巻に褞袍《どてら》のままで診察をする。私もさういふ時には物珍しそうに起きて来て見てゐると、ちょっとした手当で今まで人事不省になっていた孩児《がいじ》が泣き出す、もうこれでよいなどといふと、母親が感謝して帰るといふやうなことは幾度となくあった。硝子《ガラス》を踏みつけた男が夜半に治を乞ひに来て、それがなかなか除かれずに難儀したことなどもあった。咽に魚の骨を刺して来たのを妙な毛で作った機械で除いてやって患者の老人が涙をこぼして喜んだことなどもある。まだ喉頭鏡などの発明がなかった頃であるから、余計に感謝されたわけである(4)。

少し長い引用となったが、総合診療に当たる紀一と患者の信頼関係が、よく伝わる事例である。まさに、患者から「感謝せらるる医者」の姿である。これは、紀一に限定されるものというより、東京下町の医者と患者のごく自然な人間関係を描いたものともいえよう。ところが、紀一が精神病医に転ずると、その人間関係はもろくも崩壊するのである。同じく『三筋町界隈』で次のようにいう。

そのころの開業医と患家とのあひだには、そのやうな親しみもあり徳分もあったものである。しかし父も精神科専門になってからはさういふ患家との親しみは失せた。このことは実に微妙なる関係があって、父は、「感謝せらるる医者」から「感謝せられざる医者」に転じたわけである。精神病医者といふものは、患者は無論患者の家族からも感謝せられざる医者である。[5]

このように患者だけではなく、その家族からも「感謝せられざる医者」という、当時の精神病医への否定的な眼差しがあったのである。茂吉にすれば、医者になっても、その中での選択肢はなく、精神病医という専門に進学するという暗澹たる運命でもあった。

なお、紀一が脳病院への経営に着手した理由は、まず紀一の進取の精神が挙げられよう。現実には、一九〇〇（明治三十三）年に制定された「精神病者監護法」と関連する。東京市からの委託患者を預かれば、全額その費用が東京市から支払われたのである。紀一は、この法案に刺戟されるかのように、欧州へ留学し、精神医学を学び、帰国し、脳病院を経営した。前述したが藤岡武雄は「委託患者をあずかれば、その費用が支払われ、その上長期の療養を要するため病室はあくことも少なく、患者の浮動性がない。死亡してもうらまれずにすむ、日に一度回診をすればそれでよく待遇が悪くてもそう文句も出ないといった利点に着目したからである。[6]」とまでいう。このままの理由であれば、紀一の医学は仁術ではなく、算術ということになるが、それほどまでも、精神医学への理解が人々にはなかったともいえよう。

東京帝国大学医科大学を卒業後、茂吉は巣鴨病院の医員として勤務した。まさに「感謝せられざる医者」として歩み始めたのである。茂吉の随筆『呉秀三先生』によれば、「明治四十三年十二月のすゑに卒業試問が済むと、直ぐ小石川駕籠町の東京府巣鴨病院に行き、橋健行君に導かれて先生に御目にかかった。その時三宅先生やその他の先輩にも紹介してもらった[7]」とある。より正確にいえば、一九一一（明治四十四）年二月一日に、東京帝国大学医科大学副手となり、附属病院である東京府巣鴨病院の研究生となった。呉秀三教授、三宅鑛一助教授の許で、精神医学を専攻した。同年、七月二十八日には、巣鴨病院医員となった。茂吉が二十九歳の時である。翌年の十一月十四日には東京帝国大学医科大学の助手となった。その後、一九一七（大正六）年一月三十一日まで、足かけ七年間在職したのであった。茂吉は、その後長崎医学専門学校教授に任ぜられた。

東京帝国大学医科大学附属病院には、精神科の病室がなく、臨床講義ができなかった。そこで、医科大学の榊俶教授によって、帝国大学と東京府との交渉により、一八八七（明治二十）年に東京府癲狂院の治療は医科大学が負担して、医長・医員・調剤掛を大学から派遣し、自費患者を除く患者を臨床講義に充用するとの了解が成立した。そして、榊が医長となった。癲狂院の名前は、世間が忌み嫌い、患者も入院を嫌うので、一八八九（明治二十二）年三月から病院名を東京府巣鴨病院と改めた。医長であった榊が、若くして病にたおれたため、呉秀三が一時期医長となったが、呉の留学により、帰国まで片山國嘉が医長となった。呉が一九〇一（明治三十四）年十月に帰国すると、医長に嘱託された。当時の病院正門の写真を見ると、右手には「東京府巣鴨病院」、左手には「東京帝国大学医科大学精神病学教室」という大きな看板が掲げられ、その辺の事情を物語っている。

巣鴨病院は、一八八六（明治十九）年に小石川区巣鴨駕籠町四十一番地に移転された。巣鴨病院の前身の東京府癲狂院は、本郷区東片町一番地にあったが、病院の敷地の大部分は向ヶ丘弥生町二番地であったので、向ヶ丘癲狂院と呼ばれていた。この場所は、かつての第一高等学校、現在の東京大学農学部である。さて、「東京府巣鴨病院全図」という鳥瞰図があるが、巣鴨病院は、敷地約二万三千坪、建物は木造三十棟、煉瓦造り七棟で、計約二千四百坪ある。病棟の裏には、畑、豚小屋があり、敷地の西北には老樹鬱蒼とした岩崎邸（現在の六義園）があった。その後、一九一九（大正八）年になると、巣鴨病院は荏原郡松沢村上北沢（現世田谷区上北沢）へ移転し、現在の都立松沢病院へと継承されていった。このように茂吉の在職中は、小石川区巣鴨駕籠町の巣鴨病院ということになる。

茂吉は、巣鴨病院において、「感謝せられざる医者」として、どのように病者と関わり、当時の精神病者への差別や排除に対し、どのように取り組んだのだろうか。医員になると、女子部へ配属された。その長は斎藤玉男であり、当時の院長制のもとで呉院長、三宅副院長の回診に随行し、玉男に臨床の手ほどきを受けることとなった。患者の診察の仕方、病歴や処方の書き方、体温表の付け方などの基本から教わった。茂吉が一九四八（昭和二十三）年三月に記した『回顧』(8)によれば、ドイツの文献にも見え出したルミナールという鎮静・睡眠剤が渡来したので、臨床実験を巣鴨病院でも行うこととなり、玉男の助手として、表などをつくり、新しい学問の領域へ入ることができた悦びを語っている。また、当直が大変な業務であり、新人にはその負担が大きかった。茂吉は、次のように『回顧』で述懐している。

医員となれば、当直をせねばならぬ。当直には夜の回診がある。夜のは未だ馴れないうちは気味が悪い。男の方は男の看護長、女の方は女の看護長が随行する。この全体の回診は優に一時間はかゝりかゝりした。重症などがあると、まだまだ時間を費す。そのころの有名な将軍、葦原金次郎といふ者がゐて、長い廊下の突あたりに、月琴などを携えて待って居る。さうして赤酒の処方を強要したりする。これは前例で既に黙許のすがたであったから、又気味悪くもあるから、私は彼のために赤酒の処方を書くといふ具合であった。それから医局に帰って来て、今夜必要な、患者のための睡眠薬を与へる処方を書く、看護婦長が待ってゐてそれを済ますと、長々と巣鴨病院の歴史などを話す。又巣鴨病院の慣習しきたりのことなどを話す。呉先生が未だこゝの医員であった時代のことなどを話す。なるほどさういふものであったかと感心するやうなこともあって、あとは当直室に入って寝ころぶといふ具合であった。(9)

葦原金次郎とは、「葦原将軍」と呼ばれた、有名な強度の誇大妄想を抱いた患者である。自らを「正三位勅任官勲一等左大臣葦原将軍藤原の諸味《もろみ》」と称していた。なお赤酒とは葡萄酒のことである。茂吉の医者としてのルーティンワークが、垣間見える内容である。それでは病院では、医業に専念していたかというと、『呉先生を偲ぶ夕』で次のようにいう。

私はその頃もやっぱり歌の方の道楽をしてをりました。巣鴨に勤務してゐる間にも外来診療所とか病棟の診療所などに行って歌の原稿を書いたりして居ることもありました。（略）女の病棟の診療所に行って万葉集古義をいぢって居りますと、其処へひょっこり先生が入っておいでになりました。私は勤務以外の余計な事を先生に見つけられたわけであります。私は非常に恐縮致しまして、その時は全く穴にでも入りたいやうな気持が致しました。すると先生はちょっと万葉集古義をおめくりになりましてそのままお帰りになりました。私はその後も何か御小言でもありはしないかとびくびくしておりましたが、さういふことも無しに過ぎました。[10]

茂吉は「歌の方の道楽」というが、第一歌集『赤光』を巣鴨病院に勤務していた、一九一三（大正二）年十月十五日に東雲堂書店より刊行している。「骨を砕き精を灑ぐ」という決意があったが、現実には歌人として名声を馳せるようになったのである。しかし、茂吉は医学論文を書き、その成果により博士号を取得し、青山脳病院の後継者としての十分な資格を得ることが現前にあったため、茂吉を押し潰すような強い加圧があったのである。さらに、茂吉は『回顧』で次のようにいう。

私は足掛七年巣鴨にゐて、勤続満五年の賞（風呂敷）をもそのあひだに貰った。患者の血圧も沢山しらべたし、プレクシス、ヒヨリオイデゥス[11]も切ってみたし、麻痺性癡呆の脳血管も切って見たが、何も纏めるやうなことがなくて、巣鴨を去った。さうして、眞に『医学の哲学』に入ることが出来ず、七年のあひだただ治療医学のために長い途を歩いたやうなものであった。

巣鴨病院の隣は、いはゆる岩崎の森で、岩崎氏邸は木立が鬱蒼と繁ってゐた。朝は雉子が鳴く、私は学問上の希望を失っても、その雉子の切実な声を愛した。

それから、病院の裏手には一群の豚を飼ってあった。私は昼飯の後などには、よく独りで行って、豚の交尾するのを見てゐた。学問上の待望は焼失しても、や、現実のおもしろみを解し得たごとくであった。[12]

岡田靖雄は「学問上の希望をうしなって雉子の声に涙をうかべるほど真剣に、当時のかれが精神病学にとりくんでいたか、この点は疑問である。あれだけ歌に心をうばわれていた人が、失望するほどに精神病学に力をいれたろうか。涙の源はむしろ身辺にあったのではないか[13]」と茂吉の精神病学への取り組みに対し、辛辣に批判している。確かに、精神医学の学問的な業績を、残念ながら十分に成果を挙げられず、養父紀一からの期待に反した結果ではあった。

しかし、いささか自虐的に「学問上の希望を失っても」というが、「ただ治療医学のために長い途を歩いた」というように、臨床医としての責務を誠実に履行したことも事実である。また、ここでいう『医学の哲学』とは、呉秀三が講義の時に、よく喧伝する「精神病学は医学の哲学です」を指すものである。

『回顧』では、精神医学を専攻した理由を「オヤヂがこの方の専門病院をひらいてゐたから、先ず否応なしにこの学問をやるやうに運命を賦与せられたやうなものの、顧れば、私の如きは医学をやるにしてもこの学科に学ぶやうに運命を賦与せられたといふことは幸福であったと申すべきである。[14]」茂吉晩年（六十七歳）の回顧ではあるが、精神病医としての宿縁を認めつつも、茂吉のひたむきな誠実さが滲む言葉である。そして、「幸福であった」とは、今まで歩んできた、精神病医としての自負と満足感を吐露したといえよう。

また、当時の病院の状況を物語ることとして、患者への禁煙令がある。『三筋町界隈』で、次のようにいう。

巣鴨病院に勤務してゐた時、呉院長は、患者に煙草を喫ませないのだから職員も喫ってはならぬと命令したもので、私などは隠れて便所の中で喫んだ。（略）嘗て巣鴨病院の患者の具合を見てゐると、紙を巻いて煙草のやうなつもりになって喫んでゐるものもあり、煙管をもってゐるものは、車前草などを乾してそれにつめて喫むものも居る。その態は何か哀れで為方がなかったものである。[15]

煙草は治療の一助という考えもあったが、予算逼迫の中で、公費患者への煙草支給を一時、取り止めざるをえなかったという事由である。

医者にとって担当する患者の死は避けて通れない。とくに、新任の医者にとって死は大事である。まして、精神病医にとっては、担当する患者の自殺を体験することも不可避なことなのである。

うけもちの狂人も幾たりか死にゆきて折をりあはれを感ずるかな　（『赤光』「狂人守」大正元年）

これは、茂吉が自らの担当患者の死を悼み、医者の悲痛をうたいあげたものである。茂吉は、一九三七（昭和十二）年に、『癡人の随筆』の「十二自殺憎悪」で次のようにいう。

私が巣鴨病院に勤務してゐた時にも、受持の中に幾たりか自殺者を出した。丁度明治天皇の崩御あらせられた日の朝、一人の患者が看護人の部屋から鋏を盗み出し、それで咽のところを滅茶苦茶にはさみ切ったのを、丁度当直の私が不馴れな手附で縫合したことがある。この時も家人が彼此いって難儀した。この患者は幾度も幾度も看護人の注意保護で自殺未遂に終ってゐたが、三年ばかり経ってとうとう自殺してしまった。それから、巣鴨病院で患者娯楽会のあった時、患者出入のいそがしかったほんの僅かの隙に一人の患者が便所で自殺した。呉院長は私を呼んで患家に弔問に行くやうにといふことで、私は出掛けた。（略）さてやうやくにして患者の家を見附けて、院長からの香奠などを出し、くどくどと詫びを云ったものである。然るに家人はどうかといふに鼻もひっかけない。そして香奠を私に突返して、さていふに、「いま弁護士に頼んだところですからいづれ御挨拶しませう」云々。[16]

茂吉は、このような事例はほんの一例にすぎないという。巣鴨病院時代は、職員の一員であったが、後に青山脳病院の院長となると、責任者として大変な気苦労であったという。

私はそのころ、一面は注意上の心配をすると同時に、自殺者をいつのまにか憎むやうになった。如何にしてもいまいましくて叶はない。彼等は面倒な病気を一つ持ってゐて、医者も看護人も苦心惨憺してゐるのに、なほそのうへ勝手に死んで心痛をかけるといふのが、いまいましくて叶はんのである。[17]

茂吉が、かなり「自殺憎悪症」になっていたことがうかがわれる。しかも、精神病者に限定されるものでなく、新聞の三面記事に載る自殺者に対しても、いまいましく思い、「勝手な真似をしやがる」「餘計なことをしやがる」「生意気な真似をしやがる」等という下等な言葉で批判するような心持ちになっていたという。また、これも院長になってであるが、茂吉は「フォビア・テレフォニカ」という「電話恐怖症」におちいった。一つは夜半過ぎに病院から患者自殺の報告を受けるという恐怖、もう一つは病院復興の金策に奔走した時の建築関係者からの電話による恐怖である。(18)

また、精神病医は患者から暴行を受けることも稀ではない。茂吉は一九三七(昭和十二)年刊行の『一瞬』で呉先生が患者に殴られたことを次のようにいう。

私がまだ東京府巣鴨病院の医員をしていたころ、院長の呉先生が早発性癡呆患者から頭部を打たれたことを思出した。その時は医員の助手や副手・介輔やが十余名も先生に随い、看護長が先導で廻診して廊下を通って行ったときのことであった。その患者は極めて平静な顔をし腕組などをして廊下に立っていたのだから、何一つ怪しむべき点がなかったが、先生が静かに彼のまえを通過せられるやいなや、手拳を以て先生の後頭を殴ったのであった。(19)

茂吉は、後に青山の分院で、女性患者から、一瞬にして頰を打たれた経験があった。この件に関しては、巣鴨病院内のことではないので詳細には論じないが、茂吉は医者として患者の暴力に忍耐しながら対応したのであった。家庭内では「カミナリ親父」と呼ばれ、「堪え性」ではなかったので、この対応は家人には驚愕すべき事実であった。当然ながら、茂吉は医者としての「職業倫理」に徹したのである。

また、『癡人の癡語』で、巣鴨病院について次のようにいう。

墺太利の首都、維也納の郊外に、Steinhof の大精神病院がある。これは欧羅巴を通じての第一流の精神病院の一つである。私が未だ若くて東京巣鴨の病院に勤めてゐるころまでは、東京の人々は、巣鴨！巣鴨！と云って、狂人、狂者、瘋癲、ものぐるい、くなたぶれの象徴たらしめた。維也納の者どもは、やはりSteinhof！Steinhof！といって其等のものの象徴たらしめてゐる。(20)

当時の精神病者への差別や偏見は、オーストリアのウィーンでも同様である。この一文を以てしても、洋の東西を問わないことを、物語っている。茂吉が、「感謝せられざる医者」として勤務していた巣鴨病院への、世間の眼差しも、同様なものであった。

ここで、精神病院の実況を知るには、「東京府巣鴨病院―五区患者手記」がある。一八九八（明治三十一）年十二月十六日付で、「五区二号室患者」が記したものである。五区二号とは、巣鴨病院で男の自費患者の病室である。これは茂吉が巣鴨病院に勤務する十年以上前ではあるが、参考となる。「医局」について、次のように批判している。

一、医員ハ〔極メテ怠惰〕ニシテ医長閣下回診アルトキノ外殆ント回診セシコトナシ故ニ看護人増長シテ患者ヲ虐待スルコト非常ナリ

二、患者ハ不時ノ診察ヲ請求スルモ容易ニ診察ヲ受クルコト能ハズ

三、看護人患者ヲ負傷セシムルモ黙許セルガ如キ観アルハ恰モ事実上医員ガ殺生ノ権ヲ看護人ニ与ヘタルニ等シ況シテ看護人モ殺生ノ権ヲ有スト公言シツ、患者ヲ惨酷ニ取扱ヒツ、アルニ於テハ寧ロ事実ト信ゼザルヲ得ズ(21)

医員の診療に対して、日常的に患者と接する看護人の傍若無人ぶりがうかがわれる。すべての看護人ではないだろうが、病者を人間としてケアする心のない看護人の実態があばかれている。

また『読売新聞』に、一九〇三（明治三十六）年五月六日から六月二十日まで「人類の最大暗黒界　瘋癲病院」

という表題で四十五回にわたり精神病院の現状について連載された。ここでは、七つの精神病院が取り上げられ、「府立巣鴨病院」について、九回にわたり連載された。その中に、次のような記事がある。

▲医員の不埒　宿直医事務員看護長等が薬局の酒類を盗み出して宴を開き、患者を棄て置きて踊るやら唄ふやら大乱痴戯の末、車を聯ねて板橋の遊郭へ繰り込むこと屢々なり、医員の井村忠介など先駈に飛び出す事ありと云ふ、且つ医員ハ田端の脳病院と気脈を通じて、地方の病院より添書を以て本院へ来る患者ハ、多く田端へ送り込み、為めに隔月天神の魚十、或ハ偕楽園にて田端の饗応を受け、一回の費用概ね百五六十円を下らずと云ふ。要するに本院の医員は田端の脳病院、又事務員ハ庚申塚の東京精神病院と、各自気脈を通じ居れり。[22]

その他、「事務員の横着」、「薬局員の懶惰」、「患者に対する折檻」、「葦原将軍」、「賄ひ方」の悪弊などの記事があり、これらが、すべて事実であるかどうかを検証しうるものではないが、横着、懶惰、悪弊などの言葉に集約される、当時の精神病院の惨状や問題点が辛辣に浮き彫りにされている。

茂吉は、一九三七（昭和十二）年に書いた『職業随縁』で、次のようにいう。

当時の院長は亡くなられた呉秀三先生であったが、先生は精神病者を好きにみえたほど回診なども丁寧であった。或る女の年寄であったが、その患者の娘に呉先生が手付けて、幾人も子を生ませてゐると信じてゐた。何処其処の何番地に囲って置くの、生ませた私生子の名が何と何と何といふ具合に、話が細かく具体的なので、大概の人なら釣られて半分とまでは行かずとも三分の一ぐらいは信じねばならぬといふ具合であった。患者は呉先生が患者の娘を手なづけた時の声色まで使って話すことなどもあった。さういふ雰囲気の中に勤めて来、病人ばかりでなく、病人の家人との折衝にもなかなか面倒なことがあって、段々練られて来たとも謂へるし、図太くされたとも謂へるし、世間の都雅な人々からは変人に見えるやうになるまでになってゐる。それならそれで大丈夫になったかといふに、奥には奥があってまだまだ初年兵あつかいにされることがある。[23]

院内では、突然に患者から「ヒトゴロシ！畜生」という言葉が飛び交うこともある。このように精神病医として、茂吉はかなり苦労しながら誠実に病者に対応していたのである。茂吉は患者からの罵声を浴びながらも、忍従し惻隠の心を以て、あくまでも職務を遂行したのであった。

茂吉は、医局に入っていながら、医学の勉強を疎かにし、短歌に熱中し、『アララギ』の編集に奔走していたということも否定できない。茂吉が宿直の晩になると、アララギの歌友である島木赤彦、中村憲吉をはじめ、若山牧水、北原白秋、前田夕暮、阿部次郎らが医局を訪れ、歌に関する論議だけではなく談論風発であったであろう。医者として、このような茂吉の行為が問われることも事実である。

茂吉の評伝の多くは歌人としての茂吉に焦点があるため、当然ながら巣鴨病院の患者の実況については、語られていない。このような精神病院の実況と、いわゆる世間がどのように、精神病院や精神病者を見ていたのかという視点を忘れずに、そこで、ひたむきに病者に寄り添い、働いていた精神病医である茂吉の姿を考えることが重要なのではないだろうか。しかも、茂吉は精神病医という激務の中で、歌人として、素晴らしい創作をなし、『赤光』という金字塔をたてたのである。茂吉は、少なくとも当時の医者と比較しても、「医の倫理」を十分に備えた医者であったのである。

2　茂吉と呉秀三

呉秀三は、茂吉にとっては東京帝国大学医科大学精神病学教室の指導教授であり、卒業後は巣鴨病院の院長であった。呉は、一九〇一（明治三十四）年十月三十一日に巣鴨病院の医長（後に院長）に就任すると、早速にして病院改革に着手し、患者を拘束していた手革足革の拘束具を病室に置くことを禁じ、後にこれらを廃棄処分とし、その徹底を図った。また、患者への本格的な作業療法を開始し、遊戯室を設けた。病室も改造し窓を大きく明るくし、女室には女性の看護長を置くなど、非拘束的な患者への処遇を行った。藤岡武雄は「医員、職員の服務の方法も大いに改め、患者の治療、看護、ことに教育指導のためを本位」とし、「患者の状態によっては個別に、又団体として家人、職員、医員等の付添の下に構外へ外出せしめる制度を始めた。仮出院として試みに家庭に戻らせることも呉院長の始めたことである」という。また、一九〇三（明治三十六）年には、「患者には以前から病院で支給する花色木綿の病衣を着せ、背中に丸に狂、後に丸に巣の字の印がついていたが、この年からこのような印を廃して縞の木綿に改められた(24)」という。茂吉は次のようにうたう。

大戸よりいろ一様の着物きてものぐるひの群外光にいづ　（『あらたま』「雉子」大正四年）

「狂」の字を除去したとはいえ、ノーマライゼーションとはほど遠い、患者をすぐに識別できる病衣を着せることによって、病院内に閉じ込めるという、スティグマ（社会的烙印）が付されたのであった。

岡田靖雄によれば、すでに論じたように呉は「オーストリア、ドイツに留学し、オーベルシタイネル（H. Obersteiner）からは神経解剖学を、クレペリン（E. Kraepelin）からはあたらしい精神病学の体系を、ニスル（F. Nissl）からは神経細胞染色法をまなんだ。また多くの精神病院を見学し、開放的な病院経営の理念を会得した(25)」という。

前掲の読売新聞には、当時の日本の精神医学の現状について、次のように記している。

我邦も泰西の学術を輸入してより、最も発達進歩せるハ医術なれども、精神病学に至りてハ実に幼稚なり。全国幾多の医師中指を茲に染めし者、東京医科大学教授呉秀三、同助教授榊保三郎（略）等十数名に過ぎず。普通の医師に至りてハ、我々素人と同く、精神病者に就てハ何の素養も無き者多し。されバ病の徴候、経過を診察して、患者の家族親戚に告げ、予め警戒を加ふる能はざるが為め、不幸なる惨劇を演出し、始めて精神病者たるを知るに至る事往々之あり(26)。

このように、精神科医の専門家が不足していた事実があると同時に、患者やその家族が精神病医への受診を避けようとする実態も見逃してはならない。

引き続き、前掲の読売新聞には「呉博士と東京府」という記事で、次のように呉秀三が医長となり、改革が断行され、改善されたことを記している。

兎に角本院ハ府立として瘋癲病院の模範たるべきもの、其医員ハ博士なり学士なり大学の教官なり、（略）呉博士が医長となりしより、手革足革の如き責道具を焼き払ひ、又一種の慈善会を起し、其収入金にて娯楽場を設け、体操器具三味線碁盤等を購入して、患者の精神を慰め、施療患者ハ府庁よりの仕着せのみにてハ、寒を禦ぐ能はざるが為、別に衣服を給与するなど、種々の考案を立て、幾分か博愛主義を拡充する傾向となりしが、事務員等の専横と看護人等の不親切なる、却て呉博士の所業を五月蠅がる風情あり。(27)

ここでも、看護人への批判が記されている。岡田靖雄は「人道的患者処遇が呉の理念であったが、呉をもっともなやませたのは、その人をえがたいことであった」とし、「拘束時間きわめてながく、給料は紡績女工をしたまわっていた。そこで、病院に腰をすえる看護人はわずかで、三年の教育課程をおえるのは何分の一かにすぎなかった(28)」という。このような状況下で、茂吉は呉先生の指導を受けながら、医者としての責務を果たしていたのである。

茂吉の随筆に『呉秀三先生』がある。茂吉から見た、呉の人間性が語られている。

明治四十四年一月から、いよいよ先生の門に入り専門の学問を修めることとなったのであるが、先生の回診は病室の畳のうへに据わられて、くどくどと話す精神病者の話を一時間にても二時間にても聴いて居られた。それがいかにも楽しさうで、ちっとも不自然なところがない。私は先輩の医員の後ろの方から、先生の如是態度を覗見ながら、先生の「問診」がすなわち既に「道」を楽しむの域に達しているのではなかろうかなどと思っ

たことを今想起する。(29)

さて、日本における精神病者の実態が、一九一八（大正七）年に、東京帝国大学医科大学精神病学教室の呉秀三（医学博士）と樫田五郎（医学士）が、『精神病者私宅監置ノ実況及ビ其統計的観察』を、内務省衛生局より発行したことにより明らかとなった。ここでいう私宅監置とは、一九〇〇（明治三十三）年に制定された「精神病者監護法」に基づき、行政庁の許可のもと、私宅に一室を設けて、精神病者を監護することをいう。「精神病者監護法」は、第一条で「精神病者ハ其ノ後見人配偶者四親等内ノ親族又ハ戸主ニ於テ之ヲ監護スルノ義務ヲ負フ」とする。このように、精神病者の監護義務者を定め（監護義務者不在の場合は市町村長が監護する）、精神病者を私宅、あるいは精神病院、精神病室に監置する手続き（警察を経て行政庁の許可を得る）を定めたもので、本人の保護（不法監禁の防止）および社会の保護がその目的であった。費用は被監置者、扶養義務者の負担とされた。当時、精神病院、精神病室がほとんどない状況なので、この法律は私宅監置の監督が主体となるものであった。私宅監置とは、精神病者を医療ではなく、公安的隔離監禁の対象として、それを個人の責任に負わせるものであった。精神病者は危険であり、監禁すべき存在であり、そのケアは家族が自分の費用で行うべきであるという考え方に立脚している。「監護」というが、実態としては「監禁」であり、国家が認可した劣悪な「座敷牢」と呼ぶにふさわしいものであり、日本の精神病医療の原型を見るのである。また、斎藤紀一が脳病院を経営しようとした背景が、ここにあるのである。私宅監置が廃止されたのは、戦後になって制定された一九五〇（昭和二十五）年の「精神衛生法」によってである。

呉秀三は第一章で論じたように、精神病学教室の教員を派遣して、一九一〇（明治四十三）年から一九一六（大正五）年にかけて、一府十四県で三百六十四にわたる私宅監置を調査した。呉は、この調査の中で百五例を選び、意見や批判を論じている。当時の精神病者の数は十四万から十五万人で、官公私立の精神病院入院者数は五千人で、その他は私宅監置か、神社仏閣での祈祷や、滝に打たれる療法、その他の民間療法に頼るのが実情であった。

呉は、この報告の「第六章　批判」で、監置室の状況を「全ク動物小屋ト相距ル遠カラザル如キモノモ之ヲ認ム。防寒・防暑装置ニ関シテモ、殆ド何等ノ設備ナク、寒暑・雨雪ニ際シ戸外ニ起臥スルト差シタル相違ノナキガ如キモノアリ」(30)という。

そして「之ヲ要スルニ今日ノ所謂監置室ハ即チ監禁室ニ過ギズ」「昔日ノ牢獄ニ髣髴タル構造ヲ以テシ」という。さらに「患家ヲ遇スルニ同種人類ヲ以テスルマデニシテ、纔ニ観ル人ヲシテ嫌忌ノ念ニ面ヲ掩ハシムル迄ニアラザルヲ得ルノミ。其ノ不良ナルモノニ至リテハ給養ノ薄キ、看護ノ疎ナル轉タ人ヲシテ酸鼻ノ極、惻隠ノ情ニ堪ヘザラシムルモノアリ」(31)と批判した。

続いて呉は、「第七章　意見」で、次のように現況を批判している。

我邦ニ於ケル私宅監置ノ現状ハ頗ル惨憺タルモノニシテ行政庁ノ監督ニ行キ届カザル所アルヲ知レリ。吾人ハ茲ニ重キヲ言フ。斯ノ監置室ハ速ニ之ヲ廃止スベシト。斯ノ如キ収容室ノ存在ヲ見ルハ正ニ博愛ノ道ニ戻ルモノニシテ又実ニ国家ノ詬辱ナリ。(略) 全国凡ソ十四五万ノ精神病者中、約十三四万五千人ノ同胞ハ実ニ聖代医学ノ恩沢ニ潤ハズ、国家及ビ社会ハ之ヲ放棄シテ弊履ノ如ク毫モ之ヲ顧ミズト謂フベシ。今此状況ヲ以テ之ヲ欧米文明国ノ精神病者ニ対スル国家・公共ノ制度・施設ノ整頓・完備セルニ比スレバ、実ニ霄壌月鼈ノ懸隔相違ト云ハザルベカラズ。我邦十何万ノ精神病者ハ実ニ此病ヲ受ケタルノ不幸ノ外ニ、此邦ニ生マレタル不幸ヲ重ヌルモノト云フベシ。精神病者ノ救済・保護ハ実ニ人道問題ニシテ、我邦目下ノ急務ト謂ハザルベカラズ。(32)

この一文は、日本の精神医療の遅れを批判したものとして有名なものである。八木剛平・田辺英は「前後の文脈からみてもこれは一種の檄文と解釈すべき」(33)としているが、呉秀三が今日まで精神医学において「個人的偉業」として、高く評価される所以でもある。

茂吉は『呉秀三先生を憶ふ』で、第一章でも論じたが、次のようにいう。

病名から、「狂」の文字は除かれてゐた。従来、躁鬱狂と謂はれてゐたものが躁鬱病となり、早発癡狂と謂はれていたものが早発牲癡呆となり、緊張狂が緊張病、破瓜狂が破瓜病、麻痺狂が麻痺性癡呆となり、なほ従来「狂」の字を以てあらはしてゐたところを、精神病或は精神障礙といふ文字を以て代へるやうになってゐた。(34)

しかし、茂吉の歌には「狂」「瘋癲」が、よく使われている。とりわけ、一九一二(大正元)年につくられた「狂人守」の連作が有名である。

うけもちの狂人も幾たりか死にゆきて折をりあはれを感ずるかな
かすかにてあはれなる世の相《すがた》ありこれの相《すがた》に親しみにけり
くれなゐの百日紅は咲きぬれど此《この》きやうじんはもの云はずけり
としわかき狂人守のかなしみは通草《あけび》の花の散らふかなしみ
気のふれし支那のをみなに寄り添ひて花は紅しと云ひにけるかな
このゆふべ脳病院の二階より墓地見れば花も見えにけるかな
ゆふされば青くたまりし墓みづに食血餓鬼《じきけつがき》は鳴きかゐるらむ
あはれなる百日紅の下かげに人力車《じんりき》ひとつ見えにけるかな(九月作)

(『赤光』「狂人守」大正元年)

その他にも、「狂」の文字のある歌がある。

死に近き狂人を守《も》るはかなさに己が身すらを愛《は》しとなげけり

(『赤光』「折に触れて」明治四十四年)

これは、巣鴨病院に勤務し、精神病医として覚悟をした頃の歌である。

狂院に寝てをれば夜は温るし我がまぢかくに蟾蜍は啼きたり

(『赤光』「折々の歌」大正元年)

ヒキガエルが、巣鴨病院に多く生息していたのである。また、病院の裏手では豚を飼育していた。

狂院のうらの畑の玉キャベツ豚の子どもは越えがたきかな

(『あらたま』「宿直の日」大正二年)

岡田靖雄は、茂吉は「狂」の字、さらに「瘋癲」の文字を「愛用（といってよかろう）した」とし、茂吉のうたう「狂人」「狂院」「狂人守」は「哀切の響きをもっている」としながらも、

> 要するに、かれは、その問題点をしりながら、精神病医であるよりは、「狂人」「狂院」は歌へののりがよいと、歌人であることをえらんだのである。榊、呉がするどくいだいた差別問題への意識をかれはかいていたというしかあるまい(35)。

と辛辣に、批判をしている。しかし、序章でも論じたように、皮相的な見解といえないだろうか。まず、当時の精神病への社会全体ともいうべき否定的な眼差しに対し、茂吉を引き合いに出し、茂吉は差別に対する問題意識が欠落していると断言できるものではない。新聞報道をはじめ、「狂」の字が一般的に使用されていた事実を勘案すれば、「狂人」「狂院」「狂人守」などを使用した茂吉だけに差別意識の欠落という烙印を押すのは言い過ぎである。茂吉がヨーロッパ留学中に、関東大震災が起こった。ミュンヘンで日本の新聞を見る機会を得ることができたことを、『癡人の癡語』で、次のようにいう。

> 私は新聞を見ていると、これは写真入で現世の種々相を伝えているので、私は久しぶりにこういう日本の新聞に親しめるのであったが、そのなかに、「生ける屍として牢獄に等しい狂人病室の一室」という句があった(36)。

これが、当時の新聞記事である。この表記に対し、報道機関は差別語という意識がなかったのである。

茂吉は呉秀三の精神病学教室の一員でありながら、私宅監置の調査に参加していない。これに対する批判は、茂吉は厳粛に受け止めなければならないであろう。しかし、「感謝せられざる医者」である「狂人守」として、「狂人」と同じ側に身を置いて、あるいは寄り添って、精神病者への歌をつくったからこそ、哀切の響きがあるといえる。茂吉一人に、その責めを負わせれば解決するものではない。当時の世間における精神病への否定的な眼差しは、どのようなものであったのであろうか。茂吉の歌が批判されることなく、むしろ受容されている時代の精神を十分

に読み取る必要があろう。そして、呉秀三の業績を賞讃するだけでは、問題の解決とはならないのである。さて、呉秀三の許で、茂吉は研究者として、どのような研究に取り組んでいたのであろうか。

「研究室二首」という歌がある。

をさな児の遊びにも似し我がけふも夕かたまけてひもじかりけり

屈《かが》まりて脳の切片を染めながら通草のはなをおもふなりけり

（『赤光』「折々の歌」大正元年）

これは病理組織研究室におけるものである。茂吉は、呉が欧州留学で、ニスルから学んだ神経細胞染色法を伝授され、脳片にニスル染色法を行った時のものである。茂吉は『作歌四十年』で、次のようにいう。

さて下句の、『通草のはなをおもふなりけり』は、少年の頃に親しんだ、黒みがかった紫色の通草の花をふと思出す、連想するといふのであるが、この二つの関連が緊密でないといふ議論もあり得るし、突然であるから態とらしいといふ議論もあり得るし、従って厭味に堕るといふ議論もあり得るのである。その当時はこれで好いとおもってゐたが、今となれば稍姿態が目立つやうである。併しこの関連の問題は不即不離でなかなかむづかしい。よって一概に律しがたいものがある。(37)

茂吉は、幼少時に、郷里の金瓶村に咲いていた淡紅紫色の花や、淡紫色の果実をつけた通草（アケビ）が、ニスル染色標本と同色系統であり、懐かしく思い出したのであった。「をさな児の遊びにも似し」染色の作業をしていて、脳片が染め出されて紫色となり、郷里の花が脳裏に浮かんだのである。

加藤淑子は茂吉の研究について「ワッセルマン反応に関する学会発表は行ったものの論文はまだ一篇もなく(38)」というが、後年のウィーンにおける研究「麻痺性痴呆者の脳カルテ」につながる研究を始めたことは確かである。

茂吉の長塚節宛の一九一四（大正三）年七月二十六日の書簡には次のようにいう。

今は当直の日つゞき―夏休中は医者三人づゝ交代で休むゆゑ小生は前半期の勤務で、毎日汗ばかり流し、目が廻るほど忙しいのです。（略）小生は医者の方の研究の結果は未だ一つも発表しません、これはいつも心ぐるしく思つてゐます。何とかしたいとおもひます。[39]

同年九月二十八日には、次のようにいう。

独逸と戦争などしたから、小生も遊学が出来なくなり困り居り候、今後もどうせばよろしきかと存じ居り候。何か名案御座なく候や、アララギも赤彦に専念にやってもらって、少し医学の事もやりたし、（略）正直申せば、正月以来医者の書物一ページも読みし事無之候。[40]

率直に、自らの苦衷を吐露している。優れた歌人に対し、世人は同様に優れた研究者や医者であることを期待する。しかしながら、茂吉が巣鴨病院へ入局したのは、優れた研究者になるのではなく、むしろ養父紀一が青山脳病院を経営していたので、精神医学の臨床医としての経験を積み、腕を磨くことが重要なのであった。ただし、院長の後継者としては、学位の取得がどうしても必要であり、それが、茂吉に背負わされた大きな課題であり、重圧であった。しかも、医者となっても、茂吉は歌人として創作活動に励み、さらに『アララギ』編集の責務を負っていたのである。

さて、日本の近代化は、「衛生・健康」においても、西欧に倣い、近代的な医療制度を推進することが焦眉の課題であった。精神医学においても、西欧からの移入と摂取が急速に推進されたが、精神病院の整備は十分な対応がなされなかった。ヨーロッパでは、ほとんどの精神病院が公立であるのに対し、日本では、精神病院のほとんどが民間に委ねられている状況であった。殖産興業と富国強兵を優先する近代国家は、医療や福祉を後回しにしたのであった。しかも、病者を手厚く治療し、恢復を期待するのではなく、隔離して排除するという処遇が行われたのであった。

精神医学では、呉秀三の「個人的偉業」が顕彰されるが、その後に病者への否定的な眼差しに対する変化の潮流が起こり、大きなうねりとはならなかった。むしろ、呉の理念が急速に実現化することもなく、現実には劣悪な「座敷牢」ともいうべき「私宅監置」という隔離からの病者の解放は、遅々として進まなかったといわざるをえない。茂吉が、巣鴨病院に勤務していた時期は、呉の檄文ともいうべき「此病ヲ受ケタル不幸ノ外ニ、此邦ニ生マレタル不幸ヲ重ヌルモノト云フベシ」という状況が少しも改善されない現状を念頭に置かなければならない。

また、当時の精神病者には、梅毒性の精神病に罹患した進行麻痺患者が多かったのである。細菌学の発達の中で、小俣和一郎は、「一九〇五年に至ってドイツのシャウディンとホフマンが梅毒病原菌スピロヘータ・パリーダを見出す。翌一九〇六年には、ヴァッセルマンが梅毒病原菌に対する血清診断法（いわゆるワッセルマン反応）を開発し、梅毒とそれに伴う進行麻痺の臨床的診断が一気に正確なものとなった。治療に関しても、一九一〇年にドイツのパウル・エールリヒと日本の秦佐八郎が協同してサルバルサンの合成に成功し、一躍〝特効薬〟として知られるようになる。一九一三年、日本の野口英世は、進行麻痺患者脳からはじめてスピロヘータ・パリーダを分離することに成功し、進行麻痺は脳の梅毒であることが確定した[41]」という。

茂吉の巣鴨病院時代（一九一一～一九一七）は、このように梅毒に対し、画期的な成果が得られた時期と重なりあっていた。このことは、少なからず、茂吉の研究にも影響を与えた。しかし、結果的には巣鴨時代に医学研究者として、優れた研究成果を挙げることはできなかったが、臨床医として、茂吉は苦悩を抱えながらも、病者の呻吟と痛哭に耳を傾け、その責務を誠実に全うしたのであった。

藤岡武雄が発表した巣鴨病院医局の雑記帳ともいうべき「卯の花そうし[42]」には、茂吉並びに医局員のさまざまな光景が絵日記の体裁で記述されている。そこには、日常の医者の姿とは相違する、酒に酔い、医者として逸脱したような行状なども散見される。藤岡は「精神病院という彼らの青春を抑圧する灰色の雰囲気の中で、そのレプレションとたたかい、青春の憂うつを（略）若い医学士たちのなやましい青春の息吹や行動が、明るく、伸び伸びと」記されているという。[43]これは、精神病医である茂吉だけではなく、医局の医員たちの評価を決して下げるものではない。

また、『赤光』という歌集に漂う、仏教的な無常なるものは、医者として担当の病者が自殺するなど、生命のはかなさを実感した体験が、少なからず創作に影響を与えているといえよう。茂吉の病者と共に寄り添い、あたたかな眼差しを向ける営為が、茂吉の創作の深淵であり、精力であったのである。

注

(1) 黒江太郎『窿應和尚と茂吉』郁文堂書店、一九六六年。
(2) 第一歌集『赤光』という作品名は、『阿弥陀経』から採ったものである。また、『赤光』の連作「地獄極楽図」は宝泉寺にある「地獄極楽図」の掛軸を題材としたものである。
(3) 『斎藤茂吉全集』第三三巻、岩波書店、一九七三年、五三ページ。以下、『全集』と記す。
(4) 『全集』第六巻、四三四〜四三五ページ。
(5) 同巻、四四四〜四四五ページ。
(6) 藤岡武雄『新訂版・年譜　斎藤茂吉伝』沖積舎、一九八七年、一〇〇〜一〇一ページ。
(7) 『全集』第五巻、八三ページ。
(8) 『全集』第七巻、六六七〜六六八ページ。
(9) 同巻、六六八ページ。
(10) 『全集』第二六巻、六〇九ページ。
(11) 「プレクシス、ヒヨリオイデゥス」とは、ラテン語のドイツ語読みで、頭脳の中に脳脊髄液を分泌する脈絡叢という、左右の側脳室から第三脳室の上壁まで続く箇所を指す。正確には「プレクスス・コリオイデウス」である。
(12) 『全集』第七巻、六七七ページ。
(13) 岡田靖雄『精神病医　斎藤茂吉の生涯』思文閣出版、二〇〇〇年、九二ページ。

(14)『全集』第七巻、六七四ページ。
(15)『全集』第六巻、四三九ページ。
(16)同巻、四七二～四七三ページ。
(17)同巻、四七三ページ。
(18)同巻、四七五～四七六ページ。
(19)同巻、五七九ページ。
(20)『全集』第五巻、八五ページ。
(21)南博編『近代庶民生活誌』第二〇巻「病気・衛生」、三一書房、一九九五年、一八二ページ。
(22)同書、一八八ページ。
(23)『全集』第六巻、五四八ページ。
(24)藤岡武雄『評伝　斎藤茂吉』桜楓社、一九七二年、二七六～二七七ページ。
(25)岡田靖雄『日本精神科医療史』医学書院、二〇〇二年、一六三ページ。
(26)南博編、前掲書、一八四ページ。
(27)同書、一九四ページ。
(28)岡田靖雄、前掲書、一六六ページ。
(29)『全集』第五巻、八三ページ。
(30)呉秀三・樫田五郎『精神病者私宅監置ノ実況及ビ其統計的観察』精神医学古典叢書一、創造出版、二〇〇〇年、一二八ページ。
(31)同書、一二八ページ。
(32)同書、一三八ページ。
(33)八木剛平・田辺英『日本精神病治療史』金原出版、二〇〇二年、九〇ページ。
(34)『全集』第六巻、一四三ページ。
(35)岡田靖雄『精神病医　斎藤茂吉の生涯』一四五ページ。
(36)『全集』第五巻、八五ページ。

(37)『全集』第一〇巻、三九二〜三九三ページ。
(38)加藤淑子『斎藤茂吉と医学』みすず書房、一九七八年、一一ページ。
(39)『全集』第三三巻、二三一〜二三二ページ。
(40)同巻、二三七ページ。
(41)小俣和一郎『精神医学の歴史』（レグルス文庫二五二）第三文明社、二〇〇五年、一六一ページ。
(42)藤岡武雄『新訂版・年譜　斎藤茂吉伝』一三三〜一四三ページ。
(43)同書、一四一ページ。

第三章　長崎医学専門学校教授時代

1　長崎への経緯

斎藤茂吉は、一九一七（大正六）年一月十二日に呉秀三の許で指導を受けていた東京帝国大学医科大学助手と、兼職していた東京府巣鴨病院医員を退職した。

七とせの勤務をやめて街ゆかず独りこもれば昼さへねむし
（『あらたま』「蹄のあと」大正六年）

七とせの勤務をやめて独居るわれのこころに峻しさもなし
（同上「独居」同年）

そして、同年十二月四日付で、長崎医学専門学校教授の辞令を受けた。十八日には長崎に赴任し、十九日には尾中守三校長の訓辞を受けた。二十二日になると、県立長崎病院精神病科部長を嘱託された。翌年には、長崎市救護所顧問医も嘱託された。これは、精神病者収容所（市立監置室）のことである。(1) 長崎市金屋町二十一番地に居を定めた。このように茂吉は、巣鴨病院時代の研修医という立場から一転し、研究者、教育者、臨床医という、一人で何役もの重責を担い、張り詰めた多忙な日々を過ごすこととなった。まさに、医者としての真価が問われることとなったのである。

長崎医学専門学校は、幕末の一八五七（安政四）年にオランダ海軍医ポンペが、長崎海軍伝習所教官として、オランダ医学を講義したことに始まる伝統と由緒のある学校である。明治となり、長崎府医学校として開設し、統廃合を経て、一九〇一（明治三十四）年に長崎医学専門学校となった。

茂吉の担当科目は、「四年生の精神医学および法医学であった。精神病学の理論および臨床講義が前学期、後学期とも毎週二時間、外来患者臨床講義が不定時。法医学の理論が、前学期、後学期とも毎週二時間。医学教師に適任者のすくなかった当時、一人の教師が複数学科をうけもつことはよくあったことで、ことに精神病学、法医学の両方を講じた人は何人もいる。精神鑑定が法医学者によりなされることもよくあった(2)」という。よって、茂吉も後に精神鑑定を依頼されている。

呉秀三の『我邦ニ於ケル精神病ニ関スル最近ノ施設(3)』によると、長崎医学専門学校は次のようにある。

長崎ニ於テハ明治二十一年四月ヨリ精神病学ノ講筵開始セラレ医学博士大谷周庵之ヲ担任シテ二十九年七月ニ至リシトキ学科ノ改正及大谷ノ洋行不在ノ為ニ休講トナリ其後ハ三十年九月乃至三十八年七月大谷周庵三十八年九月乃至三十九年六月医学士小川瑳五郎担任シ明治四十年七月二十六日石田昇其教授ニ任ゼラレ専ラ精神病学ヲ講義ス

これによれば、茂吉の前任者である石田昇より、新たに精神医学の専門医が担当するようになったのである。

樫田五郎『日本ニ於ケル精神病学ノ日乗』においても、大正六年十二月三日付には「長崎医学専門学校精神科教授石田昇は米国・英国・仏国へ留学を命ぜられ出発す。其の留守中は（略）医学士斎藤茂吉教授となりて各代理を務む(4)」とある。ここで、注意すべきは「代理を務む」であり、石田昇が留学中の期間に留守を預かるということであった。

斎藤茂吉が、長崎医学専門学校へ赴任した経緯について、当時の状況を論ずる必要がある。茂吉が巣鴨病院を辞めた理由は、養父である紀一の青山脳病院の家業を引き継ぐためであり、はじめから長崎への赴任の要請があったのではない。

紀一が院長である私立青山脳病院は、日本でも有数の私立病院であり、その病室には四百名余りの病者が収容されるという、隆盛ぶりであった。そして、進取の精神に富む紀一が一九一七（大正六）年四月二十日に行われる第十三回臨時衆議院選挙に出馬表明をしたのであった。そのために、同年一月には巣鴨病院を辞めたのであった。藤岡武雄は「茂吉は医学の論文一つ書かず、短歌に凝って医学の道がおろそかになっていたことを紀一は憂慮していた。いっそのことこの辺で巣鴨病院勤めをやめさせ、自家の病院の手伝いをさせることが得策と考えると同時に、選挙運動で留守がちとなる、自家の青山脳病院の診察に従事させることが、茂吉の為にも勉強になると考えたようである」(5)という。茂吉にとって自らの人生は、このように自らの決定ではなく、運命づけられるものであった。そして、紀一は郷里の山形県の郡部から立憲政友会所属として立候補し、当選したのであった(6)。そうなれば、代議士となった紀一は多忙となり、病院は留守がちとなり、茂吉は本格的に診察に専念しなければならなくなった。

さて、石田昇は自らの後任として、茂吉と巣鴨病院時代の同僚である黒沢良臣を推挙し、呉秀三先生の立ち会いで約束を取り交わしていた。黒沢は、田端脳病院にてアルバイトをし、定職を探していたのであった。ところが、石田の留学がすぐには決定せず、夏も過ぎてしまったので、不安に思った黒沢は、内務省からの求人に応じたのであった。その後、石田の留学が秋に決定し、長崎医学専門学校の後任を呉先生が探すこととなったのである。そして、結果的に石田の留学中の期間だけということで、自家の診察だけで、定職のない茂吉が候補者となり、長崎への赴任が決定したのであった。茂吉にすれば、呉秀三先生からの話は命令であり、断ることもできず、行かねばならなかった。ただ、石田の留学中の二年半ということで、深刻に考えず、少しの安堵もあったのである。養父の紀一や妻てる子と共に、青山脳病院で忙殺されるよりは、異国情緒漂う遠く長崎へ、二年半ばかり行くことが、茂吉にすれば案外気が楽であったのではと推察される。

大正六年十一月十八日付、結城哀草果宛の書簡では、

御無沙汰いたし候。小生、長崎の医学専門学校に行くやうになるかも知れず、二年半ぐらゐで帰って来る。それまで我慢してくれ玉へ。そしてうんと勉強してくれ玉へ。ぼくも當分は出来まいが来年になったらいゝ歌をつくらうとおもふ。（略）赴任は来月上旬ごろ。(7)

とある。このように「二年半ぐらゐで帰って来る」つもりであったが、予想もできない事件で、かくの如くにはならなかった。

茂吉にとって、巣鴨病院時代は第一歌集『赤光』を刊行し、世人の評価を得た時期であり、歌人としての地位を確立したのであった。しかし、医者としての茂吉を見れば、医学論文の作成もままならず、相当の焦燥感があったであろう。第一次世界大戦という戦局でなければ、ドイツへ留学する計画もあったのである。

そのような状況下で、茂吉の博士論文の起草についての噂話が出た。そのことに対し、書簡で次のようにいう。

一九一七（大正六）年五月九日、赤木桁平宛では、

このごろ多く籠居いたし居り候が矢張り家に居れば相當の用事有之、診察も成り居り候。歌は作れなくなりまづくなりいまのところ行づまりの體に御座候。（略）けふの時事新報文芸欄に小生博士論文起草中ゆゑ当分哥やめるなど出で居り小生非常に迷惑感じ居り候、文壇などとちがひ医界はさういふ事やかましく、小生が自分であんな事広告でもするやうに先輩同僚からでも取られると極めて残念な事に御座候、小生は実際困り居り候。(8)

同年五月十一日、杉山翠子宛では、

博士論文云々は全く事実無根にて小生困却いたし候。実は貴女あたりの談話を時事柴田君が著色して出したのであるまいかと僻んで想像した事もあり何とも申わけなし。あんな事を出されて小生はつくづくいやになり申

候。いよいよ歌壇から退隠する決心を強め申候。しかし　歌集出すまでは作歌仕るべく候。(9)

同年七月十九日、門間春雄宛では、

僕は一日置きに診察もするし往診もしてゐる。そこで御無沙汰してゐる。(略)僕は強ひられて医者の勉強もせねばならぬ。九月あたりからはじめたいとおもふ。(略)僕も気長で執拗だ、人生その方がよい。(10)

このように、茂吉は「博士論文云々は全く事実無根」というが、長崎へ赴任する、しないにかかわらず、現実には作歌活動を断念してでも、論文を作成することは焦眉で不可避な問題であった。臨床医としては成長したが、研究業績と称するものがなかったのである。まさに、医者としての茂吉の本領が問われる時期でもあった。

次の作品は、院長の紀一が代議士となり、代わって青山脳病院の病者を診察した頃のものである。

ものぐるひの診察に手間どりて冷たき朝飯を食む　(『あらたま』「初夏」大正六年)
診察を今しをはりてあが室のうすくらがりにすわりけるかも　(同上「室にて」同年)
むらぎもの心はりつめしましくは幻覚をもつをとこにたいす　(同上「晩夏」同年)
味噌汁をはこぶ男のうしろより黙してわれは病室へ入る　(同上「晩夏」同年)
診察ををはりて洋服をぬぐひまももむかう病室の音をわがきく　(同上「午後」同年)
うつうつと暑さいきるる病室の壁にむかひて男もだせり　(同上「午後」同年)

2　石田昇と長崎医学専門学校

斎藤茂吉の前任者である石田昇について論ずる。石田は呉秀三の門下生であり、その中でも俊才であった。略歴は、一八七五(明治八)年十一月二十五日に仙台市の医家に生まれた。第二高等学校在学中から雄島濱太郎の筆名で短歌、詩、小説などを発表し、一九〇七（明治四十）年には『短編小説集』を出版した。一九〇三（明治三六）年十二月に東京帝国大学医科大学を卒業し、精神病学教室に入った。医局は巣鴨病院にあり、院長は呉秀三で、三宅鑛一、森田正馬、北林貞道、尼子四郎ら八人がいた。医科大学助手と兼任の東京府巣鴨病院医員の在職は、一九〇四（明治三十七）年四月一日から一九〇七（明治四十）年七月二十六日までである。当然ながら、茂吉と石田の巣鴨病院在職期間は重なってはいない。そして、一九〇七（明治四十）年七月二十六日に長崎医学専門学校教授として赴任した。その後、一九一七（大正六）年に十一月十七日付でアメリカなどの留学を命じられるまで、およそ十年間にわたり長崎医学専門学校で、研究、教育、そして臨床という重責を全うした。とくに石田が大学卒業後三年目に当たる一九〇六（明治三十九）年に出版した『新撰精神病学』は、日本における精神医学の教科書として版を重ね、一九二二（大正十一）年には第九版となった。[11]

石田昇は、一九一七（大正六）年十二月十九日に横浜を出港した。留学先はアメリカのボルティモアにあるジョンズ・ホプキンス大学で、アドルフ・マイヤ教授の指導を受けた。しかし、一九一八（大正七）年十二月十二日には、石田は衝撃的な事件を起こした。ボルティモアの地元新聞の見出しに、次のようにある。

在留日本人が同僚を殺害
東洋の神秘のベールに被われたSheppard–Pratt 病院発砲事件
同じ病院の職員同士、石田昇医師「スパイだと言いがかりをつけられ、George Wolff 医師を撃った」—ほかに動機も[12]

岡田靖雄は「見学中の病院の婦長が自分に恋愛しているのに、同僚の医員ウォルフが同婦長に執心していて自分を不利にみちびくとの被害妄想から、ピストルでウォルフを射殺した」という。[13] 石田が同僚医師を射殺した理由は判然としないが、周囲に対して被害的観念に囚われ、さらに迫害妄想を強固にしていったと思われる。裁判では、精神異常はあるが責任能力はあるとし、終身刑を宣告され、メリーランド州立刑務所に服役した。五年間の服役中に、精神状態がさらに悪化したため、州立精神病院に入院したが改善の兆しがなく、治癒すれば再び米国で服役するという条件で日本へ送還された。一九二五（大正十四）年十二月二十七日に、東京府立松沢病院西四病棟へ入院した。入院後の石田は「幻聴があり、独語、空笑、奇行、誇大妄想などを抱き、次第に統合失調症性の精神荒廃といわれる状態に陥っていった[14]」とある。その後は、一九四〇（昭和十五）年五月三十一日に肺結核により六十四歳で死去した。

この衝撃的な事件の結果、茂吉が二年半の留守を預かるという話は反故になったのである。後のこととなるが、茂吉はヨーロッパから帰国後、一九二六（大正十五）年四月五日に、松沢病院で石田を見舞った。日記には「月曜。天気吉。（略）石田昇サンニ会フ。歌ナドヲ書イテモラフ。[15]」とある。一九二九（昭和四）年十一月十四日には「木曜日。クモリ、一、松澤病院ニ行キ、三宅先生ニアハントセシモ先生風邪ニテ御欠勤、運動会ヲ見ル。（略）石田昇氏ニ菓子ヲ見舞ニ持ッテ行ッタ。[16]」とある。

その後、茂吉は石田が死去する前日、五月三十日に風邪で体調が悪かったが見舞いをした。「木曜クモリハレ。午後二時（略）松澤病院ニ石田昇氏ヲ見舞フ。重態ナリ。夫人ニモアフ。廿三年ブリナリ[17]」とある。五月三十一日には「金曜　クモリ蒸暑　〇午前九時半、石田昇氏松澤病院ニテ逝去、噫[18]」とある。前任者である石田の動静は、茂吉にとって、かなり気がかりであったが、残念ながら治癒することもなく没したのであった。茂吉は「噫」という嘆息をしたが、その複雑な心境を、この一文字が凝縮しているようだ。石田の一周忌に風邪のため欠席した茂吉は、次の追悼歌を残した。これは、茂吉が事前の引継で一九一七（大正六）年十一月七日から十三日まで、長崎へ入り、石田に長崎市鳴滝町のシーボルト宅跡などを案内してもらったことを回想しているのである。

鳴滝を共に訪ひたることさへもおぼろになりて君ぞ悲しき　（『霜』石田昇氏一周忌追悼、昭和十六年六月十日）

石田は『新撰精神病学』（初版・明治三十九年出版）の緒言で次のように記す。当時の精神病者への時代精神を十分に読み取ることができる。

精神病は社会凡ての階級を通じて発現する所の深刻なる事実なり。如何なる天才、人傑といへども一度本病の蹂躙に遭はゞ性格の光、暗雲の底に埋れ、昏々として迷妄なる一肉塊となり了らざるもの罕ならむ、狂して存せむよりは寧ろ死するの勝されるを思ふ者ある。洵に憐むべきなり。一面より観察する時は精神病学は人性退歩の哀史にて彼の光輝ある向上の学とは全く反対なる径路を行くが如き観を呈す。換言すれば、事、人の眼を蔽うて見ざらむとする暗黒面に関る。然れども明と、暗と、もと吾人の内部に矛盾しつ、常に存する所の現象に外ならざるを以て、同一なる立脚地より展望すれば、光輝ある向上の学と暗黒なる精神病学とは只僅に仰観すると俯視するとの差異あるのみ、両々相俟って始めて人性の傾向を察すべきなり。[19]

この緒言の冒頭は、まさに石田昇の人生そのものを暗示しているかのようである。また、「精神病学は人性退歩の哀史にて彼の光輝ある向上の学とは全く反対なる径路を行く」という表現からも、世間の人々の精神病者への否定的な眼差しが十分に感ぜられる内容である。

少し振り返れば、一九〇一（明治三十四）年に巣鴨病院医長に就任した呉秀三は、積年の精神病者への病弊の追放に乗り出し、無拘束・開放・作業という精神科医療の原則に則り、短期間で病院改革を断行した。それは、「収容目的の監禁」から「病者中心の治療病院」へという大きな転換であった。

川上武は「就任早々、それまで長いこと使用されていた手革・足革・縛衣などの拘束具を禁止し、保護室の使用を制限することを定めた。（略）一切の拘束具を焼きすててしまった。（略）また、女子病室で広く用いられていた布団巻きも、制限・禁止を命じた[20]」という。さらに、呉は看護人の資質向上にも取り組み、院内教育の充実を図った。また、労働条件や待遇にも配慮した。

精神病者への治療として、「本格的作業療法を開始し、患者慰藉のための音楽会の開催、精神療法の一端としての遊戯の導入がはかられた。明治三十四（一九〇一）年十一月には女室内に裁縫室二室をもうけ、従来各室の片隅で自分の欲するままに作業していた患者をあつめて一緒に作業させた。また、明治三十五（一九〇二）年四月～八月には施療患者中の希望者（男子十七名、女子二十五名が参加）に草取り作業をさせ、呉が慰労金を出した。患者の室外運動もなるべく自由にして奨励し、構外運動も一定数に制限（二名）して黙許していた。三宅医員が持続浴をはじめて試みたのも、明治三十五（一九〇二）年である」[21]という。

石田昇は、恩師である呉秀三の「病者中心の医療」を継承し、長崎医学専門学校において、実践したのであった。石田は開放病棟の試みや、作業療法が有効な精神療法であると考え、院内治療として園内を散歩したり、院内作業に取り組ませたりした。また、石田自身の考案による浴槽を使った持続浴療法などがある[22]。

石田は『新撰精神病学』（第八版・大正八年発行）で次のようにいう。

本邦に於ける最も進歩せる病院に於いては興奮患者を当初閉鎖式病室に収容し、其著しく軽快したる者は之を開放式療法の下に移すを例とす。余は更に一歩を進めて如何なる興奮患者も最初より開放式病室に於いて之を治療するの得策なるに想到し、大正二年来之を長崎病院の一角に実施したり。是れ保護したる窓戸の印象を患者に与へざるのみにても、少なくともそれ丈の利益ありと思惟したればなり。勿論此種の純然たる開放式制度を実施せむが為には従来よりも多くの附添人と医師の注意とを要す[23]。

また、『新撰精神病学』（第七版・大正六年発行）の緒言で次のようにいう。当時の精神医療の状況を知る上で重要であり、引用が長くなるが記す。

ピネル百難を排して精神病者の無強制々度を創始してより茲に一二五年を経たり、爾来病室の構造は牢獄の域を脱して漸次普通病院に接近し来り、閉鎖より半開放に、半開放より更に進んで開放制度に推移せむとするの趨勢に達せり。

予は将に来らむとする時代の新潮流を観望して小規模ながら我長崎病院の一角に純然たる開放式制度を実施し茲に三歳有余の日月を経たり、蓋し本邦に於ける最初の試みにして窓戸を保護せず、周囲に障壁を廻らさずと雖も今日の進歩せる療法を以て之に臨む時には何等の支障あるを見ず、却って患者の病覚と社交心を刺激し、治療軽快率遙かに従来の閉鎖式病棟の右に出るものの如し。躁暴なる患者を開放病室に収容するは一見危険の観なきにあらざれども却って之を以て得策とし、必要とする理由は、患者入院後一定時日を経て鎮静し、幾分の観察眼と判断を以て身辺を見廻す際に当然起り来るべき心理状態に想致せば自ら明ならむ、十分なる日光と新鮮なる空気と最大限の自由とを与ふるは患者の言行を緩和し、思慮を加へしむる所以にして、純然たる開放式病室は蓋し如上の特長を具備する所の理想的制度と見倣すを得べし。予の病棟に未だ一人の自殺者なく、時に逃亡者なきにあらざれども何等重大事件を惹起したる例なき、敢て異とするに足らず聊か病院療法に関する本文の足らざる所を補ひ、以て序となす。[24]

石田は「本邦に於ける最初の試み」として開放式制度を覚悟と信念をもって導入し、着実に治療効果を挙げている自信がこの緒言から読み取れるのである。自殺者も逃亡者も少ないことが、この画期的な効果を物語っている。とくに、精神病医にとって担当する患者の自殺を体験せざるをえない現実がある。そして、このような最新の治療法を、茂吉が継承することになったのである。

また、中根允文によれば、長崎医専の卒業アルバムに「石田昇の写真が掲載されるとともに、彼によるポリクリの様子、椅臥療法（リーゲクール）、持続浴療法（ダウエルバート）が度々みられる」[25]という。卒業生への贈る言葉は「薔薇を摘んで棘を捨てよ」であった。まさに自らが開放式療法を実現したように、卒業生に何事へも臆病にならず、恐れることなく果敢に挑戦せよということであろう。

3　茂吉と長崎医学専門学校

初代の石田昇に続き、茂吉は二代目の長崎医学専門学校精神医学教室の教授となった。精神医学と法医学の講義は、一九一八（大正七）年一月から始まった。また、臨床医として石田昇の精神療法も引き継ぎ、誠実に病者の治療を行った。一九二一（大正十）年の卒業アルバムにおいても、石田昇が開発した椅臥療法《リーゲクール》の実践風景の写真があり、右から三人目に茂吉が立っている[26]。石田は「医師は須く好意と忍耐と公明と誠実とを以て患者に接すべし、苟くも患者の興奮を増し、憂愁を加ふるが如きは言談あるべからず[27]。」という。戦前においては、医者のパターナリズムが強く、医者と患者が垂直な関係であった。そのような状況下で、医者として精神病者へ辛抱強く誠実に対応するように求めるのである。そして、椅臥療法《リーゲクール》について、石田は次のようにいう。

> 近来虚弱者に対して臥床の代りに車付長椅子を称用す、是れ長椅子の軽便にして、運搬容易に、患者は安臥のまゝ屡ゝ戸外の清鮮なる空気と十分なる日光とに触れ、従って食思睡眠等佳良なる影響を受くるを得べければなり[28]

茂吉は、この療法を試みたのである。中根は「長崎時代の精神科医としての業績は、ほとんど記録が残されていないので明らかではないが、精神医療においても彼自身のスタイルがあったと思いたい[29]」という。これは、茂吉が石田の精神療法を継承したが、さらに改良し、発展させるには到らなかったという意味であろう。茂吉の性格からすれば、確実に継承したと考えるのが妥当であろう。

茂吉は、精神病学と法医学を担当したが、石田昇より譲り受けた「講義ノート」に則り、授業を行っていた。とくに、法医学の授業は苦労したのである。藤岡によれば、この「講義ノート」を忘れて立往生し、学生の前に頭を下げてあやまるという失敗談も語られている」[30]という。藤岡は一九一八（大正七）年一月八日、茂吉の第一回目の精神病学の授業風景を、学生として受講した井上凡堂の回想として、次のように紹介している。

当日吾々はその教室で例の如くガヤガヤと騒音を立てながら先生を待って居た。期待と好奇心をゴッチャにさせながら、驪て扉を排して先生が入って来られ、吾々は一瞬水を打った様に静まり返った。抱えて来た二冊の本を壇上にドシンと置かれた。先生はチョビ髭に眼鏡のお顔を挙げ、口をとんがらして一と渡り教室を見廻してから一寸口角を右に引いて「プシャトリーは講義の判らぬ学科である」と云われたのが如何にもおどけて見えたのでドッと皆が笑った。[31]

緊張し、苦労をしながらの茂吉の授業が、この数行からも髣髴させる。学生にとって厳しい授業というよりも味わいのある授業であったと思いたい。おそらく、このように茂吉は石田の業務を、乗り越えることはなかったとしても、授業でも臨床でも少なくとも忠実に遂行し、精進していたとはいえよう。そして何よりも、精神病者に対する開放式制度は、医者と病者との信頼関係なくしては存在しないのである。

さて、茂吉が長崎へ赴任する前に、東京帝国大学医科大学精神病学教室では、主任の呉秀三の許で、一九一〇（明治四十三）年から一九一六（大正五）年まで、精神病者の「私宅監置」の調査が一府十四県で行われ、すでに論じたように、その結果が呉秀三、樫田五郎により『精神病者私宅監置ノ実況及ビ其統計的観察』として一九一八（大正七）年六月二十五日に、東京医事新誌に発表された。この調査報告は、日本の精神病者に対する劣悪な状況をあばき、国による一刻も早い改善を求めるものであった。その結果、一九一九（大正八）年三月には、精神病院法が制定された。ここで、精神病疾患者の医療に対する、公共的責任の考えが一応ではあるが表明された。さらに、茂吉の勤務した東京府立巣鴨病院が、同年十一月七日に、東京府下松沢村に移転した時期でもあった。なお、参考までに内務省衛生局の統計によれば、全国の精神病者数は一九一六（大正五）年が四万四千二百二十五名、一九一七（大正六）年が四万八千六百四十名、一九一八（大正七）年が四万九千四百二十九名である。一九一八年を例にすると、人口一万人当たりの病者数は八・九七、病者のうち精神病者監護法適用の者の人数は七千五百三十七人で、総数の比率は一五・三％である。[32]

このような時代の潮流の中で、茂吉は長崎医学専門学校の精神病学の責任者として、その舵取りを任されたのである。なお、当時の教員組織は教授二十二名、助教授四名、講師五名であった。そこで、長崎へ赴任後の、医者としての茂吉の心境がうかがえる書簡を見ることとする。

一九一八（大正七）年六月二十八日、中村憲吉宛には「長崎に来て少し後悔の気味あり、しかし三年間は致し方なかるべし[33]」とある。

これは、石田昇が留学中の三年間の代理ということであるが、「少し後悔の気味」の理由は詳細に書かれていないが、かなり忙殺された日々を過ごしていたものと思われる。さらに九月二十日、憲吉宛には「学校の授業がはじまって忙しい。講義などはいやではならないが、何とかしてごまかして行きたいと思ってゐる[34]」とある。

七月二十九日、久保田俊彦（島木赤彦）宛には、「夏休みもなし、毎日へトへトになりてかへり為事が出来ない[35]」とあり、「為事」とは、いうまでもなく、学位論文の作成のことである。

九月二十日、平福百穂宛では、次のようにいう。

医学の方の勉強も致したく願居り候もおもふやうにならずもうそろそろ一ケ年を経過する処に御座候[36]

そして、年末には医学研究の資料を収集するために上京している。十一月二十六日、久保田俊彦（島木赤彦）宛には、

小生はアララギの事だけ書き他のものは書く興味なしゆうべ鉄幹と晶子にあひ申候、小生わざと謙遜して丁度ぼくの方の患者に対するやうにしていろいろ話をきゝ、大に得る處有之候。これ症候を引出す秘訣に候。（略）

小生只今病人を診る事に熱心にて（略）
年末の上京も全く、雑誌（医の）読みにゆくので、同人ともゆつくり会う事出来まじ。これも悪しからず願ふ。上京の事他人には秘密に願ふ。さもないと切角の上京は無駄に終るおそれあり田舎の教員は貧弱にて物足りないけれども、それでも、少々医学の勉強せねばならずと思ふ心おこりたるは、田舎の教師になりたる御蔭にて、ひそかに神明に感謝いたし居り候。[37]

ここで、与謝野鉄幹と晶子に対し、「患者に対するやうに」とか「症候を引出す秘訣」など、精神病医茂吉の顔が垣間見られるのである。

また、十二月七日、中村憲吉宛には「僕も少し勉強せねばならなくなって苦しい。東京行も、勉強しにいくのだ」「少し医学の材料集めに行くゆゑ、いそぐ[38]」と書いている。臨床医として、精神病者を熱心に診察し、教育者として授業や学生への指導に熱心に取り組む茂吉の姿が髣髴する。しかし、もう一つの研究者としての仕事が、計画通りに行かず、煩悶しているのである。とうとう打開策として、内密に上京し、資料蒐集のために奔走することとなった。

茂吉は一九一九（大正八）年の第十八回日本神経学会総会に出席し、「早発生痴呆ニ於ケル植物性神経系統ノ機能ニ就テ」を発表した。同年末頃に、前任者の石田昇が休職となり、さらに翌年の九月二十九日に「依願免本官」となった。よって、茂吉は留守番役ではない教授となったのである。ところが、論文らしい論文も書かずに教授になったともいえるのである。そのことを、本人はいうまでもなく自覚し、かなり焦燥に駆られたのである。

そして、一九二一（大正十）年には「緊張病者ノえるこぐらむニ就キテ[39]」「二タビ緊張病者ノえるこぐらむニ就キテ。附遺志阻礙生ノ説[40]」の論文を作成した。これは、呉秀三が東京帝国大学医科大学の教授となって、在職二十五年の祝賀に当たり、記念論文集が計画され、投稿したものである。これらの論文は一九二五（大正十四）年となり

『呉教授莅職二十五年記念文集第壱輯』に掲載された。

このエルゴグラムの実験について、岡田は「エルゴとは、仕事のことで、エルゴグラフとは筋肉作業の経過を記録する装置で、記録されたエルゴグラムは作業曲線であり、また疲労曲線でもある。」[41]という。要するに、緊張病のエルゴグラムの実験とは、健康者と精神病者の対照例によって、診断鑑別の補助として役立てようとするものであった。論文によれば、この実験の被験者は、長崎医専の外来、入院患者の中で、緊張病者十二例、躁病三例、破瓜病二例、妄想性痴呆四例、麻痺性痴呆五例、癲癇一例と健康者十一例を対照としたものである。健康者の被験者には茂吉自らと助手、学生が協力している。健康者に本人・同僚・学生が協力する実験は、当然ながら倫理的に問われるであろう。しかし、当時は、協力者もおらず、許容されていたのであろう。論文は、長崎での実験だけだが、青山脳病院でも同様な実験が行われた。

斎藤平義智《へいぎち》は「渡欧前後」で、青山脳病院でも長崎からエルゴグラフを持参し、病者に実験したこと回想している。自らも手伝ったが、うまくいかなかったという。

此時筆者も御手伝ひをし又対照として実験に供せられたが、此夏の暑さに先生は勿論患者も自分等も汗だく〲で閉口したのは忘れられない。（略）気がむらで中途で止めて終ったりして中々思ふ通りに行かない。先生は気をいら〱させながら独り事の様に「うう之でえゝんだ」と云っては汗を拭いて居られた。[42]

自らも緊張で、額に汗をかき、実験に精を出す茂吉の姿を想像させる。しかし、藤岡は「実験を実施した日数は二十六日間しかなく、しかもとぎれとぎれに行われている。持続的に集中的に実験に打ちこめなかった理由には茂吉自身の不如意な生活と研究の乏しい田舎教員の雰囲気に慣れたことで、しかも大正九年には結核を患ったことも影響している」[43]という。この結核については後述するが、実験のスケールも小さく、茂吉の一つのことに徹底的に打ち込む、烈しい性格を見ることができないのである。岡田は「組織病理学全盛の時代に、実験心理学の手法で精神症状にせまろうとしたのは、新機軸ではあった[44]」という。おそらく、恩師呉秀三の記念論文集という切迫した事情がなければ、論文の完成を見なかったともいえるのである。積極的に研究活動を行うまでには、到らなかったといえよう。

すでに論じたように一九二一（大正十）年四月一日、茂吉は上野精養軒で行われた呉秀三教授莅職二十五年祝賀会に出席した。『記念文集第四輯』には、茂吉の「仏足石調体」である「賀歌」が掲載されている。

また、茂吉の公務は多岐にわたるもので、法医学の担当者として一九一九（大正八）年には、精神鑑定を二件行っている。加藤淑子によれば「法医学領域の昇汞中毒の鑑定（五月二日）、窃盗（七月十八日）殺人事件の被告人の精神鑑定も行った[45]」という。

次に、ヨーロッパ留学前に、一九二一（大正十）年一月二十日、久保田俊彦（島木赤彦）宛の「他言無用」とする書簡を見る。ここでは懊悩する茂吉の率直な心情を読み取ることができる。

（當分以下他言無用）小生は三月で学校をやめる。そして帰京して體を極力養生する。そして十月頃欧州に留学して少し勉強して来る。名儀は文部省の留学生といふなれど自費なり。名儀だけどもその方が便利だからである。僕はどうしても少し医学上の実のある為事をする必要がある。それには国を離れていろいろの雑務から遠離して専心にならねば駄めなり。小生は外国に行けば必ず為事が出来ると信ず。そこで兎に角行ってくる。病中いろいろ考へてこの結論に達せり。そこで今度帰京したならば、出発迄、アララギの選歌も長崎の連中ぐらゐか、或は全くせずして、医学上の準備をする。或は、都合よくば、「続童馬漫語」ぐらゐは纏めてもよいと思ふ。しかし歌の方はいつでも出来るが、医学上の事は年をとるとどうしても困難になるから、今のうちにせねばならぬ。このこと大兄にようく理解して貰はねばならぬ、茂吉がアララギに冷淡になるのは全く情止みがたき為也小生は今まで医学上の論文らしきものを拵へたるためしあらず、そのために暗々のうちに軽蔑されることゝなる。このこと大兄も考へて呉れることゝ思ふ小生は歌の方はずっと駄目になって大兄らより後ろになること必然なれどもそれはいたしかたなし。さう何も彼も出来るわけのものにあらざればなりたゞ茂吉は医学上の事が到々出来ずに死んだといはれるのが男として、それから専門家として残念でならぬ、一體小生はこれまで他国に出て他流に交はりしことなかりしが、長崎に来て他流の同僚に交りて、小生も左程劣りはせずといふ自信が出来、学位など持ってゐるものに較べてちっとも劣ってはゐずといふこと分り候ゆゑ、今後は少し為事をすればよろしきなり。石原君ほどの世界的の為事は到底むづかしいが、普通の人間のやる事ぐらゐは出来るつもりなり。以上は當分大兄だけ御考へを願ふ。(46)

茂吉がいう、「医学上の実のある為事」とは、いうまでもなく、学位論文を制作することである。そこで、ヨーロッパへ留学し、雑務から離れ研究一途の生活をして、何とか人並みの研究者になろうと決心した。なお石原君とは、「アララギ」の歌友で、物理学者である東北大学教授の石原純のことである。茂吉は、長崎医学専門学校教授として、諸先生との学問的な交流をする中で心中を察するに、「学位など持ってゐるものに較べてちっとも劣ってはゐず」といい、自信をのぞかせてはいるが、裏返せば常に学位を取得していない劣等感と、一日でも早く取得しなければ周囲から軽蔑されるのではないかという強迫観念に苛まれていたのである。そして「茂吉は医学上の事が到々出来ずに死んだといはれるのが男として、それから専門家として残念でならぬ」とまで、悲痛な叫びを発しているのである。そのためには、「業余のすさび」という歌を断念する決意ものぞかせている。

さらに、茂吉は体調も万全ではなく、思うように仕事がはかどらなかったのである。この書簡から茂吉の矜持と覚悟と同時に、そこに深い哀しみが読み取れるのである。

4　スペイン風邪と喀血

一九一八（大正七）年から一九二〇（大正九）年にかけて、スペイン風邪と呼ばれたインフルエンザが、全世界に猖獗《しょうけつ》を極めパンデミー（世界的流行）となった。一九一八（大正七）年秋になり、この恐るべきスペイン風邪が日本へ上陸し、越年して全国に猛威をふるった。日本でも約二千三百八十万人が感染し、三年間で三十八万八千人が死亡した。(47) 当時は、インフルエンザに対する知識も、効果的な治療法もなかったのである。しかも交通網の発達により、流行の拡大が急激となる激甚なる病魔であった。長崎でも大流行し、一九一九（大正八）年の暮れに、茂吉は長崎の石畳を歩き、次の歌をつくった。

寒き雨まれまれに降りはやりかぜ衰へぬ長崎の年暮れむとす
（『つゆじも』「雑詠」大正八年）

この時には、自らが関わる「はやりかぜ」ではなく、他者の眼差しで冷徹に「はやりかぜ」をよんだのであった。しかし、一九二〇（大正九）年一月六日、東京から義弟の斎藤西洋が長崎を訪れ、妻のてる子と長男茂太と共に、大浦の長崎ホテルで晩餐をとった。帰宅後に、茂吉自らが急激に発熱し、寝込み、スペイン風邪に罹患した。肺炎を併発し、四、五日間は生死を彷徨し、一時は生命を危ぶむ状況とまで悪化した。てる子と茂太も罹患したが、比較的軽微な症状で、すぐに恢復した。茂吉は二月十四日まで病臥にあり、同月二十四日から職場に復帰したが、病み衰えた身体は、本復にはほど遠かった。なお、長崎医学専門学校では、茂吉と同日に罹患した大西進教授と、その後に罹患した校長である尾中守三教授が、この病魔により相次いで死亡した。

二月十六日付で、漸く恢復した茂吉は、久保田俊彦（島木赤彦）宛に次のように記した。

御無沙汰仕りたり一昨日より全く床を離れ、昨日理髪せり、（略）下熱後の衰弱と、肺炎のあとが、なかなか回復せず、いまだ朝一時間ぐらゐセキ、痰が出てて困る。東京の家にも重かった事話さず、たゞ心配させるのみなればなり。茂太も妻も、かへりて臥床、この時は小生も少し無理して、それで長引いたかも知れず。[48]

どうにか勤務を再開したが、六月二日に突然の喀血に見舞われた。八日にも再喀血した。病状が恢復しないので、六月二十五日になると、県立長崎病院西二病棟七号室に入院し、菅原教授の診察を受けた。十日余りの治療であったが、好転したので、七月四日頃に退院した。その後、猛暑の中での自宅療養となったが、転地療法を必要とした。そのため、七月二十六日から八月十四日まで温泉（雲仙）嶽よろづ旅館へ、八月三十日には佐賀県唐津海岸の木村屋旅館へ、九月十一日から十月三日までは佐賀県小城郡古湯温泉の扇屋へ逗留し療養した。その間の茂吉の体調について、手帳の八月二十五日と二十六日を見ることにする。

二十五日　朝出ヅ、分量やゝ多く、赤の濃き處あり（略）晝寐　少し出ヅ（略）仰臥漫録を読む　（「手帳二」）[49]

二十六日　盆／午前三時頃痰吐く、朝見るに、全く紅色にて動脈血も交り居る如し
温泉に出でたる如き色にてあれよりも分量多し、
Haemoptoe なることはじめて気付きぬ、
朝、痰少量、色紅まじる、あとは、血ノ線《ストライフエン》を混ず
入浴、淫欲、カルチモン〇・五、原因を考えふべし
朝、怒の情なくなり、全然人を許し、妻をも許し愛せんとの心おこる。（略）
しづかなる我のふしどにうす青きくさかげろふは飛びて来にけり
しづかに生きよ、茂吉われよ　（「手帳二」）[50]

Haemoptoe とは、喀血のことである。医者である茂吉は、この喀血はインフルエンザによるものではなく、結核であることを自覚し、覚悟したのである。この血痰は、十月一日まで続く。手帳には、日付、天候の後に、朝だ

けではなく昼夜を問わず、血痰の分量や色を観察し、あるいは診断している。段々と、血痰の分量が減り、その色が鮮紅色から、淡紅色、黄褐色、黄色へと変化し、快方へ向かっていくことが分かる。良くなったかと思うと、逆戻りし悲観するという、一喜一憂の日々であった。一日も怠ることなく、注意深く、念入りに、執拗なまでに自らの血痰を観察している。まさに、杉田玄白が自らの老いを『耄耋独語』に克明に記したように、医者として自己の肉体を冷徹に観察し、診断している。十月二日となり「全ク出デズ」、その後「不出」「不出」「不出」と連日続く。十月二十八日には、学校と病院へ行き、次の歌を詠み、十一月二日から勤務した。

病院のわが部屋に来て水道のあかく出て来るを寂しみゐたり　（『つゆじも』「長崎」大正九年）

ところで、八月二十六日の「手帳」には、「しづかに生きよ、茂吉われよ」とある。この短い言葉には、命旦夕に迫るような心境が、何の誇張も虚飾もなく、自ら、あるがままに吐露されたものである。自らを叱責し病気を克服し、制圧するというよりも、病気をあるがままに受容しようとする茂吉の諦念（レジグナチオン）が凝縮されているのではないだろうか。しかも、年齢差、性格、生活様式などで確執のあった妻のてる子に対し、宗教的な寛容と感謝の念を起こさせている。さらに、前日に正岡子規の『仰臥漫録』を読んでいることにも着目したい。ただの偶然ではなく、結核から脊椎カリエスとなり、晩年に寝たきりの生活を余儀なくされた子規の病床随筆を読んだことも、結核を自覚したということの証左ともいえよう。

このように、茂吉は一月のインフルエンザの罹患に始まり、その後の喀血により、ほぼ十か月にわたり、体調が悪化し、論文の制作だけではなく、思うような活動ができなかったのである。しかし、『アララギ』（大正九年四月号）に「短歌に於ける写生の説（一）」を発表し、その後八回にわたって写生論を展開した。[51]とくに「実相に観入して自然・自己一元の生を写す。これが短歌上の写生である。ここの実相は、西洋語で云へば、例へばdas Realeぐらいに取ればいい。現実の相などと砕いて云ってもいい。」という実相観入の写生論の確立を見たのである。この写生論を熱中して書いたのは、インフルエンザから恢復し、喀血で療養生活を送る病中病後の時期である。死を予感し、死に直面した中から生まれたのが、実相観入なのである。

このように茂吉は、前任者である石田昇の留学中の代役ということであったが、石田が留学中に惹起した事件により、図らずも代役ではなく、正式の教授となったのであった。その後、茂吉は一九二一（大正十）年二月二十八日に、文部省在外研究員を命ぜられた。三月には長崎を去り、上京の途についた。長崎に在任したのは、一九一七（大正六）年十二月から一九二一（大正十）年三月までの三年四か月であった。しかも、その間の八か月間は病気療養の期間であった。

スペイン風邪で尾中校長が死亡した後には、国友鼎校長となったがすぐに交代し、山田基校長となった。藤岡武雄は、その「山田校長は、軍人膚の気概のある人で、文学を軟弱なものとし、文学をやる者を国賊呼ばわりをして排斥する人であった。歌人茂吉にとってはこの山田校長に対してはがまんできない面があった(52)」という。校長との反りが合わないことが、留学への一因ではあるが、あくまでも茂吉には、医学上の為事を成し遂げるべき使命があったのである。

茂吉は、一九二一（大正十）年九月、ヨーロッパ留学前に、帝室博物館長であった森鷗外を、平福百穂画伯と共に、訪問した。鷗外とは、茂吉が現役医科大学生で、伊藤左千夫に随い観潮楼歌会例会に参加したのが、はじめての出会いであった。

先生は、にこにことして私ども二人を迎へられたが、頭髪を非常に短く刈って、そして背広の服を着て居られたので、私には珍しく感ぜられた。私は久闊を謝した。その時先生は、『斎藤君は西洋に行かれるさうだが、僕などは実にうらやましいね』

こんなことを云はれた。私は西洋に行かうと決心してから、長崎で病気になって長崎を去ってからも、いまだ證候が残つてゐたので、信濃の富士見高原で養生をしてゐたぐらゐで、夜半に目など覚めると、遙々西洋に行つて為事をしようといふのに不安を感ぜざるを得なかつたこともある。そこで先生の無造做な言葉が、私はいかにも力強く響いたのであつた。私は急に晴々した面持になつて、向うに行つてからの覚悟なんかをいろいろ先生に問うたりした。いま思へば、どうも少しはしやいで居ただろう。（『森鷗外先生』）(53)

茂吉が、年長を前にして「はしゃぐ」とは珍しいことである。とくに、年長で、それも尊敬する鷗外先生の前では、自ら意図したように、闊達に話ができず、緊張のため汗をかくであろう茂吉が、留学前の期待と不安の交錯する中で、相当の精神的な昂揚があったのであろう。体調が万全でなく、相当な重荷がある中で、鷗外を訪問し、気が楽になったのである。そこには、年齢差はあるが、医学者であり、文学者である両者だけに相通ずるものがあったのであろう。

茂吉は、長崎で臨床医、教育者、研究者の三役を担った。教育者としては、一九一八（大正七）年十月に、一泊二日の行程で、学生の登山隊を率いて温泉嶽に登り、翌日には普賢嶽の紅葉を観賞し、学生と親しく過ごした。藤岡は「日本酒を携えて登山、気つけ薬として学生にのます茂吉、面白い話をして腹をかかえて笑わせる茂吉は、学生に人気のある教師であった。(54)」という。また、翌年十月の運動会では職員リレーのアンカーを務め、見事一等になったという。教員として、当然の責務ではあるが、このように学生に交わり、溶け込む茂吉の姿は、青年の気概を感じさせる。そして、前任者の「講義ノート」を忘れることもあったが、熱心に授業に取り組んでいたといえよう。

東京では、巣鴨病院が郊外に移転し、東京府立松沢病院となった。呉秀三がドイツのアルトシェルビッツ癲狂院に学び設計した病院で、精神病院法により監置手続きを要せずに入院できるようになり、作業療法により効果を挙げていた。この潮流の中で、長崎医学専門学校においても、茂吉は、前任者の石田昇の意志を継ぎ、開放式の作業療法などの治療を誠実に行った。興奮し、暴力をふるう病者に対しても十分に配慮しながら、治療に取り組んだのであった。

ところが茂吉にとって、研究者としては満足な成果を残すことができなかった。呉秀三先生の記念論文集に寄稿するのが、精一杯であった。三役を担う肉体的、精神的な疲労、そして万全でない体調が、研究の進捗を押し止めた。そして、留学を決意させたのであった。

また、「業余のすさび」である作家活動は、すべてを断念したのではなかった。しかも、長崎では歌人の茂吉への大きな期待があった。アララギとは独立した形で、瓊浦歌会を立ち上げたり、医専の学生による文芸同人誌『紅毛船』の短歌を指導したりした。また、シーボルトの遺跡を訪ねたりした。それは、シーボルトが、呉秀三の医学史の研究テーマであり、伝記を上梓していることに影響していた。

茂吉には、日々の緊張の連続の中で、丸山へ登楼し、学生と出会ったなどの挿話もある。私生活では、妻てる子との確執があり、孤独な生活を余儀なくされたこともあった。このように、長崎での日々は、ユーモアと哀しみが、微妙な均衡をもった、人間茂吉のエネルギーが、不完全な燃焼を起こしながらも、愚直なまでに、不器用に生き抜いた姿が見えてくるのである。そして、喀血を体験することで「しづかに生きよ、茂吉われよ」というほどの死への自覚と諦念をもち、一方では病気が快方へ向かい生への喜びを感じ取った時期なのでもあった。結果として、留学に向けて、「医学上の為事」を完遂するに必要な養分を、茂吉は長崎で吸収したのであった。

注

（1）岡田靖雄『精神病医　斎藤茂吉の生涯』思文閣出版、二〇〇〇年、一五六ページ。

（2）同書、一五七ページ。

（3）呉秀三『我邦ニ於ケル精神病ニ関スル最近ノ施設』精神医学古典叢書一三、創造出版、二〇〇三年、四七ページ。
（4）樫田五郎『日本ニ於ケル精神病学ノ日乗』同叢書一三、二四三ページ。
（5）藤岡武雄『新訂版・年譜　斎藤茂吉伝』沖積舎、一九八七年、一五五ページ。
（6）同書、一五八ページによれば、紀一は四月二十日の投票日に三千四百三十二票を獲得し、定員六名中三位で当選した。一九一七年の選挙では、選挙人は直接国税十円以上を納めた男二十五歳以上である。
（7）『斎藤茂吉全集』第三三巻、岩波書店、一九七三年、三一四ページ。以下、『全集』と記す。
（8）『全集』第三三巻、三〇一ページ。
（9）同上。
（10）同巻、三〇七ページ。
（11）石田昇『新撰精神病学』精神医学古典叢書一四、創造出版、二〇〇三年　として第八版が復刻している。
（12）中根允文『長崎医専教授　石田昇と精神病学』医学書院、二〇〇七年、九五ページ。
（13）岡田靖雄、前掲書、一五三ページ。
（14）中根允文、前掲書、一一四ページ。
（15）『全集』第二七巻、一九六ページ。
（16）同巻、六七七ページ。
（17）『全集』第三一巻、二三二ページ。
（18）同上。
（19）石田昇、前掲書、第一版緒言。
（20）川上武『現代日本病人史——病人処遇の変遷』勁草書房、一九八二年、三一八ページ。
（21）同書、三二〇ページ。
（22）石田昇、前掲書、八七〜一一六ページで、「精神病の予防法及び治療法」が説明されている。治療法には、薬剤療法、理学的療法、浴治法（水治法）、摂生規定、精神的療法、院内治療があるという。
（23）同書、一一四〜一一五ページ。
（24）同書、第七版緒言。

(25) 中根允文、前掲書、七二ページ。
(26) 同書、一二七ページ。
(27) 石田昇、前掲書、一一三ページ。
(28) 同書、一一二ページ。
(29) 中根允文、前掲書、一二七ページ。
(30) 藤岡武雄、前掲書、一六〇ページ。
(31) 同上。
(32) 岡田靖雄『日本精神科医療史』医学書院、二〇〇二年、一七八ページ　表二「一九〇五―一九二三年における精神病患者数、そのうち精神病者監護法を適用されている患者数」を参照。
(33) 『全集』第三三巻、三三八ページ。
(34) 『全集』同巻、三三四ページ。
(35) 同巻、三三〇ページ。
(36) 同巻、三三五ページ。
(37) 同巻、三三六ページ。
(38) 同巻、三三七～三三八ページ。
(39) 『全集』第二四巻、五〇一～五六〇ページ。
(40) 同巻、五六一～五八二ページ。
(41) 岡田靖雄、前掲書、一七九ページ。
(42) 『アララギ　斎藤茂吉追悼号』一九五三年、三三一ページ。
(43) 藤岡武雄、前掲書、一六四ページ。
(44) 岡田靖雄、前掲書、一八一ページ。
(45) 加藤淑子『斎藤茂吉と医学』みすず書房、一九七八年、二四ページ。
(46) 『全集』第三三巻、四一〇ページ。
(47) 東京都健康安全センター年報五六巻「日本におけるスペインかぜの精密分析」二〇〇五年、三六九～三七四ページ。

(48)『全集』第三三巻、三七二ページ。
(49)『全集』第二七巻、五九〜六〇ページ。
(50)同巻、六〇ページ。
(51)藤岡武雄、前掲書、一七四ページ。
(52)同書、一八二ページ。
(53)『全集』第五巻、一四九〜一五〇ページ。
(54)藤岡武雄、前掲書、一六二〜一六三ページ。

第四章　ウィーン大学神経学研究所への留学——欧州留学時代①

1　ウィーン大学神経学研究所

斎藤茂吉は、一九二一（大正十）年十月二十七日に欧州へ向けて留学した。午後五時十五分東京駅を出発し、二十八日午前十時に横浜港から日本郵船熱田丸にて出帆した。前述したように茂吉は、これより前、東京府巣鴨病院を退職した時に、欧州留学を企図していたが、第一次世界大戦が勃発し、日独関係が悪化したため、その計画を断念せざるをえなかった。茂吉の留学の目的は、ドイツの精神医学を研鑽し学位論文を作成することが第一義であった。茂吉の同僚の多くは、すでに学位を取得し、かつ当時は海外留学も盛んであり、まさに、論文作成に邁進するための待望の留学であった。しかし、何としても論文を仕上げねばならない焦燥感と悲壮感を併せもっていた。

茂吉は、文部省在外研究員という名義であったが、自費の留学であった。留学前に久保田俊彦（島木赤彦）に宛てた一九二一（大正十）年一月二十日付書簡では、「名儀は文部省の留学生といふなれど自費なり。」「茂吉は医学上の事が到々出来ずに死んだといはれるのが男として、それから専門家として残念でならぬ」(1)といい、「業余のすさび」である作歌も断念する決意でのぞもうとした。十二月十日付、平福百穂宛の書簡では次のようにいう。

小生は明後年には官費留学も出来る順序になり居り候も、体の都合もあり、官にしばられ居る事もいやであり、留学は自費にして、いくら苦しんでも倹約してまゐりたき考に御座候。官費とせば未だ二年ほど勤めねばならず、職にあれば幾ら怠けて居ても相当の責任感もある事ゆえ、やはり三月頃やめて、十月頃までうんと養生して十月頃出帆しようと考え申候。この考いかゞに御座候や、いつか御意見伺奉り候。(2)

このように官費での留学を待たずに、一日でも早く留学したいという覚悟があった。また、長崎医学専門学校教授であった一九二〇（大正九）年は、インフルエンザ（スペイン風邪）と喀血の治療と療養に専念した年であり、ほとんど勤務できなかった状況への自責の念があった。

さらには、山田基新校長が、すでに論じたように「軍人膚の気概のある人で、文学を軟弱なものとし、文学をやる者を国賊呼ばわりをして排斥する人であった。」(3)という。茂吉は「鬼瓦」と呼んで、嫌悪したのであった。病気療養中の十月はじめ、山田校長に挨拶へ行った時に、次の歌をよんだ。

校長に会ひに行きたりおのづから低きこゑにて病を語る

（『つゆじも』「長崎」大正九年）

また、次のような背景がある。茂吉の養父である斎藤紀一は、青山脳病院院長であったが、政界にも進出し、進取の精神というべき野望は飽くことがなかった。茂吉は、てる子と結婚し、婿養子となり、後継者として有資格者であったが、紀一には西洋、米国《よねくに》という子息がいた。紀一が欧州留学中に生まれたのが西洋で、後にアメリカ留学中に生まれたのが米国である。斎藤西洋とは、二十歳の年齢差があったが、婿養子である茂吉にとって、西洋のことは常に心を煩わすことであった。それは、茂吉が後継者の地位に固執するのではなく、むしろ西洋に譲るべきであるという遠慮であった。そのためには、自らが医者として自立する必要があったのである。

なお、留学前の健康診断で、尿蛋白が出ていたが、茂吉には治療する猶予もなく無理して出発したのであった。

横浜港から、神戸、門司、上海、香港、シンガポール、マラッカ、ピナン、コロンボ、スエズを経て十二月十三日着した。

のマルセーユ到着まで、約一か月半を費やした。マルセーユからは、パリへ、そして十二月二十日にベルリンへ到着した。

茂吉は、ウィーン大学への留学を当初から必ずしも決めていなかった。ウィーンの他に、養父紀一と親交のある老川茂信夫妻がいるハンブルク、そしてミュンヘンを考えていた。

茂吉は、翌二十一日にベルリンで前田茂三郎に会った。一八九七（明治三十）年生まれの前田は、山形県南村山郡堀田村飯田の出身で、茂吉とは遠縁に当たり、留学中は私事にわたり世話をした。茂吉は、後に前田のことを回想（「寸言」）して次のようにいう。

三年の留学の間、一日として君との交渉の断えたことがない。僕が今、干蕨の味噌汁を吸って、痛切に君を思ふのは、単に共に蔵王山の麓に生まれたといふゆゑのみではあるまい。(4)

前田は、東京工業学校から海軍工廠に就職し、飛行機の研究でフランスへ渡り、その後ベルリンに居住し、特務機関の仕事をしていた。

茂吉は、横浜正金銀行による日本貨円の特別信用状をもっていた。これは、ヨーロッパで引き出した金額だけ銀行から通知があると、日本の自宅で支払うものである。ドイツには、横浜正金銀行の支店がハンブルクにしかなかったので、十二月二十七日に、ハンブルクを訪ねた。ところが、翌日にベルリンへの帰途の車中で、信用状の盗難にあった。茂吉は銀行で二千円を英貨ポンドの信用状に作成してもらった。この辺の事情は「盗難記」に詳しい。また、盗難に遭遇した時に、前田茂三郎の世話になっている。茂吉は、「僕が、伯林、漢堡間の汽車のなかで泥棒にあって、どぎまきしてゐたとき、君は伯林第一流のをどり場に僕を連れていって、シャンパンなどを飲ませたことを想起する」(5)と回想している。そして、ハンブルクへ行こうとした理由をいう。

なぜさうしたかといふに、東京を発つときの計画は、大体ここの大学で研究しようとしたからで、私のために呉教授からワイガント教授に宛てた懇篤な紹介状をも持参してゐた。ワイガントの処で研究した日本人がまだ一人も居ないので、自分はその最初の者として此処の業房に入らうとしたのであった(6)。

そして、最終的にウィーンで研究することとなった経緯を次のようにいう。

それから、私はこれから、ハンブルグに行くか、維也納に行くか、未だ極まってゐないので、同じ専門の中村君に意見を徴したのであった。すると、『維也納には△といふ謂はば主がゐて、吹かれるぞ、吹かれるぞ』と云った。『君や僕のやうに専門学を一とほりやって来たものには、その吹く法螺も馬鹿らしくて溜まらないだらう。それが承知の上なら維也納でもかまはんよ』とも云った。これは暗にハンブルクを賛成するといふ意味にも取れたのであったから、私の心もハンブルクに傾いてゐたのであった。特に老川氏も居られるためになほさういふ心の動きがあったやうである。

然るに、この盗難事件があってから、私はハンブルクを気味悪くおもふやうになった。さうして一夜ひとりで熟慮を重ね、維也納で勉強しようと決心し、一月十三日伯林を出発して維也納に向ったのであった(7)。

中村君とは、中村隆治のことであり、茂吉より一つ早い船で留学していた。なお、ミュンヘンの事情は、唯一人の日本人が特別の許可を得て研究しているだけという情報であった。そこで、一九二二（大正十一）年一月十三日にベルリンを出発し、ウィーンへと向かった。かくの如くにして留学生活が始まったが、ドイツもオーストリアも第一世界大戦の敗戦直後であり、現地の世相は悪化し、経済的な窮乏も著しく、急激なインフレに見舞われた。留学生にとって、敵対国であった場所での厳しい状況下の生活であった。

一月二十日になり、茂吉は、呉秀三の紹介状をもって、ウィーン大学神経学研究所を訪ね、所長のマールブルク教授（Otto Marburg）に会った。その時の感動を、次のようにうたう。

大きなる御手無造作にわがまへにさし出されけりこの碩学は

けふよりは吾を導きたまはむとする碩学の髭見つつ居り
おぼつかなき墺太利語をわが言ひて教授のそばに十分間ばかり居る
はるばると来て教室の門を入る我の心はへりくだるなり

（『遠遊』「維也納歌稿　其一」大正十一年）

当時のこの神経学研究所には、岡田靖雄によれば「久保喜代二、小関光尚、斎藤眞、内藤稲三郎、西川義英の五名。（略）研究所の職員にはマルブルク教授のほかに、講師ポラク、助手シピゲール、小使いのヴィンメルなどがいた。」[8]という。この研究所には、すでに五名の日本人の研究生がおり、徒手空拳で、一人ウィーンへ留学したのではなかった。茂吉は、マールブルク教授から、麻痺性痴呆者の脳の病理組織学的研究というテーマが与えられた。加藤淑子によれば「麻痺性痴呆者——黴毒の感染数年ないし十数年後に、多くは四十歳前後の男子に発する脳病で、野口英世が脳実質中に病原体を発見——のホルマリン漬けの大脳七例であった。ブロードマンが細分した区域毎に、計二百八十近い大脳皮質の部分を切りとり、それぞれ厚さ数ミクロンの切片を作成して染色した標本の顕微鏡所見にもとづき、病機の本態を論じ[9]」ようとするもので、細心の注意と、大変な手間と根気が必要な研究であった。

茂吉は、巣鴨病院医員の時に、ワッセルマン反応に関する学会発表を行ったが、論文はなかった。呉秀三が欧州留学中に、ニスルから学んだ神経細胞染色法を伝授されていた。茂吉は、脳片にニスル染色法を行い、郷里金瓶村に咲いていた黒みがかった紫色の通草（アケビ）の花を思い浮かべたのであった。茂吉にすれば、麻痺性痴呆の研究は、すでに問題意識をもち、懸案の研究ともいうべきものであった。

業房《げふばう》に一日こもりて天霧し降りくる雪をりおり覗く

（『遠遊』「維也納歌稿　其一」大正十一年）

ウィーン大学を訪れて十日目の一月三十日に、雪が降った。終日、教室で研究テーマに没頭していた。業房とは、森鷗外が訳した「ラバトリウム」のことである。

当時の精神医学の状況を回顧すると、前述したように、小俣和一郎は「一九一三年、日本の野口英世（一八七六

〜一九二八）は、進行麻痺患者脳からはじめてスピロヘータ・パリーダを分離することに成功し、進行麻痺は脳の梅毒であることが確定した」(10)という。不治の病気であるといわれた進行麻痺の原因が梅毒病原菌であることが確定し、多くの精神病者にとって、治療が可能となった。なお、茂吉は、ワッセルマン反応の検査方法について、巣鴨病院医員の時に、三宅鑛一副院長の命により、駒込病院院長の仁木謙三の許へ行き、その技術をすでに習得していた。

当時のドイツ精神医学では、グリージンガーの「精神病は脳病である」というテーゼが踏襲され、他の幅広い諸要因も考慮するべきであるが、このような傾向があった。原因不明の精神病者が死亡したならば、その脳を取り出し解剖し、顕微鏡により、病理組織学的に解明しようとした。前述した、野口英世が進行性麻痺患者の脳から梅毒の病原菌スピロヘータ・パリーダを検出したことにより、精神病はすべて目に見える原因が存在するという「確信」が生まれたのである。そのような時期に、その潮流の中で、茂吉の研究が行われたということを知っておく必要があろう。

ところで、この研究所は恩師の呉秀三も学んだ場所であるが、創始者は先代所長のオーベルシュタイネル（Heinrich Obersteiner）である。オーベルシュタイネル（一八四七〜一九二二）の経歴は、呉秀三の「オーベルスタイネル先生を追悼す」に詳しいが、加藤淑子による略歴を記す。

創立者オーベルシュタイネルは一八四七年十一月十三日ウインで生れ、祖先は代々ウインの医者、一八七〇年ウイン医科大学卒業、数年後同大学において講師として中枢神経系統の解剖生理を講義し、その傍ら精神科医として実地開業した。一八八〇年助教授となり、二人の弟子を取立てるために私費を投じて一八八二年研究室を創設し、これを多年独力で経営した。多くの私費を建設にあてたので、はじめは小さな陋屋で人員も少かった研究室は次第に拡充した。一八九八年教授となり、一九〇五年一月三一日、それまでに約八万一千クローネ

（三万二千四百円）の私費を投じた研究室の設備、標本、関係書物一切をウイン大学に寄贈した。[11]

このように、ウィーン大学神経学研究所は、オーストリアにおける脳研究の中心的存在であり、神経学の教授、研究機関として、欧米において最初の、長い期間にわたり唯一であった。故に、呉秀三もウィーン留学中に、午前はクラフト・エービングの教室で精神病学を学び、午後はオーベルシュタイネルの研究室に通っていた。

オーベルシュタイネルの後継者であるマールブルクの略歴は、岡田靖雄によれば「一八七四年モラヴィアに生まれて、一八九九年ヴィーンの医科大学をでた。学生時代からオーベルシタイネルの研究室で研究していて、卒業とともにその助手になった。一九一七年に所長になったかれはユダヤ系であったために、一九三八年に合衆国へうつらざるをえなくなった。ニューヨークのマウント・サイナイ病院にかれの研究室がもうけられ、ついでコロンビア大学の神経学教授としてはたらいた。[12]」のである。

さて、茂吉は脳研究の中心的施設で、マールブルクから研究課題を与えられ、その成果を出すべく、刻苦勉励するのであった。しかしながら、容易に結果が出るものではなく、懊悩し、時には同僚へ激昂することもあった。西川義英は「ウィーン時代の斎藤君」で次のようにいう。

私はウィーンで、オットウ・マールブルク先生の下に、斎藤君と約二年間机を並べて研究した。君は内科、私は外科であったが、共に脳神経の研究をした。

君はどこへ行っても可愛がられると言ったら語弊があるが、決して憎まれたことはない。どうも憎むことのできない人徳があって、温厚な感じを受けたが、君の研究法はごく綿密で、時間をかけてやる所があった。所がガタガタと仕事を片づけるたちの人もゐて、其一人が「斎藤君、そんなのろくさいやり方ぢや出来上りはしないよ」と言ったことがある。其時は珍しく激昂して、「何をツ」と叫ぶと一所に拳をふり上げたので、丁度居合せた私が「喧嘩ならウィーン迄来てやる必要はないぢやないか。日本へかへつてやれ。」と言って漸く止めたことがある。さうして夕飯を三人で食って仲直りをした。君は精魂をかけて研究してゐたから、かういふ激昂もあったわけだと思ふ。綿密であるから君の研究には誤りがないのである。(13)

この時のことと思われる「五月十七日、教室にて」という歌がある。

この野郎小生利なことをいふとおもひたりしかば面罵をしたり

（『遠遊』「維也納歌稿　其一」大正十一年）

歌人としての名声もある茂吉であるが、不惑を越えて、而立あたりの研究生と机を並べ、研究に励まざるをえなかった。巣鴨病院医員の時に、完成させるべき学位論文が遅れ、さらには第一次世界大戦により留学の好機を逃したことを悔いてもしかたがない。年齢的に厳しくとも、それまでにまとまった医学論文がなく、医者として、男として、歌の道を犠牲にしても、成果を挙げることが至上命令であった。故に、その憤懣が激昂へと誘ったのであろう。異国にありながら、茂吉の競争相手は、年下の同胞という皮肉な状況であったのである。七月二十三日に「ひとり街上を行く」とある。

朝宵を青年のごとく起臥してひぐらし鳴かぬ夏ふけむとす

（『遠遊』「維也納歌稿　其一」大正十一年）

茂吉の心境たるや、この歌の如くであろう。西川義英は、茂吉はドイツ語の会話が達者ではなく、「マールブルグ先生と会話しなければならん時は苦しんでゐた。先生が何か問ふ。すると直ぐに言葉が出ないので、例のやうに目をつぶって、あごをつき出す。単語でも何でも言ってしまへばいいのに、考へ込んで、それからポツリポツリ言ひ出す。先生もそれは呑込んで居られた。(14)」という。久保喜代二は、「茂吉さんはドイツ語にかけてはまったく口下手でした。たいていの人は必要上会話のレッスンをとるのですが、茂吉サンにはそんな様子は全然見られませんでした。ですからいつまでたっても同じで、恩師マールブルク先生とはとうとうよく話が通じないでしまったようです(15)」という。

ただ、会話だけではなく、茂吉とマールブルクとの間の意志疎通は欠いていたようである。書簡にはマールブルクへの不満が綴られている。前田茂三郎宛では、「ベルリンで御わかれしてからもう四月になります。その割にはアルバイトが進まず、教授も猶太系の人ゆゑ口の上手な割に真実性に乏しいやうです。しかし今更やめるわけにも行きませんから、大に勉強してゐます[16]」（大正十一年五月三日）といい、中村憲吉宛では「今ゐるところの教授を小生は余り尊敬しないので、来年からどこかへ移るつもりだ。[17]」（大正十一年六月三十日）という。三月十三日に、マールブルクがはじめて茂吉の標本を見た。

わが作りし脳標本をいろいろ見たまひて曰く、"Resultat Positiv!"　（『遠遊』「維也納歌稿　其一」大正十一年）

指導教授が顕微鏡で、茂吉が彫心鏤骨してつくった標本を見て、よい成果が出た感激を、この歌によんだのである。とはいえ、一月にテーマを与えて、三月に標本を見た。茂吉にすれば、もう少し早く指導を得たかったのであろう。九月十九日になると、次のようにうたう。

「マアルブルク教授予の標本を一覧す」新秋の夜に記しとどむる　（『遠遊』「維也納歌稿　其二」大正十一年）

茂吉のマールブルクへの評価について、柴生田稔は「対ユダヤ人意識のほかに、（略）茂吉自身の性格、神経質、感情的、気弱、身勝手、等々に、留学生的心境を加味したものを考へ合はすべきであろう。[18]」という。茂吉のユダヤ人への意識は、微妙な問題ではあるが、少なくとも当時の日本人留学生の対ユダヤ人意識の中に、埋没していたことは、否定できないところもあるであろう。また、柴生田のいう「神経質、感情的、気弱、身勝手」な性格は、この言葉からだけでは否定的な性格となるが、茂吉はそれらを克服し、精神病医として自立していったのである。

2　オーベルシュタイネル先生

呉秀三は、欧州留学中の、オーベルシュタイネル先生のことを次のように回想する。

余が先生の門に入りたるは、千八百九十七年の十月中旬なりき（略）朝に夕に懇に親みと暖みとを籠めて、顔を合せ、手を執り屢々諧謔をも交へて万事に指導を与へられ。他の人々にも左ありしならん、余には殊さら篤かりし様覚えたり。仕事につきては絶えず奨め励まし給ひ、細々と注意し給ひ又思惑の足はぬことは戒め給ひ批評し給ひ。親兄弟とてやかくあるべきとは思はるる程の懇遇を受けぬ。(19)

オーベルシュタイネルは、ウィーン大学教授を七十歳で勇退後も、神経学研究所にしばしば顔を出し、研究生の指導をしていた。茂吉は一月二十三日に、オーベルシュタイネル先生に会った。

はるばると憧憬れたりし学の聖まのあたり見てわれは動悸す

門弟のマールブルクをかへりみて諧謔ひとつ言ひたまひたり

（『遠遊』「維也納歌稿　其一」大正十一年）

茂吉は、尊敬する人物の面前では、感激のあまり緊張し、謙譲どころか、極端に萎縮し、自らを矮小化する傾向が見られる。そして、相手に十分に自らの言葉を発することなく、その場を辞去することになる。オーベルシュタイネル教授の例だけでなく、無一塵庵での伊藤左千夫や観潮楼歌会での森鷗外とのはじめての対面の場も同様であった。

茂吉には「オウベルシュタイネル先生」という小品がある。維也納（ウィーン）の人々は、オウバアシュタイナアと発音していた。オーベルシュタイネルは、数回教室へ行き、茂吉の研究状況を見た。そして「背丈のひくい、七十を幾つか越えた老翁であるが、私どもに向ふ態度は無量の慈愛が籠ってゐるやうに見えた。私はいつもその態度に感謝し、心がひどく引きつけられた。先生は話が済んでわかれる時などには先生の方から手を出された。(20)」という。また、次のようにいう。

私は西暦一九二二年一月二十三日、はじめて神経学教室に於てオウベルシュタイネル先生に御目にかかった。さうして先生は、茂吉という私の名を幾たびも繰返された。長くて呼びにくい名であるからであった。その時、マルブルク先生も居合はせて、私がこれから為さうとする為事の方針に就いてオウベルシュタイネル先生に報告して呉れた。『前頭葉が一番犯されて、後頭葉が一番犯されてないといふことになって居りますが、もっと細かく、細胞の各層に於いても充分しらべて貰ふつもりでございます』かうマルブルク先生がいはれた。すると先生は、『さうか。それはなかなか骨が折れるぢやらう。しかし辛抱しなさい』と云はれた。(21)

また、次のようにいう。

或る日の午前に、（いま手帳を繰って見ると三月十一日であった。）私は教室の一番奥の部屋に麻痺性癡呆の脳を持って行って、一人で脳のいろいろの部分を切出してゐた。そこにのそのそと入って来た者がある。振返ってみるとそれはオウベルシュタイネル先生であった。私は驚いたが、手が汚れてゐるので直立して敬礼した。それから為事を続けながら、切出した数十個の脳片に、日本から持って行った墨を摩り毛筆を以て標を付けはじめた。これは私がこの為事を始めてから約二ケ月の後に漸く工夫したのであって、瓶の数の徒に増すのを防ぐための窮策から出でたのであった。オウベルシュタイネル先生がしばらくそれを見て居られたが、『日本人はなかなか器用だ』とひとり言のやうに云はれた。それから『なかなか骨の折れる為事ぢや。だが矢張り四週間為事は駄目だから、辛抱してやるがいい』と云はれた。(22)

その時の感激を、次のようにうたう。

おもひまうけず老先生そばに立ち簡潔にわれを励ましたまふ

（『遠遊』「維也納歌稿　其二」大正十一年）

また、一九二二（大正十二）年四月二十日には、友人の案内で、クロッテンバッハ街三番地の先生宅へ訪れた。その友人は、ウィーンの日本人留学生の中で最古参であった。訪問した時の状況は次である。

『よく御いでになられた。――先程から御待して居った。……お掛けなさい。お掛けなさい。』かう先生は云はれた。その言葉には無量の慈愛がこもってゐる。ただ先生の咽喉のあたりが呼吸する毎にぜいぜいして如何にも大儀さうであった。

私は、日本の呉先生からの贈物と、私の贈物とを先生の前に出した。すると先生は私等の目前で贈物の包をほどきはじめた。（略）

『どうぢや、呉はかはりはありませんか』

『はい、御丈夫でいらっしゃいます』

『さうか、呉はなかなか偉い男ぢや』（略）

私はその日も、教室に於ける私の為事の方針に就いて報告しようとすると、『わしは、もう、よく知って居る』と云はれた。

『しかし為事はなかなか骨が折れるからな……さうぢや、何でも辛抱が肝腎ぢや。辛抱さへすれあ、いつか為上がる』先生は、"Geduld"といふ語を二つも三つも使はれた。

『それは、何ぢや、四週間為事ではやはり駄目ぢやからな、よくよく辛抱しなさいよ』かうもいはれた。この、"Vierwochenarbeit"といふことを云はれた、先生のこの訓戒は私には二度目であったから、ひどく私の身に染みたのであった。私は自分の為事が捗らず、前途に寂寥を感ずることが痛切であるときに、いつも先生のこの訓戒を思出して、そしてひとり寝の床にもぐり込むのであった。先生のこの如き訓戒は、私等の先輩の誰彼もやはり聴かれたことと思ふけれども、私と同じ時代の誰もが聴いたといふわけではない、その時から一年の後、独逸の国を遍歴して多くの教授にも逢会したが、つひぞ如是の慈愛に満ちた言葉を聞くことが出来ずにしまった。(23)

この時を、次のようにうたう。

　わが業を励ましたまひ堪忍の日々を積めとふ言のたふとさ

「四週間業績を羨むことなかれ」かくのごとくも諭したまへる
（『遠遊』「維也納歌稿　其二」大正十一年）

このように、茂吉はオーベルシュタイネルの人柄を、「無量の慈愛」が込もっていると繰り返しいう。茂吉のいう「為事」とは、いうまでもなく医学上の学位を取得するに必要な研究成果のことである。そして、先生の訓戒に込められた激励の言葉を胸に刻み、茂吉は研究に専念するのであった。さらに次のように会話は続く。

『ポオラック Dr. E. Pollak に聞けば、君は詩人ぢやさうな。併しわしには日本語が出来ないので残念ぢや。日本の詩といふのはどういふのかな』

ポオラックといふのは教室の助手の名である。

『短い形式の抒情詩でございます』

『やはり押韻をしますかな』

『いいえ、三十一音律で、韻を踏まずに、五音七音で続けてまゐります。（略）』

『さうか。詩は生の内の方から出すのぢやからなかなかむづかしい。維也納では詩人を尊敬しますぞ』（略）

『君は Lenau といふ詩人を御存じかな』

『はい、存じて居ります』

『あれは、わしの病院で亡くなつたのぢや』

『左様でございますか。やはり神経病ででもあったのでございますか』

『進行性麻痺狂で亡くなつたのぢや』

『さやうでございますか』

談話は一寸とぎれた。その時、私は彼の可憐な、悲哀に傾いた多くの抒情詩を作ったレナウが、現在私の為してゐる医学上の為事の材料となり得る脳の持主として没したことを思うて、慄然として恐れたのであった。さ

うしてレナウの脳髄の細胞層の変化といふやうなことが、ある現実性を帯びて私の意識裏にあらはれても来るのであった。（略）

私等は先生の邸をまからうとしたとき、先生は『またおいでなさい。いつでもおいでなさい。』といって手を握られた。[24]

このように茂吉は、オーベルシュタイネル宅を訪問し、詩についても論じ、一服の清涼剤ともいうべき、安らぎと充実した時間を過ごすことができた。後になるが、茂吉はレナウの墓に詣でた。日々の研究は、緊張の連続であった。

教室で緊張した為事をして居り、一日一日が暮れて行った。そのあたりは私は女人不犯の生活を守ってゐた。また夜遊びなどもせずに夜もなるべく早く寝た。四十歳を越えて異境に渡り、三十歳そこそこの血気の若者と伍して為事をしようとするのには、その覚悟が大切だと私は思ったのであった。（略）いつも『おれはいま若い者の真似をしてはいかぬ』といふ一種の戒律が私の頭を支配してゐたのである。

『ちいとは賑かなとこへ出て来いよ』

『近ごろ少し変だぜ。……いまにノイって、へたばってしまふぜ』かう或友が云った。『ノイる』といふのは神経衰弱病になるといふ、和洋混淆の医者言葉なのであった。けれども私の心の奥には、最澄・空海などの過去の人さへ知らなかったであらう孤独に堪へる或物が潜んでゐた。[25]

茂吉は自らの課題を「為事」という言葉に凝縮し、異国の地で、孤独に堪え、あたかも修行僧の如く、ストイックな生活を送ったのであった。茂吉の覚悟と労苦が感ぜられる。同研究所員であった久保喜代二は「ウィーン時代の茂吉さん」で、「茂吉さんは人の前でよくノートする癖がありました。話の途中であろうがなかろうがいっさいおかまいなしでした。（略）茂吉さんの神経学研究所における生活は実に立派でした。朝から晩まで規則正しくこつこつと仕事をされました。隣に机をならべていた私は自然その感化を受けたように思われます。（略）また、時折瞑想するかのように瞼をとじながら舌をぺろりとのぞかせる不思議な表情は、三十有餘年たった今日でもなつかしく思い浮かべることができます。」(26)という。まさに、茂吉の性格、しぐさが見て取れる。

同年の十一月十九日には訃報を聞いた。オーベルシュタイネルが病没したのであった。

ハインリヒ・オウベルシュタイネル先生死し給ひ堪へがてに寂し立ちても居ても

あたたかき御心をもてわがかしら撫でたまひたるごとくおもひし

（『遠遊』「維也納歌稿　其二」大正十一年）

十一月二十二日、葬送が行われた。

老碩学の棺のまへに相ともに涙垂れてシューベルトうたふ悲しみ

ドエブリングの墓地に葬りのつひの日に雲ひくくおりて寒さいたしも

（『遠遊』「維也納歌稿　其二」大正十一年）

呉秀三の「オーベルスタイネル先生を追悼す」には、墺地利国「維也納神経学教室に滞在研究中なる、斎藤茂吉君より左のごとき詳細の書面を受取りぬ」とある。その書面の一部は次である。

拝啓陳者十一月十九日午後四時、オウベルシュタイネル先生はクロッテンバッハ街三番地の自邸にて逝去被成候。七十七歳の高齢にて逝かれ申候。当日は午後より雪さかんに降りいで申候。

当日は日曜なりしゆゑ、小生等は少しも知らずに居り、翌日教室にまゐり小使から聞いて驚き候次第に御座候。葬式は二十二日の午後三時過ぎ自宅出棺（略）加特利教の教式にて営まれ申候。（略）葬式の当日小生ら日本人四人は日本人を代表して先生の霊前に花輪をさゝげ申候。（略）棺は嘗て御目にかゝりしことのある先生の書斎にアンチされあり、悲しき花輪にうづもれてあり候。去る四月に先生に御目にかゝり故郷の呉先生や三宅先生のことなど物語られし部屋に御座候。（略）小生はオウベルシュタイネル先生には前後四回お目にかゝり申候。（略）五月ごろからもはや御いでにならず、こゝ一月は全く牀につかれ候由に御座候それを小生等は今まで知らずに居候次第に候。呉先生はじめ先生の教をうけられし、故郷の方々の御驚き御悲しみ幾重にも御察し申上げ候。文章体を成さず混乱いたし候段何卒御推読奉願上候。頓首。(27)

呉秀三は、オーベルシュタイネル先生を次のように追悼している。

嗚呼。先生逝き給ひぬ。世界に於ける神経精神科の将星は永き光芒を空に曳つつ地に墜ちぬ。（略）先生の神去りましぬるは、学界の空は重なる雲に掩はれて、すきもる光さえなくにいともいとも暗がりたりとこそ覚ふれ。是独り吾等門下輩のみならず、世界同学者一統の悲歎なるべし。(28)

オーベルシュタイネルは、「学問の興隆は万国的であらねばならぬことを高調し、（略）偏国土主義、偏執愛国主義（略）は学問の発達を阻礙するもの」といい、さらに「人種的憎悪は吾人を滅亡に傾けつるも吾人は更にかかる偏執なく世界と共に和睦し暮さん」(29)という。茂吉は、温厚篤実な老大家オーベルシュタイネルへの敬愛が深く、オーベルシュタイネルから呉秀三、そして茂吉という師資相承の観がある。そして、茂吉も病者に寄り添う、慈愛の精神を継承したのである。

3　麻痺性癡呆者の脳カルテ

茂吉は、一九二三（大正十二）年三月八日、「麻痺性癡呆者の脳」に関する研究論文の原稿を印刷所に提出し、四月十四日には、その論文の印刷ができた。

ぎりぎりに精を出したる論文を眼下に見をりかさねしままに
幾たびか頁めくりてさながらに眼に浮かびくる生のかかはり

簡浄にここに記せる論文の結論のみとおのれ思ふな
過ぎ来つる一年半のわが生はこの一冊にほとほとかかはる
眼前に存すごとMarburg先生に感謝ささげり動悸しながら
誰ひとり此処にゐざれば論文の頁を閉ぢて涙ぐみたり
Forschungの一片として世のつねの冷静になりし論文ならず
幾たびか寝られざりし夜のことおもふ憤怒さへそこにこもりて
（『遠遊』「維也納歌稿　其三」大正十二年）

この一連の歌は、淡々としているが、「生のかかはり」「わが生はこの一冊にほとほとかかはる」「閉ぢて涙ぐみたり」という表現からは、茂吉の論文完成に対する詠嘆と、愛惜の念が横溢しているようだ。

この論文は「麻痺性癡呆者の脳カルテ」という題目で、副題は「大脳皮質内における麻痺性病機の本能と分布との研究」である。ドイツ語文で、本文が百八十二ページで、顕微鏡写真が二十一葉ある。岡田靖雄の次のようなコメントがある。

マルブルクが提供した七つの脳につき、大脳皮質の構造のちがう五〇か所ほどをとりだして、組織変化がどのように分布しているか、しらべたものである。臨床所見との対比など不充分で、「本態」にせまったとはいえないが、ともかく根気のいる仕事であり、「四週間業績」ではなかった。かれがえた結果に、とくに独創的なものはなく、ほぼわかっていたことをきっちり確認したものといえるだろう。(30)

いささか、拍子抜けするが、精神科医のコメントだけに正鵠を得ているのだろう。加藤淑子がもう少し詳しく論じているところでは、論文は次のような内容であった。

マールブルクより与えられた七例の麻痺性癡呆者の左大脳半球を、ブロードマンが大脳表面に作成した地図にしたがって切りとり、その各分野につき組織学的検索を行ったものである（略）人の大脳皮質を、細胞構築の差から片側五十二の区域に細分し、茂吉はそのうち四十四を研究対象とした。三分野を一連として検査した箇所もあるので、二百八十近い部分を切り取って顕微鏡標本を作製したことになる。そして切りとった切片毎に大脳皮質の幅、軟脳膜、神経細胞、有髄神経繊維、神経膠細胞、血管周囲の間質細胞、桿状細胞について検証結果を記録し、麻痺性癡呆の病機の分布を明かにし、これにもとづいて病機の本態が論ぜられた。(31)

また、内村鑑三の長男である内村祐之《ゆうし》は「科学者としての茂吉」で次のようにいう。

とにかくみじかい間によくもこれだけの研究を遂行し、かつ長文の立派なドイツ文を書いたものだと感服する。戦後の大学に教授でござるとすましている人々のうちに何人が、茂吉だけの努力をし、彼だけの研究、成果をあげただろうか。若い科学者たちは茂吉の前に恥じるがよい。

(略)第一に茂吉の根気のよさと克明さに感服する。これは詩人や歌人の気まぐれ仕事などでは到底ない。第二には茂吉の自信の強さを感じ入る。当時この病気の研究には世界の有名無名の学者たちがきそって参加し、画期的の業績が噴出していた。その中に伍して茂吉が「本態についての研究」と副題を附したのは実に大膽なことであると思う。(略)第三の感想は(略)茂吉の顕微鏡使用の経験が相当にふかいものであるということだ。(32)

かなり好意をもった茂吉への評価である。しかし、これは『アララギ　斎藤茂吉追悼号』での文なので、その点を値引きして考えなければならないだろう。そこで、総合的に見るならば、茂吉の研究テーマは、精神医学上の突出した、画期的な成果は期待できないとしても、一心不乱に手間暇を惜しまずに成し遂げれば、必ず成果が出る課題であったと推察できよう。むしろ、特別な着想に基づくものではなく、ある程度は予測可能な研究テーマで確実性を狙ったとも考えられよう。誰もが必要性を認めながらも、手間のかかる研究だけに、着手することを躊躇していたのである。とはいっても、精魂を傾け、心血を注いで論文作成に没頭し、完成させた、茂吉のリビドーは大なるものであったことは間違いない。論文の印刷完成の間際の四月十一日付、島木赤彦宛の書簡では、次のようにいう。

僕の西洋での生活は、部屋にこもって文章を練るといふことは到底出来ない生活だ。僕が日本にゐて、実験医学の論文が出来なかったのは無理はないとおもふ。『歌』に携はってゐては、やはり出来ないのでありました。しかし『歌』に対するほど学問が好きなら、医学の論文など何でもありません。

さらに、四月二十八日付、平福百穂宛には「実際、僕は医学でも、人並にはやれます。歌ぐらゐ勉強すれば、医学の論文などは、いくらも書けます」といった。これらの書簡には、論文がいよいよ完成する（した）という安堵感なのだろうか、茂吉の偽らざる気持ちが込められている。愛して止まない歌に注いだ情熱に比較すれば、医学論文の方が容易であるという歌人としての自負でもある。

『遠遊』の後記で、「私は大正十一年一月維也納に著き、マールブルク教授の神経学研究所に入って翌年夏迄に及んだ。その間、麻痺性癡呆の脳病理に就て、及び他二題の論文を作った。また、アルレス講師の心理学教室に入り重量感覚知見補遺を公にし、また、ワーグネル教授の精神病学教室に出入して臨床上の知識を補った[33]」という。よって、「重量感覚知見補遺」以外の他二題の一つはシュピーゲルとの共著「植物神経中枢のホルモンによる昂奮性について」であり、もう一つは「脊髄水腫及び神経膠症を伴へる髄膜脳嚢脱出」である。ウィーンで、茂吉は四本の論文を作成した。「重量感覚知見補遺」は、十一ページの論文で、筋肉疲労と重量感覚との関係を調べたもので、日本で嘗て行ったエルゴグラムの研究に続く実験心理学である。岡田靖雄は「とくに新知見はない[34]」と断言している。「植物神経中枢のホルモンによる昂奮性について」は、十四ページの論文で、こちらに対して岡田は「家兎の頭蓋に穴をあけて、ホルモンを脳室内に直接注入して、血圧にたいする影響をみたところ、諸種ホルモンの作用は血液を介したばあいと類似のものであった、という知見は、当時としてあたらしいものであった[35]」と評価している。残りの「脊髄水腫及び神経膠症を伴へる髄膜脳嚢脱出」は十六ページの論文で、中枢神経系先天異常例の病理組織学的所見を論じている。この論文は、茂吉研究者にも長く見逃されていたが、加藤淑子が発見した。大作「麻痺性癡呆者の脳カルテ」を中心に、残りは「衛星の趣き」があるが、大きなテーマを追求しながら、小さなテーマも同時並行に研究を推進し、結果的には大小四つの論文を完成させたのであった。不器用な茂吉が、一途に、脳の切片を切り取り、顕微鏡で標本を観察する姿は、誰にも近寄りがたい研究に没入した、茂吉の世界を創出したのであろう。だからこそ、短期間にその成果を得ることができたのである。茂吉にすれば、留学後に研究者へ進もうという野心もなければ、その意志もなかったであろう。ただ、眼前にある研究に、我を忘れ、すべてのエネルギーを注いだのである。一点に懸ける、茂吉の集中力は、まさに一所懸命そのものである。

留学中は、研究だけに没頭したのではない。研究所での生活は、本人の自主性に任されるものであり、茂吉は、規則正しい生活を送り、徹夜続きで、研究所に寝泊まりしたことはない。夕方になれば研究所を辞し、日曜、祭日は休み、あるいは夏期休暇を利用して、業余には、寸暇を惜しみ、積極的に西洋文化を吸収したのであった。オーストリア国内旅行だけではなく、ドイツ、ハンガリー、イタリアへの小旅行も行った。随筆『蕨』の冒頭には、「維也納に留学してから半年が過ぎた。その間、教室では精根を尽して為事したのであつたが、七月に入って、指導教授も山間の温泉地へ転地してしまふと云ふし、助手の一人二人は夏の休ぢゅう休まずに実験に来てゐても、取り立てて相談に乗ってもらふ必要もないので、これまで作った顕微鏡の標本やら、研究題目に関する先進の文献の書抜やらをその儘にしておいて、独逸の旅に出掛けることにした。[36]」という。一九二二（大正十一）年八月五日から七日にかけて、ミュンヘンで諸教授に会っている。

諸教授を訪ひてこころは和ぎゐたり、Spielmeyer、Rudin、Isserlin（『遠遊』「独逸旅行」大正十一年）

ヴァルテル・シュピールマイエル（一八七九〜一九三五）は、神経病理学の碩学である。岡田靖雄によれば、「一九一二年クレペリンにまねかれてミュンヘンで精神神経科の神経病理研究室を主宰、一九一七年新設のドイツ精神医学研究所の神経病理部長。一九二八年カイゼル・ヴィルヘルム研究所開設とともに神経病理研究所所長として、みづからの研究をすすめるとともに、世界中からあつまった神経病理学研究者を教育した。」とある。[37]前述の内村祐之もこの研究所に留学していた。エルンスト・リューディン（一八七四〜一九五二）とマクス・イセルリン（一八七九〜一九四一）は、共にクレペリンの教室にいた研究者である。

また、フランクフルトでは、ヤーネルに会った。茂吉は『蕨』の中で「大学の精神病学教室を訪うた。ここでは折よく、F. Jahnelという少壮教授に会った。この人は、野口英世博士の後に、また特別の方法で麻痺狂脳髄の中のスペロヘータを研究した人である。教授は幾枚も標本をのぞかせ、しまいに三枚の標本を僕にくれた。教授の靴紐は切れたのをつないだ結目がいかにも目立った。それを大発見でもしたような気持になって教室を辞した」という。その他、詳細は省くが、精力的に研究所や精神病院を訪ね、教授に会った。そして、「脳カルテ」が脱稿したことで、ウィーンでの「為事」を終え、ミュンヘンへと転学を決意したのであった。

真夏日の黒々とせる森こめてWienはしりへに遠ざかる見ゆ　（『遠遊』「維也納歌稿　其四」大正十二年）

茂吉は、呉秀三らの先人の留学を『呉秀三先生を憶ふ』で、次のようにいう。

當時の本邦留学生は帰朝に際しては皆銘々の『背景』を将来した。即ち『本尊』を背負ひ、その光輝と共に帰朝したものである。恰もかの最澄、空海の如き高僧の求法孜学に類似し、彼等がその本尊と経疏とを将来したのと類似して居るのである。今の留学・洋行の概念はもはや平凡化してしまったけれども、當時の留学生の意気込が既に今とは違ってゐたのである。[38]

要するに、大正時代の留学ともなると、最澄、空海、あるいは道元のような、本尊や経典を将来するのではなく、せいぜい経典の「義疏」となっているのである。世俗的にいえば、研究のためではなく、箔をつけるためにだけ、留学した者もいたのである。茂吉も箔をつけるための留学ではあったことは否定できないが、「為事」を為し遂げたのであった。
さて、ウィーン滞在中の歌は、『遠遊』にまとめられているが、茂吉がいうように、簡単な日録の余白に歌を書きつけたものであり、「全く歌日記程度のもの」であった。ところが、「為事」のために、歌人を封印していた茂吉であるが、次第に随筆家としての茂吉を結果的に、際だたせることとなった。とくに、『ドナウ源流行』『接吻』『妻』等の欧州随筆は、ヨーロッパ紀行の白眉ともいわれるようになった。さて、中村憲吉は、『宮本武蔵』という書物を、茂吉の留学に向けての餞別とした。そこで、茂吉は「巌流島」で次のようにいう。

墺太利の維也納に丸一年いるうち、友から贈られた『宮本武蔵』を繙き、武蔵の兵法の奥義などを読んで、「能く習ひ得て鍛錬有べき義也」などという語句にしばしば逢著しても、武蔵がこの鍛錬で巌流の頭蓋を打くだいたのだと思ふと、私の心はひとりでに武蔵の兵法を憎悪した。特に教室における私の為事がはかどらず、論文がなかなか出来ないときに、この書物などを読むと、益々私の武蔵のペテン術鍛錬法を憎悪したのであった。時には書物を牀上にほうり付けたことなどもある。それほど私の心はいらいらしていた。

このように茂吉は、研究に行き詰まり、解消すべきもない欲求不満を、書物にぶつけたのであった。
かの有名な『接吻』という随筆がある。茂吉は、ウィーンの街角の歩道で、夏の夕暮に、貧しい身なりの男女が長い接吻をした光景を記す。二人は、同じ姿勢で抱擁し続けている。その後「僕は稍不安になって来たけれども、これは気を落付けなければならぬと思って、少し後戻りをして、香柏の木かげに身をよせて立ってその接吻を見てゐた。その接吻は、実にいつまでもつづいた。一時間あまり経ったころ、僕はふと木かげから身を離して、いそぎ足で其処を去った(39)」とある。翌年の正月にも、ウィーン郊外の山上で、再び一時間もの接吻に出会った。この夏の接吻について、茂吉は「どうも長かったなあ。実にながいなあ」と嘆息する。それを見ていた茂吉に、読者は嘆息する。異国で、男女の接吻を何と一時間以上も、「気を落付けて」凝視し、観察しているのである。二人も二人ながら、茂吉も茂吉である。この場面を引いて見れば、接吻する二人に、それを眺める男という構図である。奇異であるし、何ともいえぬ滑稽さを感じ取ってしまう程だ。これを読み、茂吉の執拗さ、粘着性、あるいは執着性に驚くというよりも、呆れると評した方が、適切ではないだろうか。だからこそ、茂吉の常軌を逸する集中力によって、前途多難であった脳髄病理の「為事」を、短期間に仕上げることができたのではないだろうか。

茂吉は、留学前に帝室博物館長となっていた森鷗外を訪問し、激励された。茂吉は、終生にわたり鷗外を私淑していた。それは、医学者であり、文学者であった鷗外への敬愛と憧憬であった。一九二二（大正十一）年八月二十八日に、ベルリンの日本大使館で鷗外の訃報を知る。茂吉にとって、大きな精神的な支柱を喪失することとなった。

さて、茂吉を語るに、茂吉の土着性とヨーロッパ的世界について論ぜられることがある。芥川龍之介は『僻見』の中で「近代日本の文芸は横に西洋を模倣しながら、竪には日本の土に根ざした独自性の表現に志してゐる。茂吉はこの竪横の両面を最高度に具えた歌人である[40]」と評している。これを医学者の茂吉で考えるならば、ウィーンでは、研究に没頭し、臨床の体験をする機会は、ほとんどなかった。しかし、西洋との出会いにより「深処の生」を見つめ、オーベルシュタイネルから、呉秀三へと伝授された「医の心」を体得したのであった。

注

（1）『斎藤茂吉全集』第三三巻、岩波書店、一九七三年、四一〇ページ。以下、『全集』と記す。
（2）『全集』第三三巻、四〇四ページ。
（3）藤岡武雄『新訂版・年譜　斎藤茂吉伝』沖積舎、一九八七年、一八二ページ。
（4）『全集』第五巻、一〇九〜一一〇ページ。
（5）同巻、一〇九ページ。
（6）『全集』第七巻、二八八〜二八九ページ。

(7) 同巻、三〇五〜三〇六ページ。
(8) 岡田靖雄『精神病医　斎藤茂吉の生涯』思文閣出版、二〇〇〇年、一九三ページ。
(9) 加藤淑子『茂吉形影』幻戯書房、二〇〇七年、四八ページ。
(10) 小俣和一郎『近代精神医学の成立――「鎖解放」からナチズムへ』人文書院、二〇〇二年、一三〇ページ。
(11) 加藤淑子『斎藤茂吉と医学』みすず書房、一九七八年、四五ページ。
(12) 岡田靖雄、前掲書、一九五ページ。
(13) 『アララギ　斎藤茂吉追悼号』アララギ発行所、一九五三年、三七ページ。
(14) 同書、三八ページ。
(15) 同書、三八ページ。
(16) 『全集』第三三巻、四七八ページ。
(17) 同巻、四八四ページ。
(18) 柴生田稔『続斎藤茂吉伝』新潮社、一九八一年、九七ページ。
(19) 『呉秀三著作集』第一巻（医史学篇）、思文閣出版、一九八二年、二一八ページ。
(20) 『全集』第五巻、五六七ページ。
(21) 同巻、五九七〜五九八ページ。
(22) 同巻、五九九ページ。
(23) 同巻、五七七ページ。
(24) 同巻、五七七〜五七九ページ。
(25) 同巻、五八二〜五八三ページ。
(26) 『アララギ　斎藤茂吉追悼号』三八〜三九ページ。
(27) 『呉秀三著作集』第一巻、二一四〜二一七ページ。
(28) 同巻、二一七ページ。
(29) 第五巻、五九五ページ。
(30) 岡田靖雄、前掲書、二〇九ページ。

(31) 加藤淑子、前掲書、六〇ページ。
(32) 『アララギ　斎藤茂吉追悼号』四三～四四ページ。
(33) 『全集』第一巻、五五九ページ。
(34) 岡田靖雄、前掲書、二一一ページ。
(35) 同書、二一二ページ。
(36) 『全集』第五巻、七三五ページ。
(37) 岡田靖雄、前掲書、二〇二ページ。
(38) 『全集』第六巻、一三九ページ。
(39) 『全集』第五巻、一三三ページ。
(40) 『芥川龍之介全集』第六巻、岩波書店、一九七八年、三五五ページ。

第五章　ドイツ精神病学研究所での生活——欧州留学時代②

1　シュピールマイエル教授

斎藤茂吉は、一九二三（大正十二）年七月十九日ウィーンから、ドイツのミュンヘンへ転学した。ミュンヘンには、恩師呉秀三が精神病学の体系を学んだクレペリン（E. Kraepelin）や神経細胞染色法を学んだニスル（F. Nissl）の跡を継ぐ、シュピールマイエル（W. Spiermeyer）がいる憧れの場所であった。茂吉は「一代の偉人クレペリンが顧容に接して、東海の国から遙々来った遊子の空虚な心を充たさうとする熱心さもあったのである。」[1]といい、呉秀三の学風を慕い、その学問的足跡をたどりたかったのである。留学当初は、ミュンヘンの事情を探り断念していたが、ようやく実現することとなった。ウィーン大学の指導教授マールブルクとの確執も遠因のようだが、「為事」は一応の成果を得ていた。前年の一九二二（大正十一）年八月に、シュピールマイエルを訪問した時には、転学の打診もしていた。

シュピールマイエルの教室は、ドイツ精神病学研究所神経病理部に当たり、神経病理組織学の初歩である染色法から、茂吉は練習させられた。

初学者のごとき形にたちもどりニッスル染色法をはじめつ
この教室に外国人研究生五人居りわれよりも皆初学のごとし
（『遍歴』「ミュンヘン漫吟　其一」大正十二年）

茂吉にすればニッスル染色法の技法については、巣鴨病院時代にすでに修得していたので不満が残った。まして「為事」の完成を目前にする足踏みであったが、初歩からひたむきに練習したのであった。

八月十四日には、シュピールマイエルが、茂吉に研究テーマを与えた。組織学のテーマで、人間の小脳に障礙変化のある数例の材料から、諸課題を追尋する研究であった。

「小脳の発育制止」の問題を吾に与へておほどかにいます
（『遍歴』「ミュンヘン漫吟　其二」大正十二年）

茂吉は、夏休みを返上して研究に打ち込んだ。その後、実父伝右衛門の訃報、続いて関東大震災のことなど、かなり茂吉にとって、神経を衰弱させる時期であったが研究を継続した。しかし、十二月二十一日に、その途中で放棄せざるをえない結果となった。

小脳の今までの検索を放棄せよと教授は単純に吾にいひたる
（『遍歴』同上）

そして、十二月二十三日には、次のようにうたう。

業房の難渋をまた繰返しくらがりに来て心を静む
（『遍歴』同上）

茂吉は、この時の経緯を次のように記す。

私は十二月になるまで、数多の標本を作り、文献を抄記し、標本の所見を摘記し、大体の結論を腹に極めて、教授の批判をあふいだのであった。（略）教授は数日私のものを見てくれたが、さて云った。『長いあひだ、骨が折れたでせう。結構な研究だとおもひます。けれどもこれは今まとめずに、お国へお帰になって、もっと症例を多くして為あげた方がいいとおもひますがいかがでせう。』『つまり、材料には沢山の問題を含んでゐますから、新発見が欲しいのです。それに、あなたはもう初学者ではありませんから、そこの自重も要りませう。』

教授の傍に一しょに顕微鏡をのぞくのを止めて、この詞を聴いてゐた私の顔色は多分変ったに相違なかった。私は恐らく随分寂しい顔をしたことおもふ。私はこの為事に約半ケ年を費やし、それも片手間の為事ではなかった。そのあひだ、故郷の大地震に遭遇し、私はしきりに帰国せんことを迫られてゐる。苦慮のすゑに私の此地に踏とどまったのは、この為事に掛かってからいまだ間も無いころであったからである。この為事を今棄てるのは惜しい。それに私は日本に帰って、業房に籠ってゐられる身分ではない。さうおもふと、私の心はひどく陰鬱になるのであった。教授は瞬間にあらはれた私の顔の寂しい表情を見てとったのであらう。『学者は時に大きな犠牲を払はねばなりません。わたしも嘗て Alzheimer 病の例を数ケ年の間検索したことがありま す。しかしその時、取りわけ新発見がありませんでしたから私は全部それを棄ててしまひました。』から教授は云って、つと立って行ってしまった。私はかうべを垂れて暫くそこに沈黙してゐたが、やうやく標本の類を片づけたのである。これは十二月二十一日のことである。」(『馬』)(2)

このように、茂吉はわが家の危急に直面した中で、一気に為し遂げたかった研究であり、棄てがたい未練があった。しかしながら、一九二四（大正十三）年一月二日に教授に新年の挨拶をし、一月五日には次のようにうたう。

小脳の研究問題もいさぎよく放棄することに心さだめつ　（『遍歴』「ミュンヘン漫吟　其二」大正十三年）

そこで、人間の小脳の病理学的研究を断念し、新しいテーマとして、教授から動物実験をすすめられ、直ちに着手したのであった。なお、当時ドイツの実験的研究の現状について、加藤淑子は次のようにいう。

実験的研究は元来ドイツ医学の生命であった。しかし大戦後の経済的窮乏のために、ドイツの医学者はせいぜいラットかモルモットの動物実験を行ふくらゐで、臨床的研究に半ばやむを得ず従事し、研究費のかさむ動物実験は日本人その他の外国人留学生に任せて置かねばならなかった。

動物実験開始によって支出増加を余儀なくされたであろうが、ドイツ医学者が行ひ難かった実験的研究にたづさはり、ドイツ人の助手等から羨望されることもあったのではなかろうか。但しドイツの経済もやがて快復したので、その後間もなくドイツ人にも動物実験は可能となり、動物を抱いていそいそと廊下を歩く光景が見られるやうになった。(3)

茂吉にとって、時間的制約の中で、着実に成果を挙げることが重要であった。ドイツ人がラットかモルモットであるのに対し、茂吉は家兎や犬の脳の動物実験であった。歌集『遍歴』をたどりながら、その後の研究経過を見ると、次のようになる。

一月八日には、新しい研究に着手した。

新しいテーマに入りて心きほひ二匹の兎たちまち手術す　(同上)

一月十八日には、

一匹の犬の頭蓋に穴あけし手術にわれは午前を過ごす　(同上)

一月三十一日には、

けふ第二の犬の頭蓋の手術をばつひに為したり汗垂りながら　(同上)

二月十日には、

実験の為事やうやくはかどれば楽しきときありて夜半に目ざむる

風気味のことは屡ありしかど熱に臥しこと一日もあらず　(同上)

このように「為事」が順調に進捗した。三月二十六日には、

兎らの脳の所見と経過とを書きはじめたり春雨ききつつ

たどたどしき独逸文にて記しゆく深秘なるべき鏡見像を　(同上)

四月一日には、

この為事いそがねばならず日もすがら夜を継ぎて運び来りしかども（同上）

そして、四月二十六日には、

十六例の兎の所見を書き了へてさもあらばあれけふはやく寝む（『遍歴』「ドナウ源流行」大正十三年）

五月一日には、シュピールマイエル教授が、標本と文章を見て、顕微鏡写真を撮り始めた。

わが書きし独逸文を教授一読し文献補充のことに及べり（同上）

そして、五月五日には、

文献は電文のごとき体裁に書きてもよしと教授いひたり（同上）

五月十八日には、

結論を付けねばならずとおそくまで尚し起きゐる夜はつづきぬ（同上）

五月二十日午前一時には、結論の一部を書き終えたが、茂吉の身体に異変が生じた。短期間での論文作成は、茂吉の身体を酷使したのである。

朝々に少しづつ血痰いでしかどしばらく秘めておかむとおもふ（同上）

この血痰の症例は、欧州留学中において、これがはじめてではなかった。茂吉は、留学前の長崎医学専門学校時代には、インフルエンザ（スペイン風邪）に罹り、その後に、喀血し血痰が続いた。それは「手帳」に克明に記されている。また、尿蛋白も出ていた。茂吉は、留学中の健康が懸念されるにもかかわらず、欧州留学を敢行したのであった。短期間に研究成果を挙げることは、かなりの肉体的、精神的な苦痛があったと思われる。まさに誰にもいわないで「秘めておかむ」という哀切な表現が、茂吉の複雑な胸中を吐露したのであった。

一九二三（大正十二）年四月二十八日付、平福百穂宛の書簡では、「僕は神明の御加護によって教室は一日も休まず勉強しました。たゞ昨年の十月に中央墓地を散歩して、翌朝から血痰が出ました。丁度長崎にゐた時のやうでした（略）今でも少し勉強しすぎると出ます。しかし是は心配ないときめましたから御安心願ます。[4]」という。これはウィーンの中央墓地を散策した時に、血痰が出たということである。茂吉は留学中に、時々ではあるが血痰が出たのである。この血痰の症候を「心配はない」と自己決定したが、不安を抱きながらも、長崎での経験から、自らに納得させるように、「心配はない」といったのであろう。また、治療や療養する余裕も全くなかった。

そして、五月三十日には、

教授よりわが結論の賛同を得たるけふしも緑さやけし　（同上）

このように、シュピールマイエル教授の賛同を得て、茂吉はミュンヘンにおいても論文を完成させた。一月八日に実験を着手し、何と五か月足らずで仕上げたのであった。留学中は、日々貴重な時間であるが、中途でテーマを変更するまでの、はじめの四か月の無駄な時間をどうにか挽回できたのであった。

茂吉は「今年一月、新しいテエマによって為事をはじめ、脳血管分布の状態と、血流停止による脳実質の変化及びその代償機転の実験的組織学研究をすすめていたのを、兎も角きょう書き了えたのである。[5]」という。論文題目は「家兎の大脳皮質における壊死、軟化および組織化についての実験的研究」である。内村祐之は「科学者としての茂吉」で、「これは純粋な脳病理学的研究であって、精神医学の臨床と直接の関係はすこしもない。しかしちょうどこのころ勃興しつつあった脳の血行障害の研究に一役を買ったものであり、しかも普通に行われていなかったむつかしい染色技術を用いているため、今日読んでみてもなかなか教えられるところが多い。[6]」という。さらに、それはこれからという問題である。それだけにテーマの内容と新鮮味という点で、私には後者の方がおもしろい。ミュンヘンのウィーンでの仕事と比較して、「ウィーンの仕事はすでに解決に近づいている問題であるのに対し、ミュンヘンのこの仕事は家兎の軟脳膜を実験的に剝ぎ、その結果おこる大脳皮質の血行障害による破壊と修復の様子を、日を追うて検索したもので、十六匹の動物を用いて、手術後二十四時間から二十日に至る各時期を追求している。（略）

この論文は顕微鏡写真十八図をふくみ、三十二頁にわたる堂々たるものである。（略）簡潔で手ぎわよくまとめられたすぐれた研究である。[7]」と評している。

シュピールマイエル教授の指導は、最初の研究を途中で放棄させ、組織学的実験の日々を重ねるだけであり、茂吉にとって不満の残るものであった。しかし、茂吉のミュンヘンでの「為事」は、このように成果を挙げたのである。

そして、十月二十四日には、東京帝国大学医科大学から医学博士の学位を受けた。主論文は「麻痺性癡呆者の脳カルテ」で、副論文はエルコグラムの二論文とウィーンでの論文であった。結果的には、ウィーンで論文を完成し、ミュンヘンでの成果がなくとも、学位論文が出来上がっていたこととなる。しかし、なおミュンヘンへ転学し、研究を続行したのは、帰国後の自らの医者としての進路を考えたことによる。養父紀一の経営する青山脳病院の後継者は、茂吉が二十歳の時に誕生した長男の西洋がなるであろう。そこで、茂吉は、研究に専念する道を選ぶことも視野に入れたと思われる。そして、大量の医学書を買い集め、日本へ送っていた。

医学の書あまた買求め淡き淡き予感はつねに人に語らず
（『遍歴』「欧羅巴の旅」大正十三年）

この歌から、「淡き淡き予感」とは謙虚であるが、帰国後の研究生活への秘めたる自信をのぞかせた思いを感ずるのである。

2　クレペリンとの出会い

茂吉にとって、呉秀三が学んだクレペリンは、畏敬と憧憬の学者であった。しかし、その出会いは予期せぬものであった。茂吉は、『エミール・クレペリン』で、その出会いを回想している。一九二三（大正十二）年十月十一日、茂吉はハンブルク大学の講師プチに、講堂で行われる活動写真に誘われた。活動写真とは、精神病者の行動を写したものである。そこに、クレペリン先生も来るということであった。茂吉はクレペリンという名前を聞き、「これは稍誇張していへば、渇仰仏のまへに額づかんとする衆生の心に相通ふやうなものだとも謂ひ得るであらうか[8]」と心悸が高ぶった。活動写真を始める前に、次のような光景があった。

> ハムブルクから来たプチがつかつかと降りて行って老翁の前に立った。そして叮嚀に握手をしてしばらく何か話をしてゐた。そこにカアンが二人の若者を連れて来た。（略）彼等はジャワ国から来た医者で、今日教室を参観したいといふのであった。（略）クレペリンは直ぐ彼等と握手をした。
>
> その時プチが私に、『一つ紹介してあげるから来たまへ』といふから一しょにクレペリンの傍に行き、私みずから極めて丁寧に名告って、今ここの教室の顕微鏡室で為事をしてゐることを云ひながら私の名刺を渡した。クレペリンはそれを受取ったが名刺の文字を読もうとはしない。そして一言も私に向かって言葉を発しない[9]。

カアンとはこの病院の医長である。その後、すぐに活動写真が始まった。映写が終わり、講堂が明るくなった。茂吉は再度、握手を試みた。

> 私は立ってクレペリンの前に礼を述べた。クレペリンはそれに向って一語も応へない。私に次いでプチが立ってクレペリンに礼を述べた。すると意外にもクレペリンはいきなり自分から手を出してプチと握手した。これは私の予感さへ抱かなかったことである。それで意外なのである。クレペリンの握手が未だ終わらざる一瞬に私もクレペリンと握手しようと決心した。そしてまさに私が手を出しかけたその一瞬にクレペリンはプチと握手してしまった手をばひょいと引込めて降りて行った。これも私の予期せざることであったから、やはり意外と謂はうとおもふ。私は一瞬と書いたが、実にそのとほりであって、クレペリンの行動は私にそれ以上事を為す余裕は毫末も與へなかったのである。見てゐるとクレペリンは二人のジャワ国の医者とも銘々握手して、そ

して講堂を出て行ってしまった。(10)

茂吉にとって、茫然自失とした衝撃の場面であり、消し去ることのできない心の痛手となった。あれほど憧憬していたクレペリンの予期せぬ態度に、講堂を出て「ひとりで苦笑してゐた」とはいいながら、憎悪へと変容していったのである。茂吉は、その後クレペリンに対し愛憎並存（アンビヴァレンス）となった。そして、執拗なまでに、クレペリンに執着するのであった。その後、学会でクレペリンを見かけたが、クレペリンと目が合うと、クレペリンは目をそらしたが、茂吉はクレペリンを凝視し、目礼などしなかったという。

さらに、茂吉によれば、「一代の碩学エミール・クレペリンは同時に最も敬虔なる禁酒実行者で、そして最も勇猛なる禁酒論者である」(11)が、そのために、「飲まず屋の先生様」とか、「ラムネ党」とか、「実に偉い精神科の主任様」などと学生から揶揄されていて、茂吉は内心喜んでいた。そのような経緯があり、次の歌がある。

　愛敬の相のとぼしき老碩学 Emil Kraepelin をわれは今日見つ

　われ専門に入りてよりこの老学者に憧憬持ちしことがありにき　（『遍歴』「ミュンヘン漫吟　其一」大正十二年）

この歌には、茂吉の憤怒が込められている。茂吉の次男宗吉（北杜夫）は、次のようにいう。

クレペリンの「無礼さ」について昂奮した口調でしゃべるのを、中学時代から晩年の箱根の勉強小屋の二人暮しのときまで、私は幾度聞かされたことか。とにかく父は、「うぬれ、この毛唐め！」と心の中で歯ぎしりしたのである。「毛唐」という言葉は随筆には出てこない。(12)

このようなクレペリンの態度については、西丸四方は「日本はドイツからいろいろ教えを受けたのに米英側についてドイツに宣戦を布告した、弟子の分際で師に楯ついたけしからぬ国であると思って、斎藤に出す手も躊躇されたのであろう。（略）異国の若い留学生が自分の講義を聞いて挨拶に来たところで、いちいち遠方からご苦労と握手することもあるまいと考えたのだろう。ジャワの留学生に握手したのは、クレペリンは前にジャワへ行って比較文化精神医学の端緒を開いたので、ジャワ人に親しみを持っていたからであろう」[13]とクレペリンを精神分析している。

この対応に対して茂吉は、クレペリンの愛国心の発露と片づけられなかったのである。医者として、その前に人間としてクレペリンの品格を問題視したのであり、何よりも茂吉自らの自尊心が損なわれたのであった。茂吉は、ウィーンのオーベルシュタイネルを殿上人に喩えれば、クレペリンは野武士の風貌であるといった。仮に、クレペリンと握手をしていたならば、茂吉にとって、クレペリンは畏敬と憧憬を超越した存在になっていたであろう。

このような茂吉の性格は、意見の分かれるところであろう。この執拗なまでの執着が、茂吉の学問的研究成果を完遂させたエネルギーともいえよう。人間茂吉は完璧ではない。また、それを求めてはならない。ただいえることは、後に臨床医として茂吉は病者に対して、耐えがたきを耐え、憤怒の情を抑え接していたということである。

3　ミュンヘンでの生活

茂吉は一九二三（大正十二）年七月十九日にミュンヘンに到着以来、自らの住居が不定であった。それは、部屋を決定しかけては、南京虫（トコジラミ）に来襲されるからである。どうも茂吉の体臭が南京虫に好かれるのである。詳しくは『南京蟲日記』[14]に譲ることにするが、何と一か月半もの間、南京虫の出ない部屋探しに執着していたのである。また、ダニやシラミへの憎悪と憤怒は、茂吉を語るに面目躍如といえるであろう。

また、茂吉は「為事」の完成に向け精進していたが、茂吉にとって、さらに艱難《かんなん》な事件が連続した。まず、同年八月二十九日には実父の守谷伝右衛門の訃報である。続いて、同年九月一日に起こった関東大震災による青山脳病院の被害であり、その結果、財政が逼迫したことによる、養父紀一からの帰国命令であった。制御不能な力により、茂吉は苦悩と煩悶に苛まれ、それを超剋する試練でもあった。

関東大震災の情報を得た茂吉にとって、家族の安否が懸念された。茂吉の『日本大地震』には、不確かな情報に翻弄される茂吉の状況が記されている。茂吉は、一九二三（大正十二）年九月三日、シュバーテンブロイ食堂で、一人寂しく夕餐をとり、麦酒を傾けていた。二杯目の麦酒を取り寄せ夕刊を読んで、日本震災の記事を目にした。新聞の報告は皆殆ど同一であった。上海電報に據ると、地震は九月一日の早朝に起り、東京横浜の住民は十万人死んだ。東京の砲兵工廠は空中に舞上り、数千の職工が死んだ。熱海・伊東の町は全くなくなった。富士山の頂が飛び、大島は海中に没した。云々である。[15]

息を詰めて、新聞を読んだ、茂吉にすれば、現実の出来事のような気がしなかった。すぐに、間借りしていた家に帰り、再び新聞を読むと、家族の安否が気になり、動揺した。その後、不安で何事にも手がつかず、「為事」があったにもかかわらず、教室へも行く気になれず、夜は眠れず、家族の夢を見た。「私は或時には、東京の家族も友人も皆駄目だと観念したこともある。[16]」という。ようやく、九月十三日の夕方になって、家族が無事であるとの電報が茂吉に届いた。

伯林のM君から電報が届いた。電報は、Folgendes Telegramm aus Japan erhalten "your family friends safe" = Maeda としてある。[17]

中村憲吉がベルリン大使館に打った電報が、ベルリン在住の前田茂三郎から伝えられ安堵するのであった。

同日の『西村資治日記』によれば、次のようにある。西村はミュンヘン工科大学に実業練習生として留学し、茂吉と交遊があった。毎日のように行動を共にしていた。

斎藤さんが日本の新聞を持って来たが、それに歌人、斎藤茂吉の事が一寸出て、医学士とあるから斎藤さんになんの気なく聞いたらそれは「おれ」の事だと云ふので驚く、斎藤茂吉と云へば歌人として以前から聞いた名であるが、それが眼前に居る斎藤さんとは思はなかった。時々何か深く考へてる事があるので不思議に思ったが一寸歌人とは受けとれなかった。[18]

ウィーンでは、歌人としての茂吉を教授も知っていたが、ミュンヘンの教授は誰も知らなかった。友人の西村も驚いたのであった。かくの如くに、日本からの一人の研究者として、茂吉は日々研鑽していたのである。

九月二十四日付、中村憲吉宛の書簡には、「いろいろ心を使ったので目下神経衰弱にかゝり居る。それでも教室へ行って勉強してゐる。[19]」とある。

十月十四日付、前田茂三郎宛の書簡には、「小生、教室がよひ初め候ため又々平凡たる生活に入り申し候[20]」とあり、ようやく落ち着いたようである。

さて、青山脳病院は、養父紀一好みのローマ式建築で、威容を誇る総煉瓦建築であったが、関東大震災では、次のような被災状況であった。

十月二十五日付、前田茂三郎宛の書簡では、

青山脳病院は煉瓦造の本館等をはじめ大損害にて、それに入院料等全部支払なく、長屋なども半年分無賃にして呉等、目下、患者身寄の者、病院におしかけ居り、たゞで食はせてゐるよし、物品欠乏し、全体が、いも、菜等の半分も入りたる飯をくひ居る由に候、（略）青山病院の煉瓦塀の写真等をおくり呉れ候が、見ると、塀が途中から二つにおれて、倒れ、煉瓦がめちゃめちゃになり居り、如何に劇しかりしかも想像以上に御座候。[21]

十一月二日付、前田茂三郎宛の書簡では、

何でも病院の本館、煉瓦が亀裂して使用し難く、丸柱の人造石（心が木に候）がむけて、化の皮が表れ候よしに候。それでも、あの柱が若し煉瓦でもつみあげてゐたならば本館諸共倒れたところに候ひき。患者等は、誤楽室《ママ》に雑居して、芋、菜の葉を入れたかて飯をくひ、露命をつなぎ居る由に御座候。今までたまりし入院料

等は一切免除してもらひたいといひ、又長屋等もこゝ半年は免除してもらひたいといひ、そのほか入院患者の身内の者がどしどし避難して来て幾日もたゞで宿り居る等のことが書いてあり候。(22)

と、紀一からの手紙の内容を書いている。震災後の病院の混乱と、被災者への救済が進捗しない状況が把握できる。また、病院が「安普請」の建築であったことが明らかとなった。

大震災の当日は青山脳病院に紀一は居らなかった。家族とともに箱根強羅の別荘にいっていた。てる子だけが子供をつれて震災の前日に帰っていた。紀一と弟高橋四郎兵衛は丁度、帰京の途中小田原駅で難にあい、三日三晩かかってやっとの思いで病院へたどりついたのであった。てる子は病院の職員を指揮して、被害の応急措置と食糧の確保に当り、見事に病院をまとめぬいたのである。(23)

ここに、逆境にも耐える気丈な明治の女性、妻てる子の姿が見える。このような状況が、茂吉へ通信で伝えられ明らかになり、留学の継続が困難であることを悟った。紀一からは、病院財政が許さぬから帰朝せよという書簡が届けられた。紀一にすれば、茂吉はウィーンで「麻痺性癡呆者の脳カルテ」その他の論文を仕上げて居り、留学の目的は達せられたのであり、ミュンヘンでの生活は茂吉の道楽であるという解釈であろう。震災がなければ、茂吉には許容されることであった。

茂吉は窮境を悟り、終日逡巡した。紀一の書簡が届いた十月二十五日の夜の、前述の前田茂三郎宛の書簡では次のようにいう。

今日は、小生も教室を休んで終日考へ候次第に御座候。そして兎に角、信用状の金のあるまで、ミュンヘンに止まるつもりにいたし、只今父上に手紙かきたる処に御座候。小生もアルバイト半ばにてかへるのは非常に悲しき事であり、二度と洋行は出来ない事ゆゑ、出来るだけ止まりたき心願にて、左様考へ候次第に候がなほ大兄の御意見も御きかせ下されたく願上候。(略)

東京の事を思ふと、もうアルバイトどころではなけれども、この事も小生の身にとりて、やはり一生の大事ゆゑ、アルバイトの中止することも残念だし、困りゐるところに御座候。(24)

この書簡を受け取った前田から、茂吉は激励の返書をもらった。「十月二十九日（月曜）、伯林前田氏来書」として、次のようにうたう。

業房にとどまり居よといふ友の強きこころに涙いでむとす　（『遍歴』大正十二年「ミュンヘン漫吟　其一」）

そして、十一月二日付の前田茂三郎宛の書簡では、「為事」の継続を決意した。

拝啓、御手紙にてはげまして頂き、小生も当分とどまりアルバイトを続ける決心を致し申候。それでも何だか落付きが悪く御座候。(25)

さて、そうなれば留学費の金策をどうするか、思案を巡らした。紆余曲折があったが、結果的には平福百穂から金一千円を用立ててもらい、留学を継続することが可能となった。百穂の他にも、島木赤彦や中村憲吉へも金策を依頼した。また、別に親友で銀行家の渡辺幸造にも依頼している。

十一月十日付、久保田俊彦（島木赤彦）宛の書簡では、次のようにいう。

西洋に居りて、唯一のたよりは金ゆゑ、準備金として是非是非大切なり。左橋甚五郎や護持院原のかたき打の九郎右衛門等の胴巻の中の金子のやうなものに御座候。(26)

また、十一月二十六日付、中村憲吉宛の書簡では、次のようにいう。

動物実験や、印刷の写真版にはなかなか金がかかる。おやぢは実際さういふ事には同情が無いのだから、僕は、いよいよ困ったすゑに大兄らにすがって金を用意し、おやぢの面倒をあてにしまいと決心したのである。(27)

そして、十一月二十八日付、平福百穂宛の書簡では、茂吉は次のように窮状を訴えた。

青山のおやぢは、小生が伯林あたりで遊んでゐることと思ってゐるらしく候。二度も洋行せるおやぢなるが、やはり小生の心中は少しも分かり申さず。これは性格の差違からまゐり候。（略）小生も製作力全く衰へ候へども、国へ帰り候はば何とか致したく存じ居り候。若いものには負けないやうにいたしたく存じ居り候。病院の方もせねばならず、医学士のアルバイトは不可能と存じ居り候。それゆゑ、何とかしてもう一つや二つやりたく存じ居り候。その心中は青山のおやぢには分かり不申候。(28)

一九二四（大正十三）年二月二十三日になり、平福百穂からミュンヘンの茂吉の下宿宛に、金一千円在中の書留郵便が送達された。茂吉は感涙にむせんだ。百穂は、歌友であり、日本画家として活躍しているのであるが、この援助は大きな負担であったのではないだろうか。まさに百穂の援助は、茂吉への人間性の信頼の証ともいえるのである。一千円が、今のいくらかは断定できないが、一九一一（明治四十四）年に茂吉が東京府巣鴨病院医員となった月給が二十円であった。これから推定すれば、一千円の価値と有り難さが理解できよう。

4　欧州遊学と帰国の途

茂吉の欧州留学は、医学の研究、とくに学位論文の制作が目的であり、ウィーンやミュンヘンでの生活は、業房での研究生活に没頭した。まさに、血痰が出るほどの労苦を重ねたのであった。茂吉の留学したオーストリア、ドイツの両国は、第一次世界大戦の敗戦国であり、窮乏、不安、動揺の時期であった。そして、激烈なインフレーションが進行し、クローネやマルクの対外価値が暴落した。そのような中で、茂吉は、教室が休みの春、夏、冬には寸暇を惜しみ、旅に出掛け、見聞を広めた。これが、後に『ドナウ源流行』などの珠玉の滞欧随筆として残ることとなる。

一九二四（大正十三）年六月五日には、「為事」が仕上がったので、シュピールマイエル教授、プラウト教授の自宅に暇乞いし、翌日にはリューディン教授、イセルリン教授に挨拶した。

ミュンヘンの諸教授をけふ訪ねゆき別れ告げたり感恩とともに

（『遍歴』「ドナウ源流行」大正十三年）

その後、七月二十二日にミュンヘンから、翌朝パリへ着くまで、精力的に精神病学者に会い、精神病院を視察した。煩瑣《はんさ》になるが記すこととする。帰国後の、将来を意識してのことでもあろう。六月十二日には、ミュンヘン郊外の Eglfing 精神病院を参観した。

おおきなる狂院に来て現にし身に泌むことのそのかずかずを

（『遍歴』「ガルミッシュ行」大正十三年）

六月十七日には、チュービンゲン医科大学で、ガウプ主任教授、クレッチマー教授、ショルツ教授らに会う。クレッチマーは、ガウプ門下で、一九二一（大正十）年に『体格と性格』を著し、体型を肥満型、細長型、闘士型、混合型の四種に分け、精神病はそれぞれの特異体型と密接な関係があるとした。ショルツは、ガウプに師事した後、シュピールマイエルの神経病理学研究室へ移り、後任者となった。

小さなるこの町に研鑽の学者等をたづぬる心きよくもあるか

（『遍歴』「独逸の旅」大正十三年）

六月十九日から二十一日まで、滞在したハイデルベルクでは、ウィルマンス教授に会う。

Wilmanns 教授にあひてわが父が嘗て来しことをおもひいでしも

（同上）

六月二十五日には、イエナでツァイス工場と精神病学教室を訪れた。ベルガー教授は、脳波の発見者としてとくに有名で、ツァイス社の後援により、脳電位を測定する器械を考案した。

教室にては教授 Berger 氏と講師 Jacobi 氏とがわれをもてなせり

（同上）

六月二十八日には、養父紀一が留学した、ハルレ医科大学精神病学教室を訪れた。

わが父が嘗てここにて学びしをおもひ偲びて語りあひける

そのころの Hitzig 教授の写真をも見せてもらひぬ髯の白きを

テオドール・チーエン先生もこの都市に哲学部門を講じいませり　（同上）

ヒッチッヒ教授は、大脳皮質の一定部位を電気的に刺戟すると身体の一定部位の筋肉に収縮が起こることを発見した。また、チーエン教授は、精神病学者であったが、哲学史、認識論、心理学、時に美学を講じていた。加藤淑子は、ドイツ精神病学の日本への移入を次のように整理する。

明治時代のドイツ系精神病学の日本移入はシューレ、クラフト・エービング、チーエン、クレペリンの順序であった。呉秀三の前任教授榊俶は主にクラフト・エーピングの教科書に拠って講じたが、呉秀三の留学中に精神病学を講じた法医学教授片山國嘉はチーエンの精神病学に拠った。呉秀三の帰朝後はクレペリンの学説が風靡したので、チーエンの学説は明治三十五年九月刊「精神病学」で紹介されただけで、わが国への影響は少なかった。その各論は原因的分類によらず、臨床的経過による分類であり、証候通論においてチーエンの学殖が発揮されたといはれ、チーエン学派はクレペリン学派と対した。(29)

六月二十九日から七月六日まで滞在したベルリンでは、カイゼル・ヴィルヘルム脳研究所を訪ね、フォークト教授、ビルショウスキー教授に会った。フォークトは同学のセシル夫人と連名で、有髄神経繊維の分布に基づく大脳皮質構築の研究を行っていた。ビルショウスキーは、神経原繊維鍍銀法が有名であった。

ベルリンの研究所にて碩学の二人にあへば心みつるごと　（同上）

七月七日には、ハンブルクの精神病学教室で、ワイガント教授、ヤコブ教授、カフカ教授に会った。ワイガントは、クレペリンの助手であった人であり、『精神病学図説・概要』（一九〇二年刊）は、図版が多く日本の精神病学の初学者に愛読された。ヤコブはクレペリンやアルツハイマーに師事した。クロイツフェルト・ヤコブ病にその名が残る。

同胞がここに為事せしゆゑにヤコブ教授はわれにも親し　（同上）

これが、パリへ移るまでの、精神病学者への訪問である。ドイツ精神医学の碩学にも出会い、短期間に精神的に得るものも大きかったであろう。そして、七月二十三日にはパリへ到着し、オテル・アンテルナショナールで、妻てる子と落ち合った。当初計画されていた、てる子の洋行は関東大震災により頓挫した。一九二三（大正十二）年の十月二十五日付、前述の前田茂三郎宛の書簡では、次のようにいう。

愚妻の洋行も中止と相成り、愚妻より非常に落膽してまゐり候。或は、何とかして是非来たいともかいてあり候。何でも非常に亢奮してかいてあり候。只今、小生は、時日が経って、状態も少しく回復せば、又何とかならぬとも限らぬゆゑ、よく父上に願って見るやうに手紙かきたる處に御座候。[30]

さらに、翌年の一九二四（大正十三）年二月二十四日付、中村憲吉宛の書簡には、次のようにいう。

愚妻の洋行催促は、あれは、自宅の方の事情の分からぬ前に出した手紙にて、船室もきまり、旅行免状もとった矢先に地震があったのでありしゆゑ、折角の用意に対し、気の毒に思ひしゆゑ、父の許可を願ふやうにいひやりたるものなり。その後、父より書面にて自宅の事情も分かりしゆゑ、洋行中止の手紙をも再三やりたり。なにしろ、手紙が四十日もかかるゆゑ、いろいろおもふやうにまゐらぬ事あり。小生は小生のために御尽力を御願したけれどもカカアの洋行費までは御願せざりなりしもカカア自身かん違ひしていろいろ御迷惑かけたるらしく、御かんべんねがふ。[31]

このように、妻てる子の洋行は中止せざるをえない状況にあったが、気骨があり、父親譲りの進取の精神に富むだけに、周囲の反対を押し切り、自らの信念を貫き洋行を実行するのであった。とはいえ、斎藤家にとって、財政が非常に厳しい時であった。

茂吉とてる子との夫婦仲は、相思相愛とは言い難いところがあったが、十一月三十日にマルセーユより、帰途につくまで、四か月間、てる子と同行し、パリ、ベルリン、チューリッヒなど欧州各地を精力的に巡検した。茂吉にすれば、てる子の洋行で、自らもパリ見学ができ、てる子の持参する金銭にも、秘かな期待があったことは否定できない。

九月二十三日には、チューリッヒ大学モナコフ教授に会う。脳解剖学者として著名である。

　おとづれて Monakow 老先生の掌をにぎる我が掌は児童のごとし
（『遍歴』「欧羅巴の旅」大正十三年）

十一月二十日には、パリのサンタンヌ精神病院を参観し、クロード教授に会った。ここには、パリ大学の精神病学教室もある。この病院は、かつて恩師呉秀三が訪れた場所であり、サルペトリエール精神病院と共に古い伝統をもつ精神病院である。シャルコーは、近代神経学の祖であり、フロイトの師であり、ヒステリー研究で有名である。Bouchad は、Bourchard の綴りミスで、シャルコーの同僚であったと思われる[32]。

　古びたる伝統をもちて巴里なるこの狂院はおろそかならず
　Bouchad, Charcot を経て当代の Claude 教授はいまだ老いずも
（『遍歴』「巴里雑歌　其二」大正十三年）

十一月二十一日には、大学神経学教室を参観して、ギラン教授に面会した。パリ大学神経学教授で、ギラン・バレ症候群に名が残っている。

　教授ギーランいまだ若くして巴里なる大学生らもきほひつつ見ゆ
　この教室にピネルを描きし油絵をまのあたり見しことをよろこぶ
（同上）

ピネルは、フランス革命期にサルペトリエール精神病院で、罪人同様に監禁されていた精神病者を鉄鎖から解放した。巣鴨病院には、サルペトリエール精神病院に飾られていたピネルの絵の模写が掲げられている。茂吉は「サンタンヌとサルペトリエールとを一部分混同した[33]」ようである。

十一月二十七日には、マルセーユで、精神病院を見学した。

　中苑《なかには》にむかひてひらく建築のその色どりはものやはらかし

一時代過去のごとくにも思はゆるこの狂院に一日親しむ

躁暴はマルセーユにても同じにて狂者乾海草の中に居りけり

男室と女室をつなぐ寺院あり加持力教国の狂院なれば（同上）

亢奮する躁暴患者は、海草を積んである部屋へ入れ、保護したのであった。また、男室と女室の中央には、カトリック教会を配置していた。茂吉が、ヨーロッパの精神病院をうたった数は少ない。有名な大学教授に会うのに比較して、精神病院の見学はほとんどない。これは、将来は研究者への「淡き予感」がそうさせたもので、精神病院をじっくりと見学し、病院経営について思いを巡らすことはなかったということである。

十一月三十日、榛名丸に乗り、マルセーユを出港し、十二月三十日に香港を出て、台湾海峡にかかった三十一日の午前一時、船中で平福百穂より青山脳病院全焼の電報を受け取った。一九二五（大正十四）年一月五日、神戸港到着、七日に帰京した。

一九二五（大正十四）年一月一日付、前田茂三郎宛の書簡では次のようにいう。

病院の財産は全部焼けました。小生のものも全部焼けました。ドイツ、オーストリーで買った書物も全部焼けました。（略）運命は実に人力のいかんともすべからずです。どうか今年はい丶年でありたいと思います。最終の大兄の御心づくしの本箱も焼けました。(34)

また、次のようにうたう。

焼あとに掘り出す書はうつそみの屍のごとしわが目のもとに（『ともしび』「きさらぎなかば」大正十四年）

今後の静かな学究生活のために、ヨーロッパで苦労して買い集め、故国へ送っておいた書物（文献）が、すべて灰燼となった。青山脳病院の火事の状況について、一九二四（大正十三）年十二月三十日の『東京朝日新聞』の見出しは次のようにある。

「猛火に追はれて泣き叫ぶ狂へる男女　突然焦熱地獄を現出した　青山脳病院の火事」「焼死者二十名発見さる　公費患者十六名は生死共不明」「発火の原因　前夜餅搗きに使った　石炭の不始末から」「焼死したのは婦人患者計り　恰度解約した許りで　保険は一文もなし」「慄へながらも泣わめく避難者　黄昏の青山南小学校庭に　一患者絶命す」また、「焼出された狂人」と「青山脳病院の焼け跡」の写真が掲載されている。そして、記事は次のようにいう。

二十九日午前零時半青山南町五の八四青山脳病院（院長斎藤紀一氏）賄所から発火忽ち火焔は崖下の新館附属舎を一舐にして更に二丈余の高地に建つ本館に延焼、広い院内は見る見る一面の火の海と化し焔と煙の中からは狂へる男女の患者が救ひを求める声物凄く宛然の焦熱地獄を現出した。（略）本館、新館、附属舎其他十五棟三千余坪の建物を全焼した。

十二月二十九日午前零時三十五分に出火し、三時二十分には全焼した。自費五十五名、公費二百五十名の患者のうち二十名が焼死した。また、医者の板坂周活、電気治療助手丸山鴻太郎も焼死した。救助された患者は他の五病院に収容された。病院は増築工事が完工間近で、火災の損害は百六十万円であった。火災保険は十一月十五日で失効していた。[35] 幸い、紀一が茂吉の帰朝に備え、病院の塀の外に、二階建てを新築したのが、辛うじて焼け残った。茂吉は、この焼け残った家に茫然自失として帰り着いた。出火原因は、二十八日に患者や職員に正月に振る舞う恒例の餅つきが病院の炊事場で行われ、その残り火の不始末によるものであった。なお、その餅つきは、有力なタニマチの一人である紀一のために行う、出羽の海部屋の力士たちによる恒例の行事であった。[36]

茂吉は、欧州留学中に研究に勤しみ、将来の計画を立てていた。青山脳病院の焼失は、茂吉の「淡き予感」を打ち砕いたのであった。茂吉の心境は、次のようにうたう。

焼あとにわれは立ちたり日は暮れていのりも絶えし空しさのはて

（『ともしび』「焼あと」大正十四年）

茂吉は、一九二一（大正十）年からまる三年、ウィーン大学、ミュンヘン大学に留学し、念願の学位論文を完成し、研究の余暇には、欧州各地を巡歴し、帰国後に『遠遊』『遍歴』の二歌集と『滞欧随筆』を残した。留学の目的は十分に達せられたと評価できる。しかし、帰国後には、青山脳病院の再建が待ち受けていた。院長である養父紀一はすでに六十五歳となり、政界進出でかなりの財産を浪費した後であった。紀一は、一九一七（大正六）年四月、総選挙（山形三区）で立憲政友会から当選したが、一九二〇（大正九）年五月の総選挙では落選した。したがって、青山脳病院再建という、重く困難な世俗的な役割が、運命の悪戯というべきか、茂吉の双肩にのしかかることとなった。静かな学究生活など、考える余裕すらなくなったのである。異郷で、関東大震災による青山脳病院の被災状況に動揺したが、その一年四か月後には、帰国目前に全焼とは、誰もが予測不可能であろう。まずは病院再建、そして院長就任へとその責務を担うことになるのであるが、留学中の茂吉は学位取得を第一義とし、ヨーロッパの精神病学の最新成果を体得することに腐心していた。よって、誰もが、すぐに院長となることは予期せぬことであった。結果として、もっと欧州で、臨床を経験し、病院経営についても学ぶべきであったのであろうが、それは結果としてないものねだりである。

欧州留学の目的を振り返って見ると、一九二一（大正十）年一月二十日付、久保田俊彦（島木赤彦）宛の書簡の「茂吉は医学上の事が到々出来ずに死んだといはれるのが男として、それから専門家として残念でならぬ」という決意に集約されよう。そして、研鑽の結果は、研究者となる「淡き淡き予感」と秘かな自信を抱くようになった。そのために、留学中は倹約を重ね、膨大な書籍を購入し、その来るべき準備に当たった。書物は、脳病院と青山墓地の間の倉庫に保管され、留学中に送達したものは、箱のままであった。その倉庫は、焼け残っていたが、火災で温度が上昇し、自然発火点に達し、割れ目から空気が入り炎上した。しかも、消防車が引き上げた後のことであった。そして、『作歌四十年』では、「私は雨の降らぬ日は折があれば書物を掘っていた。自分の如き者にとって書物は唯一の品物であったが、こうして焼けている書物を見ると、ただ無生物のような気持がしないのである。[37]」という。書物に親愛の情を覚え、焼け跡を棒切れで突き、焼け残り本を取り出し、一枚一枚焼けた部分を鋏で切り取り、丁寧に干して、一冊の本に綴じた。この行為は、書物への愛惜というよりも執着であり、茂吉の粘着なる性格をあらわすに面目躍如である。そして、研究者への途への未練が棄てがたかったということである。

しかし現実には、茂吉は自身の将来を構想する猶予を一毫もつこともなく、運命のままに翻弄され、茂吉自らが耐え忍び、その困難な壁を乗り切ろうと疾走したのであった。そこには、留学中に臨床医としての経験はなかったとはいえ、留学の経験そのものが茂吉の人間性を高め、逆境を振り払う精神を体得させたのであった。当時の新聞記事を見ると、精神病院を「狂院」、精神病者を「狂人」「狂へる男女」などと記している。このような時代精神の中で、臨床医として、病院経営の院長としても、今後に病者との共生を展開するであろう、颯爽たる息吹を感じさせ、そこに向けての呻吟の時でもあった。

茂吉と妻てる子は、パリを起点に、四か月にわたり各地を訪ねた。この間に、てる子は妊娠し、翌年には長女百子が誕生した。平福百穂からとった名である。茂吉とてる子の夫婦間にとって、比較的安定していた時期ともいえよう。長男の茂太は、二人を次のようにいう。

茂吉は何事にも「おそれおののく」心情を持った。輝子は何事にも「こわいもの知らず」だった。それは本来の性格と「育ち」による。[38]

二人の性格を言い得て妙な、対比である。この相反する性格が、時には反発し合うが、てる子の存在が、この困難を耐えるに、人間茂吉を際だたせてもいたのである。

注

(1)『斎藤茂吉全集』第五巻、岩波書店、一九七三年、三三二ページ。以下、『全集』と記す。
(2)同巻、八六八～八七〇ページ。
(3)加藤淑子『斎藤茂吉と医学』みすず書房、一九七八年、一一一ページ。
(4)『全集』第三三巻、五三〇ページ。
(5)斎藤茂吉『作歌四十年』筑摩書房、一九七一年、一〇三～一〇四ページ。
(6)『アララギ　斎藤茂吉追悼号』アララギ発行所、一九五三年十月号、四五ページ。
(7)同上。
(8)『全集』第五巻、三三三ページ。
(9)同巻、三三三～三三四ページ。
(10)同巻、三三五～三三六ページ。
(11)同巻、三三八ページ。
(12)北杜夫『壮年茂吉――「つゆじも」～「ともしび」時代』岩波現代文庫、二〇〇一年、一二五～一二六ページ。
(13)西丸四方『精神医学の古典を読む』みすず書房、一九八九年、二一二～二一三ページ。
(14)『全集』第五巻、七八四～七九五ページ。
(15)同巻、七九七ページ。
(16)同巻、八〇〇ページ。
(17)同巻、八〇二ページ。
(18)藤岡武雄『新訂版・年譜　斎藤茂吉伝』沖積舎、一九八七年、二一五ページ。
(19)『全集』第三三巻、五四六ページ。
(20)同巻、五四八ページ。
(21)同巻、五五二ページ。
(22)同巻、五五三ページ。
(23)藤岡武雄、前掲書、一二二ページ。

(24)『全集』第三三巻、五五二ページ。
(25)同巻、五五三ページ。
(26)同巻、五五八ページ。
(27)同巻、五七〇ページ。
(28)同巻、五七一〜五七二ページ。
(29)加藤淑子、前掲書、一一九ページ。
(30)『全集』第三三巻、五五二ページ。
(31)同巻、五八五ページ。
(32)岡田靖雄『精神病医　斎藤茂吉の生涯』思文閣出版、二〇〇〇年、二三七ページ参照。
(33)同書、二三八ページ。
(34)『全集』第三三巻、六二五ページ。
(35)斎藤茂太『茂吉の周辺』によれば、「青山脳病院の火災保険は、切れていたのではなくて、はじめから掛けていなかったのではあるまいか、父はそれを知らず、それを知っていた周りの者も父がこわくて言い出せず、切れたことにしていたのではあるまいか。（略）紀一の性格からすれば充分考えられることではある」とも指摘している。（中公文庫、一九八七年、一〇八〜一〇九ページ。）
(36)山形県村山郡中川村出身の出羽嶽（佐藤文治郎）は、紀一の許で養われ、青山脳病院内の斎藤貞次郎の養子となり、後に出羽の海部屋に入門した。
(37)斎藤茂吉『作歌四十年』一一五ページ。
(38)斎藤茂太『回想の父茂吉　母輝子』中央公論社、一九九三年、二〇七ページ。

第六章　青山脳病院の再建

1　焼失後の青山脳病院

斎藤茂吉の養父紀一が経営する威容な「ローマ式建築」の青山脳病院が、前述したように一九二四（大正十三）年十二月二十九日に全焼し、二十名の病者が焼死する惨事となった。罹災した患者は、根岸病院、王子病院、戸山病院、亀戸保養院、巣鴨保養院の五か所の脳病院へ各三十五名を割当て、収容することとなった。欧州留学から帰国した茂吉は、院長紀一の許で当初の傍観的な立場から、結果的にはその再建の陣頭指揮に当たらざるをえなかった。岡田靖雄によれば、当時、木造病棟であった精神病院の火災は頻繁で、「精神病院火災史は、一冊の本になるほどである」[1]という。一年前の一九二三（大正十二）年十二月二十八日には、王子脳病院が焼失していた。しかし、青山脳病院の社会的責任は免れないものがある。茂吉夫妻に用意された二階建ての新居は、病院の塀の外に建てられていたので、類焼を免れた。茂吉が、一九二五（大正十四）年一月七日に帰国し居住したのは、焦土の隣のこの新居であり、四十三歳の時であった。「焼けた天井に紙を貼って風を防ぎ、友のなさけによる紙帳のなかに籠って寝た。浴場にあててあった狭い場処を書斎にして、其処で歌を作り随筆などを書いた。そして病院再建に努力し[2]」

とある。次は焼け跡に佇む茂吉の歌である。

焼あとにわれは立ちたり日は暮れていのりも絶えし空しさのはて
（『ともしび』「焼あと」大正十四年）

青山脳病院の敷地は借地で、紀一の財産は灰燼に帰し、先年の衆議院選挙で持金も使い果たし、しかも火災保険も失効していたので、その前途は多難であった。それでも、焼け跡に、月日は不明であるがバラックの診療所を建設した。茂吉の日記、一月二十七日には「新患者ヲ見ル」(3)とある。病室もなければ、診察や治療に必要な機具など不十分な中での診察であろう。二月十四日には「外来患者一人。（中耳炎）病室回診」(4)とある。

茂吉は、一九二五（大正十四）年二月三日付、中村憲吉宛の書簡で、当時の状況を次のように伝える。茫然自失の状態から、何とか奮起しようとしている。

○病院新築の事は、やはりオヤヂがやる都合にて僕も少々意見をいふが僕の一人意見といふ工合には行かぬ。右承知願ふ。○それから反対運動もあれども、同情者の方が割合多いから、何とかなる事と思ふ。ただ地主が反対運動をやりをるので困りゐる。しかし僕は余りその方の心配はせずにゐる。心配しても為方なきゆゑなり。○日が経つに従って悲観の念が強まる。しかし友人にもその顔付を見せぬ事にしてゐる。（略）○医者の方の為事は僕が主にやるやうになるであろうと思ふ。○何にせよ、まだ茫然としてゐる。今しばらくこのまゝに候べし。(5)

茂吉は、同年二月十五日付、前田茂三郎宛の書簡では、次のようにいう。

青山脳病院の火事は、何しろあの広大な建物がぺろりと焼けたのであるから悲惨に候。しかも火災保険が一文も無いといふのであるから、いよいよ悲惨に候。先づ先づまるはだかとはこの事に御座候、（略）○再興についても、反対運動のことが新聞に出たり、地主との争論、裁判のことなどが新聞に出たりいたし候。紀一おやぢの事故余り手をひろげ、何にでも関係し、そしてその場その場をごまかして行くのに妙を得てゐるのだから、どうしても「スキ」が多く候。それゆゑ、永遠の計をやるといふ事などは出来がたく候。かういふ点に就ては、小生も非常に不満足に候へども今更いかんとも為し難く候、先づ先づ当分は、苦しい道を歩まねばならぬ処と存じ候。(6)

このように、茂吉は紀一に対し不満があるが、養子の立場上、イニシアティブを取ることなく、当初は傍観せざるをえなかった。しかし、一月二十三日の日記には詳細は不明であるが「警視庁、内務省、丸ビルジング、教室ニ行ク」(7)とある。二月十三日には、「青木技師、板坂君三人ト警視庁ニ行キテ病室ノコトヲキク。ナカナカラチアカズ。（略）病院ノ将来ノコトニテ裏ドホリノ男一人タヅネテ来ル」(8)とある。

三月三日の日記には、

午前中、患者二人バカリミル。（略）夕刊ニ万朝ニ病院ノコトガ出ル、青山脳病院ガナドトヒ云ヒ。町内百余名ノ反対ガアルニモ拘ラズ再建スル見込ミダトカ。ソレカラ、金ニ困ルカラ家賃ノ一割五分バカリヲ上ゲルノデ批難ノコエガアルナド、云フノデ、ソノ巧ミナ運動ブリニハ感服シタ。ソレカラ比ベルト紀一ノ対策ナドハドーモ実ニ駄目ダ。モウ老イタノデアル。(9)

病院創設の頃は、田園風景であったが、病院周辺も繁栄し、町の中に精神病院があることが危険で、教育上にも悪いということで、地主が土地の返還を要求し、相呼応して、周辺住民の反対運動が起きた。警視庁までも不許可であった。茂吉は「元の場処に復興しようとしたが、反対運動を秘かにする人などもあり、監督官庁もそういうものに動かされて、ついに許可にならなかった。明治三十六年に創立したころは、あの辺は野と田と藪のみであった。それが、病院を中心にひらけて行ったのであるが、三十年の経営が一夜にして灰燼に帰すれば、人情は氷の如くであった。父が町内に尽した事などはてんで知らぬような顔付であった。(10)」と不満をいう。紀一も老い、かつての辣腕も錆び付いている。

四月五日付、中村憲吉宛の書簡で、移転について次のようにいう。

病院の方は警視庁の方より、改設も修繕も出来ないやうに宣告ありし由にて実に癪にさはり候へども、いかんとも致し方なく、この際争っては損ゆゑ、涙こぼして辛抱といふ事に相成り申候○郊外に土地さがしに居り候。[11]

当時は、精神病院は「狂院」、精神病者は「狂人」、精神病医は「狂人守」などと呼ばれていた。茂吉は、『癡人の癡語』で前述したように、「私が未だ若くて東京巣鴨の病院に勤めてゐるころまでは、東京の人々は、巣鴨！巣鴨！と云って、狂人、狂者、瘋癲、ものぐるひ、くなたぶれの象徴たらしめた。」という。[12]

現在の青山脳病院跡地を訪ねると、有名企業の瀟洒な社宅となっていて、駐車場の片隅に茂吉の「あかあかと一本の道とほりたりたまきはるわが命なりけり」という歌碑がある。しかし、ここが青山脳病院跡地、即ち精神病院跡地であったことを、居住者に「配慮」してか、歌碑の解説には一言も語られていない。今でも、このような状況なのである。

『癡人の癡語』を少し長いが、ここに引用する。当時の精神病者への人々の眼差しを知るのに、恰好な随筆である。

或る日私は焼残りの家の中に茫然として立ってゐると、窓の外にどやどやと人ごゑがする。その中の一人が何か芝居の台詞のやうな口調で『真人間で居てえや』などと言ふのが聞こえる。どやどやと人ごゑのしたのは私の家に瓦斯管を引くために働いてくれてゐる四、五人のひとりが、『真人間で居てえや』と云ったのであった。（略）職人は、焼けた私の家が精神病院であることを好く知ってゐた。そこで突如としてこの警句を吐いたのであった。そして、単にこの警句を吐いたばかりではない。この警句につづいて『気違にあ』何とかだと言った。そして『これ人情の然らしめるところかね。これ人情の然らしめるところでござんす』などとまた台詞調でいって、車の音をがらがらさせて帰って行った。

或る日、電車に乗って足かけ五年ぶりで、神田の小川町のあたりを通った。（略）電車には私の前に小娘が二人乗ってゐる。ある所に電車が来ると、小娘のひとりが斯ういった。『ちょいと。この家だわ。まるで牢屋みたいでしょ。気違いでも居さうだわね』と、かう云って除けた。

或る日、私は新聞を見てゐると、これは写真入で現世の種々相を伝えてゐるので、私は久しぶりにかういう日本の新聞に親しめるのであったが、そのなかに『生ける屍として牢獄に等しい狂人病院の一室』といふ句があった。（略）

世間の人々よ。『真人間で居てえや』などといったって駄目だ。今に見ろよ。じたばたしても駄目だぞよ。(13)

この随筆は、一月二十九日の日記にある「ガス職工。眞人間デ居テエヤ。キチガヒニハ何トカダ。コレ人情ノ然ラシムルトコロカネ。コレ人情ノ然ラシムルトコロデゴザンス。」(14)の内容に該当する。断片的な言葉から、精神病者、精神病院に対する、世間の生の声を聞きとめた実態である。そして、最後にある「今に見ろよ。じたばたしても駄目だぞよ。」という、まさに「捨て台詞」を茂吉に吐かしめたのは、茂吉の神経が鋭くなったものであり、当時の精神病者に対する否定的な眼差しを行間から読み取ることができる。「感謝せられざる医者」として、鬱屈した茂吉の魂の叫びといえよう。

なお、当時の病室について、斎藤平義智《へいぎち》は次のように回想している。平義智は、紀一の姉の子である。

診察室は焼残りの病室其ままで玄関もなく、いきなり外からドアを開けて入る小暗い畳のしいた八畳間で、之も焼残ったジアテルミーが隅の方に置いてあった。外来患者も多くはなく午前中に診察をすまし昼食を馳走になって帰る慣であった。

先生は之も焼残の一隅に住まはれてゐたが、後では焼跡にささやかな居間を作られ、小さいながら応接間も作り面会日をきめられ診察の余暇には作歌や随筆などを書かれて居られた様である。(15)

警視庁は、精神病院は郊外でなくては許可しないという方針であったので、その移転地を決定することが喫緊の課題であった。長年、慣れ親しんだ、青山という土地からの離別は、紀一や茂吉だけではなく、病院関係者に大きな失望と暗澹たる不安を与えたことはいうまでもない。そして、焼け残った研究に必要な本を徒労ながらも、一心不乱に掘り起こす茂吉の姿は、哀愁や哀切という表現よりもユーモアや剽軽さが漂う情景といった方が適切であろう。

さて、一九一九（大正八）年に「精神病院法」が公布された。これは、呉秀三らによる『精神病者私宅監置ノ実況及ビ其統計的観察』という報告書にある実態調査や、官公私立精神病院の設置に関する請願、決議、法改正などの運動によるものである。そして、この法律により、私立病院も官公立の代用病院として定められた。その結果、「大正の末から昭和の初めにかけて、全国に多くの私立精神病院と二、三の県立精神病院が開設され、昭和一〇（一九三五）年末までに府県立と代用病院は合計五四院、私立病院を加えて一四二院に増加した」[16]のであった。

また、茂吉が勤務していた巣鴨病院が東京府松沢村に移転したのも、一九一九年のことであった。この移転の目的は、呉秀三の構想に基づき、欧米の精神病院に倣い、開放治療と作業治療を実施するためであった。そのためには、広大な敷地が必要であった。松沢病院は「その敷地は六万一千余坪（巣鴨の三倍半）あり、建物は分棟式で、初めから開放病棟や作業場が建てられていた」[17]という。このように、精神病院は郊外へ移転する流れであった。

さて、「精神病院法」の制定は、私宅監置を廃絶することにあったが、現実には従前の「精神病者監護法」が廃止されずに、そのまま存続していた。即ち二つの矛盾する法律が並立するという奇妙な状態が続いたのであった。よって、私宅監置が廃止されたのは、戦後になって一九五〇（昭和二十五）年に「精神衛生法」が制定された時であった。

2　青山脳病院の再建へ

戦前の衛生行政は内務省であり、その末端機関は警察署であった。厚生省は一九三八（昭和十三）年の設置である。さて、一九二五（大正十四）年五月頃に、青山脳病院の移転先が決定し、東京府下松沢村松原（現、世田谷区松原）に、八千五百坪の土地を借り、再建を始めた。『青山脳病院一覧』（明治四十三年発行）によれば、敷地四千五百坪であったので、二倍近い土地となる。開放治療と作業治療を実施するには、郊外の広大な土地が入用であったのである。青木義作は次のように回想している。青木は紀一の妻ひさ（勝子）の弟の子で、てる子のいとこに当たる。

一萬坪内外の土地を青山から便利な郊外に求めることは中々容易のことではない。たまたまあっても地主が二人もあるやうな場合はいつも纏まらなかった。やっとのことで府下松澤村松原に八千五百坪の土地を借りることに成功したのはその年の五月頃であった。私は伯母のお伴をしてこの病院の敷地を見に行った。當時玉川電車の下高井戸線は三軒茶屋から分岐して開通したばかりで、敷地はその山下駅から程近い所にあり一面の麦畑で、空には雲雀が囀り附近には家もなくごく閑静な所であった。それが昭和二年には小田急電車も開通するやうになり交通が便利になるにつれ、この村も病院と共に発展した。(18)

青木は、学生時代から紀一の許で暮らし、第一高等学校から、九州帝国大学医学部を卒業する。呉の精神病教室で助手となり、高田脳病院へ勤務し、その後青山脳病院副院長として、茂吉を長年にわたり補佐した。しかし、長男の茂太は「本質的、心理的に茂吉は青木さんとはウマが合わず、とくに輝子の最も嫌いな人間の代表が山口茂吉さんと青木さんだったことは事実である。(19)」という。茂吉は、このような第三者には見えざる力学にも翻弄されるのであった。

さて、土地が決定したので、次は建築への着工であるが、紀一の性格からして、第一期工事だけでも十万円を要する壮大な計画を立てたのであった。

十月三十日付、中村憲吉宛の書簡にて、病院再建の窮状を次のようにいう。

謹啓。突然にて何とも申訣無之候へども何とかしてこの際、五千圓だけ御盡力御願叶ひまじく候や、金主は一人でなくもよろしく候ゆゑ、（略）親友の大兄に、つひに金銭のこと御願するに至りぬ、不運いかんとも致し方なし。（略）利子、期限等はよろしく御とりきめ下されたく、たゞ無擔保にて御願叶ひまじく候や。たゞ期限は二ケ年ぐらゐに御願出来れば忝し、○病院は粗造なれども、田舎に出来たり。受負師に最初三萬渡してしまひ九月末に四萬、十一月五日迄に三萬五千渡す約束の處、父は、病院が有力な擔保になると思ってゐたのにそれが當はづれ、高利貸にまで行き、實にひどいめにあひ候、今度きりぬければ、何とかなれども、さもなければ、一生の方針をかへねばならず候。○金圓の問題は實に重大に候ゆゑ、軽々とは申されず、大兄の御意見をも何卒御もらし被下度願上げ候。[20]

このように、当面は三万円を工面して、請負師に契約と同時に渡し、九月末に四万円、十一月五日迄に三万五千円を渡す取り決めであった。しかし、予定通りに金策の目途が立たず、結局は高利貸しに頼り、その返済を迫られる状況となった。

十一月三日付、中村憲吉宛の書簡では、次のようにいう。

拝受。實に感謝。金圓は火急ゆゑ、急のほどよろし。岩波氏の方は赤彦君秋田よりかへり次第御話してくれる筈也しかしどうしても大阪にて五千圓だけ調達拝借したき念頭の御座候。利子、期限等は大兄に御任せするが大がい二ケ年ぐらゐにし、（略）何とかして御盡力願はれまじくや。實はこの際、恥はいたし方なし、もっと、せっぱつまった處まで行って居るのに御座候小生長崎よりの帰途に、御地に立寄り、その節迄に何とかなれば實に忝し。[21]

茂吉は、中村憲吉への感謝と共に、さらに不足金があるので、憲吉に大阪の心当たりを願い出ている。憲吉は、兵庫県西宮市香櫨園池畔に在住であったが、茂吉は長崎の帰途に立ち寄るという。それまでに工面せよという、かなり強引な「お願い」である。茂吉は十一月四日に、長崎医学専門学校時代の同僚教授の診察と金策のために、長崎へ向かい、帰途に大阪方面での資金調達は首尾よくいかず、次のようにうたう。

金円のことはたはやすきことならずしをしをとして帰り来れり

（『ともしび』「長崎往反」大正十四年）

十一月（日不詳）、中村憲吉宛の書簡では、次のようにいう。

謹啓先日来非常に非常に感謝の至り、御かげ様にて勢を得申候。然るところ金策の問題解決つかず。つひに受負師より弁護士さしむけ申候。その悶々の中に年二割の（その他に手数料）金が出起さうに候が、これが数日の中に出来ねば、全部受負師の方よりさしおさへられる運命に立至り申候。事態いかんとも致しがたし。[22]

さらに、十二月九日付、中村憲吉宛の書簡では、次のようにいう。

謹啓○感謝感謝○岩波御主人、赤彦兄にも感謝、畫伯にも感謝のほかなし。この方は万一の時の予備として御願せしにて。御主人に御迷惑をかけずにすむとおもふ、今数日中に決定、申上げる○連日の心痛にて小生の頭も茫乎とし、又頭痛にてこまり居り、小生はつひに長命せざるべし。けれどもこゝ五六年奮闘してみる。不惑を過ぎてこの苦は、人生實に不思ぎ也。[23]

ここでは、中村憲吉への書簡を軸として、この間の金策の経過を見た。かなりの心労であったことが身につまされる。画伯とは、いうまでもなく平福百穂のことである。

一九二五（大正十四）年十二月三十一日の日記は、この艱難の一年の動向がまとめられているので、少し長いが引用する。

今年ハ実ニ悲シイ年デアッタ。苦難ノ年デアッタ。帰朝シテ来テミルト家モ病院モ全ク焼ケテヰテ図書ガ先ヅ全滅デアッタ。ケレドモ焼本ヲアツメテハ火ニモシタリシタ。（略）ソレカラ兎ニ角「外来診察」ヲ初メテ一人デヤッタ。病院ヲ何トカシテ改築シヨウトスルト、反対運動ガアルトカ又地主ガ退去ヲセマリ裁判沙汰ニナッタ。ソレカラ警視庁ニ運動ガ入ッタト見エテ、新築ヲ許サナイ。受負師ニ3000千《ママ》圓ヲ出シテ無駄ニナッタ。サウイフ苦シミノウチニ父上ハ松原ニ土地ヲ借リテ受負ノコトデゴタゴタシタガ兎ニ角工事ニ着手シタ。（略）ソノ間ニ茂太ガちふすニ罹ッタ。（略）九月ノ下旬頃カラ金策ノコトデサシ迫リ、ドンドン話ガハヅレテ行ッテ思フヤウニ行カズ、セッパツマッタノデアルガ、十二月廿八日ノ期限前ニドウニカ片ガツイタ。カクシテ凡ベテノ苦艱ガ兎ニ角切リ抜ケラレタ。コレハ神明ノ御加護デナクテ何デアルカ。天地神明ニ感謝シ奉ル。

恩人。栗本庸勝先生。平福百穂。中村憲吉。岩波茂雄。島木赤彦等ノ諸氏。ソノ他、ぶろかー諸氏ニハヤハリ感謝シオカン。コノ苦シミヲ体験シタレバナリ。受負師二人ノ動物ノ如キ処置ヲモニクマザラン。

スッカリ頭ガ悪クナリ。神経衰弱ニナリ。夜ガドウシテモ眠ラレズ。文章ガ書ケナクナツタ。シカシ本年ハ僕ハ歌モ相当ニ作ッタ。漫筆モ書イタ。歌ニ関スル評論様ノモノヲモカキ。講演ヲシタ。本年ハ十年グラヰ老イタ気ガシタ。シカシ最善ヲ尽シタ。神々ヨ、小サキ弱キ僕ヲモマモラセタマへ。(24)

悲壮な日記である。帰国後の茂吉に待ち受けていた多忙さは、壮絶である。とくに、金策に駆けめぐることは、茂吉にとって苦痛で苦手なことであった。「受負師二人ノ動物ノ如キ処置ヲモニクマザラン」という一文からも、憎しみではなく安堵が優先するほどの精神的負傷が、茂吉に襲いかかったのである。そして、汎神論的に「神々ヨ」と自らの守護を願っている。しかし、この苦境の中で、短歌や随筆や評論も量産し、とくに随筆の執筆は生活費を稼ぐ意味もあったが、その内容も上質のものとなった。茂吉の内なる情熱が昇華していったのである。茂吉にとって「負の生体験」が自己錬磨へと転換させたのであった。なお、恩人の中にある栗本庸勝先生とは、山形県出身の同郷であり、紀一がドイツ留学から帰国以来の知人である。仙台医学専門学校教授の後に、警視庁に入り、衛生部長となった。また、平福百穂には、欧州留学中にも千円を借りている。

茂吉は、艱難な生活を次のようにうたう。『作歌四十年』では、「その頃自分の鬚髯はめっきり白くなったのを一首にした。島木赤彦はこの一首を感心してくれた」という。

うつしみの吾がなかにあるくるしみは白ひげとなりてあらはるるなり　（『ともしび』「随縁近作」大正十四年）

労苦を重ねたために急に白ひげとなったというよりも、白ひげを見て、白ひげを労苦の象徴にしたのである。他者の眼で自らの風貌を見つめるかのようであり、自己を客体化し、同情や憐憫が払拭されている。なお、歌友の島木赤彦であるが、一九二六（大正十五）年三月二十七日に、病魔により亡くなった。茂吉はその悲しみを『島木赤彦臨終記』に残した。茂吉はこのような状況であるが、五月には、『アララギ』の編集発行人が、赤彦から再び茂吉となったのである。

さて、青山脳病院の再建の経過であるが、一九二六（大正十五）年三月八日の日記には、次のようにある。

患者外来三人。（略）山下ノ新病院ニ行ッテ、父上ニ案内シテ貰フ。ナカナカヨク出来居リタリ。ミンナ働イテキル(25)。

三月九日には、次のようにいう。

朝起キテ診察ヲ青木君ニ依頼シテ、警視庁ニ行キテ、金子、亀岡課長ニモアヒテ、検査ノコトヲ依頼ス。ソレヨリ内務省ニマハリテ樫田君ニアフ(26)。

四月五日には、次のようにいう。警視庁の金子準二と内務省の樫田五郎は、茂吉の後輩に当たり、巣鴨病院の医局勤務で同僚であった。

警視庁ヨリ病院ヲ検分シテクレルトイフノデ、父上ト僕トガ行ッタ。ソコニ金子君ト樫田君二人ノミガ来テ呉レタ。二人トモ好意ヲ以テミテクレタ。(27)

そして、四月七日には、次のようにいう。

朝警視庁ヨリ電話アリテ、病院ノ許可ニナリタル通知アリ。父上ハ警視庁ニ礼ニ行ク。(28)

こうして、四月七日に、青山脳病院は東京府下松原に再建し、開院したのである。開院するまでは、青山の仮診療所であり、日記によれば、外来患者が一人とか、多くて三人という日々であり、とても困難な病院経営の状況であった。少し遡るが、一九二六（大正十五）年二月一日の日記では、「患者三人。静脈ノ注射セントシタルニ針ノ加減ニテ旨ク行カズ。一人ナドハ両方ヤリテ遂ニ失敗セリ」とある。それほど注射針が粗悪とは思えぬので、茂吉の腕前が懸念される。さて金策だけではなく、所管の警視庁による「検査」を経て、委託代用病院として認可された。これで公費患者も来院するようになり、病院経営も安定するようになった。病院は、三百余名の精神病者を収容できる、大きな規模であった。「精神病院法」の制定により、道府県立のほか公私立精神病院を道府県立精神病院の代用をさせること（代用病院）ができたのである。

なお、青山の土地は、病院建設をしないことで地主の了承を得ていたので、一九二九（昭和四）年には、青山に診療所と居宅のみを建設した。その後、松原を「本院」、青山を「分院」と呼ぶようになり、茂吉は「分院」に、紀一らは「本院」で生活することとなった。「本院」「分院」共に、一九四五（昭和二十）年の戦災による焼失まで続いた。

さて、ここで忘れてはならないのは、焼死した二十名の病者のことである。茂吉は、次のようにうたう。

焼死にし霊をおくるとゆふぐれて庭に低き火を焚きにけり

（『ともしび』「閑居吟　其三」大正十四年）

『作歌四十年』では「焼死した患者のことは永久に忘れがたい。はやくも新盆が来て、悲しみを新たにし、低く迎火を庭に焚いて、その霊を弔ふところである。この歌の『おくる』はもう霊をおくる趣であるから、余計に感じが寂しい。自分はこの一首を時におもひ出して吟ずることもある[29]」という。

岡田靖雄は「日記をみても、焼死した患者・家族への弔意金のことがでていない。二〇名はいずれも公費で、弔意金はそう問題にならなかったのだろうか。（略）焼死患者にふれられるのが、あまりにもすくない。[30]」と批判的である。指摘の通り、記述は確かに少ない。しかし、茂吉は病者に深く哀悼の意を表し、「おもひ出して吟ずる」のであるから、岡田の批判は、表層的なもので的はずれといえよう。

さて、青山脳病院が再建された一九二六（大正十五）年における、全国の精神病病者数などの数字を見ると、精神病病者総数は六万四百七十九名で、人口一万人当たりの病者数は一〇・〇三名となる。入院病者数は五千四百四名で総数中比率では八・九％となる。私宅監置などの病者数は五千四百三十名で、総数中比率は九・〇％となっている[31]。

呉秀三は、患者に積極的に作業療法を行うことを推進した。ここでは、東京府松沢病院の事例を見ることにする。呉院長により、医員加藤普佐次郎と看護長前田則三が中心となって作業療法を実施することになった。巣鴨から移転した直後の作業は、畑作り、植木手入れ、養豚、道路修繕、物資運搬、病室内雑用、封筒貼りなどであった。その後、改善されて、一九二一（大正十）年末には「作業に利用されていた面積は畑四、八〇〇坪、水田五、七〇〇坪、畜産場二、六〇〇坪、園芸占用地一、八〇〇坪、庭園九、七八三坪で、ほぼ二一、五八三坪に達する。作業療法のための建て物は、男病者工作場（封筒貼り作業場）、女病者工作場（裁縫作業場）、大工工作場、印刷場、作業患者浴室、牛舎、鶏舎（三棟）、豚舎（八棟）、屠殺場、畜産物置き、園丁詰め所、試験動物舎、女患者洗濯場をあわせて三四七・一八坪に達する[32]」ようになった。加藤は、水田耕作だけではなく、泉水の予定地に池と築山をつくることも行った。作業療法により、病状が好転し退院する患者も少なからずいた。しかし、加藤に対する評価は必ずしも高くはなかった。岡田靖雄は次のように評価する。

加藤を正しく評価する人は少数であり、松沢病院のなかでも加藤を「土方医者」とさげすむ人のほうがおおかったのである。呉院長の理念にもかかわらず、身をもって作業療法を推進しようとする人は当時もその後も少数派であった。加藤にあっては作業療法とは、単に患者をはたらかせるものではなくて、みずからも労働生活をともにしながら、できるだけ開放的な環境のなかで労働の楽しみ・つくっていく喜びを患者に体験させるものであった。加藤の功績は、このような作業療法を実践しその実践を理論化したということとともに、そのような実践を通じて精神科病院の体質をするどくみぬき・指摘したことである(33)。

呉秀三の理想と精神病院の現場との乖離が大きいことに驚く。当時は、医者と患者の関係を考えても、垂直関係のパターナリズムであり、インフォームド・コンセントとは程遠い状況であった。加藤への批判があるということは、病者に寄り添う医療体制とは言い難い状況であったことが推測されるのである。このような状況下で、茂吉は恩師呉秀三の理念を継承し、病者に対応し、病院を経営する覚悟と、強靭な意志が求められたのであった。

3　青山脳病院院長へ

松原の青山脳病院は、周囲は畑の田園風景で、精神病者にとって環境もよく、治療や療養に適していた。しかし、病者の逃亡や自殺などが相次ぎ、精神病院の監督官庁である警視庁から再三にわたり呼び出され、厳しく叱責され、始末書を書いた。なお青山の分院は脳神経科であり、法律上は精神病院ではない。基本的には茂吉は分院の診療に当たり、紀一が本院の診療に当たった。青山は、月曜日を斎藤平義智、木曜日を紀一が担当した。勿論、茂吉は本院へも時々診療に出掛けた。

一九二六（大正十五）年十一月十五日の日記に、青山脳病院（本院）の評判について次のようにいう。

午食後、平義智君来リテ、青山脳病《ママ》ノウハサヲバ去ル土曜日ニ甲府ノ雨宮ガ上京シタノヲ機ニ慶應ノ植松ヤ警視庁ノ金子技師ナドモ交ッテ一杯飲ンダサウデアル。ソノ席デ金子技師ハ「戸山ガ悪イナド云フガ戸山ヨリモマダ悪イ病院ガアル、ソレハ青山脳病院ダト云ッテヤッタ」植松「ソンナ病院ナラモットイヂメテヤッタラドーダネ」金子「ソレモサウダガ患者ガ多過ギルカラネ」、コンナ調子デ、植松ハ「王子ハイーダラウ」ナド、云ッタサウデアル。本院ノ方ハ第一医者ガ何時行ッテモ居ラズ。患者ノ成績ガ悪イト云フノデアル。僕ハコノ話ヲキ、非常ニ不愉快デ、且ツ沈鬱シ、文章モ何モ書ケナクナッテキタ。[34]

金子技師とは、金子準二のことで、茂吉の後進でもあり、病院再建の検分に尽力してくれた。その金子が、このようなことをいったのである。しかし、事実無根の中傷ではないだけに、「非常ニ不愉快」ながら「且ツ沈鬱」にならざるをえない複雑な心境であった。金子にすれば、好意的に許可を付与したにもかかわらず、不祥事が続き、改善を期待するという思いがあったのであろう。茂吉ではなく、紀一への批判であったのであろう。しかも、本院は紀一が院長として統括していたのである。紀一は、本院に接して住居があるにもかかわらず、夜に在宅しないことがあった。青山脳病院が焼失した時にも、紀一は現場には居ずに、妾宅に居り、そこから駆けつけたのであった。

一九二六（大正十五）年十二月十八日付、前田茂三郎宛の書簡では次のようにいう。

小生も帰朝以来、非常なる精神的打撃にて、昨年一年にて大に年寄り申候。（略）一方は厭世思想湧き居り申し候。新病院も難儀して漸く建て、また難儀して、警視庁の許可に相成り候も、なかなか理想的にはゆかぬので役人から小言をいはれたりして頭を痛め居り候、さういふ事が小生の厭世観の本と相成居候。[35]

このように、紀一が院長として病院を経営するには、危機的な状況となっていた。一九二七（昭和二）年になると、三月十二日は、「父上、板坂ハ警視庁ニ呼出サレ始末書ヲトラレタリ。患者逃亡ノタメナリ。[36]」という。三月三十日には、「午後二本院ニ行キタルニ父上ガ居リ、代用患者ノコトヲキ、タルニ『ピッタリ止マッテシマッタ』ト云フ[37]。」と、日記にある。代用患者の入院がなければ、病院経営は成り立たない。

四月一日の日記には、次のようにいう。

警視庁ノ松浦警部ヨリ出頭スルヤウニ話アリ、「少シ伺ヒタイコトガアリマスカラ」ト云フ丁寧ナル電話ナリキ。円太郎ニテ午前三時ニ出頭スル。患者ノ逃走ニツキ、届出ヲ怠リタルタメニ放火未遂ト器物破壊等、ソノ后三名逃走シテソレヲ届出ナク、世田谷警察ノ手ニヨッテ捕ヘラル。板坂ノ言葉ガワルク「ヨロシキヤフ御処置ヲ願ヒマス」等ト云フヨシ。ソノ云方ワルイ。ソレヨリ衛生部長ノ処ニ行ク。具体案ヲ出セト云フ。父上ガ今日ノ午前ニオイボレタト云ッタガ本当ニオイボレタト云フ。ソレカラ亀岡課長ノ処ニ行ク。課長ハ黙、トシテ、具体案ヲ出シテ見ヨト云フ。退出[38]。

具体案とは、病院の今後の改善計画のことである。「円太郎（円タク）ニテ午前三時」は「午後三時」の誤記であろう。板坂とは院代の板坂亀尾のことで、事務長に当たるものである。紀一が「老いぼれた」と弁明したが、衛生部長からすれば「本当に老いぼれていた」のであり、院長を任せられないと判断したのであろう。

四月二日の日記には、次のようにいう。

朝早ク、板坂ヨリ電話カ、リ、警視庁ヨリ本院ニ電話カ、リ、院長呼出ス。院長居ズ。板坂出ル。午前中ニ具体案ヲ持チテ出頭セヨトノコトナリキ。自動車ニテ世田ケ谷警察署ニ行キ、父ヲ待チタレドモ来ザルヲ以テ、直グニ署長（加藤氏）ニ会フ。田村部長ニモ会フ。具体案ヲキ、タルニ、建築ノ改良、看護人ノ改良ノコトガ主ナリキ。シカシ院長ヲカヘルコトヲ父上ト相談シテ、代書人ニ書カセ、警視庁ノ方ニハ本日午前中ニハ間ニアハザル旨ヲ電話カケタリ、スルト松浦警部ハ「月曜ノ午前ニ直接ニ持ッテ来イトノコトナリキ[39]」

警視庁よりの呼び出しであるが、世田谷署へ出頭している。そして、具体案は「建築ノ改良、看護人ノ改良」だけではなく、最終的には院長更迭へという推移になったのである。

四月四日から七日の日記には、次のようにいう。

四月四日。

青山脳病院改革案届ヲ以テ、自動車（一円五〇銭）ニテ警視庁ニ来ル。松浦警部ニ会フ。届ヲ出シタルニ職員改善ノ点ニツイテ、モット具体的ノ案デナケレバイケナクハナイカト云フ。又事務長ハアレデハ駄目ダト云フ。ソノ時ニ金子君モ来リテイロイロ注意スル。「今度ノ病院ノハジマル時ニ遠ニ院長ノ更迭スベキデアッタ」ト云フ。松浦警部ハ「金子技師モ随分骨折ラレタノデシタガ」ト附加シタ。（略）午後一時半ニ二タビ警視庁ニ行キ、川村部長ニアフ。同情シ呉レテ極力改善シテミヨト云フ。

四月五日。

今日ハ院長変更ノコトニツイテ電話ニテ世田谷署ニ板坂ヲヤリテ届書ノコトヲキカシム。僕ハ改造ノ歌六首ヲバ出鱈目ニ作ッテシマフ。（略）夜モイロイロ心配アリ。

四月六日。

午後ニ本院ニ行キ、父上ニモ会ヒ、イロイロ忠告モシ、窓ヲバドシドシ直サセ、看護長ヲ呼ンデ夜警ノコトヲ厳重ニシタリ。サウイフ心配ハイロイロアリテ夜間ハ睡薬ノマザレバドウシテモ眠レズ、（略）

四月七日。

病院ノコトガ気ニカヽリ、イロイロト心痛スル。改造ノ文章「をどり」五枚ヲバ夜マデニカイテシマフ。心ガ落付カズ、イロイロ心痛ガルノデ文章モ旨イヤウニ行カズ。(40)

そして、四月二十五日の日記には次のようにいう。

一、午前十時半頃ニ警視庁ニ出頭シテ、院長継承願ニ字ヲ入レ、印ヲ捺ス。ソレヨリ便所ノコトニ関シテ金子技師ノ意見ヲ叩ク。ドウモ臭気ノ問題ガ気ニナリテ、イロイロノ意見ヲ云ハル。二、退出ノ途中、「脳」発行所ノ菊地君ノ弟ニ会フ。今度ハ何モ書ケザルコト。会ニモ出席出来ザルコトヲ云フ、身心共疲レテ如何トモシガタシ、三、上野公園ニ行キ、国画展覧会、朝倉塾習作展覧会、春草会ノ展覧会ヲミル。疲レテヨク鑑賞出来ズ（略）四、浅草観音ニ詣テ、参拝祈願、御みくじ半吉ナリ。(41)

こうして、一九二七（昭和二）年四月二十五日に茂吉は、指令一二七六〇号によって、正式に青山脳病院院長となった。茂吉が四十五歳の時であった。これ以降、一九四五（昭和二十）年三月三十一日に東京都に譲渡されるまで、茂吉は院長としての責務を全うした。副院長には青木義作、医師には斎藤平義智を、薬局長には守谷誠二郎（茂吉の甥）を任命した。院長茂吉の周りには、斎藤家の一族を配したのであった。守谷誠二郎が次のように院長の茂吉を回顧している。

経営の面に於いても第一線に立たれて、活躍されたのであって、看板を自ら書かれたり、新聞広告なども、その原稿に苦心をなされた。大字を書くのが最も得意であったり、白いペンキで診療内容を見事に書いて、専門家も驚いた位である。

脳神経科の診療には、長時間かかるが、特に院長は、親切丁寧だった。患者の訴えを一々うなづいて聞き入れられ、解り易い指導をなさるので、院長の診察日を楽しみに待って居る方が多かった。診療のせわしい最中に訪問者があると、「すまないが、一寸時間がかかるので、僕の別荘で待って居てくれ給え」等と時々云われた。その別荘とは、自宅の風呂場を改造した一坪に過ぎない莫蓙敷の室である。(42)

さて、本来ならば、帰国早々に、火難の処理を推進し、紀一から院長を「禅譲」すべきであったともいえる。院長就任が遅れた理由について、柴生田稔は「養父紀一に遠慮したからでも、また紀一が譲りたがらなかったからでも無く、茂吉はもともと院長のやうな仕事は苦手で、歌や文章に凝る方が楽しく、紀一も茂吉が東大出洋行帰りの博士になってくれたことで満足して、その歌の道楽を咎める気はなかった。病院の経営や診療に関して意見は十分あっても、まづまづ養父の好きに任せて置く方が、第一自分が楽であった。そこは茂吉の性分でもあって、世間の目がどう見てゐるか、警視庁の目がどう光ってゐるかも、案外気にならなかったのであらう。火難後の処理に当って、つくづく紀一が老い呆けたと感じても、ついそのままにして置いたのであらう」(43)と結論づけている。紀一には西洋という長男がいて、次期院長の候補であったが、当時二十八歳であり、院長となる経歴をもっていなかった。茂吉にとって、長男西洋の存在は常に念頭にあり、自らが家督を継承する意思など毛頭もなかった。だからこそ、学位取得のために留学をしたのであった。火難がなければ、病院経営に携わることなく、研究者として生きる期待をもっていたのである。ところが、茂吉が院長を受け継ぐ以外には選択肢はなく、茂吉は、自らの運命について諦念をもって引き受けざるをえなかったのである。柴生田は「茂吉の性分」を無頓着なように捉えているが、茂吉は繊細な神経であり、病院の世間の評価をかなり気に掛け、紀一へも病院の改善について意見具申していたのである。病院の悪評を聞いた時には、「不愉快デ、且ツ沈鬱シ、文章モ何モ書ケナク」なったとまでいっている。婿養子である茂吉が、紀一の意向を無視して、院長になることはない。また、できない相談である。茂吉が「仕方ガナイカラ」といって院長となったのは、嫌々不本意ながら、本当は就任したくなかったということではなく、本来は長男の西洋が院長となるのに、このような火急な時なので、院長を受諾したということである。また、紀一の老いは本人よりも、周りが先に気付いていた。茂吉は覚悟ができていたと思われる。門弟の柴生田のいいようは、無責任な成り行きまかせの傍観者の如くに茂吉を評しているが、歌人である茂吉にとって院長という責務が面倒なことであり、作歌活動の妨げになったという柴生田の思いや期待が、茂吉は院長に関して無頓着であったとするのであろうか。確かに、茂吉は、院長となり短歌に関しては、まさに「業余のすさび」として転換せざるをえなくなったのであるが、結果的には旺盛な創作活動を続けたのであった。その時の状況を次のように歌う。

狂人《ものぐるひ》まもる生業《なりはひ》をわれ為《す》れどかりそめごとと人なおもひそ
（『ともしび』「生業」昭和二年）

本歌は、茂吉が院長に就任したのは、歌人である茂吉の余業ではなく、真剣に覚悟の上であるという決意の表れである。そして、その決意を高らかに宣言したものである。茂吉が、精神病を取り巻く現況を直視し、その解決に向けて全力で、茨の道への新たな一歩を踏み出そうとする、気迫と息吹を感じるのである。もう後退はできずに、前進あるのみの決断である。

このように茂吉にとって、一九二七（昭和二）年も二年前と同様に、艱難の年であった。十二月三十一日の日記には、一年を回顧して次のようにいう。

今年モコレデ暮レタ。顧ルト、ヤハリ多難ノ年デアッタヤウニ思フ。シカシ、ドウニカソレヲキリヌケテ来タノハ神明ノ御加護ノタメデアル。先輩、知友ノ御カゲデアル。年ノハジメニハ風邪ニカカッテ熱ガ出タ。ソレガ一週間グラヰヅ、続イタ。ソレガ二度モカカッタ。ソノタメニ御大喪ニモ参加ガ出来ナカッタ。ソレカラ四月頃ニナルト、患者ガ逃走シテ、一人ノ如キハ放火未遂ヲシタ。ソレヲバナルベクサガシテカラト云フコトデ届ガオクレタタメ代用患者ヲオクルコトガピタリトトマリ、ソレノミデハナク、僕ガ衛生部長室ニ呼バレテイロイロト問タヾサレ、又病院ノ改良案ト云フモノヲ出シ、ヤウヤクニユルサレタ。ソレカラ僕ガ仕方ガナイカラ青山脳病院院長ニナッタ。ソノ後ニモ逃走患者ガ出テヒドク頭ヲナヤマシ、鬚モ頭髪モ白イノガ非常ニ殖エタ。ソレカラ患者ノ死亡数ガ多イノデコレニモ非常ニ骨折リ、糠エキスヲ作ルヤラ、高価薬ヲ使フヤラ、牧ヨヂン、リンゲル、カルシウム等モ代用患者ニドンドン使フヤウニシタ。秋頃カラ米モ半搗米ト云フコトニシタ。(44)

ここでいう「仕方ガナイカラ」は、前述したような意味である。繰り返せば、「仕方ない」とは他になすべき方法がないという意味である。よって、茂吉が院長になる以外の方法はないということである。茂吉は、紀一の病院経営を隔靴掻痒の如くに傍観することから決別し、不羈《ふき》独立をしたのである。二年前に金策のために奔走したことを思えば、病院改善の成果を記し、心なしか安堵を感ずるのである。残念ながら、日記が中途で終わっているようであるが、「ツカレテドウシテモ駄目」で、最後まで書けなかったのかもしれない。もう少し書くことがありそうである。ここでも「神明ノ御加護」に感謝している。そして、院長として、精神病医として、どのように病者と共生していくか、茂吉に課せられた責任は想像を遥かに超えて重い。しかしながら、婿養子という、何ともいえない卑屈さからの解放感も、同時に無意識ながらも味わったのではないだろうか。

　　ゆふぐれし机のまへにひとり居りて鰻を食ふは楽しかりけり　（『ともしび』「この日頃」昭和二年）

本歌は、当時の茂吉の艱難辛苦を知らなければ、大好物の鰻を味わう長閑《のどか》な情景である。茂吉の鰻好きは、異常で滑稽なほどであるが、滋養のための食材でもあった。昼間は診療や院長としての雑務に忙殺される。ようやく夜になり、一人で食事をするが食卓に鰻料理さえあれば茂吉にとって、安寧、至福の境地なのである。茂吉への受苦が多ければ多いほど、この一時は至高へと昂揚していくのである。そして、「楽しかりけり」とはいうが、刹那的であり、哀愁が漂ってくるのである。

さて、茂吉が院長となった当時の精神病に関わる法律を見てみよう。ここで「精神病者監護法」と「精神病院法」の趣旨について比較し、当時の法構造を単純にシェーマ化すると、このようになる。

精神病者監護法は「社会秩序」、「他者に対する危険の防止」に力点を置き、（略）私宅監置室・公私立精神病院等は警察行政下におかれ、治療的雰囲気もなく、いうならばポリス・パワー（police power）の下での強制監置の法制であった。他方、精神病院法案の立法上の趣旨は政府委員の強調する「憐れむべき同胞の保護・治療」の発言からみて、パレンス・パトリエ・パワー（parens patriae power）、つまり国家が「憐れむべき同胞」の親（parent of the country）として提案されたとみることができる。(45)

つまり前者は、病者を危険性があると見なし強制監置するのに対し、後者は、病者を「憐れむべき同胞」であると見なし、強制入院させるということである。しかも両者を戦後まで並存させたのである。いずれにしても、病者の自己決定権はなく、父権的に（パターナリスティック）、温情的に憐憫なる病者を、病者のためを思い、入院させるという考え方に立つものであった。

また、東京府松原病院で、呉秀三の理念を受け、加藤普佐次郎が作業療法に取り組んだことは前述した。また、加藤が一九二五（大正十四）年に提出した学位論文「精神病者ニ対スル作業治療並ビニ開放治療ノ精神病院ニ於ケル実施ノ意義及ビ方法」によれば、作業療法の目標は、開放治療にあることを説いた。

入院生活が単に監護せらるる生活たらしめざることを要す。即ち病院内生活の内容を豊富にして出来る丈多くの自由を与うる事を必要とす。然らば看護人の生活も亦患者の生活に並行して大に闊達のものたるべきなり。之が為め音楽可なり、遊戯可なり、郊外運動可なり。是等の慰楽的生活と共に積極的なる作業生活を交へ、以って患者の病院生活に於ける時間の空費を防ぐべし、却って他の不愉快なる事件をしてその発生すべき時間を奪い、病院生活は逃走企図者と之が防止者との格闘場たるの状態を免かるるに至るを得べし。[46]

さて茂吉は、このような「格闘場」たる精神病院を取り巻く現状を踏まえ、恩師である呉秀三の理念である、作業療法さらに開放治療を念頭に置き、私立病院を経営しなければならなかった。しかし、この治療法は病者の逃走というリスクを背負うものであった。茂吉の性格からすれば、紀一のような大言壮語の行動はなく、自らに与えられた使命に対して地味ながら誠実に、そして着実に病院を経営し、病者へも同様に誠実な対応で、臨床医として信頼関係を構築していこうとしたのである。茂吉は、院長に就任することで、欧州留学中に期待をしていた研究者への道を断念することとなった。しかし、妻てる子と確執があり、婿養子の立場である茂吉にとって、「男の意地」として、ある意味では、積年の鬱屈した気持ちが、少しでも晴れたともいえるのである。そのことが、茂吉に緊張感をもたせ、院長として、何よりも臨床医として、前途多難が予想される職務を遂行し、神々への感謝を忘れず、

「小さき弱き」者である茂吉に対して、艱難に耐えうる精神力をもたらしたのである。

注

(1) 岡田靖雄『精神病医　斎藤茂吉の生涯』思文閣出版、二〇〇〇年、二四三～二四四ページ。
(2) 斎藤茂吉『作歌四十年』筑摩書房、一九七一年、一一二ページ。
(3) 『斎藤茂吉全集』岩波書店、一九七三年、第二九巻、七八ページ。以下、『全集』と記す。
(4) 同巻、八一ページ。
(5) 『全集』第三三巻、六二八ページ。
(6) 同巻、六二九～六三〇ページ。
(7) 『全集』第二九巻、七七ページ。
(8) 同巻、八〇～八一ページ。
(9) 同巻、八五ページ。
(10) 斎藤茂吉『作歌四十年』一一六ページ。
(11) 『全集』第三三巻、六四〇ページ。
(12) 『全集』第五巻、八五ページ。
(13) 同巻、八四～八六ページ。
(14) 『全集』第二九巻、七九ページ。
(15) 「アララギ　斎藤茂吉追悼号」アララギ発行所、一九五三年一〇月号、「渡欧前後」三三ページ。
(16) 八木剛平・田辺英『日本精神病治療史』金原出版、二〇〇二年、九九ページ。
(17) 同書、一〇一ページ。
(18) 「アララギ　斎藤茂吉追悼号」四七～四八ページ。
(19) 斎藤茂太『回想の父茂吉　母輝子』中央公論社、一九九三年、一三三ページ。
(20) 『全集』第三三巻、六九一ページ。

(21) 同巻、六九二〜六九三ページ。
(22) 同巻、六九八ページ。
(23) 同巻、六九八〜六九九ページ。
(24) 『全集』第二九巻、一四八〜一四九ページ。
(25) 同巻、一八二ページ。
(26) 同巻、一八二ページ。
(27) 同巻、一九六ページ。
(28) 同巻、一九七ページ。
(29) 斎藤茂吉『作歌四十年』一二〇ページ。
(30) 岡田靖雄、前掲書、二四九〜二五〇ページ。
(31) 岡田靖雄『日本精神科医療史』医学書院、二〇〇二年、一七八ページ表三参照。
(32) 岡田靖雄『私説　松沢病院史』岩崎学術出版社、一九八一年、四六四ページ。
(33) 同書、四六七ページ。
(34) 『全集』第二九巻、三〇〇ページ。
(35) 『全集』第三三巻、七八八ページ。
(36) 『全集』第二九巻、三四一ページ。
(37) 同巻、三四六〜三四七ページ。
(38) 同巻、三四七〜三四八ページ。
(39) 同巻、三四八ページ。
(40) 同巻、三四九〜三五〇ページ。
(41) 同巻、三五三ページ。
(42) 『アララギ　斎藤茂吉追悼号』四九ページ。
(43) 柴生田稔『続斎藤茂吉伝』新潮社、一九八一年、二〇一ページ。
(44) 『全集』第二九巻、四五六ページ。

(45) 広田伊蘇夫『立法百年史――精神保健・医療・福祉関連法規の立法史』批評社、二〇〇四年、三五ページ。

(46) 浅野弘毅『精神医療論争史』批評社、二〇〇〇年、一五～一六ページ。

第七章　青山脳病院院長就任と紀一の死——昭和二年から昭和三年まで

1　院長就任

斎藤茂吉は、一九二七（昭和二）年四月二十七日に、創設者である養父紀一に代わり青山脳病院院長に就任した。警視庁から、茂吉へ院長の指令が出された。

指令第一二七六〇号

赤坂区青山南町五丁目八十一番地　斎藤茂吉　昭和二年四月十二日願私立精神病院青山脳病院ノ業務継承ノ件認可ス、昭和二年四月廿七日　警視総監宮田光雄　警視総監之印(1)

病院の運営は、副院長には青木義作、薬局長には守谷誠二郎など、斎藤家に縁故ある人々で構成された。事務長に当たる院代には、板坂亀尾が、引き続き担当した。そして、警視庁より院長へ、公安を保持する上で、病者の逃走、放火未遂と器物破損などの、院長更迭の要因となった頻発した事故への改善を強く要求されたのであった。院長に就任後の茂吉の動静を見ると、四月二十七日の日記には、次のようにいう。

二、午前中診察ニ従事スル。三、午食後直チニ自動車ニテ松原ノ本院ニ来ル。ソコデ新患ヲバ一名委託ヲ診ル。

四、看護人二名ヲ選ブ。五、病室ヲ回診シテ極メテ丁寧ニ診察スル。重症患者室ニ行キテ丁寧ニ診察スル、夕ニ至ル。（略）廿八日午前中、精神病者ノ理髪ニ関シテ世田谷署ニ出頭スルヤウ通達アリタリ。ソレハ□□□□（四字削除）ト云フ患者ガ父ガ面会ニ来リタル際ニ投書ヲバ父ニ托シタルモノデアル。七、夕食ヲナス。非常ニ疲ル、心身綿ノ如シ。[2]

四月二十八日には、次のようにいう。

昨夜ハハジメテ本院ニトマリタリ。朝クラキヨリはたきノ音ガシテネムラレズ、眠薬ノミタレドモ八時ニ起床シタリ。（略）病室ノ重症ヲ見マハル。病室ヲ巡視スル。理髪ノ件ニツイテ世田谷署ニ呼バル。ソシテ患者ニ理髪ヲサセルコトハ悪イト云フコトニナル。ソノ時ニ警視庁ヨリ僕ニ院長ノ指令ヲ渡サル。[3]

四月三十日には、「コノゴロハ机ニ向フコトモ殆ドナク。入浴スル暇サヘナシ。[4]」というように、院長として忙殺されている。

茂吉にとって、病院の改善は喫緊の要事であり、まず看護人の確保を手掛けた。とはいえ、看護人の不足は他の精神病院でも同様であった。その理由は、勤務の拘束時間が長く、報酬も安く、何よりも世間で賤しい職業と見なされていた点であった。精神病者だけではなく、そこで働く献身的な職員にまで、社会は否定的な眼差しを向けていたのである。

五月一日には、次のようにいう。

午後ニナリテ看護人志願者十数人来リ、ソレヨリ六人バカリ選抜シテ本院ニオクル、（後記。ソノウチニテ居附キタルハ一人ノミナリ。アトハ無断ニテ帰ルノモアリ、コトワリテカヘルノモアリ）[5]

なお、このような状況の中、同日に次男の宗吉（北杜夫）が生まれた。平福百穂画伯が名付けた名前である。[6]

五月二日には、「一、警視庁ニ来リテ金子技師、松浦警部、鈴木警部補、亀岡課長、川村部長ニ挨拶スル。二、円太郎ニ乗リ、世田谷署ニ行キ田村部長、加藤署長ニ拶挨《ママ》スル。（略）四、松原ノ本院ニ行キテ、重症患者ヲ手当スル。ソノ骨折ハナカナカナレドモ、コレヲ功徳トモ思ハズ。五、夜ノ九時頃カヘリ渋谷ニテ麦酒ヲノミ、カヘリ、今夜ハ眠剤ヲ飲マズ。ヨクネムレズ。[7]」とある。院長に就任し、茂吉にとって不馴れな警視庁と世田谷署の精神病院の担当者への挨拶を、不器用にこなしたのであった。金子技師とは金子準二のことである[8]。また、同日に内務省から次の指令が出されたと、日記にある。院長は茂吉であるが、経営者は引き続き紀一となっている。

衛医丙第一〇八六号ノ一、昭和二年五月二日。

代用精神病院経営者青山脳病院斎藤紀一殿、衛生部長、代用精神病院指定ノ期間更新ニ関スル件。首題ノ件ニ関シ曩ニ承諾書御提出中ノ処別紙ノ通指令相成候ニ就テハ平素病者ノ保護治療及其他ノ施設ニ関シ相当御考慮相成居候コトト被認候モ近時逃走其ノ他ノ事故頻発シタルモノアルハ公安保持上、寔ニ寒心堪ヘザル次第ニ有之候ニ就テハ今後一層諸般ノ点ニ留意シ病者ノ看護並治療上萬遺憾ナキヲ期セラレ度（別紙）

（東京府、昭和二、四、一三、卯、宿直ノ印）内務省発衛第三八号、東京府荏原郡松澤村松原三百番地

青山脳病院経営者斎藤紀一　大正十五年六月十六日附内務省視衛第二九〇号指令其ノ病院東京府代用精神病院指定期間ヲ更新シ昭和三年三月十一日迄延長ス、昭和二年三月三十一日　内務大臣濱口雄幸　内務大臣之印[9]

当時の衛生行政は内務省（厚生省は昭和十三年に成立）であり、青山脳病院は東京府下の病院であるので、警視庁そして所轄の世田谷署が監督し、指導していたのである。「逃走其ノ他ノ事故頻発シタルモノアルハ公安保持上」とあるように、安寧秩序という公安を保持することが肝要なのであり、患者の治療や、まして患者の人権についての配慮はない。五月三日には、「病院ノ改革ガ一大事ニシテ心ニ寸隙ナク。コレニテハ心身ガ疲労スルバカリナリ。[10]」という。

茂吉は院長となったが、養父紀一が健在で経営者として、また臨床医として厳然と存在しているだけに、何かと

紀一と比較され、批判されるという苦悩を抱え、内憂外患ともいうべき、その労苦にさらなる重圧が加えられたのである。松原の本院には、紀一に妻の勝子、弟の西洋や米国、さらに板坂という長年にわたり紀一に仕えた院代が居たのである。

2　患者の死亡数

患者の死亡数が多いことも、茂吉を悩ませた。五月四日には、次のようにいう。

> 午前中青山ニテ診察シ、午後直チニ松原ノ本院ニ行ク。直チニ重症室ニ行キタルニ既ニ危篤ノ者二名アリ。又褥瘡ノアルモノヲ見出シテソレヲ手術シテイルウチニスデニ危篤ニ陥ル。ドウモ気ガエラエラシテ困リタリ。夜モ回診シテヰルウチニ一名死亡ス。重症患者ノ所置《ママ》ニツイテ種々協議スル。斎藤ト云フ患者ガ逃走ヲ企ツ。夜ハ眠薬ヲ飲ミテ寐タレドモヨク眠ラレズ。蛙ノ声シキリニキコユ。看護人ハ募集シテ一日ヰテ帰ル者、居ツカナイモノ多シト云フ。[11]

重症室へ行くと、二人が危篤状態であるとか、褥瘡を見つけて手術しているうちに危篤に陥るとか、精神病院の現実が語られている。「気ガエラエラ」とは、「気が苛々する」という意味であろうが、茂吉がよく使用する表現である。

五月五日には、「昨夜ハ本院ニ泊リテ安眠出来ズ。朝、麻痺性痴呆ノ患者二人死ス。昨夜以来三人死亡ス、気ガエラエラシテ心身疲ル、ソノウチ茨城県ノ患者一人外来ニ来る、診察シテ、投薬ス、一名ノ自費入院アリ。[12]」この日も麻痺性痴呆の患者が死亡し、「気ガエラエラ」しているとある。五月七日には、「昨夜本院ニテ患者二名没ス。[13]」とあり連日、患者の死亡である。五月八日には「今日ハ信濃富士見ニテ左千夫忌、赤彦忌歌会アル筈ナレドモ僕ハ出席スルコトヲ得ズ。徒ラニ病院ノコトニツイテ苦慮ス。午後思ヒ切ッテ本院ニ行キ、重症患者ノ手当ヲナス。重篤ノモノ数名アリ。[14]」とある。茂吉は、師伊藤左千夫、歌友島木赤彦の歌会に参加できないほど、連日にわたり患者の対応に明け暮れている。

五月九日には、次のようにいう。

本院ノ患者ニツイテ考ヘテヰタル時ニ菅井周平氏来リテ本所ニ往診ヲ頼ム。ソノウチ警視庁ヨリ電話ガカカリテ印ヲ持チテ来テ貰ヒタシト云フ。明日デイカヌカト云へバ今日来テ貰ヒタイト云フ。午後一時半頃自動車ニテ警視庁ニ行キソノ足シテ本所ニ往診ス。脳溢血ノ疑ナリシモ大シタルコトナシ。警視庁デハ「願」ノ代リニ「申請」ノ文字ニ直シタルナリキ。（略）本院ニテ患者死亡スル[15]。

どのような「願」を「申請」にしたか不詳であるが、院長たる者は、警視庁の呼び出しには、直ちに印鑑を持参し、出頭せざるをえない状況が分かる。警視庁に睨まれているだけに、茂吉は当然ながら律儀に出頭するのである。精神病院が、いかに警察（お上）の顔色をうかがっているかの一例である。

五月十一日には、次のようにいう。

午後本院ニ来リ、丁寧親切ニ代用患者ヲ診察スル。死スル者ハ殆ド死シテ、重篤ノ者アト二三名トナリタリ。自費ノ方ニモ重症二三名アリ[16]。

さらに、五月十八日の日記には次のようにある。

午前中診察ニ従事シ、午後本院ニ行キ、イロイロ事務ノ事、患者ノコトヲ処理スル。父上モ居リテイロイロト話ヲスル、「オ前ガイロイロ心配スルモノダカラオトッサンハ楽天的ノコトヲ云フ」ト云フ。実際僕ハ心配バカリシテヰル。（略）今月ノ死亡患者ハ先月ヨリモ多クナリタリ。非常ニ熱心ニ従事シテヰルニ斯クノ如クナルハ大ニ考慮セザルベカラズト思フ[17]。

五月十九日には、次のようにいう。

本院ニ昨夜トマリ、患者ニコトヲ種々世話スル。ソノウチニ青木君モ来ル。治療ノコトヲ種々相談スル。夕方ニ青木君ト一ショニ帰宅シ、渋谷ノ停車場ノ処ニテ麦酒ヲ飲ム。廊下ノ光トリノ処ヲバ抜キテ風気通ズル必要。患者ノ疥癬ヲバ薬湯ニ入レル件、重症患者ヲバ移シテ特別ニ看護スル件。沃度加里等ヲ Paralyse ニ飲マセル件。[18]

ここには備忘録的に、病院の改善の要点をまとめている。裏返せば病院の現況が、このように不十分な状況なのである。

五月二十日には、次のようにいう。

午前中診察ニ従事ス。ナカナカ多忙ナリ。夕方ヨリ本院ノ板坂。鈴木。角田。草野四君ヲ四谷見付ノ「松喜」ニ請待シテ夕餐ヲ共ニス。今日ノ午前ニ医師一名来リ、月給百円ニテ大体キメル、新潟医専出身ナリ。来週ノ水曜日午後ニ本院ニ来ルコトヲ約束スル。[19]

五月二十二日には、「男ノ患者一人死亡ス。大ニ心痛ス。[20]」とある。その後、六月二十九日には、次のようにいう。

午食後ニ自動車迎ヒニ来ル。ソレヨリ本院ニ行ク。患者ノ死亡者ハ本月ハ二三名ナリ。浮腫アルモノ多シ。ソレガナカナカトレズ。換気ノコト。便所ノコト。脚気ノコトナドニツイテ大ニ気ヲ使フ。[21]

「浮腫アルモノ」が多いのは脚気が病因と考えられる。そこで、脚気の対策については、一九二七（昭和二）年十二月三十一日の日記で、艱難辛苦の一年を振り返る中で「糠エキスヲ作ル」「米モ半搗キ米」にするとあるように、茂吉は院長として改善策を講じている。岡田靖雄は「当時精神病院での死亡原因中、脚気が第二位、第三位にあった。白米と脚気の関係は一九一九（大正八）年にはあきらかになっていた。しかし、京都の岩倉病院で一九一九年半搗き米をつかいだしたときには、患者および家族は経費削減策と誤解して抵抗があった。[22]」という。東京府松沢病院では、一九二六（大正十五）年から半搗き米を使用し、翌年から脚気発生が減少したとある。この件については、茂吉は院長としての責務を果たしたといえよう。

九月二十一日の日記には、「自動車ニテ本院ニ来リ、診察ニ従事スル。死亡スル患者未ダ減ゼズ。スデニ十七名ナリ。非常ニ骨折ツテヰルノデアルガ、イマダ落付カヌモノト見ユルナリ。[23]」と、九月二十八日には、「死亡患者ハ今日マデスデニ二一名ナリ。薬湯二日休ミタリト云フガ監督セザレバ駄目ナリ。[24]」とある。九月二十九日には、「午前中本院ニアリテ患者ヲ診察シ、イロイロ相談スルトコロアリ。薬湯ヲ立テ、皮膚病患者ヲ入レシム。[25]」とある。

患者の死亡数であるが、六月は二十三名（三十日死亡記事なし）、九月は二十一名（二十九日、三十日死亡記事なし）となり、一か月の患者の死亡数は数字の上では微減している。とはいえ十月十二日には、「午後大イソギデ自動車ニテ本院ニ行ク。死亡者スデニ六名ニナリ居リタリ[26]」とあり、思うようには減っていない。薬湯を二日間休んで、死亡者が増えているようであり、病院の衛生環境が懸念される。青山脳病院の三百余名の入院患者に対して、このように一月に二十名ほどの患者が死亡するとは、驚愕の数字であるが、これが当時の精神病院では現実なのであり、警視庁の金子技師が「コレモドウモ新シキ病院ニテハ仕方ナシ[27]」といっている。茂吉は、患者の死を次のようにうたう。

　　ものぐるひの命終るをみとめ来てあはれ久しぶりに珈琲を飲む　（『ともしび』「童馬山房折々」昭和二年）

3　患者の逃走

院長就任後、茂吉が最も危惧していた、患者の逃走事故が惹起した。患者の逃走は、精神病院外の住民に対し、安寧秩序を揺るがす一大事なのである。内務省や警視庁には、患者の人権への考慮は全くない。六月十八日の日記に、次のようにいう。

診察ニ従事スル。十一時頃ヨリ稍忙シクナリタリ。（略）女ノ患者（緊張病）一人ガ夕食ノ時カ、風呂ノ時カニ外出シテ見ツカラナイ、ソレヲバ届出ルヤウニ決心シテ土屋君ト外出シタ。気ガエラエラシタ。(28)

ここでも、「気ガエラエラ」とある。茂吉は分院での診察が昼過ぎまでかかった。その後、本院から患者の逃亡の知らせが届いた。前日の夕食後に、患者は逃亡し、その後に捜索したが、見つからないのであった。直ぐに警察へ届けるべきであったが逡巡し、翌日に届けること決心をしたのであった。警察は、すぐに届けがなかったことを叱責したであろうが、それでも茂吉院長となり、改善されつつあるという心証をもったのであった。

七月十五日にも逃走事故があった。日記には、次のようにある。

青木君診察。本院ニ来ル。□□□□□（五字削除）、□□□□（四字削除）、ガ安静室ワキノ非常口ヨリ外出セリトノコトニヨリ。届書ヲ書キテ板坂氏ガ世田谷署ニ行ク。蒸暑クシテ午食モ出来ザル程也。患者ノ外出セルコトニツイテハ誰カ補助シタルモノナキヤノ疑モアリ。午後三時半世田谷署ノ刑事巡査調査ニ来ル。（略）

○病院に来て吾の心は苦しめどこの苦しみは人に知らゆな
○なにがしか心ぐるしくおもほゆるこの日ざかりに蝉なくきこゆ
○むらぎもの心のどかに山越えて鳥がねきかむ人もあるべし
○かゝる日に　このあつき日ざかりに　やすらはむ
○この世にし苦しむことはしげけれど事空しかりとわれ思はざらむ(29)

日記に、このような茂吉の心奥を吐露した歌がある。七月十六日には、次のようにある。

診察ニ従事スル。今日ハ善イ日ナリテ二人患者退院スル。外来モ少ナシ。午後ハ汗ヲナガシナガラ本院ニ行キテ逃走患者ノコトヲ相談スル。今日ハナルベク病室ニ行カナイヤウニシタリ。看護部長 交《（ママ）》テツノコトニツイテ相談スル。精神病院ノ経営ハ実行実ニムヅカシイ。夜ニナリテ青山ニ帰ル。ネムリグスリヲノム。(30)

病院経営の困難さを嘆いているが、七月十八日には、逃走した患者の一人が保護され、茂吉の安堵はいかばかりかと思う。また、逃亡には看護人の関与が疑われ、更迭となったようである。

午前中警視庁ニ行カントシタルニ、逃走患者ガ一名（□□□□□《五字削除》）見ツカリタルコトヲキ、及ビ、本院ニ行ク。アマリ暑イノデ困ツタ。板坂ハ自動車ニテ寺島署ニ患者ヲ迎ヘニ御礼カタガタニ行ク。アトハ便所ノ新築ノ監督、廊下ノ監督等ヲナス。夜ニナリテ患者二人、看護人等ヲ取調ベル。午後十時十分マデ本院ニ居リカヘル。一寸入浴シテネムリグスリヲ飲ミテネムル。(31)

七月十九日には「人生ハ苦界ユエ、僕ハ苦シミ抜カウト思フ。毎夜、睡眠薬ノンデモカマハヌ。正シキ道ヲ踏ンデ行キツクトコロマデ行キツカウ。(32)」とまで、院長としての責任と覚悟がうかがわれる。

4　警察からの呼び出し

七月二十日に、警視庁より院長の茂吉へ出頭要請があった。当日の日記は、次のようにいう。

午前中診察ニ従事スル。患者少ナシ。ソノ時ニ本院ノ院代ヨリ警視庁ノ鈴木警部補ヨリ作業患者ニ就イテノ調査アル故ニ午前中ニ出頭セヨトノコトニテ出頭セリ。（略）十一時二十分前ニ出頭セリ。恰モ金子技師ノ処ニ氏家信君ガ居リテ、二人シテ一足先キニ警視庁ヲ出デ（略）圓太郎自動車ニテ青山脳病院ニ来リタルニ患者一人待チ居リ、且ツ院代ガ届書（作業ニ関シテ）作製シ居リタリ。ソレヨリソノ届書ヲ持チテ二タビ警視庁ニ出頭シ、松浦警部トモアフ、（略）松浦警部専三郎氏ハ、僕ノ病院ノ作業ノ「金券ハヤメテ貰ヒタイデスナ」「アナタノ処ノ口賃ハ二割デスガ一割七分ノ処モアリ、三割、五割ノトコロモアリマチマチデスカラ一度朝ノ冷シイ時ニ院長諸君ニ来テイタヾイテ相談シタイト思ヒマス」云々。[33]

これは、病院で病者がしている内職的作業（主として袋貼り）の工賃から、病院で引いている手数料が各病院で不統一であるので、院長が集まり相談して統一せよという要請である。

七月二十五日の日記は、次のようにいう。

朝ハヤク起キテ警視庁ニ出頭スル。戸山ノ杉村幹。僕。加命堂ノ奈良林。井村の井村。小峰。松村。保養院ノ池田ノ順序ナリ。松浦警部。金子技師ヨリ訓示アリタリ。謹ンデ聴ク。ソレヨリ明後夜ニ燕楽軒ニテ会合スル予定ニテワカル、（略）特ニ夕刊ニハ「精神病院長ノ召喚」ナド、云ヒテ尽クノ新聞ニ出デ。アレハ人心ヲ悪クスルコト多大也。[34]

そして、翌日の燕楽軒[35]で行われた代用精神病院長会議で、「決議ノ結果二割五分ヲ工賃ノ中ヨリ引クコト、シタリ」[36]となった。そして、七月二十七日の日記は次のようにいう。

警視庁ニ出頭シ、亀岡課長。金子技師。松浦警部ニ会ヒ、昨夜ノ院長決議ヲ報告ス。（略）〇ドウモ投書ナドアルノハ保養院、根岸、戸山、青山アタリガ多イ。コレハ何カ欠点ガアルノデハナカラウカ、云々。〇青山病院ノ看護人ノ日給ハ安イカラ交代ハゲシイ、云々、根岸ハ三〇円カラ六円ノ食費ヲ引キ六ケ月ハツミ立テサセル、ソレヲ守ラザレバ返サナイ云々。〇昨夜ノ決議ハ元（ママ）富士署ノ刑事ヲシテ探知セシメ、何デモ分カツテ居リマス「警視庁ト云フトコロハドウデス偉イデセウ」云々、（略）東京日々ニ三院長ノコトガ出テキタリ。[37]

茂吉ら三名の院長が七病院を代表して出頭したのである。そして、驚くべきことには、昨夜の院長会議の模様を刑事が探索していたのである。なお、七月二十六日『東京日々新聞』夕刊では次のように報道している。

精神病院長七名を取調べ／警視庁の投書から／池田、小峰博士等を召喚

警視庁医務課衛生課では最近管下における各精神病院の内容についていろいろの投書あり内偵中であったが廿五日は午前九時保養院長医博池田隆徳、王子病院長小峰茂之、根岸病院長府会議員松村清吾、戸山脳病院主杉本寛、加命堂主奈良林眞、幡ヶ谷井村精神病院長井村忠太郎、青山脳病院長斎藤茂吉氏等七等を召喚していろいろ聴取してゐる、内容は患者に対する待遇、内職賃銀の処置についてである。(38)

七月二十八日の、夕刊には次のようにある。

今後の改善事項につきいろいろ協議を重ねた結果最初警視庁から提出された

一、入院患者の内職作業工賃の七割五分を患者に与へること

二、金銭の収支を明らかにすること

三、帳簿を作製すること

四、患者の待遇を改善すること

等以下七ケ条は全部これを承認すると同時に使用人に対しても監督を厳重にし患者を優遇することを決し青山斎藤、王子小峰、加命堂奈良林三氏は七病院を代表して廿七日午前九時衛生部へ出頭諒解を求めて引き取った。(39)

さらに、十二月になると別件で、院長の茂吉が警察に出頭することになった。十二月十三日には、次のようにいう。

板坂亀尾君ガ来テ、実ハ一昨日警視庁ノ辰巳警部ガ普新（ママ）ノ見聞（ママ）ニ来テ、許可ガナイノニモー建テテシマッタノデ怒ッタガ、トニカク大目ニ見ルト云うフノデ帰ラレタガ、今日角田事務員ガ警視庁ニ行クト、松浦警部ガ大怒リデ、タヾデハスマサヌ。罰金カ拘留ニ処スル。第一明朝始末書ヲ以テ警視庁ニ院長自身出頭セヨト云フコトデアッタ。ソレカラ世田ケ谷署ニモ院長（僕）ガ出頭スベシト云フコトデアッタ。僕ハ歌ヲ作ラネバナラ

ズ、文章モ書カネバナラヌ。気ガイライラシテヰル処ニコノ始末ダカラ、今夜ハ旨クネムレナカッタ。[40]

これは、十二月十一日に警視庁辰巳警部が普請の見分に来院し、許可がないのに建築したことへの叱責である。岡田靖雄は、「僕ハ歌ヲ作ラネバナラズ、文章モ書カネバナラヌ。気ガイライラシテヰル処ニコノ始末ダカラ、今夜ハ旨クネムレナカッタ。」に対して、「どうも、医業より歌作りこそが自分の使命だとかんがえていたようである。[41]」とし、医者としての茂吉を批判している。果たして、この批判が的を射ているだろうか。新米の院長として激務で忙殺される中で、作歌が茂吉にとっての心安らぐ慰めである。心身共に疲労困憊し作歌すらできなかったのである。茂吉の心痛を察してほしいものである。そして、十二月十四日の日記には次のようにいう。

朝八時ニ起キテ、食事シ、角田事務員ノ来ルヲ待チテ警視庁ニ行ク。辰巳警部ハ案外オトナシク、兎ニ角願書ヲ訂正セヨトイフノデ机マデ貸シテ呉レタカラ、ソコデ訂正ヲシタ。（ソレニ一時間モカカッタ）、松浦警部ニモ会ツタ。罰金グラヰデハスマサレント云フ。丁度金子技師トモアフ。（略）世田谷署ニ来リ、聴取書。始末書。調査書等約二時間カカル。ソレヨリ本院ニ行キ、患者ヲ診察シテ八時マデ居リ、（略）帰宅ス。作歌セントシタルガツカレテ出来ズ。又眠ラントセルガヨクネムレズ。[42]

世田谷署では、聴取書、始末書さらに調査書の作成に二時間を費やし、厳重な注意を受けた。これで、一件落着したようであるが、ところが翌年一月二十五日になり、「世田ケ谷署が建築法違反ノタメニ訴告シタ[43]」のである。翌日には「都新聞、読売新聞ニ僕ノ記事ガ乗（ママ）ッタ。[44]」とある。そして、二月六日の日記には、この件に関して次のようにある。

朝早ク起ル、雪大ニ降ル。十時少シ前マデニ東京区裁判所ノ清水検事ノトコロニ行ク。コレハ世田ケ谷署ヨリ建築法違反ニヨリ告発サレタルガタメデアッタガ、検事ハ同情シテクレタノデ書記ヲオカズニ一人デ検ベテクレタ。又病室ニ関係ガナイラシク、別ニ所（ママ）罰スル必要ガナイヤウニオモフガ他ノ主任ト相談スルト云ッタ。[45]

これで、その後に出頭要請はなく、何とか収束したのである。なお、茂吉は病院経営に奔走し、その心情を次のようにうたう。

雨かぜのはげしき夜にめぜめつつ病院のこと気にかかり居り　（『ともしび』「韮」昭和二年）

生業《なりはひ》はいとまさへなしものぐるひのことをぞおもふ寝てもさめても

狂院《きやういん》に寝つかれずして吾居れば現身《うつしみ》のことをしまし思へり

むらがれる蛙《かはづ》のこゑす夜ふけて狂院《きやういん》にねむらざる人は居りつつ

ものぐるひを守る生業《なりはひ》のものづかれきはまりにつつ心やすけし　（『ともしび』「雨」昭和二年）

精神病者のことを直接はうたっていないが、精神病医を生業とし、ひたすら生業に、さらには病院経営に専心している姿が伝わってくる。茂吉が使う「狂院」「ものぐるひ」には差別の意識はない。

5　茂吉と芥川龍之介

芥川龍之介は『僻見』で「近代日本の文芸は横に西洋を模倣しながら、竪には日本の上に根ざした独自性の表現に志してゐる。茂吉はこの竪横の両面を最高度に具えた歌人である」(46)と茂吉を高く評価し、賞賛した。茂吉にとって、芥川の賛辞は文壇で名声を高める機縁となったのである。そして、茂吉と芥川とは、歌人と小説家という文人としての交友だけではなく、神経衰弱に悩む芥川に睡眠薬を投薬した医者と病者という関係へと変化していったのであった。茂吉が芥川に出会ったのは、長崎医学専門学校教授として赴任中のことである(47)。芥川と菊池寛が一九一九（大正八）年五月七日から十二日の間、長崎へ南蛮キリシタンの調査旅行に来た。茂吉は、随筆の『芥川氏』で次のようにいう。

私が長崎に行ってゐた時である。或る日の晝過ぎに県立病院の精神科部長室にぼんやりしてゐると、そこに芥川龍之介さんと菊池寛さんのお二人がたづねて来られた。これは私にも非常におもひまうけぬ事で、お二人とも文壇の新進としてもはや誰も知らぬ者も無いといふ程であったから、私の助手や看護婦なんかが、物めづらしさうにお二人を盗見したり、私もあわてて紅茶か何かを持ってくることを看護婦に命じたりしたことを今も想起することができる。（略）その時私ははじめて芥川さんも菊池さんも見たのであった。(48)

その後、一九二六（大正十五）年五月八日付の芥川宛の書簡では、芥川の神経衰弱について次のようにいう。

謹啓御体の方はかばかしく無之よし一番困り候事と存上げ候。神経衰弱の方は少々気長に静養大切と存上げ候ゆゑ、臭剤等は時々廃める事もよろしく、又催眠剤の連用もあまり過ぐるのは悪いと存じ候。その間に物理的療法（転地、温泉、風呂、散歩など）をも試み、何しろ旨い物を体の中に入れる必要有之候。神経衰弱よくなれば胃の方もよくなり候へども、一時神経衰弱の方の薬を止めて、胃の薬のむ事もやはり神経衰弱の療法と相成候事有之それから、御為事少しづゝなされ候ともよろしからんと存じあげ候。（略）御来客の多過ぎる事これだけはどうもわるく御座候右少々医者めきて工合わるけれども御参考下されたく、何向き一日も早くもっと御肥り下さらずにては小生も困却罷在候。(49)

さらに、同年六月六日付の芥川宛の書簡では、神経衰弱の具体的な療法について記している。

胃弱の方も神経衰弱の方も慢性のものと承知いたし候ゆゑ、何卒御自愛下されたく。前言も小供だましのやうにて恐縮なれども総じて医者は左様に申すものに有之、病者は小供になって頂かねば直らぬものに有之、右の原理何卒御ふくみ願上候　一、胃の薬のみ、煙草は少し肥る事かん要也　一、転地最もよし、俗人の面会沢山はわろし、面会日極め、いゝ加減に相対する事肝要なり　一、神経衰弱のための臭素剤、アダリン、ウエロナール、カルチモン、ノイザール、オプタルソンのたぐひ、は今しばらく中止してもよろしく候はん。これは

折々服用（乃至注射）の事[50]

なお「ウエロナール」とは、バイエル社が販売した「ベロナール」のことで、不眠症のための睡眠剤である。当時の臭素剤よりも、飲みやすく改善された。ただし、長期の使用により慣習化すると薬効がなくなり、薬剤を増量する傾向に陥る危険性がある。茂吉も「中止してもよろしく」と注意を喚起している。同年六月十一日付、芥川から茂吉宛の書簡では、次のようにいう。

冠省。いろいろ御教誨にあづかり難《ママ》有く存じます。眠り薬の方はこの頃又ものを書き候為、用ひる癖あり弱り候。日曜日にでも土屋君と御一しょにお遊びにお出下さるまじく候や。近頃目のさめかかる時いろいろの友だち皆顔ばかり大きく体は豆ほどにて鎧を着たるもの大抵は笑ひながら四方八方より両眼の間へ駈け来るに少々悸え居り候。頓首[51]

芥川が「用いる癖あり」というので、常習性がうかがわれる。茂吉は、この書簡に対して同年六月十六日付で、次のようにいう。

謹啓御手紙忝く拝受仕り候このごろ御為事被遊候趣実に欣賀この上なく感謝の至に御座候。御書きにならぬ時には栄養の方の御薬がよろしく候はん。そのうち参堂、妙薬も持参仕るべく候[52]

薬剤への依存ではなく、「栄養の方の御薬」と滋養をすすめている。

一九二七（昭和二）年一月二十七日の日記には、次のようにいう。

父上診察ニ従事スル。午前中ハ看板ノペンキヲ塗ル。（略）三時頃ニ芥川氏来リ夕マデ話ヲナス。ドテヨリ芥川氏ニ自動車ニ乗セテ貰ヒ動坂マデ四円五〇銭。ソレヨリ天然自笑軒ニテ夕食ヲ御馳走ニナリ。十時過ギヨリ芥川氏ノ家ニ行キ十二時マデ談話ス。大ニ有益ヲオボユ。今日ハ芥川氏ニ種々頂戴シ且ツ馳走ニナリテ大ニスマヌ心地ス。十二時ニ芥川氏ノ家ヲ辞シ[53]（略）

院長とはいえ、午前中は看板のペンキ塗りの仕事をする。午後に芥川が来訪し、その後天然自笑軒にて、茂吉は馳走になり恐縮する。天然自笑軒とは、田端にあった文人墨客や政治家が利用する当時は有名な会席料理屋であり、芥川もよく利用していた。芥川は田端駅近くの、北豊島郡滝野川町宇田端四三五番地に居住していた。なお、芥川の担当医は、信州伊那谷の出身の下島勲であり、天然自笑軒の斜め向かいに下島医院があった。必ずしも茂吉が担当医ではない。

二月一日付の芥川宛の書簡では、次のようにいう。

> 拝啓先日は御馳走に相成り何とも感謝奉り候。今日独逸バイエル会社の「ウエロナール」届き候ゆゑ一オンス（廿五グラム）使もて御とゞけ申候。船載品は邦製のものと成分全く等しと申し候ひども船載のもの、方がやはり品よき心地いたし申候。御比較願上候。次にヌマール（Numal）といふロッシュ（Roche）会社の錠剤をも御届け申し候。これは一錠頓服にて十分と存候が、これも御試めし願上げ候。ウエロナールとヌマールと相互に御使用の方が、慣習にならずによろしく御座候（略）
>
> 追伸。薬価の事御気にかけられ候事かと存じ候ゆゑ内実を申上候邦製ウエロナールは一オンス八十五銭に有之、舶載のバイエル会社のものは二円五十銭、ヌマールは一円六十銭にて、先夜の自働《ママ》車にも相成り不申候ゆゑ、進上仕りたく右悪しからず御承引願上候。但し、薬は高きものと思召にならざれば利かぬものに候ゆゑ、その御つもりにて御服用願上候　敬具(54)

茂吉は、馳走になった御礼として芥川に「ウエロナール」だけではなく、「ヌマール」という薬剤と短冊を送った。二種類の薬剤を相互に服用し、慣習化しないように指示している。茂吉の一月三十日付、日記には「芥川氏に、Veronal 二五 gr. ヲトドケル」(55)とあり、日記と書簡の日付に異同がある。これに対し、芥川が薬剤と短冊を受け取った二月二日夜付、茂吉への御礼の書簡がある。

冠省。御薬並びに御短尺ありがたく存じ奉り候。唯今夜も仕事を致しをり候為、朝ねを致し、（略）「河童」と云ふグァリヴァの旅行記式のものを製造中、その間に年三割と云ふ借金（姉の家の）のことも考へなければならず、困憊この事に存じ居り候。余はいづれ拝眉の上。右とりあへず御礼まで。頓首（略）二伸唯今でも時々錯覚（?）あり。今夜はヌマアルを用ふべく候。[56]

芥川の茂吉宛の書簡三月二十八日付には、「この頃又透明なる歯車あまた右の目の視野に回転する事あり、或は尊台の病院の中に半生を了ることと相成るべき乎[57]」とあり、症状の悪化が危惧される。

芥川は、七月二十四日、田端の自宅で服毒自殺をし、社会的にも大きな衝撃を与えた。三十五歳であった。服毒した薬品は、ベロナールという説があるが、真相は不明である。茂吉の処方したベロナールを過剰に摂取したものかどうか断定できない[58]。精神病医にとって、担当の病者の自殺は、どうしても回避できない辛い体験である。茂吉は、七月二十四日の日記で次のようにいう。

アララギ発行所ノ面会日ニ行ク。雨ノタメニ人数少ナシ。夕食ヲうなぎニシテ土屋。久保田健次ノ二君ト夕食ヲスマシ、談話ヲシテヰルト、妻ガアワテナガラ来タノデ僕ハ何カ重大事件ガ起ツタト云フ予感ノタメニ非常ニ心悸亢進シタガ、第一ハ病院ニ何カ起ツタノデハナイカ、家族ニ変事ガアツタノデハナイカト思ツタガ、改造社ノ山本社長ヨリノ電話ニテ芥川龍之介氏ガ毒薬自殺シ、午後八時ニ納棺トノコトデアツタ。驚愕倒レンバカリニナリタレドモ怺へニ怺へ直チニ妻ヲカヘシ、土屋君ヲ下ノ部屋ニ呼ビ、一円自動車ニテ動坂下ニユキ、直グ芥川氏宅ヲタヅネ。焼香シ、死骸ヲ見タ。門歯ノ黒クナツタノガ二枚出テヰルコト生前ノ如クナリ。静カナル往生也。ソレヨリしるこや竹村ニ行キ、久米正雄氏、遺文ヲヨム。記者団ツメキリ。ソレヨリ二タビ家ニユキ、高橋敬録氏ト共ニ二タビ死面ヲ見ル。十一時辞シテ土屋君ト省線ニテカヘリ、ネムリグスリヲノミテネムル。ソレデモナカナカネムレズ。芥川ノ顔ガ見エテ仕方ナイ[59]。

茂吉は、前述したように、二十日に「入院患者の内職的作業」の件で、警視庁より出頭要請があり、その対応に苦慮していた。二十五日も、朝から警視庁に出頭しなければならなかった。また、二十一日には、芥川の親友である宇野浩二が、茂吉の世話で滝野川の精神病院に入院した。茂吉にとって、緊張の日々の中で、妻が血相を変えた急報は、病者の逃走や、自殺者という「病院ニ何カ起ツタノデハナイカ」という条件反射とならざるをえない。

二十五日には「芥川氏ノ追悼文カク。五、自動車ニテ芥川氏ノ家ニ行キ、焼香ス。（略）帳面ニモ名ヲ記サズ。誰ニモアハズニ直グ省線ニテ家ニ帰ル。六、眠グスリヲ調合シノミテヤウヤク眠ル。悲哀ノ心ヲ以テ充タサル[60]」という。二十六日には「六、芥川氏ノ通夜スルコトヲヤメテ帰宅ス。身心疲労甚ダシ[61]」とあり、二十七日には多忙な時間を割いて「二時少シ過ギニ谷中ノ葬場ニ向フ[62]。」とある。

芥川の自殺は、茂吉自らが投薬した睡眠剤で自殺したのではと推察し「驚愕倒レンバカリ」であったが、茂吉の当時の状況から推察するに、病院経営の雑務や病者の診療などの忙殺が、その悲哀を忘れさせる程であり、芥川との交流を懐古する余裕すらもなかったと思われる。その思い出を噛みしめるには、もう少しの時間の経過が必要であった。

なお、七月二十六日付『東京日日新聞』の「精神病院長七名取調べ」の紙面に、「位牌は勿論　墓碑も俗名　自殺した芥川氏の通夜に　しめやかな文壇人」とある。また、二十八日付の「患者優遇を申出る」の紙面には、「いたましい未亡人と遺児　けふ芥川龍之介氏の告別式」の見出しと遺族らの写真がある。

芥川は『或旧友へ送る手記』と題された遺書を久米正雄宛に残した。七月二十五日の新聞各紙に発表された。

誰もが自殺者自身の心理をありのままに書いたものはない。それは自殺者の自尊心や或は彼自身に対する心理的興味の不足によるものであらう。僕は君に送る最後の手紙の中に、はっきりこの心理を伝へたいと思ってゐる。（略）生活難とか、病苦とか、或は又精神的苦痛とか、いろいろの自殺の動機を発見するであらう。しかし僕の経験によれば、それは動機の全部ではない。のみならず大抵は動機に至る道程を示してゐるだけである。（略）それは少なくとも僕の場合は唯ぼんやりした不安である。何か僕の将来に対する唯ぼんやりした不安である。君は或は僕の言葉を信用することは出来ないであらう。しかし十年間の僕の経験は僕に近い人々の僕に近い境遇にゐない限り、僕の言葉は風の中の歌のやうに消えることを教へてゐる。従って僕は君を咎めない。

（略）……

僕の今住んでゐるのは氷《こほり》のやうに澄み渡つた、病的な神経の世界である。僕はゆうべ或売笑婦と一しよに彼女の賃金（！）の話をし、しみじみ「生きる為に生きてゐる」我々人間の哀れさを感じた。若しみづから甘んじて永久の眠りにはひることが出来れば、我々自身の為に、幸福でないまでも平和であるに違ひない。しかし僕のいつ敢然と自殺できるかは疑問である。唯自然はかう云う僕にいつもよりも一層美しい。君は自然の美しいものを愛し、しかも自殺しようとする僕の矛盾を笑ふであらう。けれども自然の美しいのは僕の末期の目に映るからである。[63]

芥川は「唯ぼんやりした不安」という言葉を残して自殺した。また、遺稿として発表された『歯車』には、青山脳病院と思われる病院が描かれている。

「ああ、あすこ？　まだ体の具合は悪いの？」

「やっぱり薬ばかり嚥んでゐる。睡眠薬だけでも大変だよ。ヴエロナアル、ノイロナアル、トリオナアル、ヌマール……」（略）

「そのうちに僕は縁起の好い緑いろの車をみつけ、兎に角青山の墓地に近い精神病院へ出かけることにした。[64]」

茂吉が、『或旧友へ送る手記』や『歯車』を読んだかどうかの詮索は不問にする。ただ、精神病医として、芥川の自殺に対し、茂吉の呵責の度合いを忖度する資料は乏しいが、茂吉も病院再建や院長就任などの煩雑な事案に労苦を重ねたため、不眠に悩まされ睡眠剤を常用していた。医者と病者という構図ではあるが、共に病者であるともいえるのである。なお、茂吉は芥川へ「澄江堂の主をとむらふ」と前書きして、次の挽歌を捧げた。

夜ふけてねむり死なむとせし君の心はつひに氷のごとし
壁に来て草かげろふはすがり居り透きとほりたる羽のかなしさ
やうやくに老いづくわれや八月の蒸しくる部屋に生きのこり居り
（『ともしび』「童馬山房折々」昭和二年）

「草かげろふ」は生命の儚さの象徴である。また、芥川は死んだが、茂吉は生き残ったのである。芥川が三十五歳で、「やうやくに老いづく」といっている茂吉が、四十五歳である。

『芥川』という随筆では、次のように芥川の死を回想している。

香川景樹の歌に、『津の国にありとききつる芥川まことに清きながれなりけり』といふのがある。僕はいつかこの一首を見付けて直ぐ芥川龍之介さんのことを聯想したのであった。（略）そのうち芥川さんは亡くなれてしまった。さて、この歌をおもひおこして口ずさむと、妙に心を引くものがある。旧派歌人の歌ではあるが、芥川龍之介さんの挽歌に出来たもののやうな気がしてならないこともある。(65)

6　紀一の死

斎藤紀一が、一九二八（昭和三）年十一月十七日に静養先の熱海の福島屋で、心臓麻痺のため六十八歳で亡くなった。茂吉は講演のため、信濃にいた。院長が茂吉となっても、紀一の存在は大きかった。「禅譲」ではなく、更迭という形で院長を退いただけに、紀一は進取の精神を依然としてもち続けていた。しかしながら、喘息を病み、風邪をひくことも多く、体調が悪化すると熱海の福島屋で静養するようになった。十一月十二日には呼吸困難となり、酸素の吸入を行ったが、同月十四日になると、熱海へ行き、さらに八丈島で静養する予定であった。茂吉は、養父紀一の死を悼み「籠喪」をうたった。

しづかなる死にもあるかいそがしき劇しき一代おもひいづるに
かぞふれば明治二十九年われ十五歳父三十六歳父斯く若し
休みなき一代のさまを譴れに労働蟻といひしおもほゆ
身みづからこの学のため西方の国に渡り二たび渡りき
今ゆのち子らも孫も元祖《もとつひと》 Begründer と称へ行かなむ
おもひ出づる三十年の建設が一夜に燃えてただ虚しかり
（『ともしび』「籠喪」昭和三年）

一代で青山脳病院を築いた創設者（Begründer）であり、国会議員としても華麗な生活を送った紀一であるが、熱海にて一人寂しく静かに息を引き取った。しかし、紀一の「死亡通知書」は、後藤新平伯爵の名を拝借し出された。

父青山脳病院顧問ドクトル斎藤紀一儀熱海に於て病気療養中の処養生相不叶十一月十七日午後三時死去仕り候間此段御通知申上候(66)

また、茂吉は養父紀一に相応しい葬儀を演出した。十二月六日の三七日忌には、呉秀三をはじめ精神医学界の重鎮が参列した。青山脳病院は、紀一の死により、大きな精神的な支柱を喪失した。院長を退いたとはいえ、院代をはじめ病院の多くの医者や職員は、紀一に長く仕えた人たちであった。紀一亡き後、茂吉にはさらなる試練が待ち構えていた。

さて、茂吉が、院長として病院経営に携わり苦悩する姿をたどってきたが、病者とどのように接し、治療をしていたのであろうか。日記には、「午前中診察ニ従事スル」とあるだけで、その内容は不詳である。守谷誠二郎は、

「病院長時代」で、茂吉の診察ぶりを、前述したように「脳精神科の診療には、長時間かかるが、特に院長は、親切丁寧だった。患者の訴えを一々うなづいて聞き入れられ、解り易い指導をなさるので、院長の診察日を楽しみに待って居る方が多かった(67)」という。また、茂吉の長男茂太が、茂吉から引き継ぎ診察した老婦人の話がある。

主訴は、胸騒ぎと心悸亢進であったというが、父の診察ぶりはこんなふうであったということだ。「おうおう、このお寒いのによくいらっしゃいましたな」などと父は言ったそうである。そして、患者の胸にあてた聴診器の一端を患者の耳にさしこんで、「ほら、こんなにいい音がしていますよ、これならご安心ですなあ」と父は言ったそうである。これが事実ならば、毎日、父の「かみなり」に恐れおののいた私共家族にとっては、まさに信じられぬほどの驚きである。そのいとも「やさしき」父が塀一つへだてた自宅に帰って来ると、たちまちにして「かみなり」を落とすのであった(68)。

茂吉が、少なくとも病者の前では、怒りを抑圧し、辛抱強く診察に当たっていたことは、少ない資料からも伝わってくる。おそらく、紀一の臨床を継承しようとしたように感ずる。この頃は、精神科の治療に訪れることは、本人や家族にとっても勇気がいることで、恥辱であり、世間に秘匿する行為であった。この時代精神を見逃すならば、筆舌に尽くしがたい茂吉の労苦は理解できないであろう。

当時の精神病院は、病者を治療することよりも、隔離し監禁することを優先し、とくに警察による衛生行政では、病者の逃亡を最も危険視したのであった。精神病院は病者のためではなく、社会の安寧秩序のためであった。紀一が更迭され、茂吉が院長になったのも、これがためであり、茂吉も病者が逃走したために、警察へ出頭したのであった。病院は逃走事案があれば、直ちに所轄の警察へ連絡し、病者の確保に努めなければならない。病院にとっては、警察に関わって面倒なことになる前に、病者を捜し出したい。病者にとっては、殺風景な病室に閉じ込められるのではなく、作業療法により病気の改善がのぞまれる。しかし、病者の逃走というリスクが付きまとうのである。

茂吉による精神病院の、あるいは精神病者への顕著なる改革は見えてはこないが、その時代精神の中で、精神病医を生業とし精一杯、誠実に病者と向き合い、病院経営に邁進したことは、紛れもない茂吉の営為であり、それに対し心より敬意をはらうべきである。しかも、「狂人《ものぐるひ》まもる生業《なりはひ》をわれ為《す》れどかりそめごとと人なおもひそ」というたい、「業余のすさび」というが、島木赤彦没後には、再び『アララギ』の編集発行人となり、結果として歌人としての仕事も抜かりはなかったのである。

注

(1) 『斎藤茂吉全集』第二九巻、岩波書店、一九七三年、三五五ページ。以下、『全集』と記す。
(2) 同巻、三五四ページ。
(3) 同巻、三五五ページ。
(4) 同巻、三五六ページ。
(5) 同上。
(6) 長男の茂太は、茂吉が名付けた。茂一と名付けたかったが、恩師呉秀三の令息が茂一であったので遠慮した。後に、茂太の長男は茂一と名付けた。
(7) 『全集』第二九巻、三五六ページ。
(8) 金子準二（一八九〇～一九七九）は、東京帝国大学医科大学卒業。犯罪精神病理学を専攻し、警視庁技師となる。精神病者や精神病院の担当となる。戦後は、日本精神病院協会を設立し、一九五〇年の精神衛生法の制定に尽力した。
(9) 『全集』第二九巻、三五六～三五七ページ。
(10) 同巻、三五七ページ。
(11) 同巻、三五八ページ。
(12) 同上。

(13) 同巻、三五九ページ。
(14) 同上。
(15) 同上。
(16) 同巻、三六〇ページ。
(17) 同巻、三六〇~三六一ページ。
(18) 同巻、三六一ページ。
(19) 同上。
(20) 同巻、三六二ページ。
(21) 同巻、三七〇ページ。
(22) 岡田靖雄『精神病医　斎藤茂吉の生涯』思文閣出版、二〇〇〇年、二六一~二六二ページ。
(23) 『全集』二九巻、四〇九ページ。
(24) 同巻、四一三ページ。
(25) 同上。
(26) 同巻、四二〇ページ。
(27) 同巻、三六九ページ。
(28) 同巻、三六六ページ。
(29) 同巻、三七九ページ。
(30) 同上。
(31) 同巻、三八〇ページ。
(32) 同巻、三八〇~三八一ページ。
(33) 同巻、三八一ページ。
(34) 同巻、三八三~三八四ページ。
(35) 燕楽軒は、本郷通から菊坂の下り口にあり、精神病院の関係の会合で多く使用された。現在は文京区本郷四丁目三十七番地である。

(36)『全集』二九巻、三八五ページ。
(37)同巻、三八五～三八六ページ。
(38)『東京日日新聞』昭和二年七月二十六日夕刊。
(39)同新聞、昭和二同年七月二十七日夕刊。
(40)『全集』二九巻、四四六ページ。
(41)岡田靖雄、前掲書、二六〇～二六一ページ。
(42)『全集』第二九巻、四四七ページ。
(43)同巻、四七〇ページ。
(44)同上。
(45)同巻、四七七ページ。
(46)『芥川龍之介全集』第六巻、岩波書店、一九七八年、三五五ページ。
(47)藤岡武雄は、一九一四（大正三）年三月三日に「東大の学生であった芥川が巣鴨病院を見学し、さらに医科大学で人体解剖を見ている。」とし、「この時に案内した医員が茂吉」で「二人の意識しない対面が偶然行われた」のではないかと推測している。『斎藤茂吉とその周辺』清水弘文堂、一九七五年、三四七ページ。
(48)『全集』第五巻、六四九ページ。
(49)『全集』第三三巻、七三五～七三六ページ。
(50)同巻、七四八ページ。
(51)『芥川龍之介全集』第一一巻、四六三ページ。
(52)『全集』第三三巻、七五一ページ。
(53)『全集』第二九巻、三二七ページ。
(54)『全集』第三四巻、五～六ページ。
(55)『全集』第二九巻、三二九ページ。
(56)『芥川龍之介全集』第一一巻、四九七ページ。
(57)同巻、五〇七ページ。

(58) 北杜夫は、「芥川龍之介さんは余計にもっていっちゃって最後の自殺に使った可能性があったかもとぼくは思っていたけど、自殺に使ったのは別の薬だったそうです。」と否定する。斎藤茂太・北杜夫『この父にして――素顔の斎藤茂吉』講談社文庫、一九八〇年、一六一ページ。
(59) 『全集』第二九巻、三八三ページ。
(60) 同巻、三八四ページ。
(61) 同巻、三八五ページ。
(62) 同上。
(63) 『芥川龍之介全集』第九巻、二七五~二七九ページ。
(64) 同巻、一三七ページ。
(65) 『全集』第五巻、六七七ページ。昭和三年『文藝春秋』二月号に「童馬山房漫筆」として掲載。
(66) 藤岡武雄『新訂版・年譜 斎藤茂吉伝』沖積舎、一九八七年、二八一ページ。
(67) 『アララギ 斎藤茂吉追悼号』アララギ発行所、一九五三年、四九ページ。
(68) 斎藤茂太『茂吉の周辺』中公文庫、一九八七年、一〇二ページ。

第八章　青山脳病院院長としての仕事と病院の現状——昭和三年から昭和八年まで

1　院長の仕事

青山脳病院の創設者である養父紀一が一九二八（昭和三）年十一月十七日に死亡した。よって、名実共に斎藤茂吉が院長と同時に経営者となり、その責務が双肩にかかった。茂吉の経営手腕は、古参の職員も多く当然ながら紀一と比較された。性格的には大言壮語の紀一に対し、謹言実直の茂吉と評されよう。また、紀一は精神科の臨床医として、類い稀なる才能と言動を体現していた。次男の宗吉（北杜夫）は、「紀一は、確かに口先がうまく、成上り者で貴族趣味の俗物であったが、臨床医としてなかなかの腕前ではなかったか。患者の頭に聴診器をのせ、或いは耳に耳鼻鏡をつけて覗きこみ、（略）巧妙な口説療法（ムント・テラピイ）の一つだと言えよう」[1]という。これは、茂吉には期待できないことである。長男の茂太は「茂吉は養子だったから、なんとしても先代の築いた栄光を汚すことはできない。その反動か、茂吉はいつも苦虫をかみつぶしたような顔をしていた。おまけに癇癪もちだったから、家族一同いつもピリピリしていて、家の中も病院も、けっして穏やかで心地よいとはいえなかった」[2]と回顧している。茂吉は笑顔で病者と接するというよりも、真剣に病者と向き合っていたといえよう。本性はユーモアの精神に富む茂吉であり、常に苦虫をかみつぶした顔をしているわけではないが、院長就任前後の激務を勘案すれば、精神的な余裕はほとんどなかったのであろう。茂吉は、次のようにうたう。

郊外の病院に来て夜ふけぬ田ゐの蛙のこゑ減るにけり
水に住むこまかき蟲は病棟のたかき燈にしばし群れける
おしなべてつひに貧しく生きたりしものぐるひ等はここに起臥《おきふ》す
むらぎもの心ぐるひしひと守りてありのまにまにこの世は経《ふ》べし
さみだれの暗く降りしくきのふけふ心はりつめて事にしたがふ
（『ともしび』「C病棟」昭和三年）

さて院長ともなれば、開業医との交流などもあるが、茂吉は、今までは紀一にすべて任せていた。一九二九（昭和四）年一月二十九日の茂吉の日記には、次のようにいう。

天神ノ花ノ家ト云フ家ニ行ク。チットモ面白カラズ。ツマリ開業医ト云フモノハ毎晩カクノ如クニ酒ヲノマザルベカラズトセバ厄介ナルモノナリ。ツマリ、サウ云フコトモ一ツノ勤トセバ、ソレモ開業ノ一ツノ作業ト看做シテ可ナランカ。(3)

このように茂吉には、開業医との交流が負担となっている姿がうかがわれる。同年二月十七日の日記には、次のようにいう。

ソコデ自動車ニテ本院ニ来リ、□□□□□（五字削除）ノ死亡ニツキ、地方裁判所ヨリ、枇杷田検事、松南予審判事来リ。証人トシテ訊問アリ。午前三時ニ至ル。家ニカヘリタルハ四時近カリキ。遺骸ハ一夜オキ明朝東大ノ法医学教室ニテ解剖スル筈ナリ。警察署員ノ一人云フ『院長ハカウイフコトガアルノヲ知ツテヰテ外出シテヰルノデスカ』云々。僕思フ。院長モナカナカ面倒ナリ。困ツタ商売ナリト。(4)

長塚節追悼歌会に参加したが、夜の十時に終わり、その後徒歩で青山まで帰宅した。病者が死亡しているのに、警察は院長が不在であったことを責めているのである。茂吉は「院長モナカナカ面倒ナリ。困ツタ商売ナリト」と赤裸々に記している。翌日の日記には、東大法医学教室での解剖を「法医学教室ニ行キテ三田先生ニアフ。（略）一時頃ヨリ宮原博士、佐藤為彦氏等ニテ解剖シタル□□□（三字削除）ハ粟粒結核ニテ腹膜一面ニ粟粒結核アリ。ソレデキテ肺ニハ著変ナシ。肝臓ニモ著変ナシ。（略）」[5]と記している。

二月二十一日の日記には、次のようにいう。

五、午食シテ作歌セントシタルガ成ラズ。三時ゴロニ本院ヨリ電話ガカヽリ、警視庁ヨリ電話ニテ院長ガヰルカ、青山ノ方ニヰルト云フト、本院ニハ何日ト何日ニツトメルカ。青木、斎藤、薬剤師等ハ何日ニツトメルカ。ソシテ用事ハ直接ニ院長ニ話ス。コレハ板坂ガ取リツギマセウト云ヒタル返事トゾ。ソレカラ五時ゴロニナリ、世田ケ谷署ノ手ヲ以テ廿三日午前十時ニ警視庁ニ出頭セヨト云フコトナリシトゾ。

六、六時近クニ青山会館ノ青山署ノ新旧署長ノ送迎会ニ出席ス。洋食ヲ節シテ食ス。会費三圓也。

院長たる者は、所轄青山署の署長送迎会にも出席せねばならない。茂吉の苦手な社交儀礼であったようである。情報交換という名目の警察署との付き合いも、院長にとって重要な職務であった。二月二十二日の日記には、次のようにいう。

一、自動車ニテ朝ノ九時半ニ本院ニ至ル。改築ノコト看護ノコト。雇人ノコト。料理ノコト等ニツキ監督セリ。而シテ夕に至ル。

二、病人数名ヲ診察ス。

さて、当時の精神病院の状況を見てみよう。菅修は、東京府松沢病院に一九二七（昭和二）年十一月三十日に医員として就職した。菅が「呉先生をしのぶ会」の座談会で、当時の精神病者の動向を、生々しく次のように語っている。

わたしが、松沢病院にきた頃は（昭和二年頃）、患者の生活は全く惨憺たる状態で、病室は荒れはててるし、それからノミとシラミの巣窟であるし、ある患者なんか、足袋にシラミを飼っておいて、そして、友達がいないもんだからシラミを前に話をしている。（略）生活がひじょうに悲惨であって、西二病棟（慢性病棟）を最初もたされたんですが、患者は全然外に出さないわけです。せめて一週に一回でも、外に出そうかという話をもち出したときに、〝逃走したらどうしますか〟ということになって、看護科のほうからだいぶ、どうも横槍が入ったんだけれども、ともかく外に出そうということで、最初、西二病棟の一室から一回ずつ外に出すようにしたこともあります。

それから食事の時はどういうふうであるかというと、廊下へずらっと並んでいて、そこに乞食が飯をくうみたいに、とにかく、じつに悲惨な状態で、ご飯をたべていた時代もありました。それで、東三病棟（慢性・不潔病棟）の物置を改造して、あそこに始めて食堂を造ったようなことがある。あとで勝手に造ったといって、叱られたことがあるけれども、（略）。(6)

昭和二年に、茂吉は青山脳病院院長に就任したが、同時期の東京府松沢病院の状況である。まず、閉鎖的な病室の劣悪な衛生環境には驚愕する。しかも、廊下で食事をするため食堂すらなかったのである。そして、精神病院で最も危惧したのは病者の逃走であった。精神病者にとって有効な作業療法は、病院には病者が逃走するという危険性を常に抱えていたのであった。茂吉に、次の歌がある。

一夜《ひとよ》あけばものぐるひらの疥癬《かいせん》に薬のあぶらわれは塗るべし　（『ともしび』「折に触れつつ」昭和三年）

病室のノミやシラミの駆除は十分でないと思われる。当時は、なかなか良好な衛生環境が期待できないのである。菅修は次のように続ける。

看護科のほうで一番ご心配の種は、患者が逃走することであって、逃走すると当局の方から、やかましい監督があるし叱られる。で、患者が逃走すると、まず衛生課長のところに電話をして、真夜中でも報告しなきゃならない。衛生課長のところへ報告がいくのは、いつも患者が逃走した時ばかりなもんですから、それで、患者の逃走ということが、ひじょうにやかましいような時代で、そういうふうな時に作業を行なうということが、ひじょうにむずかしかった。（略）呉先生ができるだけおおくの患者を出そうといわれた考え方が、三宅先生に受けつがれ、（略）作業のほうがだんだんと発達するようになり、作業療法医長というものができあがるようなところまでいったわけです。要するに、作業療法も一つの患者の人間的扱いの現れとしてみることもできるわけです。まあ、それと同時にレクリエーションであるとか、運動会であるとか、いろんな患者の扱い方がよくなったわけです。(7)

内務省、警視庁、警察署という衛生行政の流れの中で、とくに精神病院においては、病者の逃走が対外的に煩瑣な問題を惹起するのである。一方では、作業療法が着目され、病者の人権への配慮が推進されつつあったのである。この両者の狭間で、茂吉は院長として、一人の臨床医として、その均衡をどう図るべきか苦悶せざるをえなかったのである。

2　病者の自殺

自殺せしものぐるひらの幾人をおもひだして悪みつつ居り

（『たかはら』「一月某日」昭和四年）

精神病医というよりも院長として茂吉は、病者の逃走に数多く悩まされたが、あくまでも対外的な問題である。これに対し、病者の自殺ほど、担当医として悲哀と痛恨の重なるものはなかった。縊死による自殺が多く、場所は便所での自殺が多かったようだ。一九二九（昭和四）年一月二十二日の日記で、茂吉は次のようにいう。

早朝ニ電話ガカヽリ。□□□□（四字削除）氏ノ弟君遂ニ自殺ヲ遂グ。非常ニ注意シテヰタノデアルガ、看護人ガ傍ニ寐テヰテカクナリタルハ残念ナリ。[8]

精神病医は、担当の病者の自殺が宿命でもあった。茂吉は、呉秀三院長の許で巣鴨病院に勤務していた頃から、この自殺に直面した。巣鴨病院でも茂吉は、深夜に鋏で喉を刺した病者の縫合をした体験もある。精神病者は過激な手段で自殺を図ろうとする場合がある。病者が自殺すると、深い呵責に苛まれるのであった。巣鴨病院では、一人の医者であったが、青山脳病院院長ともなれば、すべての責務を負うこととなった。自殺者の家族の中には諦めきれずに、院長に面会を求める者もある。一九二八（昭和三）年十二月十三日の日記では次のようにいう。

一、□□□□（四字削除）氏ノ伯父ト称スル木村末松ト云フモノ来リ、イソガシク僕ノ外出セントシタル處ニ面会ヲ求メ。□□（二字削除）氏ノ自殺ニツイテアキラメガツカヌノデドウニカシテモラヒタイト云フコトヲ云ツタ。僕ハ道理ヲ云フテ帰シタリ。[9]

どのように道理をいったのかは詳らかではないが、労苦が絶えない。後に、茂吉の『癡人の随筆』に、前述したように「自殺憎悪」という章がある。

この自殺については、世人は餘り痛切に感じてゐない。家人に自殺者があっても、惜しいことをしたと云って嘆けばいい。他人ならばただお気の毒だぐらゐでよし、さもなければただの話題の材料にしていい。

然るに精神病医の吾々には、さう簡単に行かぬことが多い。自殺する者は勝手に自殺するのだから、法律からいっても何も吾々に罪は無いのだが、家人などいふものは一から十まで吾々に罪があるやうな顔付をすることがある。（略）巣鴨病院時代はただ職員の一人で責任者に院長が居るから、まだ気が楽な點があったが、自分が院長になって見るとまだまだ気苦労である。そして自殺する者の具合を見てゐるに、やる者は何時かは遣ってしまふのが多いし、何でもなくやる者がある。世間の健康な人達が常識で考へるやうなものではない。

私はそのころ、一面は注意上の心配をすると同時に、自殺者をいつのまにか憎むやうになった。如何にしてもいまいましくて叶はない。彼等は面倒な病気を一つ持ってゐて、医者も看護人も苦心惨憺してゐるのに、なほそのうへ勝手に死んで心痛をかけるといふのが、いまいましくて叶はんのである。自殺憎悪症ともいふべき心の起って来てどうしても除れないのはそのころからである。(10)

茂吉が、病者の自殺に対し苦慮し、憎悪という感情へと変容する心痛が読み取れる。さらに次のように続く。

そしてこの憎悪症ともいふべき稍病的な心状は精神病者の範囲のみならず、それを越えて普通人のあひだに対してまでひろがって行った。それだから新聞の三面記事に載るものでも、いまいましく思ひ、『勝手な真似をしやがる』。『餘計なことをしやがる』。『生意気な真似をしやがる』等ともいふべき下等な言葉を以てあらはし得べき心を持つやうにもなってゐたことがある。芥川龍之介さんの死んだ時にも、ふとそんな心が湧いて私は強くそれを制したことがある。まだその時分には憎悪症ともいふべきものが心の隅に残留してゐたためであったろう。

さうかうしてゐるうち、私は自殺者防禦に全力を尽した期間がある。実にいろいろのことをした。為てみると自殺者の数は前年に比して少くなり、或る年には一例もなくなり、次の年も次の年も一例もないといふ状態になって来て、いつといふことなしに憎悪症が薄らいで行った。(11)

茂吉は、自殺の憎悪が、院内の病者に止まらず、すべての自殺者への憎悪となっていく。新聞で自殺者の記事を読み、罵詈を浴びせ、自殺者への憎悪の感情は昂揚したのであった。これは、まさに医者としての正義感の発露であり、社会的な正義への意思表示である。さらに、茂吉は自殺防御の対策を講じた。加藤淑子は「茂吉の心には、患者によって加えられた癒し難い傷痕の数々が刻みつけれらてゐたといへよう(12)」という。茂吉は「マルク会員の成功、失敗譚を訊く(13)」という座談会で、出院と自殺に関して次のようにいう。

出院即ち患者の逃走は東京は御膝元だからやかましい。長崎あたりは石田昇さんがオプンドアシステムなどといって威張ってゐた程ですから患者はしじゅう逃げてゐました。それでも県庁であまりやかましくありませんでした。逃走の方法も千差万別で、便所のきんかくしを壊したり、散歩中に釘を拾って来て、それで板をはがしたり簡単に便所あたりは壊して出る、大工出の患者などはそんな事は容易にやって除けます。自殺もいろいろですが、ストラングラチオン（縊死）が多い。場所は便所が多いが、中には蒲団を被った儘やられたこともある。（略）自分で首に帯を巻きつけて足で引いてでも、手で締めてでもやるのです。僕の取扱った例は学生でしたが、窓の鉄棒に帯をかけて一方を頸に巻いてそれを脚でかうしてぐっと引っぱってやったのがありました。私も失敗した。全く突然だったのです。非常に信用をなくした。（略）突如起すのがあります。衝動性という奴です。それかとおもふと、悲観的の妄想などのために、実に長い間かかって看護人のすきを狙って計画してやるのもあります。今お話した学生の例なんかヒョイとです。予備行動も何も無かったものでした。そんな風に帯を使ひますから、僕は帯でやれないやうに、帯を自分で考案して、女帯の芯を二枚か三枚合してボタンでとめるやうにして幅の広いものを作ったのです。これを安全帯などといって今でも使ってゐますが、成績がたいへん良好です。自殺されると、どうも第一気持が好くない。（略）ベッドでぶら下がらないで尻餅ついた儘死んだのがある。窒息死だから、気が遠くなる程度で、もう事が済むんだね……。（略）

監督官庁の警視庁では余りやかましく云はないが、家人にやかましいのが居て困ることがある。(14)

自殺の具体的な方法などについての記載は、日記にはない。この座談会で挙げた学生の例のように、予備行動もない衝動的な事例では、医者として為すべき術もない。しかし、病院としては「非常に信用をなくした」という結果になる。また、茂吉は自殺予防のために、「安全帯」を考案し、それが効果を挙げている。茂吉の功績として、顕彰すべきことであるが、世に知られていない。このように、この座談会の内容は精神病医茂吉の素顔や病者への眼差しを見ることができる貴重な資料である。茂吉の粘着型の性格からすれば、何としても自殺を撲滅しようとする、執念が感ぜられる。ここでは、監督官庁の警視庁が余りやかましくないというが、それでも出頭要請があり、かなりの心労であった。さらに、病者の家族の対応には、病院の責任者としての懊悩があったのである。また、茂吉は夜半過ぎに、病院から病者の自殺報告が電話であるため、前述したように電話恐怖症になった。『癡人の随筆』に「フォビア・テレフォニカ」という章がある。

大正十四年から大正十五年昭和二年三年あたりにかけ、私は電話の鈴の響が恐ろしくて為方のなかったことがある。

その恐ろしい事の一つは、夜半過ぎなどにかかる電話の多くは大抵病院の事故で、その事故の大部分は患者自殺の報告であったからである。自殺は一年に一つか二つに過ぎないのだけれども、夜寝てから電話が鳴ると、もう動悸がし出して来る。階下で女中のこゑで、『いいえ、違います』などと云って受話機をかける音を聞き、ほっとした後までなかなか動悸のしづまらないことなどもあった。自殺は年に一度か二度でも、そのために気を使ふことに一分の休みも無いからである。(15)

電話恐怖症になった原因は二つあり、一つは自殺者の報告であり、一つは病院再建のために借りた金への返済の督促である。

この二つの電話でいぢめられたものだから、私はひどく電話の音が恐ろしくなって何とも為方がなかったものである。たまに信州の万葉の話などに行って、電話の無い山中に寝たりすると、実に名状することの出来ない心の安定をおぼえたものである。(16)

電話恐怖症になる程に、病者の自殺は律儀な茂吉を追い詰めた。紀一であるならば、病者の自殺は、精神病院にとって織り込み済みのこととして、粛々と処理していくであろう。病院経営も軌道に乗り、安定してくると、茂吉の自殺憎悪や電話恐怖症も自然と解消するのであった。そして「私は観世音の守護を肌身離さず持ってゐたが、若し宗教家にそのことを話すなら、それは観音力のためだと云ったかも知れない」[17]という。このように、科学者であり、医者である茂吉が、金龍山浅草寺の観世音の加護を信じるのは興味深いことであり、茂吉の仏教観を考察する上でも重要であろう。

3　茂吉の腎臓病と諸問題

一九二九（昭和四）年一月十七日に、茂吉自らが尿を検査すると蛋白質が出た。日記には「一人診察。試ミニ尿ヲ検査シタルニ蛋白ノ反応著シ一寸悲観セリ」[18]とある。十八日には「一、検尿蛋白少シ、ソレヨリ試薬ノ沈殿ヲ解シタルニ相當ニ雲ノ状ニ濁リタリキ、（略）三、午食ニぱんヲ食ス、ソレヨリ静カニ臥床シテ夕ニ至ル。」[19]とある。十九日には「一、検尿ヲナス。朝食かゆ、（略）三、午後安静ニ臥床ス。」[20]とある。さらに二十一日には「一、円タクニ乗リテ駿河台ニ行キ、杏雲堂ノ佐々廉平君ノ診察ヲ受ク。ヤハリ Chronische Nephritis ナリ。ソコデ養生ノ法ト薬トヲ教ハリ」[21]とある。二十二日には「一、朝尿検査蛋白依然」[22]とある。このように茂吉は、慢性腎炎になっていた。なお、佐々廉平とは東京帝国大学医科大学での同窓であり、食餌療法と養生法、薬（削剝液）を指示された。食餌療法は続かず、すぐに止めてしまった。

茂吉は、一九二一（大正十）年七月六日欧州留学前の健康診断において、腎臓の異常が発見された。留学前の茂吉は、スペイン風邪で病臥に倒れたり、その後喀血したりと、極めて体調が悪い状態であった。腎臓の異常は、その後遺症であったかもしれない。しかし、留学を延期する猶予もなかったので、学位取得のために、腎臓の異常を不問にし、出発したのであった。茂吉は、脚の浮腫の病因を脚気によるものとし、オリザニンを服用した。また、出発前の夏には約一か月、長野県の富士見高原で転地療法を行ったりした。そして、念願の欧州留学を果たし、学位を取得し帰国したが、その後は、火災による青山脳病院の再建、院長就任と続き、心身共に酷使し、自らの健康問題を棚上げにしたままだった。茂吉は、病院経営も一段落がついてきた昭和四年となって、検尿をしたのであった。医者である茂吉は、異常には気付いていたが、放置していたために、慢性腎炎となったのであった。柴生田稔は「昭和三年当時の茂吉の生活環境は、陰鬱な日々の営みのつひに病を発するまでに到った、曾ての長崎時代と同様の条件下にあったと言っていいであろう。[23]」という。

一九二五（大正十四）年十二月三十一日の日記には「神々ヨ、小サキ弱キ僕ヲマモラセタマヘ[24]」とあり、一九二七（昭和二）年十二月三十一日には「ドウニカソレヲキリヌケテ来タノハ神明ノ御加護ノタメデアル。先輩、知友ノ御カゲデアル[25]」という。そして、一九二九（昭和四）年十二月三十一日には、次のようにいう。

本年ノ最終日ナリ。午前中診察ニ従事ス。イロイロ家事多忙ナリ。午後本院ニ行ク。ソレヨリ西洋等ト銀座ニ買物ニ行キ、夜食ヲうなぎ（板坂、西洋、貞重等）ヲクヒ、ソレヨリカフェ太平楽ニテドイツビールヲノミテ、大ミソカヲ祝フ[26]。

一九二五（大正十四）年から一九二七（昭和二）年までが、茂吉にとって艱難辛苦の三年間であった。「神々ヨ」とか「神明ノ御加護」という言葉も散見する。それが昭和三年の十二月三十一日の日記になると、病院や病者の記載は全くない。そして、一九二九（昭和四）年は、実に平穏な大晦日を過ごしている。銀座で買物をし、大好物の鰻を食べ、ドイツビールを飲み、大晦日を祝福した。このように、精神力で病に耐え、艱難辛苦の三年間を過ごした茂吉であるが、病院経営が安定すると、その緊張感がいささか弛緩し、自らの病気が気懸かりとなったといえよう。

なお、紀一の死後、茂吉にとって困惑する、紀一の愛人問題という不行跡があった。山上次郎は「死ぬ前半にも妾の宮崎永野との間に問題があってかなり困ったようである。が、紀一の死後はまだ一ケ月もたっていないうちに、別の妾の溝呂木かねから莫大な金の請求を受ける[27]という。一九二八(昭和三)年十二月十一日の日記には次のようにいう。

三、ドクトル鈴木主計氏ヨリ電話ガアツテ「イツカオ話ノ妾ノコトニツイテドウカ御返事ガ承リタイ」輝子返事シテ『主人ハ今ツカレテ寝テ居リマス。ソレハ直接ニダンパンスルヤウニイタシマス』云々[28]

十二月十三日には、「自動車ニテ鈴木主計氏ノ処ニ行キ、亡父ノ妾溝呂木かねヨリノ請求ハ四千五百円ダト云ツタ。正午マデカヽル。[29]」とあり、二十四日には「輝子鈴木主計氏ヲ訪ヒ三千円ヲワタス、仮受取[30]」とある。四千五百円を、何とか三千円で決着を見たのであろう。茂吉は、紀一の不行跡の後始末まで担当することとなったのである。院長として、財政逼迫にもかかわらず想定外の出費を強いられた。さらには、青山の地代の値上がりという土地問題もあり、錯綜する課題を、絡まった糸をほぐすように、一つひとつ解決を図っていった。茂吉のもつ、負なるエネルギーを正へと転換する、逆境に耐える粘り強い潜在力(capability)が発揮されたのである。

4　青山脳病院の現状

青山脳病院は松原を「本院」、青山を「分院」と称していたが、一九二九(昭和四)年になり、青山のバラックを壊し、新たに診療所と茂吉の居宅を建設した。一九二九年二月二十二日、松原本院の現状について「手帳十八」によれば、次のようになる。

定員三六〇名、現在三五三名(二月廿二日)

代用患者二九二名　一七六名(男)一一六名(女)

自費患者　六二名　四四名（男）一八名（女）
看護人　有資格　五名　無資格七八名　合計八三名
看護人　男　五二名　女　三一名　合計八三名
医師　五名　薬剤師　二名[31]

医師五名の勤務担当日は、院長が月水金、斎藤平が月金、青木が木土、斎藤為が日火の夜、並河五郎が毎日とある。青木とは青木義作で、紀一の妻ひさの弟の子どもである。妻てる子とはいとこに当たる。斎藤平とは斎藤平義智で、紀一の姉の子である。斎藤為とは斎藤為助で、紀一の養子で、五女の愛子と結婚した。旧姓は高橋である。斎藤家一門により、病院は経営されている。とはいえ、青山脳病院の規模と病院のスタッフが、充実してきたようだ。茂吉は本院の勤務が月水金となっているが、これは届け出上のことであった。岡田靖雄は「火水金の午前中は青山で診察し、水曜の午後本院にいき、ときにはそちらにとまる。もちろん、事があれば随時本院にいくが、かれの本拠は青山のほうである。」[32]という。なお、紀一没後、義弟西洋が院長となるべきであったが、年齢的なこともあり、一人前になるまで茂吉が院長としての責務を果たす、いわば「中継ぎ」であったのである。

次に、「手帳十八」に精神病院に関連することが記されている。当時の状況を知る一端となる。

（二）訓練スルコト。○鐘ヲナラシテ。／○電燈、提灯。／○小峰。甲ニ出レバ乙ニ避難スル。消火栓、バケツ。砂嚢、／○池袋。マカナヒ。／アワテル。訓練スルコト大切デアル。非常召集。／○カク云フ時ニハドウスルカトキク／（略）○笛ヲフク。バケツ、三ツ甲ノ場處ヨリ乙ノ場處。／○患者ヲチラシテモカマハヌ

○小峰病院。火鉢、鉄アミ。夜六時。夜十時ニ当直医ガマハル。／加命堂、六時。十時（医局）

○事務五六人宿直、／○各病院ノ看護ハ医局、医局、事務ト共ニカントクシテヰル。

○煙草ノマセヌ（山田病院）／○井之頭（巻草、一定個處。見張看護人ノ處、煙草ヲアヅカル。）ナルベク特定ノ場

処／「マッチ」ノ注意／○漏電（会社ニヨリシラベテモラフ。）処ニヨリテハ毎月来ル。／電気協会（会費五円。年二二遍）／◎退院患者ガ鍵。ネヂマハシ等ヲ入レル。／退院患者同志ノ面会ハワルイ。
○（七）公安上危険ノ懼アル患者ニタイシテハ看護人ヲ専属セシムル等適当ノ処置ヲトルコト（入院費用ノ関係上、出来ナイ場合モアルベケレドモナルベク注意を払ッテモラヒタイ）（見張ノソバノ部屋）
○（八）非常口ハ常ニ敢然ニシ且ツ避難ノ障礙トナルベキ物品ヲオカザルコト且ツ非常口ノ鍵ハ所在ヲ明ニスルコト（略）[33]

青山脳病院だけではなく、木造であった精神病院の火災が少なからずあった。岡田靖雄は、前述したように「滝ノ川の王子病院は一九二三年十二月に病棟を半焼し、そのあとに内科・神経科の小峯病院をたてていた。（略）東京の精神病院では、一八七六年本郷区田町に設立された加藤瘋癲病院は、一八九八年に失火し焼死者六名をだしたことをはじた院長が廃院にした。また一九〇〇年牛込区若松町に開院した戸山脳病院は、一九二九年放火によって全焼し、患者十二名が焼死し閉鎖においこまれた。精神病院火災史は、一冊の本になるほどである。」[34]という。当時の精神病院の火災は、近隣住民に対し過剰な不安を与え、公安上において由々しき問題であった。避難訓練の手順、防火体制の整備、煙草の件、非常口の注意事項等が箇条書きで記されている。漏電の注意も怠ってはいけない。当時の閉鎖的な精神病院では、逃げ遅れて死亡した病者も少なくない。なお、加命堂とは加命堂脳病院のことで、城東区亀戸町にあった。さらに続く。

○（九）医師、看護人ノ数規定数ニ満タザルアリ又医師専属ナラザリヤノ疑アリ。コレハレー行シテイタヾク。／○一人タノンデ旅行シテハイカヌカ（ソレハオモテムキニハ行カヌ）／○院長ナドノ知ラザル者ニ無責任者アリ
○（十）往々、命令患者ニ対スル衣食ノ給与又ハ取扱方ニソノ当ヲ得ズト思フ向アリ。（衣類ハ汚穢、破レテ

キルトカ。一般社会ガ見テ　食物。／（衛生部長ハ眼鏡ナシ。若イ、面長デ、ヤサシイ人デアル。）／社会的ノ事業トシテ考へて欲しい。代用病院、遺憾ト思フ点ガ多イ。素人ガ見テ。

○（十一）手続ヲ要スル事項ニシテ故ナクコレヲ怠リ或ハ遅延スルコトアリ。充分ニ注意スルコト（医者ノ届出。看護人ノ出入等）

○（十二）病室付炊事場ノ清掃不充分ノモノアリ特ニ便所、汚水処方甚シク不適当ノモノアリ。加命堂ヨシ。

土間、ト炊事場トノ境界ヲヨクスル、コレハ面白クナイ

○（十三）濫リニ病室内ニテ作業セシメル向アルヲ以テ必ズ指定ノ場処ニテ作業セシメルコト／病室ニ布団ヲツミアゲルコトハ／（衛生部長ト学務部長ト

（松澤氏）病院ノ管理人ヲキメヨ。（命令ヲ徹底セシメル要）責任者。／（二）注意簿。（警察ヨリ注意サレタル個所）

（永久保存ノ）

○看護人ノ所定資格。看做シテ頂クコトヲ得。（現在勤務、一年以上、身元確実ナルモノ）コレハ警視庁管内。病院内ダケ。所定ノ資格「精神病の看護法」、「衛生法規、消毒法、精神病者監護法。」免状ナシ、たゞ病院内ニテ作レバ警視庁

○火災報知機（患者イタヅラスルベシ）

これを見ると、看護人の資格について、免許がなくても警視庁管内で、精神病院だけに通用する資格があったことが分かる。一年以上勤務し、身元確実ならば、看護人として看做すことが可能であった。よって、青山脳病院でも無資格の看護人が圧倒的に多い。それでも、精神病院では看護人の人材確保には骨を折った。裏返していえば、精神病院の看護人に対する払拭しがたい、人々の否定的な眼差しが存在したのであった。待遇においても、看護人は最低であり、労働争議も起きた。一九三二（昭和七）年五月二十日の日記には「神田連雀町ノ医師会館ニノゾム。

保養院ノ看護人争議ノ件ナリ。板坂亀尾同道ナリ。[35]」とあり、同月二十五日には「午后本院ニ至リ。保養院ノ事務長、看護人代表来ル。院代アフ。紅茶ノ出方オソイト云ツテ僕大ニ怒ル。」とある。紅茶の出方で「僕大ニ怒ル」とは、いかにも癇癪もちの茂吉らしい。なお、保養院は豊島区西巣鴨にあった。一九三三(昭和八)年四月二十四日には「根岸病院ノ争議ドーニカ片ヅキタラシ。[36]」同月二十五日には「根岸病院争議持越シ[37]」とある。なお、根岸病院は下谷区下根岸町にあった。岡田靖雄は「戦前の医療労働運動史では、精神病院における労働争議が比較的突出していた。松沢病院でも何回かそれがくりかえされた。(略)一九三三年の根岸病院における争議は、看護人が患者に傷つけられたのを私傷としたことから、男女看護人、賄いがたちあがった。ここでの労働運動は全国労働組合同盟(日本労農党系、中間派)に属するものであった。(略)一九三六年には保養院で、飲酒して交通事故をおこしたボイラー係の解雇から労働争議にいたった。[38]」とある。青山脳病院では、労働争議にはならなかったが、院長として、頭を悩ますことである。看護人の待遇改善は焦眉の課題であり、国の精神医療の政策が問われているのである。また、便所の衛生管理が取り上げられている。おそらく臭気のことも問題となったであろう。また、病院には招かれざる来訪者もある。一九二七(昭和二)年七月二十六日の日記には次のようにいう。丁度「精神病院長ノ召喚」が新聞に載り、患者の逃走があった時期である。

中央新聞記者、(丸の内山下町)中村銀作ト云フ者来リ、投書ガ入ツタカラト云フ談合。イロイロ質問シテ約一時間ニナル、シマヒ二十円グラヰ自動車賃ヲヤラウカト云ヒシニイヤ、二三百円欲シイト云フ。ソレハイカナイ、サウイフコトヲスレバ私ノ方ニ悪イコトノアルタメニ、ソレヲ塗リツブス料金トシテ払フヤウナモンダ。サウイフ君ノ考ナラバ明ルミニ出シ玉ヘト云ツテ帰シタ。[39]

また、同年七月五日の日記には次のようにいう。

相当ニ忙シイノニ帝国聯合調査会ノ横山ト云フ男来リテ会員第四種(五十円)ニ入会セヨト云ヒ、ヅンヅン筆ヲ取ツテ承託《ママ》書ト受取書ヲカク、カウイフ寄生虫ノ如キモノハ実際困ルノデアルガ、オヤヂハ第二夫人ヲ持ツテヰルトカ、「何シロほうきナンデスカラヒドイ」「五十円ハ安イデスヨ」「安カツタトオ父サンガ云ヒマスヨ」ナド、云フ。心身疲労シテヰルノニカウイフコトガアルト実際疲レルノデ午後寐タ(40)。

このような来訪者の対応も、院長の責務となる。世間でいう、「強請、集り」の輩を毅然とした態度で、追い払わなければならない。

一九三二（昭和七）年になると、松原「本院」がある府下松沢村松原が、東京市世田谷区に編入された。そこで「世田谷」の歌十五首をつくった。

松澤病院

ものぐるひここに起臥しうつせみに似ぬありさまもありとこそいへ

おそるべきものさへもなく老いゆきて蘆原金次郎はひじりとぞおもふ

青山脳病院

茂吉われ院長となりいそしむを世のもろびとよ知りてくだされよ(41)

（『石泉』「世田谷」昭和七年）

葦原金次郎は、葦原将軍と称された、かの有名な誇大妄想患者である。「茂吉われ」の歌は、院長となり、精神病の臨床医として、このように艱難辛苦を乗り越えている茂吉の姿を、世人に少しでも知ってほしいという、やや自虐的な歌である。その他に、次のような歌がある。

気ぐるひし老人ひとりわが門を癒えてかへりゆく涙ぐましも

（『白桃』「早春独吟」昭和八年）

茂吉は、『作歌四十年』で、次のように回顧している。

自分は精神病医だから、これまで随分沢山の病者を診療している。その千差万別のむつかしい病者のうち、この老人の精神病者が全快して退院したとき、非常に自分も嬉しく感動したのでこの一首を作ったが、この歌はわけもなく直ぐ出来た[42]。

また、次の歌がある。

朝ざむきちまた行きつつものぐるひの現身ゆゑに心しづまらず
ひと夏に体よわりしが冬服をけふより着つつ廻診し居り
まぢかくに吾にせまりて聞くときは心は痛しものぐるひのこゑ
（『白桃』「朝寒」昭和八年）

『作歌四十年』で次のようにいう。

東京に帰って来て、いつものように医業に従事した。そしてあずかって居る病者のことをおもうといろいろと気を使うことがあってぼんやりしては居られない。きょうははじめて冬服になって廻診をした。既に医者になってから三十年近いとおもうし、専門医として相当の修練も積んだとおもうが、それでもこの身に近く、妄想に本づく要求を執拗にも執拗に迫って来られると、心を痛ましめないことがない。それを、『心は痛しものぐるひのこゑ』と表したのであった[43]。

茂吉は、一九三一（昭和六）年十二月三十一日の日記に、次のようにいう。

世間ハ僕ヲニクミ目ノ上ノ敵トシタガ、力量ニ於テ僕ヲ征服デキズニシマツタ。病院長トシテモ、アレハ歌ヨミデ医者デハナイナドト云フガコレモ力量ニ於テ実際ノ成績ヲアゲルノダカラ信用ガアルノデアル。スベテ神明ニ感謝シ心シヅカニ今年ヲ終リ。新年ヲ迎ヘヨウ[44]。

茂吉は、「歌ヨミデ医者デハナイ」というような世人の批判がないように精進し、院長としてもその重圧をはね除け、世人から信用を得た。とはいえ、一九三二（昭和七）年十一月三十日の日記にあるように、突然の警視庁からの出頭要請があった。

本院ノ板坂ヨリ電話アリ、警視庁ヨリ出頭セヨトノコトナリトゾ。板坂ト二人出頭シタルニ。1．患者ノ分配ヲモツト完全ニスルコト、一処ハコミ一処ハアキヰル、2．患者ト看護人トノ人数ハ合ハヌコト、3．布団ノキタナキコト等、シカシ万事ハ算術的ニシテ情味ナシ、ソレユエ実際的デナク面倒ナリ。(45)

岡田靖雄は「かれはたいへんに努力して医業にもあたり、（略）精神鑑定もかなりおおくやっているし、往診にもはげんだ。だが、つきはなしていえば、歌人にしては院長として頑ばっているが、本来ならば院長業務にもっと力をいれるべきでなかったか。(46)」と辛口に批判している。確かに岡田の批判は完全には否定できない。しかし、次期後継者たる西洋が一人前になるまでの期間と覚悟して、決して手を抜くことなく院長として、臨床医として、さらには高名な歌人として、茂吉は立派に仕事を為したのであった。しかも、腎臓病の養生を十分にする時間的余裕もなかった。岡田の要望は、歌人茂吉の否定でもあり、さらには茂吉の艱難辛苦に対する過小評価にすぎない。なぜ、そこまで茂吉を批判することに拘泥するのであろうかといわざるをえない。

5　精神的負傷

青山脳病院副院長であった青木義作が、次のように回顧している。

昭和八年十一月のある日先生は私を書斎によんで、自分は家族の事情で今度院長をやめたいから君が代って院長になってくれと沈痛な面接で云はれた。しかし私はかくまで深刻に悩んでゐる先生の心情を察し、かつ今迄の恩顧を思ふとき、どうしてもこれを受諾する気にはなれなかった。そして私の出来ることなら何でも先生に代ってやりますから院長の名義だけは其儘にして頂きたいと申し上げて辞退したのであった。かくして先生は本院分院とも週一回診察するだけで、病院のことは殆ど私と事務長とにまかせられた。(47)

茂吉のいう「家族の事情」とは、妻てる子に関する「ダンスホール事件」であった。歌集『白桃』の後記に「昭和八年、昭和九年は私の五十二歳、五十三歳の時に当る。然るにこの両年は実生活の上に於て不思議に悲嘆のつづいた年であった。昭和八年十月三十日に平福百穂画伯が没し、昭和九年五月五日に中村憲吉が没した。さうして私事にわたってもいろいろの事があった。私のかかる精神的負傷が作歌に反映してゐるとおもふ[48]」といふ。歌友の平福百穂、中村憲吉の死亡もあるが、「私事にわたってもいろいろの事」が茂吉にとっての「精神的負傷」であった。「ダンスホール事件」とは、銀座のダンスホールの某不良教師が検挙され、それに関わった女性の一人として、茂吉夫人てる子が推測されたのである。一九三三（昭和八）年十一月八日の『東京朝日新聞』の記事には次のようにある。

医博課長夫人等々
不倫・恋のステップ
銀座ホールの不良教師検挙で
有閑女群に醜行暴露

京橋区京橋二の八、銀座ダンスホールの教師エディカンター事、田村一男（二四）は同ホール常連の有閑マダム、令嬢、女給、清元師匠、芸者等を顧客に、情痴の限りを尽し目にあまるその不行跡に警視庁不良少年係も捨て置けず七日遂に同人を検挙、取調べるとこの不良ダンス教師をめぐる有閑女群の中には青山某病院長医学博士夫人などの名もあげられ、醜い数々の場面を係官の前にぶちまけている。

軍靴の跫音が聞こえる世相もあり、四本の見出しが煽情的である。「青山某病院長医学博士夫人」では、個人情報の保護などなく、斎藤てる子のことである。記事はさらに続く。

田村もニューヨーク・レヴユー界の人気者エデー・カンターの名をもぢりその美貌と女性を魅するウインク、それに際立って巧なダンスの相手振りに女を惑溺さしてゐたもので警視庁当局のいふところでは、同人は元カフエー・クロネコの女給某（二五）と同せいしてゐるうちに銀座裏カフエー・ベルスの女給某（二一）新橋の芸者某（二三）赤坂溜池の清元師匠某（二八）、大阪、阪神電鉄会社の某課長夫人、千葉県八日市の資産家某の令嬢、某会社専務夫人、青山某病院長医学博士夫人等の名が彼の取巻き常連として並べられ、阪神電鉄某課長夫人は彼と一回踊ってチケット五十枚、某令嬢は百枚、某会社専務夫人は五十枚を惜しげもなく彼の手に握らせて歓心を買ひ、その中でも某病院長夫人の如きは余りに頻繁なホール通ひにお抱へ運転手にも遠慮して円タク又は三越から態々地下鉄で通ひ、甚だしい時は午前十時前に来て田村の出勤を正午迄待ち、更に共に昼飯後三時迄踊り抜いても飽き足らず、夜も現れて派手な好みの洋装で全ホールの人目をひきつつ踊り続けるといふ有閑マダム振りを発揮、田村と共に食事を共にする他に昨年以来横浜市磯子の待合、田端の料理屋、多摩川の待合等を遊び回りダンスホールでも相当評判を高めてゐるといはれ、博士夫人も七日警視庁に呼びだされ、その行状を聴取された、田村は右のやうなやり方で月収三百円を下らず豪勢な生活をしてゐたものである。

「青山某病院長医学博士夫人」以外は、すぐには個人名を特定できない。某院長夫人の行動が詳細に載っている。新聞記事を読むと、検挙された田村一男の一方的な話であり、真偽は不明であるが、時局を考えるならば、スケープゴート的にダンスホール事件を喧伝し、風紀の粛正を図ったとも受け取れる。山上次郎は「この事件はいまから見ればさほどのことでもないが、上流社会のスキャンダルとして、中央の大新聞に出たのと、この中に茂吉夫人と共に伯爵吉井勇夫人が含まれていたために一層大きい波紋を呼んだのである」[49]という。当時の男性優位の社会では、恰好の醜聞として耳目を集めたのである。

さらに、てる子の談話まで載っている。

「不眠症治療に　いつもリード」

某病院長夫人語る

困ってしまひましたわ、男妾だの、何だのといはれて……食事を共にしたこともあり、横浜まで大勢でドライヴしたこともありますが、その時もダンスに行った迄でいまはしい関係なんかありません、金銭的補助といっても御礼を多くした位でそれ以上のことは致しませんよ、それ程財政的に余裕なんかありゃしません、ダンスを始めたのは一昨年夏で、元来が不眠症で困ってゐたのでダンスでもしたら……と主人にも勧められてやり出したのですが別段不眠症の方に効果がなかったし、主人もダンスホールの芳しくない噂に出入をとめたので今春来参りませんでした、田村はいはば田舎のモボみたいで低級ですが、いつも時間を割いてリードしてくれる男で別にそれ以上に何の関心も持ってゐません、何かためにする者がデマを飛ばしたものらしく本当に飛んだ災難ですワ

あえて論評を控えるが、茂吉の衝撃はいかばかりであったであろう。茂吉の反応を見ると、同年十一月十三日、中村憲吉宛の書簡で次のようにいう。

拝啓御芳情忝しとも忝し小生も画伯に死なれ□□□□□□□□□□□□（十二字削除）正に昏倒せり　画伯の葬儀をはりて疲労臥床必要のところを無理に診察し、上野に画伯のアイヌをみに行った留守の出来事也、小生も不運中の不運男なれど今更いかんともなしがたし、大兄の御手紙よみて涙流れとゞまらず目下懊悩をば何にむかって愬へむか御遙察願ふ、大兄の御心中乱すこと恐れ恐る　願はくは御ゆるしあれ(50)

その後、新聞記事も続き、十一月十六日には「情痴の乱舞場から　またも不良検挙　フロリダ出入の佐藤」という見出しで、銀座ダンスホールに続きフロリダ・ダンスホールに飛び火した。さらに十一月十八日には「文壇人に恐慌来！ダンスホール事件急転」「妾宅で賭博中の里見弴氏等を検挙　吉井伯夫人の取調で　遊び仲間の裏面暴露」「有閑マダムも混り玄人めいた開帳　里見氏など大しょげ」「これが伯爵夫人！無恥・係官を驚かす　男性交換など朝飯前」

吉井伯爵夫人とは、吉井勇の夫人徳子のことである。この事件後、茂吉の日記は十一月七日から十三日まで空白となっている。十一月二十七日には「ウイスキー飲ム。夜半ニ夢視テサメ、胸苦シク、動悸シ如何トモナシガタシ。コノママ弱リ果テテ死ヌニヤアラントオモフバカリナリ」[51]といい、十二月三日には「胸内苦悶アリ。時々心音不整トナル」[52]という。

結果的には、この事件で茂吉とてる子は別居することとなった。てる子は、母の生家の秩父や、茂吉の実弟高橋四郎兵衛が経営する上山の山城館に預けられるが、母や弟の西洋らと共に青山脳病院本院で生活した。茂吉は青山の分院で生活した。昭和二十年まで、別居生活が続くことになった。なお吉井勇は離婚した。

茂吉は、ダンスホール事件後、謹慎し、青山脳病院院長を辞する決意であった。青木義作副院長により慰留され、本院分院とも、週一回の診察となった。茂吉とてる子は、全く相反する性格で、てる子の行動が、茂吉を激怒させ、あるいは神経質にさせた。茂吉にすれば、漸く病院経営が軌道に乗り、今までの艱難辛苦が報われ、心が少しずつ安寧となる時であった。茂吉の辛抱も臨界を越えた。しかも恬淡とした、てる子の性格から推察するに、新聞に記事が載ったことに対して、それ程の衝撃もないし、まして世人に糾弾されるような行動とも思っていない。茂吉は、すべてを放下し、無一物となりたかったであろう。離婚し、青山脳病院とも訣別する選択肢もあったはずだ。しかし、茂吉は踏み止まった。一人の医者として、病者を家庭の事情により捨て置かないのは、崇高な医者としての職業倫理に裏付けられた茂吉の病者への配慮であろう。

注

（1）北杜夫『青年茂吉――「赤光」「あらたま」時代』岩波現代文庫、二〇〇一年、五五ページ。紀一は「ああ、君の脳は腐っている。大丈夫、ぼくがちゃんと治してあげる」などといった。

（2）斎藤茂太『いい言葉はいい人生をつくる』成美堂出版、二〇〇五年、五五ページ。

(3) 『斎藤茂吉全集』第二九巻、岩波書店、一九七三年、六一三ページ。以下、『全集』と記す。
(4) 同巻、六二二ページ。
(5) 同巻、六二一〜六二二ページ。
(6) 岡田靖雄『私説松沢病院史』岩崎学術出版社、一九八一年、五〇二ページ。
(7) 同上。
(8) 『全集』第二九巻、六〇九ページ。
(9) 同巻、五八八〜五八九ページ。
(10) 『全集』第六巻、四七二〜四七四ページ。一九三七(昭和十二)年、雑誌『改造』一月号に掲載。
(11) 同巻、四七四ページ。
(12) 加藤淑子『斎藤茂吉と医学』みすず書房、一九七八年、一六〇ページ。
(13) 「マルク会員」とは、一九〇九年に東京帝国大学医科大学を卒業した同級会である。〇九をマルクと読む。出席者は、茂吉の他に、出井淳三、佐々廉平、田澤鐐二、福岡五郎、広瀬渉、宮田誠雄である。一九四一(昭和十六)年、雑誌『臨床の日本』一月号に掲載。
(14) 『全集』第二六巻、六三二〜六三三ページ。
(15) 『全集』第六巻、四七五ページ。
(16) 同巻、四七六ページ。
(17) 同上。
(18) 『全集』第二九巻、六〇六ページ。
(19) 同上。
(20) 同上。
(21) 同巻、六〇七ページ。
(22) 同巻、六〇八ページ。
(23) 柴生田稔『続斎藤茂吉伝』新潮社、一九八一年、二七一ページ。
(24) 『全集』第二九巻、一四九ページ。

(25) 同巻、四五六ページ。
(26) 同巻、六九三ページ。
(27) 山上次郎『斎藤茂吉の生涯』文藝春秋、一九七四年、三〇七ページ。
(28) 『全集』第二九巻、五八八ページ。
(29) 同巻、五八九ページ。
(30) 同巻、五九五ページ。
(31) 『全集』第二七巻、三七三ページ参照。
(32) 岡田靖雄『精神病医　斎藤茂吉の生涯』思文閣出版、二〇〇〇年、二七一ページ。
(33) 『全集』第二七巻、三七三～三七四ページ。
(34) 岡田靖雄、前掲書、二四三～二四四ページ。
(35) 『全集』第三〇巻、一五七ページ。
(36) 同巻、二六四ページ。
(37) 同上。
(38) 岡田靖雄、前掲書、二七六ページ。
(39) 『全集』第二九巻、三八四ページ。
(40) 同巻、三七三～三七四ページ。
(41) 「茂吉われ」の歌碑は、青山脳病院本院を引き継いだ東京都立梅ヶ丘病院の門前にある。
(42) 斎藤茂吉『作歌四十年』筑摩書房、一九七一年、二〇九ページ。
(43) 同書、二三五ページ。
(44) 『全集』第三〇巻、一一一～一一二ページ。
(45) 『全集』第三〇巻、二一四ページ。
(46) 岡田靖雄、前掲書、二七三ページ。
(47) 『アララギ　斎藤茂吉追悼号』アララギ発行所、一九五三年、四八ページ。
(48) 『全集』第二巻、六四五ページ。

(49) 山上次郎、前掲書、三五九ページ。
(50)『全集』第三四巻、一三九ページ。
(51)『全集』第三〇巻、三一六ページ。
(52) 同巻、三一八ページ。

第九章　青山脳病院院長の診察風景——昭和九年から昭和十九年まで

1　茂吉の診察風景

茂吉は、妻てる子のダンスホール事件で「精神的負傷」を受けた。その後、青山脳病院院長の職には留まったが、本院と分院へ週一回だけの診察となった。茂吉は、一九三四（昭和九）年一月二十日の日記で次のようにいう。

夕方、青木、西洋来リテ、院長ノ名ヲコノマ、ツヾクルコト、一週間ニ一日診察スルコトヲス、メタ、少シ話ガス、ムト、「モウソレデイ、デセウ」ト西洋帰リヲ急グ。(1)

火曜午前は青山分院で診察、水曜午後は本院で回診ということになった。長男の斎藤茂太は、次のようにいう。

午前の外来診療がすむと、父は白衣姿のまま、病院の玄関から、表の通りを通って、隣接した自宅へ帰り、ぱっと白衣をぬぎ、そそくさと食事をすまし、また病院へでかけて行った。午後は来客との面会日にあてであった。忙しい日は、白衣をぬぐのを忘れて、白衣のまま食卓に向うこともあった。診察日すなわち面会日には、口が臭うといけないと言って、朝から大根やねぎの類は食べなかった。（略）病院には乗用車二台のほかに、連絡や医師の往診用に、ハーレー・ダビットソンのサイドカーが一台あった。(2)

本院には、義弟の西洋がおり、紀一の妻勝子と西洋により、実質的な病院の経営を握られていた。青山の分院は、茂吉の裁量があったが、経営が難しかった。

山上次郎は当時の精神病院の状況を次のようにいう。「精神病院の経営は病気が長く二年三年と入院するのが普通なので、一応ベッドが完備していて患者が常に一杯の状態であれば一定の収入が確保できた筈である。その上よかったことは府の負担制度であった。今でこそ社会保険が普及しているが、当時は医者は薬代の集金に困った。田舎では盆節季が習慣で、未収が沢山あった。ところが精神病についてはその当時から医療費の府の負担制度があったためそういう心配がなかった。そのような利点があったが、秘密を守らねばならぬ病気故、窮屈な面があり、直っても御礼も言って貰えぬという、所謂感謝されざる医者としての半面があった(3)」という。ところが、青山の分院は、東京府の代用病院ではなかったので、府の負担がなかった。青山分院の入院患者は、自費患者に限定された。それは、青山の分院は火災で焼失後、近隣住民の反対により、病院ではなく、診療所として再建したからである。よって、入院許可患者も三十人に限定されていた。

診療所である青山の分院の見取り図は、山上によれば「中庭のある四方形の総二階建で、一階の約半分は事務室、診察室、書庫、機械室などになっていて、残りは病室になっていた。これは普通の病室で廊下を隔てて両方に十室あった。二階は特一と特二の特別室になっている。」という。

さらに、山上は「入院料もかなり高く、特等室は一日八円、一等は四円乃至五円、二等は二円位であった。部屋は大体いつも一杯であったが、外来は少なく、二人か三人であった。その上茂吉は儲け主義でないから注射などをあまりせず薬も控え目に出した。当時副院長として青木義作が居り、その外にもう一人医者が居たし、事務には小林という事務長の外に事務員一人と書生二人、薬局には薬局長の守谷誠二郎氏の外に薬剤師が一人居た。看護婦は六人、外に看護人一人、炊事婦、雑役婦、運転手など三十人の病人に二十人近い関係者が居たのである。本院と兼務の人も居たが、これでは経費倒れでやってゆける筈なく、昭和十四年ごろになってもまだかなりの借金に苦しんでいた。」という。(4)少ない入院患者に対し、二十人近い病院スタッフでは、病院経営が困難を極めたのである。しかも、紀一が創業した青山という土地は、世田谷の本院でも青山脳病院というように病院関係者には、心の故郷ともいうべき精神的な支柱であり、手放すわけにもいかなかったのである。

茂吉の甥に当たる、薬局長の守谷誠二郎が、茂吉の院長時代を次のように回顧する。

或る日、世田谷の病院に、朝早く私と一緒に出掛けた。診療を終つて帰られる時、玄関には大勢の職員が見送りに立つた。誰かが「先生、今日はノータイですか」と云つた。「ノータイ」妙な手振りをして居られたが、ネクタイをせずに病院に来られた事に気がつかれて、「院長がネクタイを忘れたのを、誰一人気が付かなかつたのか」「僕が、朝から病院に来て居るのに」「そんな不注意で精神病者の看護が出来るか」「側で注意しないのが悪い」と大変な剣幕である。一同はしんとしてしまつた。「さあ帰ろう」と車に乗つてしまわれた。車の中では散々にお小言を云われたが、途中で例の「花菱」に寄られて、「どうだ、今日はネクタイでも買おうか」と、漸く御機嫌が回復されたのだつた。厳しい先生ではあつたが、一面やさしく愛情があり、院長として亦、職員の面倒もよく見られた。(5)

年月日は限定できないが、このエピソードほど、茂吉の性格を活写するに適した場面はない。茂吉の我がままであり、無理難題であるが、癇癪を起こすと鎮静するのに時間がかかり、茂吉自らも、気まずい状況となる。「花菱」とは、渋谷道玄坂にある鰻屋であり、茂吉は常連客である。このように厳格であるが、優しく愛情のある茂吉であった。

一九三六（昭和十一）年五月から二年二か月、青山脳病院本院に入院した鈴木一念に「松澤本院に於ける茂吉」という回顧がある。鈴木一念こと金二は、鈴木信太郎画伯の弟であり、茂吉に師事し、『アララギ』に入会したが、病気となった。入院中には『アララギ』の会費を茂吉が代わって払った。一九三八（昭和十三）年七月には全快し、茂吉が就職の世話もした。

先生は毎週水曜の「院長日」に、青山から自動車で本院へ来られた。其の日は私に執って何となく恐ろしくもあり楽しくもあった。斎藤先生も月給で、其当時「三百円」と聞いた私は（例へその頃としても）「其薄給で院長としての経営、診療の全責任を持たれるとは大変だなあ」と慨嘆した。(6)

鈴木一念は、さらに青山脳病院本院の状況を次のように回顧している。

松澤本院は八棟ほどの病棟から成り、常緑樹の大小がそれを囲み四季の花々が次から次へと咲き乱れ、医師も従業員も看護人、看護婦も仲間の狂人たちも（中には病気の為の意地悪や凶暴者も居るには居たが）みんな良い人や親切な人達ばかりで、若し私に病苦自責なく不祥事なく之加、妻子や定職まで備つてゐたら恐らく其処は「わが生涯での極楽浄土」だつたと言つて良いだろう。

それ程、即ち草木花卉建物及設備の点にも先生の配慮や設計は（病院の隅々にまで）神経や血が通つてゐた。毎年四回ぐらゐ患者大慰安会が催され、小会は患者自発で毎月一回続けられた。私も俳優になつたり舞台装置を手伝つたり、歌謡曲、声色等まで一心に稽古した。

病院従業員には先生郷里の東北出身者多く、米も常に山形県から呼び、上野駅からトラックで来たのを私達は倉庫へ運搬したりした。

炊事場へも時々廻つて来られ、私たちが馬鈴薯の皮を剥いてゐる所へ立たれ、「それは皮を取らないで丁寧に良く洗つて煮るとか、茹でる丈の方がヴィタミンが逃げないでいいんだがねえ……。」と言はれたりした。今なら常識だが、之は二十年も前の話で私たち炊事人は、みな狐につままれた様にポカンと聞いてゐた。

第六病棟は私が入院した時には未だ出来たばかり「新館」と特称され、先生苦心と自慢の設計で耐火病棟の魁なのだ相だ。其処へは他病棟から通ずる長い廊下もコンクリート、天井は耐火鉄板で、雨天は患者運動場に変化し得るのが先生の味噌であった。（併し戦災で此の耐火建築も耐火廊下もみな爆破した相だ[7]。）

青山脳病院の佇まいや、病者のことなどがわかる貴重な資料である。とくに、茂吉は火難での労苦の体験から、病院の耐火対策に腐心し、他院に先駆けて工夫を凝らした設計をした。院長茂吉というよりも、臨床医茂吉の人柄が滲み出ている。

私が其の長いコンクリートの坂の廊下や鉄板天井の掃除をする所へ先生の行列が来て、（院長廻診は六七人の御供が従くのが其頃の習慣であった。）「鈴木君、掃く時に少しづつ途中へ掃き溜めて、あとで掃き取る様にすると埃にも成らぬし、仕事が楽かも知れないよ」と言はれたりした。

後日、（之は私の現在勤務の病院長の談だが）「斎藤先生は月次の脳病院々長会議の時、いつでも終始黙々としてゐるから少しも偉い人だと思へず、寧ろ凡才の二代目、組し易い人だとばかり思つてゐた」云々。

併し、黙つては居たが内外に人望人徳はあり、殊に松澤本院の従業員たちに殆んど不平不満が無かつたのは不思議な位で、（略）[8]

病院内は、ゆったりとした時が流れ、ほのぼのとした風景を切り取ったようである。この文のままに高く評価しなくとも、茂吉の人柄や、少しでも病者の中に溶け込もうとする茂吉の姿を瞥見《べっけん》することができる。訥弁ながらも、聞き上手であったと思われる。

2　病者からの暴行

精神病医は、必ず病者の逃走、病者の自殺、そして病者からの暴行を経験した。この三つは、精神病医にとって一人前になるためのイニシエーションともいうべきものである。茂吉が巣鴨病院医員の頃には、恩師である呉秀三院長が回診の時に、病者から手拳で後頭部を殴られたことがある。さて、青山の分院に、R・Mという、ドイツ人とイギリス人との間に生まれた女性が入院した。茂吉は、前述したように、その女性病者から唐突に左頬を打たれたのであった。一九三七(昭和十二)年十二月に発刊された『一瞬』で、次のようにいう。

その一瞬に彼女の手掌が私の左頬に飛んで来た。

そのとき私の左頬が疼痛を感じたといふよりも、私はくらくらと眩暈して倒れさうになったのを満身に力を入れて辛うじて堪へた。どのくらゐ勢づいて彼女の手が飛んで来たかといふことは、洋服の胸の上隠にもう一つの眼鏡がサックに入つて用意してあつた、その眼鏡がこはされてゐたのを見ても分かる。(9)

茂吉は、予期することもなく、一瞬に左頬を打たれ、しかも胸ポケットに入れた予備の眼鏡も毀損するほどであった。

私の心が、なぜいまいましくて溜まらぬかといふ訣のうちには、かういふ要素も混じてゐた。私は独逸墺太利に留学して彼地の精神病院を幾つも見てまはつてゐるが、医員即ち Herr Doktor といへば患者等は非常に尊敬する。況や院長たる Herr Direktor 或は Herr Professor に於てをやである。これは縦しんば誇大妄想を有つてゐる患者に於て即ち同断である。そんならばなぜ彼女はQ博士に対し、私に対し、そんな真似をするのか、これは人種的に看て吾等を一段下等なものと看てゐるからである。彼等は何や彼や世辞を弄するけれども、それは表面の辞令で、内心に至るとまさにさうなのである。それゆゑ、児童や狂者には表面的辞令抑制の除かれた掛値のない地金を暴露して、この黄色の人類を侮蔑するのである。私はそれを好うく知つてゐる。そこで左頬の疼痛はさし置いても、この人格的の侮蔑がいまいましくて溜まらぬのである。それを私が我慢し了せたといふのは、いつたい何のためだとおもふのであるか。さう私はほとりで思つた。(10)

茂吉による人種差別論が展開されている。おそらく茂吉には、欧州留学中に、クレペリンに握手を拒絶されたことへのトラウマが癒えていないのであろう。茂吉ならではの執着心であり、茂吉を理解するに欠くことのできない性格である。

本院の総廻診に出掛け、夕景になり帰つて来て見ると、ホテルにゐる彼男（そのひどく無礼な通訳）と私の分院の看護婦長とがしきりに談合してゐる。婦長は寧ろ哀願的な口調を交へて転院せんことをせまってゐるが、男の方ではどういつてゐるのか、何時までたつても話の埒が明かぬので、私が電話口に出てやはり彼女の転院のことを話すと、驚くではないか、彼男は私にむかつて、『何ですか、それは』とか、『そんなこと何時約束しました』とかいふ口吻の言ひ分である。私は焔のやうに憤怒して、もう容赦はせない。直ちに彼の言ひ分を征服し、M病院に転院せしめることを院長に談じた。M病院から二名の医員が来て忽ち注射して彼女を連れて行つた。（略）

彼女がM病院に行つてからのことである。私は、夜半などに目が醒めると、彼女から殴打せられた私の左頬の脹れが、歯齦の辺まで及んで、沢庵のやうな固いものの噛めないことがはつきりと意識の上に浮んで来る。さうすると忽ちにして彼女のことがいまいましくなつて来て、ぢつとして寝て居られぬほどである。心臓の鼓動が劇しくなつて来る。一層のこと、明日にもM病院に押掛けて行つて彼女に復讐をしてやらうか。(11)

病者へ直接に、憤怒することはできないので、その矛先は通訳に向けられたのである。さらに茂吉は、M病院へ行き、夜の廻診に付き添い、彼女の頬を殴りつける復讐を想像する。転院した病院へまで追いかけて、復讐する執着心にはあきれる程である。たとえ茂吉が想像したとはいえ、このように思うこと自体が、病者に対する医者としての倫理観を疑わざるをえない。あるいは糾弾されてもしかるべきであろう。しかし、ある意味では文学者の茂吉であったともいえるのである。この点は、意見の分かれるところであろう。M病院とは、東京府立松沢病院のことである。一九三七（昭和十二）年十月五日の茂吉の日記では次のようにいう。

午前中診療ニ従事ス、公爵ト云フ振込ミのウーラツハといふ者の妻、廻診中、院長タル僕の頬を打つ。僕忍んで通弁たる山田某と手塚某といふ女に交渉す。(12)

翌日の十月六日には、次のようにいう。

通訳ノ手塚、渡邊、青木ニ今日中ニ毛唐人ヲ退院サセルヤウニ話シテ本院ニ行キ、帰ツテ来タトコロガ未ダ退院シナイノミカ、山田某ガ失敬極マル言ヲ弄スルノデ大ニ罵倒シテヤツタバカリデナク、明日必ズ退院セシメルコトヲ念ヲ押シタ。(13)

十月七日には、次のようにいう。

毛唐人ノ妻、今日松澤病院ニ入院ノ手筈ノトコロ部屋ガドウノカウノト云ツテラチガアカナカツタガ厳命シテオイタ。夕五時、毛唐ノ女退院シテ松澤病院ニ入院シタ。ガイドノ山田某モ天罰ヲ受ケルダラウ。(14)

病者のみならず、今度は通訳にまで「天罰ヲ受ケル」という。これも忍耐し続けた茂吉が、その限界を超えたために発した呟きであるが、茂吉らしい性格といえるであろう。茂吉の次男宗吉（北杜夫）は、精神科医であったが、病者から暴行を受けることはさして稀でないという。

私が医局にはいった頃には、とうにインシュリン療法、またもっと有力な電気ショック療法が行われていた。それでも昂奮して暴れる緊張病患者などは、隔離する個室である保護室が、慶應病院になかったから、もっと大きな精神病院へ送らねばならなかった。そしてその患者に電気ショックを与える際にも、もし相手が大男の力持ちであったなら、看護人と共に隙を見て患者を抑えつけ、とっさに電気をかけたものであった。大学病院や大人しい患者の場合、睡眠剤を静脈注射をして眠らせ、そのあとで電気ショックをかけるから、患者もそのことを知らぬ場合が多い。しかし、昂奮の激しい患者は、注射を拒否して暴れることもあるし、また貧乏な県立病院などでは、施療患者にその注射をすると、健康保険診療報酬もとれぬため、ナマで電気ショックをかけざるを得ないこともある。これは医者としてつくづく嫌なことであった[15]。

北杜夫が、慶應義塾大学病院の医局にいた頃とは、一九五二年頃のことである。医師や看護人が「昂奮の激しい患者」に対し、相当の苦慮をしている姿が分かる。まして、茂吉の頃を想像するに、大変な労苦を背負ったといえよう。さらに続く。

私が入局して二、三年経ってから、クロールプロマジンという画期的な薬品が登場した。分裂病の昂奮や妄想、また躁病の昂奮などを抑える薬である。また他の病気に対する薬も年一年と進歩している。今では保護室に監禁せねばならぬ患者も、それらの薬品により、せいぜい一週間くらいでふつうの病室へ移すことができる[16]。分裂病とは、今でいう統合失調症のことである。戦後において、クロールプロマジンの投与は、従来の精神病院の閉鎖病棟を開放する契機となった。

3　インシュリン・ショック療法

茂吉は、一九四〇（昭和十五）年一月八日の日記で次のようにいう。

午後二時半頃眠クテ午睡シカケタトコロ本院青木カラ電話アリ□□（□□）□□重態ノ報ニ接シ、青木義作同道、本院ニ行キ手当ヲナシ、午後八時過ギヤウヤク愁眉ヲヒラキテ帰宅。インシュリン療法ノ遷延ショックハハジメテナノデ心痛、努力極度ニ達シタ。◯入浴、寝[17]。

この日記にある「インシュリン療法ノ遷延ショック」について、茂吉は『マルク会員の成功、失敗談を訊く』で次のように語っている。

遷延性ショックで困つたものが一例あります。それはインシュリンをやる時には朝飯を食べさせない。ショックを適当時間起させて、それから葡萄糖を注して醒してやる。醒めたのちにまた砂糖水なり番茶なりをやつて、なほ其の後に御飯を食べさせる。これが通則になつてゐます。ところが或る時患者は食べた御飯を吐いたのです。熟練した看護婦だと其の時に重ねて御飯を食べさせるが、その時の派出看護婦は馴れないためにその儘にして置いたところが、午後になつてから持続的の痙攣を起しまして、非常にこれには難儀しました。殊に、これは僕の知つてゐる人から頼まれたお嬢さんでしたので心配しましたが、医員が熟練してゐたので大丈夫でした。クランプは持続的に起る、変な具合になつて来て如何にも今にも死にさうな顔になる、まことに厭なもんです。その時は、いろいろ静脈注射もしたが、人工栄養と同じやうに胃の中に糖をつぎ込みました。この方法も割合良い方法ぢやないかと思つて居ります。(18)

この「僕の知つてゐる人から頼まれたお嬢さん」であるが、漱石門下の小宮豊隆に依頼された病者である。この医療事故の前年である一九三九年十二月二十三日付、小宮豊隆宛の書簡には、次のように了解を求めている。また、入院料や看護料についても詳細に意見を求めている。

□□(二字削除)さん、少々よろしく症状減退いたし居り候、大に骨折り申上べく候、何しろ千葉では非常に亢奮なされ、方々體(眼、上膊)をぶつつけ皮下出血いかされ居り候。医者がフロイドなどばかり振りまはし、実際の手当の方法を知らぬために御座候、○御病は大體わかり居り候間、□□(二字削除)さまの御文必要無之候。○御病はヒステリー(学問上の)と存じ、それに分裂病的傾向を混入いたし居り候。そこで、目下の治法の尖橋にあるインシュリン、ショック療法を行はんと存じ候が、御賛成願上げ候、これやるとせば二月ごろ迄かかり申すべく候、又入院料の外に二百五十圓ばかりかかり申候。インシュリンは目下欠乏に候も小生の病院、以前よりの特約にて、所有いたし居り候、右医局一同にて協議いたし申候○看護婦も目下二人つけ候が、十日もたゝば一人にして、小生の方の派出だけにいたしてよろしからむと存じ候。その方が倹約にもなり申候、入院料一日五圓、看護婦六圓ゆゑ、入院料の方が安いやうに候につき症状へり次第一人にて間にあはせたく存じ候、御意見いかゞに候や○御病気は相当複雑ゆゑ、相当の時間かかり申べく、又御退院後も折々おこり申すべし、未婚ゆゑ、Libido の点も顧慮せねばならず、将来のことは又御あひの節篤と御談合願上候。(19)

このように精神科のインシュリン療法とは、病者にインシュリンを注射し低血糖で昏睡状態にさせ、一定の時間が経過するとブドウ糖を注射して覚醒させ、その時に糖水を飲ませ食事をさせて、覚醒を確実にするものである。この方法を何回も繰り返す療法である。ブドウ糖の注射が遅れると、脳は恢復不可能な打撃を受けて、場合によっては死に至る。ブドウ糖の注射をしても、覚醒せず、昏睡が続くのが遷延ショックであり、インシュリン療法で、最も警戒すべき副作用である。茂吉は、はじめての遷延ショックに当たり狼狽し、憂慮した。病者は持続性の痙攣を起こしていた。茂吉は午後二時半に電話で容体を知り本院へ急行し、静脈注射をしたり、人工栄養と同様に胃の中に糖をつぎ込んだりして手当をし、午後八時過ぎに漸く愁眉をひらくことができた。なお、一九四〇（昭和十五）年一月二十二日付、小宮豊隆宛の書簡には次のようにある。

インシュリン療法は完了いたしました。（略）只今では和製でも手に入らぬ始末にて拙病院では前よりの予約にて手に入れ居ります。軍陣外科でどしどし用ゐるので品不足です。舶来程にまゐりませんが和製で結構です。またこの療法はさう危険ではありません。小生の病院では七十余例、一つも死亡ありません。又全国では既に二三千例でせうが、学会での報告でも死亡数は極稀で、朝鮮に一二例ありました。ただ今回小生の経験したような遷延性ショック。後ショックといふ奴は、たまに報告せられます。それでも経験をつみましたので、西洋の報告例よりも本邦では数が少くなつてをります。小生のところでは七十余例のうち今回ははじめてで、それも原因が明かで、一たん醒めて、食事をさせます、その食事を嘔いてしまはれたのです。（略）

○何せ大切な御病人ゆゑ骨おります。そしてあまり長びくやうでしたら、慶應か帝大に依頼します。（略）大切な御病人ゆゑなかなか気苦労で、相当のづうづうしくなつた老医の小生もどきどきすることがあります。[20]

加藤淑子によれば「インシュリンショック療法は一九三三年ウインのザーケル（一九〇〇～一九五七）の創始。ウイン大学神経学研究所において茂吉と研究生活を共にした久保喜代二がわが国において始めて追試成績を報告し、やがて昭和十二年春の日本精神神経学会総会において盛んに治療成績が発表された。[21]」という。青山脳病院では七十余例も行い、死亡例は一例もない。茂吉の治療への自信が横溢している。ところが、はじめて遷延ショックを経験した。それだけに茂吉は周章狼狽した。なお老医とはいえ、茂吉は五十八歳であり、『柿本人麿』の研究で帝国学士院賞を受賞した年である。また茂吉は、『マルク会員の成功、失敗談を訊く』の中で統合失調症における、インシュリンのショック療法の成績を次のように語る。

私のところでも平均四二％は緩解で、いい成績を得て居る。（略）早期に治療するほど効果があるといふことだ。発病してから一年以内なら大体いい成績を得られる。ここに僕の処の者があるが四ケ月、五ケ月、半年なんて云ふのにいい成績が出て居ります。病気の方で申すとカタトニー（緊張病）が案外成績が好い。僕等が医局に入りたての頃だから、もう三十年まへだが、この病気は治癒困難で以つて、診断がつけばそれとなしに家人に諦めさせたものだ。強梗症があつたり、拒絶症があつたり、常同症があつたり、妄覚、妄想があつたり、特有な興奮があつたりする。変な病気だが、これがインシュリン療法で良くなるのだから、僕等にも不思議なくらゐだ。ここに斯んな例がある。これは発病後一年後に効いた例ですが、もつと古い例でも効いてゐます。四十歳の女で六年前から精神に異状を来たして嫉妬妄想が強くて困るので診察に来た、旦那様が外に女を持つてゐるといふのでひどく嫉妬する。追求する。ほかの専門の大家の診察も受けて精神分裂病予後不良といふわけであつた。其の頃はまだインシュリン・ショック療法はない時分だつたので主として対症療法をやつて居つた。ところが主人がインシュリン・ショック療法のことを聞き付けて来て相談するので、僕もはじめのうちは半信半疑ぐらゐで試しにやつて見ようといふぐらゐでやつたのでしたが、ところがショックに入つてから一〇回目に何んだか症状が薄らいで来た、これは愉快だとおもつて居ると、ずんずん症状が薄らいで来て、一五回ショックをやつて、お仕舞にして退院した。これは僕の処の初期の話だが、今では全国なら余程沢山の数にのぼつてゐます。それからこの療法は分裂症ばかりでなく、マニーなどにも応用していい成績を得ているし、また発病後三、四年のでも好成績を得たのがあるから、このごろでは直ぐ諦めてはしまはないやうになつた。(22)

茂吉が巣鴨病院の医員であった頃には、治癒が困難であったカタトニーをはじめ、統合失調症、マニー（躁病）には効果的な治療法がなかった。茂吉自らが、このように診療例を詳しく語るのは貴重である。日記ではごく簡潔に「診療ス」と書くのみである。この症例の女性は十五回のインシュリン・ショック療法を行い治癒したという。注射は基本的には毎日で、状態によっては一日置き、二日置きのこともある。期間は、個人差があるが、一か月か一か月半、長くて二か月という。戦前において、精神医学では薬物による治療法が確立しつつあったのである。必ずしも、誰もが治癒するものではないが、かなりの効果を挙げている。

この座談会で、茂吉は巣鴨病院の医員であった頃の葦原将軍の恐怖を語る。誇大妄想で有名な病者であるが、「廊下の突あたりに頑張つて居てこちらから行くのをにらみつけて居る。そばに近づくと『斎藤、赤酒の処方を書け』なんて云ふんだ、強要するんだよ、それが恐しくてたまらなかつたもんでした」(23)という。しかし三十年も経過し老医となると、「僕も人から見ると少し変でせうが、さういふ生活をやつてゐるから、幾分患者は仲間的に親しみを直覚するんですよ。」(24)というように、「少し変」とは、恩師呉秀三のように、病者と同化していったということである。これは、臨床医として理想とされるもので、茂吉の真価が発揮されている証左である。恩師である呉秀三の臨床の域に近づき、達しつつあるともいえよう。茂吉は電気衝撃療法（エレクトロ・コンブルジオンス・テラピー）

についても言及している。

これも矢張り早期治療程効く、古くなつた患者は矢張り効かんのです。発病後十数年たつたなどといふ患者では効かない。（略）器械を部屋の電灯に直ぐ接続するから、七〇ボルト乃至九〇ボルト位で交流だ。だからサイクルは大抵一秒六十回位だらう。導子を両方の側頭部のところに当てる。電流は二〇〇乃至四〇〇ミリアンペアー位で、通電時間は三秒から四秒ぐらゐ、痙攣時間は四〇秒から五〇秒ぐらゐだ。これも大変にいい成績を挙げて居るし、今でも分裂病だけぢやなく、その他の精神病にも応用されて居ます。兎に角妄想がとれたり、幻覚がとれたりする、とまた病気の種類では、やはり緊張病の初期が一番成績がいいと云ふことになつて居る。この電撃療法は動脈硬化のあるものには躊躇して餘り積極的にはやらずにゐます。老人などで、若しもの事があると困るから……。（略）此療法のいいのは、インシュリン療法などよりも手取早いといふことです。厭だの何だのと患者が拒絶してゐる暇にもう痙攣が起るから、手取早い。それでいいんです[25]。

このように、電気衝撃療法は、インシュリン療法よりも手軽であり、入院をする必要もない。妄想や幻覚がなくなるという画期的な治療法である。緊張病の初期が最も効果があり、統合失調症などにも応用した。さらに、茂吉は医学雑誌の「電撃痙攣療法に就て」の中で治験例を挙げている。

五十四歳の男子、遺伝歴、既往歴に特記すべきことは無い。昭和十五年一月なかば頃から、事変の世相を機縁として、一種の罪業妄想から被害妄想が起つた。さうして常に刑事が附纏つて居る。警視庁から召喚状が来るといふやうな観念のもとに、抑鬱状が深刻で厭世的となり自殺企図があり、不眠不食の状にあつたので、二月十二日に入院して来た。病名は鬱病（「デプレッション」）だと考へて、それから万事を顧慮しながら、睡眠療法について、二月二十九日から「インシュリン」療法を開始し、（略）[26]

このようにインシュリン療法を始めたが、病状の改善は見られなかった。そこで、十二月になって、電気痙攣療法を施行した。

十二月八日第一回の電気痙攣法を施行。十二月十一日第二回施行。然るに十三日頃から治験があらはれ、抑制が取れ、緘黙状態が薄らぎ、看護婦とも話しはじめた。十四日第三回、十六日第四回、十八日第五回、二十一日第六回、右の施行で、あらゆる症状がずんずん減退し、十二月三十日頃からは殆ど異常を認めざるに至つた。茲に興味あることは、入院前のことも入院後の状態も想起確かでなく、「アムネジー」の状態になつたことである。昭和十六年一月三十一日全治退院、今に至る迄全く異状が無い。これは殆一年間あらゆる療法によつて効験なかつたのが、ただ六回施行の電気痙攣療法によつて全治した鬱病の例で、民間素人療治仲間なら、『神様』として讃へるところである。(27)

インシュリン療法が無効であったので、電気痙攣療法へ切り替えると、病者は全治した。すぐには電気痙攣療法を施行しなかったのは、五十四歳という当時の年齢からすれば、動脈硬化の危険性も勘案したのである。このように、茂吉の治療法には先進性があったことが認められるのである。

4　戦時中の青山脳病院

青山脳病院分院について、次男の宗吉（北杜夫）は、次のように回想している。

玄関に車廻しの円型の道がついており、左手にクリーム色の鉄筋のガレージがあり、アオキの植込みがあったりして、少なくとも前面は当時の精神病院としてはなかなか瀟洒な建物であった。玄関を入って左手に事務室、その奥に院長室、向いあって薬局があり、右手に控室、向いあって応接間があった。診察室のことは思い出せない。とにかく院長室から更に右手へ辿ると、鍵のかかったドアがあり、その奥が入院病棟になっていた。(28)

さらに、薬局長の守谷誠二郎が、子どもであった宗吉に「気つけ薬」を飲ましてくれたという。それは赤葡萄酒に透明なシロップを入れ、水で薄めたものであった。また、娯楽室では精神病者と玉突きやピンポンで遊んだり、本院の運動会へも行ったりという。したがって「世間の人が抱きがちな精神病者に対する偏見がなんとも嘆かわしいのである。(29)」という。

本院では、茂吉が最も恐れていた火難に再び襲われた。一九四二（昭和十七）年十月二日のことである。

○午前五時少シマヘ本院火事ノ電話アリ。直チニ自動車ニテ行ク。五時半ツク、第四病棟（女室代用）、下段全焼、上段以下無事、防火壁ノタメナリ。患者行方不明五名、○午後、警察、消防署、隣組等ニ謝礼ニマハル、又警視庁、病院長事務長等、見舞人ニアイサツ、(30)

そして、十月四日の日記には次のようにいう。

○午前八時半、世田谷警察ニ出頭シ、イロイロ質問ヤラレ、始末書提出ノ件、○本院ニカヘリ、始末書ノ草稿。見舞客ノハガキ（三百五十枚）草稿(31)

茂吉は前述したように、火難の労苦から防火壁などの耐火設備を整えて、細心の注意を払っていたので、どうにか最小限に止めたのであった。病院は世田谷署へ報告し、始末書を届けることとなった。時局のためか、かつてほど警察も咎めなかった。その後、「青山脳病院看護服務心得」や「附、空襲時の心得」を作成し、職員に配布した。

また、この火事について、次のようにうたう。

十月二日払暁病棟火事
ものぐるひのわざとしいはば何人も笑ひて過ぎぬわがこころ痛し
きびしかる時といへるにあはれあはれまがつ火災《ほのほ》は夜をこめてもゆ
この日ごろ心ゆるびもありつらむことを思ひて夜も寐《い》を寐ず
（『霜』「雑歌」昭和十七年）

失火の原因は、青山脳病院本院の病者による放火であった。軽微であったとはいえ、逃げ遅れた女性患者が一人焼死した。

次に「青山脳病院看護者服務心得」や「附、空襲時の心得」を抜粋し、当時の精神病院の状況を読み取ることにする。

第二、看護者服務心得

一、～二（略）

三、看護者は、忠実にその職務に従事することは勿論、どういふ場合でも、患者に手荒なことをしてはなりません。また患者を嘲笑つたり、嚇したりしてはなりませぬ。また患者の手足を拘束するやうなことがあつてはなりません。

○若し患者の興奮はげしく看護者に襲ひかかつて来るやうな場合は、なるべく旨く避けるやうにして医局に報告します。医局ではさういふ時の処置を準備してゐますから、看護者だけの考で無暗なことをしてはなりません。(32)

恩師呉秀三の意思を継承し、とくに看護者の病者への配慮（ケア）について、念入りに注意を喚起している。また、看護者に来襲した場合は、「旨く避けるやうに」といっているが、行間を読み取れば、現実には深刻な問題であったと推測される。

四、看護者は、絶えず患者の言語、挙動を監視し、自殺、自傷、弄火、逃走等及びその企図に就いて注意し、これ等危険な行為を未然に防がねばなりません。未然に発見し、未然に防ぐことが一番大切であります。

五、看護者は、常に患者の食事、服薬、入浴、睡眠、便通、その他、体重、体温、脈搏、呼吸等にも注意し、且つ痙攣、発熱、下痢、拒食等身体の異常・急変を認めた場合には直ぐにこれを上者を通じて医局に報告せねばなりません。
六、看護者は、患者の朝起き直後、夜寝る直前に、必ず患者の人員点呼をします。また庭の運動、入浴、作業等の後にも必ず人員点呼を行ひ、常に患者の人員に異常が有るか無いかに注意いたします。(33)

精神病院では、病者の自殺、放火、逃走が最も危惧すべきことである。精神病院にとって宿命とはいえ、細心の注意を払い、常に人員点呼をし、「未然に発見し、未然に防ぐ」ことを第一として、万全を期しているにもかかわらず、繰り返された。茂吉は、これらに幾度も悩まされ、事件が起これば、警察署に出頭し、始末書を書いた。これはあまりにも屈辱的であり、無力、そして脱力を感じざるをえなかったであろう。

次に「第三、非常時に於ける心得」では、「一、急告。二、消防。三、救護。四、避難。」の順序に従うように指示している。非常時とは火災のことである。

なお、「空襲時の心得」を付し、「必勝」と「奉公」を誓う。

附、空襲時の心得

一、警戒警報の発令された時には、直ちに防空資材の整備をなし、警戒管制、その他の措置に遺漏のないやうにせねばなりません。
二、空襲警報の発令された時には、空襲管制を厳重にし、爆弾、焼夷弾等に対する警戒をなし、患者の退避準備をしなければなりません。
三、空襲により火災、その他の事故が起り、避難を要する時は、前条出火時の心得に従つて行動します。即ち、出火時の心得により、迅速且つ著実に急告、消防、救護、避難の所置をとります。
今や大東亜戦争のただ中にあり、看護者は当院全員と共に協心一致、必勝の信念を以て職域奉公のまことを致さねばなりません。

また、一九四三（昭和十八）年一月二十七日の日記には「午後本院行、総回診。自費モ死亡セル患者アリ」とある。公費患者だけではなく、食糧配給制となり、自費患者にも死亡者が出たのであった。(34)

立津政順は、戦争中の松沢病院の入院患者の死亡を詳細に追跡した。青山脳病院の調査ではないが、ここから、戦時中の精神病院の状況を把握することができる。


栄養失調という死因名の現れ始めたのは昭和十五年である。（略）栄養失調の患者には、慢性及び急性の胃腸炎を伴うことが多い。（略）脚気は昭和十五年に急に多くなり、後除々に少なくなったが、昭和二十年から再び多くなって来た。栄養失調および慢性胃腸炎、急性胃腸炎、脚気の三つの大部分は、栄養障害による死因とみなされる。そうすると、栄養障害が直接の死因をなしているとみなされるものが、昭和十九年には全死因の五〇・五％、昭和二十年には六二・三％となる。

その他の死因で戦争によって数字の大きくなったものには、進行麻痺、非結核性呼吸器疾患――主として急性の肺炎、心臓疾患などがある。これらの場合にも、栄養障害が大きな役割をなしているものと考えられる。(35)

この調査のように、病者の死亡者のほとんどが、栄養障害か、栄養障害が遠因となって死亡するという悲愴な状況であった。さらに続く。


入院患者は大部分が、病室外に自由に出ることは許されない。したがって、頼りとなる食糧は、殆ど配給量だけである。その意味で、入院患者は、戦争中の食糧不足の影響を無防備のまゝまともに正直に受けるという特殊な条件に置かれたことになる。食糧は配給量だけでは、カロリーの量だけからしても絶対に足りない。（略）飢えた患者の間には、盗食が頻繁で、医師や看護者の監視の眼の前で、あっという間に隣患者の食物を手づかみで自分の口に放り込んでしまう光景がたえず繰り返された。貝類の汁を出せば、その殻まで食べてしまう。庭に出せば、虫や雑草をも口に入れる。それにもかゝわらず、患者の栄養状態は悪化の一途をたどった。（略）

やがて患者は文字通り骨と皮だけになるものもあり、また貧血で蒼白になった皮膚が浮腫でふくらんでいる。死の前には、しばしば慢性ないし急性の下痢を伴う。最後の死は、比較的急に起ることが多い。このような患者を救う道は、たゞ食糧の補給のみである。医師も沢山の患者が死に赴くのをたゞ見送るだけで、何ら施す術も持たなかった(36)。

栄養失調の病者の写真を見ると、肋骨が浮き出て痩せているのに、顔や腹は膨らんでいる。当時の精神病者に対し、病院は、そして医者は、有効な手だてが何もなく、為すがままに、無為に時を重ねるだけであった。そして、病者を前にして、医者が、自らの無力を思い知ったのであった。一九四〇（昭和十五）年から一九四五（昭和二十）年までの松沢病院の年間患者死亡数および年間死亡率を見ると、次のようになる。

	公費患者	死亡者	死亡率
一九四〇年	一〇八〇	二九一	二六・九％
四一年	一〇一三	二二三	二二・〇％
四二年	八三九	一四二	一六・九％
四三年	七九六	一一九	一五・〇％
四四年	八四九	三〇四	三五・八％
四五年	七二〇	二九七	四一・三％

	自費患者	死亡者	死亡率
一九四〇年	五三一	六一	一一・五％
四一年	四六六	三七	八・〇％
四二年	四八三	三四	七・〇％

四三年	四八一	五五	一一・四％
四四年	四九一	一一四	二三・二％
四五年	四四九	一八一	四〇・三％

松沢病院全体の死亡率は、一九四〇（昭和十五）年（二一・九％）、四一年（一七・六％）、四二年（一三・三％）、四三年（一三・六％）、四四年（三一・二％）、四五年（四〇・九％）である[37]。

公費患者と自費患者の死亡率を比較すると、公費患者が自費患者を凌駕している。また、敗戦前の一九四四（昭和十九）年、四五年の死亡率は驚愕の数字である。戦時中の生活物資や食料の不足は、国民の多くを困窮させたが、とくに社会的な弱者に対して、その侵害が強く、精神病者の食糧事情は辛酸を極め、栄養失調で多くの人が死亡したのであった。この現実を、忘却してはならないのである。戦時中は、医者もなく、薬品もなく、食糧もなく、まさに病院というよりは、実態は病者の単なる収容所であったのである。

また、日本では、一九四〇（昭和十五）年に国民優生法が成立した。この法律は、当時のナチ断種法を日本的に焼き直し制定したといわれている。なお、当時の死因の第一位は結核であり、未だ精神病や遺伝病へ本格的な対策を講じていない。

第一条　本法ハ悪質ナル遺伝性疾患ノ素質ヲ有スル者ノ増加ヲ防遏スルト共ニ健全ナル素質ヲ有スル者ノ増加ヲ図リ以テ国民素質ノ向上ヲ期スルコトヲ目的トス

第二条　本法ニ於テ優生手術ト称スルハ生殖ヲ不能ナラシムル手術又ハ処置ニシテ命令ヲ以テ定ムルモノヲ謂フ

第三条　（略）

一　遺伝性精神病

二　遺伝性精神薄弱
三　強度且悪質ナル遺伝性病的性格
四　強度且悪質ナル遺伝性身体疾患
五　強度ナル遺伝性畸形

小俣和一郎は「日本が戦時経済体制を組み、米穀配給統制法を公布する一九三九年以前から、すでに精神病院の入院患者に対する食糧制限が行われ、その結果敗戦までに多数の患者が餓死していたという事実も今日ではすでに判明している」[38]という。要するに、現実には精神病者の優生思想や優生手術を語るまでもなく、病者の多くは栄養失調で死亡したのであった。

一九四一（昭和十六）年十二月八日の日記には、「帝国ハ米英二国ニタイシテ戦闘ヲ開始シタ。老生ノ紅血躍動！（略）皇軍大捷、ハワイ攻撃！！（略）宣戦大詔渙発」[39]とある。また、十二月十二日には、加命堂脳病院、滝野川脳病院の防空防火演習を見学し、「夕方大ニツカレテカヘル」[40]とある。

いよいよ日米が開戦し、病院の医者、職員にも応召者が増加し、人手不足となっていた。食糧もなく、病院のスタッフも減っていく中で、病者に対し院長として、臨床医として茂吉は、その責務を遂行できず断腸の思いであった。この時に、茂吉は苦難の精神病院の歴史を振り返り、何を為すべきか自問したことであろう。これは青山脳病院だけではなく、どこの精神病院も同様であった。そして、時局における病院経営の限界を知り、脱力感だけが残っていくのであった。

老医であると自覚した茂吉にとって、養父紀一の実子である西洋や、別居中の妻てる子と、今後どうするかの検討を余儀なくされた。結果的には、青山脳病院を東京都へ譲渡し、茂吉は故郷へ疎開することとなった。決して、茂吉が病者を置き去りにし、見捨てたのではなく、私立病院の経営が瀕死であり、譲渡することが、病者にとって最善策であったのである。そうすることで、茂吉は病院経営から、さらには臨床医から退き、余生を送ろうと覚悟したのである。茂吉は、もう青山に留まる理由はないのである。否、もう青山に留まれないのである。

茂吉は、青山脳病院での日常をあまり語らない。日記では「本日、診療ス」ということで収斂している。病者の逃走、自殺などが起こることもあるが、世間の病者への差別や排除に耐え、一人ひとりの病者に向き合い、あるいは寄り添いながら、茂吉は病者と共に生きていたのであった。

注

(1)『斎藤茂吉全集』第三〇巻、岩波書店、一九七三年、三四一～三四二ページ。以下、『全集』と記す。
(2) 斎藤茂太『精神科医三代』中公新書、一九七一年、一四二ページ。
(3) 山上次郎『斎藤茂吉の生涯』文藝春秋、一九七四年、四二八ページ。
(4) 同書、四二九ページ。
(5)『アララギ　斎藤茂吉追悼号』アララギ発行所、一九五三年、五〇ページ。
(6) 同書、一五三ページ。
(7) 同上。
(8) 同書、一五三～一五四ページ。
(9)『全集』第六巻、五七八ページ。
(10) 同巻、五八一ページ。
(11) 同巻、五八三ページ。
(12)『全集』第三〇巻、七三六～七三七ページ。
(13) 同巻、七三七ページ。
(14) 同上。
(15) 北杜夫『青年茂吉――「赤光」「あらたま」時代』岩波現代文庫、二〇〇一年、六八～六九ページ。

(16) 同書、六九ページ。
(17) 『全集』第三一巻、一八三ページ。
(18) 『全集』第二六巻、六二九～六三〇ページ。
(19) 『全集』第三四巻、五五七ページ。
(20) 同巻、五六四ページ。
(21) 加藤淑子『斎藤茂吉と医学』みすず書房、一九七八年、一八一ページ。
(22) 『全集』第二六巻、六二四～六二五ページ。
(23) 同巻、六二六ページ。
(24) 同上。
(25) 同巻、六二八ページ。
(26) 『全集』第二四巻、六七七～六七八ページ。雑誌『実験医学』第三一九号に掲載。昭和一六年五月一二日発行。
(27) 同巻、六七八ページ。
(28) 北杜夫『茂吉彷徨――「たかはら」～「小園」時代』岩波現代文庫、二〇〇一年、一三六ページ。
(29) 同書、一三六ページ。
(30) 『全集』第三一巻、四五〇～四五一ページ。
(31) 同巻、四五一ページ。
(32) 『全集』第二五巻、七五八ページ。
(33) 同巻、七五八～七五九ページ。
(34) 『全集』第三一巻、四八五ページ。
(35) 立津政順「戦争中の松沢病院入院患者死亡率」『精神神経学雑誌』第六〇巻第五号、一九五八年、一一二四～一一二五ページ。
(36) 同書、一一二六～一一二七ページ。
(37) 岡田靖雄『私説松沢病院史』岩崎学術出版社、一九八一年、五五三ページの表四三「戦時中松沢病院および井之頭病院における年間患者死亡数および年間死亡率」より抜粋。

(38) 小俣和一郎『精神医学とナチズム』講談社現代新書、一九九七年、一六八ページ。
(39)『全集』第三一巻、三七四ページ。
(40) 同巻、三七五ページ。

第十章　戦時下の青山脳病院院長時代——昭和二十年の青山脳病院

1　茂吉の疎開準備

戦時下の精神病院の経営は困難を極めた。戦争が進展するにつれて、職員は召集のため減っていき、精神病者も減少の一途であった。そのため、病院も新規病者を断り、患家も来院を躊躇するような状況であった。空襲に対しても、病者全員を避難させるための防空壕をつくることなど不可能であり、逃走の危険性のある病者を一人ずつ避難させていては、その度に面倒なことになると予想された。軽症の病者は、避難訓練などを行ったが、重症の病者に対しては、有効な手段はなく無為に任せるだけであった。治療においても、医師、看護人、さらには薬品の不足は如何ともしがたかった。まして、食糧危機となり、満足な食事の提供もできなかった。とくに、公費の患者にとっては厳しいものであった。衰弱、栄養失調、慢性胃腸炎、急性胃腸炎、脚気などの栄養障害により、死亡することもあった。これは、精神病院だけではなく、全国の医療機関に波及し、抜本的な解決策は見出せなかった。病院として病者に施療することも厳しくなり、青山脳病院も存亡の危機に瀕したのであった。人々は、日々生きるための食糧の確保に奔走しなければならなかったことを考えれば、精神病院を取り巻く状況は過酷であり、見捨てられるような状況であった。本章では、一九四五（昭和二十）年を中心に、敗戦の八月十五日までの茂吉と、青山脳病院の状況について論ずる。

茂吉は、太平洋戦争の敗色が濃厚となってきた、一九四四（昭和十九）年十二月二十一日、山形県上山の実弟四郎兵衛宛の書簡で、次のようにいう。直吉改め、高橋四郎兵衛は、高橋家の養子となり、上山で山城屋旅館を経営していた。また、斎藤繁弥改め、十右衛門は妹なをの夫で、茂吉の故郷金瓶在住である。

○空襲は毎日毎夜だ○老生もどうしても四郎兵衛と十右エ門に御厄介になることとなるから、よろしくたのむ。いつかの部屋（風呂の向ひの二階）を一つ予備にして置いてくれ。（略）○病院も、本院の方が廃業になるかもしれない（まだ秘密に願ふ）万事が重大になって来た。それから家庭上にもいろいろ変化が出来て来た○この際、どのくらゐガマンが出来、そのあひだにどれだけベンキョウが出来るかが問題で、もっとつまればシヌかイキルかの問題まで行くだろう。それまでは何とかせねばならない○二月はじめごろ一度上ノ山にまゐり万事相談するし、それまで、十右エ門方にも書籍などおくる、おはま殿によろしく(1)

松原にある青山脳病院本院が、経営難で廃業に向けた準備期間であり、茂吉が疎開を考えていることが分かる。そのために「家庭上にもいろいろ変化が出来て来た」といい、別居しているてる子（輝子）との修復を図ることを示唆している。てる子と別居するようになったのは前述したように、一九三三（昭和八）年十一月八日に新聞各紙に載った「ダンスホール事件」という醜聞に、てる子も関与していたからである。茂吉は「精神的負傷」を受け、てる子との別居が始まったのである。茂吉とてる子は、相反する性格であり、如何ともしがたいものであった。

さて、一九四四（昭和十九）年十二月二十七日の日記には、次のようにいう。

大空中戦大編隊　夜間二回襲

○守谷ト本院ニ行キ、午食中警報鳴リ、第七編隊マデ来襲、空中戦ガ行ハレ、敵機二機ノ白烟ノハクガ見ラレ、

味方三機、自爆ヲシタ。敵ノ一機品川湾ニ墜落万歳ヲ叫ンダ。〇西洋ト大体談合シ、結論ヲカイテオイテ来タ(2)

この前後には、「空襲」「夜襲」「空襲警報」「警戒警報」「昼夜、敵機」などの言葉が随所に記されように、連日の空襲が激しさを増し、病院や家族の今後のことを談合しなければならなかったのである。

一九四五（昭和二十）年一月三日の日記には、次のようにいう。

〇夜茂太ト共ニ本院ニ行キ輝子、西洋ト会ッテ談合スルトコロガアッタ〇クライ道ヲバ寂シイ気持ニナッテ帰ッテ来タ(3)

斎藤西洋は、養父紀一の嫡男であり、本来ならば青山脳病院の二代目の院長となる予定であった。西洋は、東北帝国大学医学部を卒業後、一九三二（昭和七）年から松沢病院医員となり、戦後になって一九四八（昭和二十三）年から青山脳病院を受け継いだ、都立松沢病院梅ヶ丘分院院長となった。茂吉は、別居して十二年ぶりにてる子と会った。同居への方向で会談が進展したのであろうが、茂吉が自ら要望するでもなく、てる子も自ら謝罪するわけでもなく、勝子（紀一の妻）や西洋（紀一の長男）のお膳立てによるものであろう。茂吉のいう「寂シイ気持ニナッテ」とは、自らが和解を提案したのではないが、てる子を赦すという気持とが交錯した、同居への決断に踏み出せない複雑な心境である。

茂吉の長男茂太は、当時の状況を次のように回顧している。茂太は、一九四四（昭和十九）年二月五日に応召し、千葉県市川市にある国府台陸軍病院に入隊していた。

松原の青山脳病院ではその頃、東京都の買上げの問題がおこっていた。都立病院が空襲で焼けることを見越して少しでもベッドを確保しよう、そういう意向が都にあって、しかも母の弟西洋が、都立松沢病院にながく勤務していた関係で話は急速に進んでいた。さらに老体の祖母勝子を危険をさけて故郷の秩父へ疎開させることもきまり、西洋一家の疎開の問題も当然おこっていた。ということは、つまるところ、母をいつまでも世話す

ることができないということになる。(4)

茂吉は別居当初、てる子を上山の実弟高橋四郎兵衛が経営する山城屋旅館に寄寓させたが、その後、てる子は西洋一家の世話になっていた。西洋は、青山脳病院（本院）が東京都に譲渡されるまで、正門左側にあった二階建ての院長宅に住んでいた。この住居は、空襲でも戦災から免れた。

また青山の方では、松原に比べ一層危険な都内であるから警察の命令で患者を全部郊外の他の病院に移さなければならなくなり、一応三月一ぱいで廃院するというところまできていた。従業員も一人減り二人減りしていまや幹部をのこすのみとなった。

父自身も周囲のすすめもあって真剣に疎開を考えていた。

ところが、三月十日に、東京の下町に夜間大空襲があり江東方面は全滅、死者二十万といわれた。（略）父はこの有様をみて、さらに疎開への決心を強めたのであった。(5)

茂吉は、三月十四日に、茂太にてる子との同居について是非を問い、茂太の賛同を得た。勤続三十年になる渡辺看護婦長もこの斡旋に尽力したようだ。そして、てる子は三月二十一日に帰宅準備のために一度青山へ帰った。そして、正式には三月二十九日に、茂吉は十二年間にもわたり別居していた妻てる子を、青山の自宅へ呼んだ。このことは、日記には意図的であろうか、欠落している。

佐藤佐太郎によれば、茂吉は「僕もついに我を折って家内をこちらにいれることにしたもんだからね。本院の母にこのままでは死んでも死にきれないといわれてね。こんどは全く孤立無援になるからときどき様子を見て、お茶でものんで行ってくれたまえ。(6)」という。本院の母勝子の泣き落としに屈服したのである。この十二年間の別居は、相互に会うことはなかったが、茂吉は週に一度は本院で診察をした。子どもは、茂吉には秘密にして、母と会っていた。茂吉も知っていたことである。さらに、青山の茂吉が留守中には、てる子が訪れるという状況であった。てる子が一言詫びを入れれば、もう少し早く解決しただろうが、気性の強いてる子には要求できない話である。まして、青山はてる子が育った家なのである。

山上次郎は、茂吉がてる子との同居に踏み切った理由を、次のようにいう。

茂吉は自分の疎開を第一の前提として考え、つぎに青山病院、本院をどうするか、さらに子供たちをどうするかということである。この場合、茂吉が疎開すれば青山病院を守る人が居なくなるわけである。（略）そこで困った茂吉は、結局輝子夫人さえ帰せばこのピンチが切り抜けられると考えたのではなかろうか。これが茂吉の十二年に及ぶ我を遂に折らしめた最大の要素だったのではあるまいか。いかにも自分勝手なやり方だが、茂吉にはこのようなエゴイストの面が多分にあった。

一方輝子夫人からすれば、（略）もしもこの機を外すと本院が都に売却され、西洋が松沢病院の官舎に移ると、夫人のゆくところがなく、母勝子の里か茂吉のところへ帰るより外に道がなかったわけだが、そこは子供も居ることであり、赦されることであれば青山に戻るにこしたことがなかったのである(7)。

要するに、双方の利害関係が一致しての和解という理由である。しかも、茂吉はエゴイストであるともいっている。さて、茂吉は、てる子の「ダンスホール事件」で精神的負傷を受け、院長を副院長であった青木義作へ譲ろうとした。しかし、説得され、思い止まり留任することとなった。青木は、紀一の妻勝子（ひさ）の弟の子である。てる子とはいとこに当たる。青木は「昭和八年十一月のある日先生は私を書斎によんで、自分は家庭の事情で今度院長をやめたいから君が代って院長になってくれと沈痛な面持で云はれた(8)」という。すでに論じたように、一九二四（大正十三）年に、青山脳病院が焼失し、茂吉は欧州留学後すぐに再建問題で奔走した。とくに金策で大変な労苦を体験し、東京府松原に再建することができた。しかも、警視庁の指令により、一九二七（昭和二）年に紀一から院長を引き継ぐこととなった。研究者への道を断念し、病院の経営と病者の診療に専心することとなったのである。作歌は、あくまでも「業余のすさび」である。この時は、紀一の嫡男西洋が、若輩であったため「仕方ガナイカラ」、茂吉が引き受けた。この「仕方ガナイ」とは消極的なものではなく、積極的に院長を引き継ぐという覚悟が内包している。

茂吉にすれば、いずれは西洋に院長を譲らねばならないと考えていた。律儀な茂吉の性格からすれば、この件は念頭から離れなかったと思う。茂吉にとって、青山の地は故郷でもなく、艱難に耐えた生活が刻み込まれた場所である。院長となり、いくらかは婿養子の遠慮はなくなり、てる子と別居をしたが、さりとて離縁することにはならなかった。離縁するとならば、茂吉は青山の家を出ることになろう。しかし、茂吉の性格から、病院を抛棄するような度量はない。茂吉にすれば、青山脳病院本院が東京都へ譲渡されたことにより、西洋が院長となることもなくなり、自らの役目は終わり、自らの居場所がないということなのである。よって、青山に踏み止まる理由はなくなったのである。しかも、てる子が帰れば、故郷の山形へ疎開できるのである。必ずしも、自らの疎開だけを考えたエゴイストではなく、今後の余生を考えたならば疎開という逃亡者に、あるいは隠遁者に身を置く以外に、茂吉にとって救われるものはなかったのである。

なお茂吉が、同居を決意した理由に、てる子の醜聞に対し、自らの永井ふさ子との恋愛という負い目があったかどうかは何とも言い難い。もはや、ふさ子との関係も淡いものであったのかもしれない。戦局で皆が「死を想う」この時に、どこまで、ふさ子のことを思ったかは不明である。

五月十九日、故郷金瓶に単身で疎開していた茂吉は、永井ふさ子宛に次の書簡を送った。

きびしい折柄おかわりありませんか。難儀して上山にまゐり、表記にうつりました。（略）来る時も一夜の汽車で足に浮腫が出来ます。気候不順で蔵王山にはまだ雪が降ります。もう遙かになりました。どうぞ御大切にしてください。東京の病院もダメになりました。(9)

この書簡がふさ子宛への最後のものであるが、疎開先で六十三歳となった茂吉が記した「もう遙かになりました」という言葉には、どういう思いを込めたものであろうか。おそらく、訣別への覚悟があったといえるのであろう。

2　青山脳病院の廃院

青山脳病院の戦災対策と今後のことについて、一九四四（昭和十九）年から、少しずつ協議された。三月一日の日記には、次のようにある。

○午後本院、総回診、院代ト病院ノ将来（東京都民政局衛生課ノ問ニ答フ）○帰宅、掃除、書物ヲ少シク本院ニ移動シタ(10)。

そして、三月四日には「○西洋、板坂院代ト病院ノ件協議(11)」とある。さらに、十月一日には、次のようにいう。

○本院ニ行キ、午食ヲスマセ、金子準二氏、二宮氏ト会談（西洋、坂《ママ》坂同座）、病院途上ノ件ナリ(12)。

十月四日には、次のようにいう。

曾根光造氏来リ、イロイロ疎開ノコトヲ聞イタ。医師ハ年齢ノ如何ヲ問ハズ疎開出来ズ、ソノ他イロイロノ注意ガアッタ(13)。

一九四五（昭和二十）年になると、一月十日には「分家ソノ他ニツイテ西洋ト談合(14)」とあり、一月二十三日には「診療ニ従事。外来患者ナシ(15)」とあり、一月三十一日には「本院総廻診（患者減ジタ）、寂寥ヲ感ジタ(16)」とある。三月九日には、「午前○時半頃カラB二九百三十機来襲、続々ト焼夷弾ヲ投下シ、火災ガ次々トオコッタ。病院玄関ニ焼夷弾ノ器落下、コンクリート破壊、火災ハ南町六ノ一〇八番マデ来リ、根津、長谷寺アタリヨリアノヘン全部焼ケタ」[17]とある。これが、三月十日の東京大空襲であり、下町に甚大な被害が出た。今後の病院経営は喫緊の課題であった。

そして、松原の青山脳病院（本院）は、一九四五（昭和二十）年三月三十一日に東京都に譲渡された。翌日の四月一日には、都立松沢病院梅ヶ丘分院として発足した。ただし、五月二十日までは暫定期間であり、五月二十一日から新体制となった。岡田靖雄によれば「女医二名をふくむ青山脳病院残留者計三七名のところに、松沢病院から村松分院長、斎藤徳次郎・立津政順両医長、看護者四名が着任した。定床三五七床。五月二十五日、内村松沢病院長ほかが来院して、簡単な開院式」[18]を挙行したのであった。この開院式のあった夜に、山の手地区への大空襲があり、被災し大半が焼失したのであった。松沢病院が空襲で焼けた場合を想定して、買収したのであるが、すぐに焼失してしまうこととなった。この買収の折衝を担当したのは、東京都の衛生技師金子準二であり、かつて青山脳病院再建の時にも、尽力してくれた。金子は、茂吉の後輩に当たり、巣鴨病院の医局勤務で同僚であった。この譲渡の計画は、前年の秋頃から始まり、茂吉と西洋が何回か相談した結果であった。譲渡価格は、百七万円であり、相当な額であった。ところが、東京都にすれば、開院式の夜に、空襲で焼けたのであるから、その損失は大きな痛手で、結果的には東京都にとって高い買い物で、何ら得るものはなかった。東京都の買収の評価について、茂吉の手帳には、次のようにある。

東京都ヘノ答、建物―約二千坪―一坪四百円トシテ―八十万円（備品ヲノゾク）外ニ備品アリ（備品、寝具、衣類、器械機具）[19]

茂吉の四月九日付の日記には、東京都へ譲渡後の財産分配のことを、次のようにいう。

西洋来リ、財産分配ノコトニ関シ話シテ行ッタ。併シ、コノ際七面倒クサイモノバカリデ且ツ語気ニ不愉快ナコトガ多カッタ[20]。

また、門弟の佐藤佐太郎にも、三月三十一日には次のようにいう。

「僕もいよいよ分家したもんだからね」といって、病院を解散すること、家庭の事情を話された。「人情もなにもないよ」[21]。

この時の分配は、山上次郎は「僅か二十七万円というからあまりにも過少で茂吉の不機嫌は無理ない。このようにして茂吉は青山の方と強羅の別荘とを貰って分家するのである。一方の西洋は大金を手にしながらやがて終戦後の封鎖ですっかり使えなくなる」[22]のであったというが、分配の金額は正しくは十九万円である。

茂吉は、疎開先の金瓶から、七月三十一日付の宇田病院内の斎藤美智子宛の書簡で、次のようにいう。美智子は長男茂太の妻であり、実家の小金井の宇田病院へ疎開している。

拝啓御勇健大賀○西洋より分配金十九万来ることと相成り候につき一度美智子にても松沢病院に行き御受取り下さい○その処置は茂吉名義十万　茂太名義九万（一万足して十万としても可）として信託にして置いて下さい（三菱が可？又は一人分は安田信託でも可）その書附は茂吉は便利があらば当方に届けてもよいが、二人分とも美智子が預って置いて可也、小生の名義も本籍地か宇田病院内として可也、そのへんは二人にてよく御相談あれ○西洋叔父とよく相談して、処置してくれ、○父も、元気の方だが、落著かずに何も出来ずに居る、強羅にゐて勉強するやうなわけにはゆかぬ○美智子は一家の主婦としての覚悟にて、万事財政家政のことを学んでください、御両親に御習ひ下さい○どうぞ宇田の御一家によろしく御自愛下さらむことを御願してください[23]。

その他、病院職員への退職金の問題もあった。一九四五（昭和二十）年六月に、西洋宛の書簡で、院代の板坂亀尾の退職手当のことをいう。

それから板坂でおもひ出し候が、これは戦争さへなかったなら、表彰会を是非やりたいとおもってゐた矢先に戦争になってしまひし事なるが、松原の創立には板坂は如何に骨折りしか、これは未だくはしく話いたす機会なくして過ぎたるものに有之候。よって、退職手当はいくらになりしか不明に候へどもそのほかに、薄謝として参万円ぐらゐやっていたゞきたく、その名は斎藤茂吉、斎藤西洋両名の名にしていたゞきたく御座候。これは西洋と二人の分配額より平等に差引いてくだされば よろしく御座候。これもさしでがましい仕打なるべけれども、小生は院長として勤務中、板坂に対する謝意を表せんとする志あり。小生院長をやめて西洋にゆづりわたす以前に、都下の方々を呼んで、板坂の表彰式をやる考へでありましたから、さうすれば参万円位は失ふわけと相成候。次に守谷誠二郎の退職手当はどのくらゐに相成候や、（略）御しらせ願上候。(24)

院代とは、「院長代理」のことで、事務長で院長を補佐する職務で、紀一院長から仕えていた。茂吉は一九二四（大正十三）年に青山脳病院が焼失後、松原への移転で板坂の功績を評価したのであった。なお、板坂は、終戦一か月後の九月十五日に亡くなった。守谷誠二郎は、茂吉の甥で薬局長を務めていた。さらに七月に、西洋宛書簡で次のようにいう。

青山の方は青木は一文もやりませんでした。これは従来の関係上、やりませんでした。それから守谷には今回金瓶で三百円やりました。渡辺婦長は千円、他はその割で全部すみました次第です。そこで、小林は、アララギに助けさせて小使銭をとらせたりいろいろ面倒みたのにいよいよとなって、あの仕打は一時大に癪にさはりましたが、只今、体が少し弱ったとか申してゐますので、今回は七百円だけ妻にわたし、合計千円の退職手当といふことにいたしますからどうぞ御ふきみおき御願いたしますし、西洋の方からは一文もやる必要がないとおもひます。(25)

渡辺婦長には長年の労苦に報いた退職手当である。小林とは小林喜久松のことで、青山の分院の事務長であった。次に、一九四六（昭和二十一）年一月一日付、西洋宛、の書簡で次のようにいう。

青木来書、不平だらだら、青山脳病院に副院長になったことを後悔し、自分で開業してゐたなら、もう相応の財産家になった筈だの何のと、実にいやになってしまった。中学から大学、大学の助手、誰に世話になったかも知らずの態度です。おばゞが甘やかして青木々といったものだから、こんな者になったのでせう。又彼は書物一冊戦災にかかっては居らない点などなどをもちっと勘定に入れて居りません。(26)

副院長であった青木義作に対して、茂吉は感情的になっている。紀一の妻勝子の弟の子であり、てる子のいとこに当たる。婿養子の茂吉にとって、青木の存在は、心地よいものではない。また、てる子も青木が嫌いであった。とはいえ、創作活動に従事した院長の茂吉を補佐し、病院経営に携わった功績は大きいものである。まして、「彼は書物一冊戦災にかかっては居らない」などとは、理不尽な言い掛かりであり、茂吉の人間性が問われる。茂吉には、それほどまでの積年の精神的な負荷があり、憤懣やる方ない感情を青木へ向けたということである。これも、人間茂吉の偽らざる姿である。

3　茂吉の疎開

茂吉は、一九四五（昭和二十）年二月十六日から三月七日まで、上山に赴き、実弟高橋四郎兵衛と話し合い、単身で疎開することを決意した。四郎兵衛の経営していた旅館山城屋に宿泊し、金瓶の妹なをの嫁ぎ先である十右衛門などへ、挨拶回りをし、疎開のための打ち合わせをした。四月十日になり、漸く上山へ赴くことができた。日記には次のようにいう。

診察ニ従事ス。○アララギ（土屋君ニアイサツ）（略）午后二時、（略）上野駅ニ荷ヲハコブ（略）○四時ニ誠二郎ト出発、上野駅人ノ山、人ノ波、奈何トモナシガタシ、特別入場券、○辛ウジテ乗車、七時二十分発車、感謝感謝！！！(27)

当日も、律儀な茂吉は午前中に、いつも通りの診察をする。臨床医である茂吉のルーティンワークである。結果的には、これが茂吉にとって、医者として最後の診察となったのであった。当時の疎開の困難さがうかがえる。感嘆符が三つ連続である。さて、疎開先に予定していた旅館山城屋が、急遽陸軍軍医学校の病院となったため、上山は断念し、四月十四日から、金瓶の斎藤十右衛門家の土蔵を借りて生活することとなった。門弟の佐藤佐太郎によれば、茂吉の四月九日のことを、次のようにいう。

十右衛門のところでは土蔵に一部屋とってあるんだが、毎日そこにこもりきりというわけにもいかないし、なにか仕事でもあたえられれば運動になってからだのためにはいいんだな。そこへゆくと上ノ山なら外をぶらぶら歩いてもちっともめだたないし、すぐ裏は山だから握飯でももってゆけば一日居られる。四郎兵衛がそれをゆるすかどうかだが。四郎兵衛はとにかく僕をいたわる気持ちはあるんだが細君にきがねをするからね。お直も十右衛門にきがねをしているんだ。しかし僕はそんなことはかまわず、朝早くおきていって注文してつくってもらうからな。僕はむこうへ行った様子でうまくやる。(28)

このように四郎兵衛は妻に、お直《なを》は十右衛門への気兼ねがあり、茂吉は遠慮せざるをえない状況なのである。四月十四日の日記には、「お直の親切ニヨリヨウヤク部屋ガ整ヒナフタリンヲ床下ニ撒布(29)」とある。茂吉は、ノミ、ダニ、シラミなどに好まれる体質であり、欧州留学中のミュンヘンでは、南京虫（トコジラミ）に悩まされ、すぐに下宿先が決められなかった。茂吉は、土蔵の二階を寝所としたが、ここでもノミなどに悩まされ、ナフタリンを撒布したが、あまり効果がなかったようである。はじめは農事を少し手伝うつもりであったが、畑の雑草除も満足にできなかった。庭の掃除をしたり、子守をしたり、些少の手伝いをした。また、医者がいなかったので、時には往診もした。このように疎開とは、善意による奉仕活動ではなく、それなりの資金を用意し、近隣への挨拶も必要であった。しかも、金瓶では、歌人そして精神病医茂吉の世評について、村人はほとんど無関心であり、精神的な余裕もなかった。

かへるでの赤芽《あかめ》萌えたつ頃となりわが犢鼻褌《たふさぎ》をみづから洗ふ　（『小園』「疎開漫吟（一）」昭和二十年）

この歌のように、犢鼻褌を自らが洗濯する生活であった。また、茂吉の五月二十八日付の日記では、次のようにいう。栄養状態も不良であったことが分かる。

○午前二時、蛔蟲一ツ口中ヨリ出デタ。ドウモコレガ習慣ニナッタヤウデアル。サントニン一包〇・〇七ヲ服用、(30)

これがはじめてではないが、回虫が茂吉に寄生していた。何ともいえぬ悲哀を感じるのである。

こうして、故郷を思う茂吉の心情とは裏腹に、金瓶は必ずしも、居心地のよい場所ではなかった。上山尋常高等小学校を卒業し、養父となる紀一に期待され十四歳で上京して以来、五十年近くの月日が経過した。郷愁への思いが強いほど、現実を直視した時に、懸隔の差を感ぜざるをえないのであった。それは、茂吉にとって、ある意味では卑屈にならざるをえなかった。故郷とは遠くにありて思うもの、と悟ったかもしれない。ましてや、金瓶でも食糧事情が悪化し、誰もが飢えを凌ぐのが精一杯であった。戦時中の金瓶村には、温かく茂吉を受容する包容力はほとんどなかったのであった。その後、茂吉はこの金瓶で東京大空襲による青山脳病院の焼失を知った。六月六日には、てる子と次女の昌子が金瓶へ疎開することとなった。この時も、近隣への挨拶回りをした。そして、敗戦の日を迎えるのであった。てる子にとっては、金瓶の生活は屈辱的であり、茂吉との口論も頻繁にあった。

4　東京大空襲

東京大空襲といえば、一九四五（昭和二十）年三月十日の下町地区の空襲を思い浮かべるが、五月二十五日には、山の手地区への大規模な空襲があった。四百七十機の戦闘機B二九から焼夷弾が投下され、死傷者が七千四百十五人、被害家屋は約二十二万戸という被害となった。この焼失家屋の中に、青山脳病院もあったのである。当時、茂太は召集で身延山近くの下部温泉（山梨県）国府台陸軍病院分院の療養所所長として勤務していた。恢復期の負傷兵のために、温泉療法や、食糧増産などを行っていた。青山にいたのは、てる子、美智子（長男茂太の妻）、宗吉（次男・北杜夫）、昌子（次女）、薬局長の守谷誠二郎、黒木医師、渡辺婦長らであった。茂太は、美智子による当時の模様を次のようにいう。

昭和二十年五月二十五日の夜、母輝子、妻美智子、弟宗吉、妹昌子の四人は荒れ狂う炎をさけてこの墓地の一角、墓石の蔭に身をよせ、青山脳病院の終えんを眺めた。創立四十三年にしてその病院は緑の焔に包まれ、さながら竜宮城のようであったそうである。厳密に言えば、しかし、宗吉は煙のために視力を失っていたので、その最後を見たものは三名である。少し離れた墓石の蔭には守谷誠二郎、渡辺婦長、黒木医師、金杉看護婦などがひとかたまりになってやはり同じ方向を眺めていた。(31)

墓地とは青山墓地ではなく、隣接する立山墓地のことである。紅蓮の焔ではなく、緑の焔とは、印象深い。薬局がストックして置いたアルコールや石炭に火がついたようだ。青山脳病院は、茂吉の養父紀一が一九〇三（明治三十六）年八月三十日、赤坂区青山南町五丁目に創設した。しかし、前述したように一九二四（大正十三）年十二月二十九日に、餅つきの残り火の不始末のため、火災が発生し全焼し、三百余名の入院患者のうち、二十名が焼死するという大惨事となった。その後、一九二六（大正十五）年四月七日には、東京府松原（現、東京都世田谷区）に青山脳病院を移転し、青山の地には診療所を設けた。茂吉は昭和二年から院長として病院を経営し、臨床医として病者の診療をした。松原を本院、青山を分院と呼んでいた。なお、青山脳病院の跡地は、港区立青南小学校近くの、有名企業の社宅マンションとなっている。(32)もう少し、空襲の状況を詳細に見ることにする。

病院の前の通路を沢山の避難民がぞろぞろと通った。それは皆青山通りを目ざして行くのであった。どこからともなく、明治神宮参道の方へ逃げるようにという伝達が群衆の間にひろがり、その一と言で、群衆は一せいに一つの意志となって神宮の方へ流れて行くのであった。（略）しかし一同はとどまった。近所に墓地もあるし、群衆の声に動かされるのは危ないとも思ったからだ。最後までとどまって何とか火を防ごうと先頭にたって云い出し、一同が軽々しく動くことをくいとめたのは母であった。あとで知ったことだが参道を原宿の方へ向って避難して行った人の大部は火にあおられて折重なって死んだということである。（略）誰かがさきほどまで一同が入っていた防空壕の方へ見廻りに行ったら、壕の入口の扉の前に焼けた木が横倒しになっていた。あのまま一同が中に入っていたらおそらく窒息したかムシ焼きになっていただろう。[33]

この防空壕は、茂吉が自宅の裏手の斜面を利用して、苦心惨憺してつくったものである。結果的には役立たずであった。この一同に、軽挙妄動を諭す、気丈夫なてる子がいなければ、一家の運命は悲惨なことになっていただろう。翌朝の表参道は死屍累累の状況であった。また、てる子の機転で、金庫内に金盥《かなだらい》を置き水を入れていたので、重要な預金証書等を高熱で焼失することもなかった。金庫を開けた時には、沸騰していた。看護師長が「あんなにたくさんのお召物もみんな焼けてしまって」というのに対して、「かえってさばさばしたわ」と応えるてる子の、執着がなく、恬淡とした気性は、一九二四（大正十三）年の火災で、焼け跡の書物を掘り返す茂吉の姿とは、あまりにも対蹠的である。この場面を以てしても、二人の確執は必定のことであった。この空襲で、茂吉の八万冊ほどの蔵書は、疎開先に送る前に灰燼となった。なお、松沢病院梅ヶ丘分院も、「五月二十五日夜の空襲で、二十六日にはいって午前二時三〇分ごろの焼夷弾攻撃によって八病棟中五棟が全焼し、二病棟が半焼した。患者の死亡三名、行方不明十三名で、患者八十四名を本院にうつした」[34]とある。松沢病院本院も被災し、「病棟二がやけて患者の焼死二名、また負傷の従業員一名は二十日後に死亡」[35]した。

東京都の他の精神病院も被災し、「下谷区下根岸町の根岸病院本院（代用）は、三月九日から十日、四月十三から十四日の空襲で焼失。前年十二月に廃院となっていた滝野川田端町の田端病院の建て物は四月九日に焼失。豊島区西巣鴨の保養院（代用）は四月十三日焼失。滝野川区西ヶ原の滝野川病院（代用）は四月十三日焼失。渋谷区幡ヶ谷原町の井村病院（代用）は五月二十五日焼失。豊島区巣鴨の巣鴨病院は四月十三日焼失[36]」という状況であった。

さて、郷里の金瓶に疎開していた茂吉は、日記で次のようにいう。

五月二十五日
夜九時半ヨリ東京大空襲◯一昨夜、昨夜、東京空襲ノ報ガアリ。昨夜当地区警戒警報令、（略）◯ニュースニヨルニ東京市街ニモ無差別爆撃ガアッタヤウダ。ソコデソレガ心配デナラナカッタ
五月二十六日
◯東京ノ空襲ニヨリ、宮城、大宮御所等ノ被害ガアッタ。（略）◯夕方ノニュースニテ宮様ノ邸モ全部御罹災ノヨシ、青山ノ留守宅ノコトヲ心配シナガラ寐タ。
五月二十七日
東京ヨリ罹災ノ電報トヾク（略）◯伝右エ門来リ、今朝タドリ著イタ東京人ノ話ノ惨状ヲカタリ、青山ノ留守宅如何ヲ問ウタ（略）◯午後三時頃「ヤケタ、ミナブジサイトウ」神田発信「オタクツチヤセツタクリサイミナブジサトウ」ノ至急報トドイタ。◯致シ方ナイカラ荷物片付ヲシタ[37]。

「サトウ」とは門弟の佐藤佐太郎で、表参道の同潤会アパートに住んでいた。「ツチヤ」は土屋文明である。家族が無事の安堵から「致シ方ナイカラ荷物片付ヲシタ」とは、茂吉の心理と行動を適確に表明している。そして、茂吉は次にうたうように「逃亡者」であり、「疎開者」という二重の後ろめたい、鬱屈した意識をもつのであった。

のがれ来し吾を思へばうしろぐらし心は痛し子等《こら》しおもほゆ　（『小園』「疎開漫吟（一）」昭和二十年）

焼けはてし東京の家を忘れ得ず青き山べに入り来りけり

この村にのがれ来りてするどくも刹那を追はむ六十四歳のわれ

（同上「疎開漫吟（二）」昭和二十年）

一同は、当面は罹災を免れた副院長の青木義作宅に寄宿した。その後、すぐに親戚宅に分散して寄宿することとなり、六月六日には、てる子と昌子が金瓶村の茂吉の許へ行くことになった。五月二十八日頃と推定される茂吉から東京家族宛の書簡では、次のようにいう。

拝啓全焼のこと残念なれども大戦の現象当然也御敢闘感謝の至也。（略）○六月一ぱいで、七月からは汽車旅行は絶対に出来なくなる、○美智子は小金井に御願いするか、（或は金瓶でもよい）○輝子、昌子は、秩父がダメならば金瓶に来い。或は東京近県で方法があるか。○宗吉は信州でよい。（略）御身等のことは小生にも一寸見当がつかない。御熟考を乞ふ。(38)

六月四日には、山梨県宮里の下部療養所に勤務する、長男の茂太（斎藤茂太少尉殿）宛に次の書簡を送った。

拝啓御勇健勤務のこと、おもふ。これが戦勝の前徴ともおもふから勇躍してゐる。（略）さて茂太は軍人だからして、今後一切東京の家のことを当《アテ》にしてはならぬだろう。（略）東京は今後とてもあぶないから美智子は、離れて小金井に移住してもよいとおもふが、どうだろうか。（略）○十右エ門では、目下疎開者は小生合せて三家族で、（子供づれで小供が五人も居る）ある。昌子一人なら来られるが、昌子は母と一しょでないと寂しいとなると、どうなるか。そのへんのことも真剣になって考へてくれ。○本院譲渡の金（公債か）もいくらか入手出来るらしいから、それは小生のところに届けてもらって、生活費だけわけて送るやうにでもするか（西洋もその意見だ）父より(39)

茂吉は、戦局であるからか、口惜しさからか「敢闘感謝の至也」とか、「戦勝の前徴」という。結局、美智子は小金井の宇田家（実家）へ、宗吉は信州の旧制松本高校の寮へ、てる子と昌子は山形の金瓶へ疎開することとなった。

茂吉は、金瓶で敗戦を迎えた。八月十五日の日記は、次のようにいう。

八月十五日　水曜、晴レ、御聖勅御放送　八月十四日ヲ忘ル、ナカレ、悲痛ノ日
○快晴、蚤二ツヲ袋カラ捉ヘタ。コレハ蚤取粉（オニヅカ）ノタメラシイ。○作歌二三首、○正午、天皇陛下ノ聖勅御放送、ハジメニ一億玉砕ノ決心ヲ心ニ据ヱ、羽織ヲ著テ拝聴シ奉リタルニ、大東亜戦争終結ノ御聖勅デアッタ。噫、シカレドモ吾等臣民ハ七生奉公トシテコノ怨ミ、コノ辱シメヲ挽回セムコトヲ誓ヒタテマツツタノデアッタ、○上ノ山亀屋来リ、夕方マデラヂオキ、ツ、雑談○昨夜、秋田県土崎、盛岡空襲トノコト、昂奮シテ眠ラレナカッタ。敵機来ラズ。陸軍大臣昨夜自刃セリ。(40)

この「八月十四日ヲ忘ル、ナカレ」とは、十五日の誤記であろう。また、『小園』の後記では、次のようにいう。

八月十五日には終戦になった。（略）私は別に大切な為事もないのでよく出歩いた。山に行っては沈黙し、川のほとりに行っては沈黙し、隣村の観音堂の境内に行って鯉の泳ぐのを見てゐたりした。また上ノ山まで歩いてゆき、そこの裏山に入って太陽の沈むころまで居りした。さうして外気はすべてあらあらしく、公園のやうな柔かなものではなかった。それでも金瓶村の山、隣村の寺、神社の境内、谷まの不動尊等は殆ど皆歩いた。さうして少年であったころの経験の蘇へってくるのを知った。(41)

疎開先の金瓶周辺を逍遙すれば、少年の頃の記憶が蘇ってきた。茂吉は山へ行き、川へ行き、沈思黙考した。沈黙という語を二度も使用している。茂吉は、疎開先の生活は、もう少し隠遁者として、安寧なものと思っていたであろう。しかも、てる子との生活を余儀なくされると、現実へ引き戻されたのである。そして、日本は戦争に敗れたのであった。茂吉は、次のようにうたう。

あかがねの色になりたるはげあたまかくの如くに生きのこりけり

（『小園』「残生」昭和二十年）

八月十七日付、高橋重男宛の書簡では、次のようにいう。

きのふ正午御聖勅拝聴、実に感慨無量であります。ゆうべはろくに眠れませんでした。（略）十四日の夜は金瓶あたりの上空を轟々々然と敵機が幾度も通過したが十五日からはパタリと止んでしまった。実に大きな戦であったがつひにこの終末になった。国民は今後の忍辱を体験することになった。小生ももう少し生きて、この経過を見たいがどうなる事やら知れたものでない。(42)

茂吉は、敗戦の日を「悲痛の日」といい、敗戦を屈辱と受け取り、悲憤慷慨したのであるが、沈黙と静思の日々を過ごしたのであった。そして、院長であった青山脳病院は東京都へ譲渡され、しかも焼失したため、その後茂吉は、再び臨床医として、病者の前に立つことはなかったのである。

注

(1)『斎藤茂吉全集』第三五巻、岩波書店、一九七三年、二六〇ページ。以下、『全集』と記す。
(2)『全集』第三一巻、七二七ページ。
(3)『全集』第三二巻、二ページ。
(4)斎藤茂太『快妻物語』文藝春秋、一九六六年、一四六ページ。
(5)同書、一四六ページ。
(6)佐藤佐太郎『斎藤茂吉言行』角川書店、一九七三年、二一三ページ。
(7)山上次郎『斎藤茂吉の生涯』文藝春秋、一九七四年、四八二ページ。
(8)『アララギ　斎藤茂吉追悼号』アララギ発行所、一九五三年、四八ページ。
(9)永井ふさ子『斎藤茂吉・愛の手紙によせて』求龍堂、一九八一年、二四五ページ。
(10)『全集』第三一巻、六一六ページ。
(11)同巻、六一七ページ。

(12) 同巻、六九五ページ。
(13) 同巻、六九六ページ。
(14) 『全集』第三一巻、四ページ。
(15) 同巻、九ページ。
(16) 同巻、一二ページ。
(17) 同巻、二七ページ。
(18) 岡田靖雄『精神病医　斎藤茂吉の生涯』思文閣出版、二〇〇〇年、三〇七ページ。
(19) 『全集』第二八巻、四九六ページ。
(20) 『全集』第三一巻、三九ページ。
(21) 佐藤佐太郎、前掲書、二一四ページ。
(22) 山上次郎、前掲書、四八四ページ。
(23) 『全集』第三五巻、三三三～三三四ページ。
(24) 斎藤茂太『回想の父茂吉　母輝子』中央公論社、一九九三年、一二五～一二六ページ。『斎藤茂吉全集』に未掲載の書簡、月日は不詳。
(25) 同書、一二七ページ、月日は不詳。
(26) 同書、一三二ページ。
(27) 『全集』第三一巻、三九～四〇ページ。
(28) 佐藤佐太郎、前掲書、二一八ページ。
(29) 『全集』第三一巻、四一ページ。
(30) 同巻、五九ページ。
(31) 斎藤茂太『茂吉の周辺』中公文庫、一九八七年、一八〇ページ。
(32) 「あかあかと一本の道とほりたりたまきはるわが命なりけり」の歌碑が、駐車場の片隅にある。ただし、脳病院跡地であったという説明はない。「童馬山房跡の碑」となっている。
(33) 斎藤茂太『茂吉の体臭』岩波現代文庫、二〇〇〇年、二八一～二八二ページ。

(34) 岡田靖雄『私説　松沢病院史』岩崎学術出版社、一九八一年、五四三ページ。
(35) 岡田靖雄『精神病医　斎藤茂吉の生涯』三〇八ページ。
(36) 同書、三〇八ページ。
(37) 『全集』第三一巻、五八〜五九ページ。
(38) 『全集』第三五巻、三〇六ページ。
(39) 同巻、三〇八ページ。
(40) 『全集』第三三巻、九〇ページ。
(41) 『全集』第三巻、五四三ページ。
(42) 『全集』第三五巻、三四四〜三四五ページ。

第十一章　病気観

1　茂吉の腸チフス

斎藤茂吉は高名な歌人であると共に、すでに詳細に論じたように、青山脳病院院長として、その重責を全うした精神病医である。茂吉が医学へ、とくに精神医学へ進学するようになったのは、茂吉自らの志望というよりも、むしろ養父との関係で宿縁といわざるをえない。しかし、茂吉は、その宿縁に逆らうことなく、当時は「感謝せられざる医者」と呼ばれた精神病医として、世間から否定的な眼差しを向けられていた病者に寄り添い、近代国家による衛生国家が推進され、病者への差別や排除があった時代の中で、病者の負のエネルギーを自らが吸収するように、その責務を誠実に果たしたのであった。また、自身の歌業を「業余のすさび」と称しながらも、歌人として認められるに従い、茂吉にとって、文学者であり医者であり、陸軍統監医にまでなった森鷗外は、その先駆者として大きな存在であり、その影響を受けたのであった。本章では、茂吉から精神病者への眼差しではなく、茂吉自らの病気観に焦点を当てる。そして、茂吉の病気観の底流にある生死観を考察する。

山形県南村山郡金瓶村から上京した斎藤茂吉は、精神病医で養父の紀一の後継者として期待され、第一高等学校から東京帝国大学医科大学へ入学した。この入学が決定したことにより、一九〇五（明治三十八）年七月一日に、紀一の次女てる子（輝子）の婿養子として、斎藤家に正式に入籍した。てる子は、まだ十一歳の若さであった。このように、紀一の期待に着実に応えていた茂吉であるが、一九〇九（明治四十二）年六月三十日に、東京帝国大学医科大学の学生であった時、腸チフスに罹患し四十度近い高熱を出した。前述したが、少し詳しく見ることとする。八月末まで病床に就いてしまったため、卒業試験を放棄せざるをえなかった。恢復の徴候もあったが、十一月はじめから再び発熱し、十二月二十八日まで日本赤十字社病院隔離病室へ入院し、生死を彷徨するような状況であった。体力が恢復し、大学へ登校できるようになったのは、翌年の五月二日のことであった。

茂吉が罹患した腸チフスはかつての法定伝染病である。岡田靖雄によれば、患者数は「一九〇八年が二四、四九二名、一九〇九年が二五、一〇一名、一九一〇年が三五、三七八名。一九〇九年にとくに流行したわけではない。この年の人口十万人対罹患率は五〇・八、その後罹患率はあがっていき、一九二四年の一〇〇・一にいたる。一九〇九年の腸チフスによる死亡は六、〇一八名で、患者の死亡率は二四パーセントであった。」とある。[1] 罹患者の死亡率が、四人に一人ということを見ると、当時はかなり高い致死率といえよう。茂吉のように、治癒したように見えても、再発することがあり、厄介である。その辺の事情を書簡から見ると、次のようになる。

古泉幾太郎（千樫）宛の書簡には、八月四日には「熱も追々下がるが身体のつかれがヒドくて困る話しない事もあるけれど又口きくのがいやだ。二週間タッタらよかろー」[2] とある。同じく古泉宛八月二十九日には「まだ電車など遠い処にゆくなと母上がいふから今までグヅグヅして居た」[3] とある。このように八月下旬にはほぼ恢復していたのであった。そして、同じく古泉宛九月三日には「試験は断念いたし候（略）歌でもつくれば少しは気も安まると思へどどういふ工合か一ツも出来ず癪にさはり申し候」[4] とあり、九月二十六日には「明日から学校に参り申すべく候」[5] とまで恢復した。

ところが、一転して腸チフスが再発し、十二月三十一日の高橋直吉宛の書簡には、次のようにある。高橋直吉とは茂吉の弟であり、山形県上山町の高橋四郎兵衛に婿入りし、旅館山城屋を経営する。

拝啓。小生事、十一月初めから再び発熱（腸チフス）にかゝり赤十字病院に入院いたし申候。正月も来る事なれば一先づ今月廿八日退院いたし候。まだ全く痩せ衰へて寐てばかり居り候。実は御通知申上げる筈の處なれども只御心配かけるばかりと存じ金瓶にも何處にも通知いたさずに居り候。それで入院中は面会も謝絶、手紙出す事も見る事も出来ず(6)

『赤光』の中に「分病室」という連作があり、まさに、隔離病室へ入院していた時の作品である。

この度は死ぬかも知れずと思《も》ひし玉ゆら氷枕《ひょうちん》の氷とけ居たりけり
隣室に人は死ねどもひたぶるに帚《ははき》ぐさの実食ひたかりけり
熱落ちてわれ日ねもす夜もすがら稚《おさ》な児のこと物思へり
のびあがり見れば霜月の月照りて一本松のあたまのみ見ゆ

（『赤光』「分病室」明治四十二年）

茂吉は随筆ですでに見たように、「僕の隣室では入って来る者が死んで、僕のいるうち三人ばかり死んだ。消毒するフォルマリンのにおいが僕の室にも少し漏れてきたりなどした。けれども幸いに僕は生きて毎日たべ物のことばかり思っていた」（『思出す事ども』(7)）また、「ぼくが熱を病んだときのことである。病院のベッドのうへに目をつぶりながら、あの魚卵に似たほうき草の実が食べたいとそのことばかり思ってゐた。親も師も友も、ぼくが死にはしまいかと心配してゐてくれた頃である。」（『童馬漫語』(8)）という。茂吉は、隣室では病人が死に、生命の危機にさらされている状況下で、幼少年時代の食べ物を思い出し、無性に食べたいと思う。ほうき草の実は、茂吉の生きたいと願う、生のエネルギーの表象であろう。ほうき草は、ホウキギと呼ばれ、茎は高さ一メートル位になり乾かし帚となり、茂吉が食べた帚草の実は「とんぶり」と呼ばれ食用となった。

茂吉にすれば、医科大学を卒業し、これから医者として出発しようという大切な時期に、卒業が一年間延期されるという事態となり、死への恐怖よりも何としても養父への期待に応えようとするエネルギーが結果的にまさったともいえよう。そして、茂吉の病気観は、病気平癒を神仏に祈念するものでもなく、あるがままに自然に身を任せるというものであったと推察されるのである。茂吉が東京帝国大学医科大学を卒業したのは、一九一〇（明治四十三）年十二月二十七日のことであった。成績は百三十二名中百三十一番ということで、かろうじて卒業できたという結果であった。

2 茂吉のスペイン風邪と喀血

茂吉は、一九一七（大正六）年十二月四日付で、長崎医学専門学校教授に任じられ、併せて、県立長崎病院精神病科部長として赴任した。一人で、研究者、臨床医、そして教育者の三役を担い、多忙な日々を過ごすこととなった。

一九一八（大正七）年秋になると、恐しい「スペイン風邪」が日本へ上陸し、越年して全国で猛威をふるった。前述したが、日本でも約二千三百八十万人が感染し、三年間で三十八万八千人が死亡した。また、人口千人当たりの死亡者数は六・七六、患者百人当たりの死亡者数は一・六三であった(9)。当時は、インフルエンザに対する知識も、効果的な治療法もなかったが、交通網の発達により、流行の拡大が急激であり、まさに激甚なる病魔であった。

茂吉が在住した長崎でも大流行し、一九一九（大正八）年の暮れに、長崎の石畳を歩きながら、次の歌をつくった。この時点では、自ら関わる「はやりかぜ」ではなく、他者への眼差しで冷徹に「はやりかぜ」をよんだのであった。

寒き雨まれまれに降りはやりかぜ衰へぬ長崎の年暮れむとす

（『つゆじも』「雑詠」大正八年）

一九二〇（大正九）年一月六日、東京から義弟の斎藤西洋が長崎を訪れたので、妻のてる子と長男茂太と共に、大浦の長崎ホテルで晩餐をとり、楽しく過ごした。ところが帰宅後に、茂吉自らが急激に発熱し、寝込み、「スペイン風邪」に罹患したのであった。すでに論じたが、少し詳しく見ることとする。肺炎を併発し、四、五日間は生死を彷徨し、一時は生命を危ぶむ状況であった。同時に、てる子と茂太も罹患したが、症状は比較的軽微で、すぐに恢復した。茂吉は二月十四日まで病臥にあり、同月二十四日から勤務したが、病み衰えた身体は、本復というには程遠かった。ちょうど五十日余も治療と療養に専念したのであった。この時の状況が次の歌である。

はやりかぜ一年《ひととせ》おそれ過ぎ来しが吾は臥《こや》りて現《うつつ》ともなし

（『つゆじも』「漫吟」大正九年）

なお、長崎医学専門学校でも、茂吉と同日に、スペイン風邪に罹患した同僚の大西進教授が、その後に罹患した尾中守三校長が相次いで死亡するほど、猛威をふるったのであった。

二月十六日に、ようやく一時恢復した茂吉は、前述した島木赤彦宛の書簡で次のように記した。

御無沙汰仕りたり一昨日より全く床を離れ、昨日理髪せり、今日朝からかゝりて選歌し、未だ疲労ひどし。歌は一句ぐらゐづゝにて一首も纏めずにしまひ候、下熱後の衰弱と、肺炎のあとが、なかなか回復せず、いまだ朝一時間ぐらゐセキ、痰が出てて困る。東京の家にも重かった事話さず、たゞ心配させるのみなればなり。茂太も妻も、かへりて臥床、この時は小生も少し無理して、それで長引いたかも知れず。(10)

どうにか勤務を始めたものの、六月二日に突然の喀血に見舞われ、さらに八日に再喀血した。茂吉は煙草を止めた。その後も病状が少しも恢復しないので、六月二十五日には県立長崎病院西二棟七号室に入院し、菅原教授の診察を受けた。十日間余りの治療であったが、好転したということで、七月四日頃に退院した。入院中に、次の歌がある。

病《やまひ》ある人いくたりかこの室《へや》を出入《いでい》りけむ壁は厚しも
ゆふされば蚊のむらがりて鳴くこゑす病むしはぶきの声も聞こゆる
闇深きに蟋蟀《こほろぎ》鳴けり聞き居れど病人《やみびと》吾は心しづかにあらな
（『つゆじも』「漫吟」大正九年）

その後、猛暑の中での自宅静養となったが、転地療養を必要とし、七月二十六日から八月十四日まで、島木赤彦、土橋青村、てる子に伴われ、温泉嶽（雲仙）よろづ旅館へ移ったが、時おり血痰があった。八月十二日には、九州帝国大学教授で耳鼻咽喉科の久保猪之吉の診察を受けた。

耳、鼻、咽、喉、にかはりなし。万歳、！！／血の出る処がnarbigになるまで安静にしてゐる必要あり。／明治屋の菓子頂戴（「手帳二」）(11)

八月十四日に長崎へ帰ったが、八月三十日には佐賀県唐津海岸の木村屋旅館へ、九月十一日から十月三日までは佐賀県小城郡古湯温泉の扇屋へ転地療法に努めた。その間の茂吉の体調について、手帳を参考に見ることにする。

二十五日　二五日朝出ヅ、分量やゝ多く、赤の濃き處あり
無言ノ行ヲナサント欲シ、午前福済寺ニ登ル、／福済禅寺の石だゝみを日は照らすなり／石のひまに生ひてそよげるかすかなる草／午砲がなった　中町の天主堂の鐘が鳴る。かなしいこゑだ。汽笛なる。おくれて佛の寺の鐘なる、何のためにおくれるのか、太くやゝ濁って空気を振動させる。
晝寐　少出ヅ／入浴　気持ヨシ／夕食　とろろ飯　軽く五椀、／夜高谷君来、薬（水薬コフエン除、カルシウム入）持参／輝子小曽根ノ處ニ佐藤夫婦の懇談會とかに行く／體温三六・九度　頭少しいたむ／仰臥漫録を讀む、福済寺より見れば百日紅が町のところ〴〵に見える、（「手帳二」）(12)

ここで、注視するのは正岡子規の病床随筆の一つである『仰臥漫録』を、この日に読んだことである。いささか唐突な感じがするのである。子規は肺結核から脊椎カリエスを併発し、晩年の五年間は寝たきりの生活を余儀なく

された。『仰臥漫録』は、子規が死の前年である一九〇一（明治三十四）年九月から、翌年の死の直前までの日々の生活を語ったもので、中には赤裸々に号泣する病苦も記されている。一九二〇（大正九）年は、茂吉三十九歳であり、年齢的にいえば、子規の晩年を上回っていたが、茂吉は喀血から結核を予感し、子規の病床随筆を急に手に取り、読んだのではないかということは牽強付会ではなかろう。咽からではなく、肺から血が出たということを明確に意識したのであろう。なお次の手帳の内容は、茂吉の病気観を考察するのに重要であり、再び記すこととする。

二十六日　盆　／午前三時頃痰吐く、朝見るに、全く紅色にて動脈血も交り居る如し
温泉にて出でたる如き色にてあれよりも分量多し、
Haemoptoe なることはじめて気付きぬ、
朝、痰少量、色紅まじる、あとは、血ノ線《ストライフエン》を混ず
入浴、淫欲、カルチモン〇・五、原因を考えふべし
朝、怒の情なくなり、全然人を許し、妻をも許し愛せんとの心おこる。
朝紅茶二杯、二階にて国歌大観の新古今など読む。
夕日さす浅茅が原の旅人はあはれいづくに宿をかるらむ―経信、
しづかなる我のふしどにうす青きくさかげろふは飛びて来にけり
しづかに生きよ、茂吉われよ（「手帳二」[13]）

この二十六日の記事を見ると、Haemoptoe（喀血）の語句や、「朝、怒の情なくなり、全然人を許し、妻をも許し愛せんとの心おこる。」という言葉がある。茂吉にすれば自らが医者であるだけに、喀血への衝撃が、内弁慶で癇癪もちであり、家人にあれほど雷を落としていた茂吉に怒りの情さえも喪失させ、さまざまな確執のあった妻てる子に対しても宗教的な寛容と感謝の念を起こさせたのである。てる子との間には、年齢差だけではなく、性格、

生活様式などの相違を乗り越え、お互いが理解し合い、結婚生活を築いていかなければならなかったが、その努力は両者にとって結果的に徒労といわざるをえなかった。長崎で、てる子との生活を始めたが、不和が絶えず、一時てる子が東京へ帰ることもあった。いわゆる東京のハイカラで、活動的で物怖じしない、てる子と農村で育った茂吉との間には、性格だけではなく環境の相違もあり、時々であるが夫婦喧嘩があった。長崎では、てる子は外国人の主宰するジョルダン合奏団に加わり、ヴァイオリンをひいたり歌ったりした。茂吉は、このように茂吉から見れば奔放な妻てる子を許し、しかも愛するというのであった。

そして、「しづかに生きよ、茂吉われよ」という言葉には、自らを叱咤し病気を克服するよりも、病気をあるがままに受容する茂吉の諦念（レジグナチオン）が凝縮されているのではなかろうか。この短い言葉には、命旦夕に迫るような心境が、何の誇張も虚飾もなく記され、胸に迫るものを感ずる。医者である茂吉にとって、この喀血はインフルエンザによるものではなく、結核を自覚し覚悟したものであると推察される。その後、十月一日まで血痰は続くが、手帳には、日付、天候の後に、血痰の色、量などが連綿と几帳面に記されている。まさに、杉田玄白が自らの老いを『耄耋独語』に克明に記したように、医者として自己の肉体を冷徹に観察し、判断したのだ。

茂吉は生前に家人に対して「手帳」や「日記」の公開を拒絶していた。しかしながら没後には、長男茂太と次男宗吉（北杜夫）が、茂吉は公人であると考え、公開に踏み切ったという経緯がある。公開を前提としていない手帳には、茂吉のあるがままの姿を見ることができるのである。八月二十六日の喀血後も、毎日血痰の状況を観察している。煩瑣ではあるが、その後の状況を記す。

二十七日／盆／午前五時半　昨日ヨリ分量少ナケレドモ全ク紅色／午前中横臥ス、午後四時吸入、痰少シ色ツク、午後十時吸入痰出デズ、十一時二十分淡紅色出ヅ（少シ）

二十八日／精霊ナガシ／午前二時喀血シタルニ色ツカズ。／朝九時　吸入時、肉色中等量

二十九日／朝三時頃ノモノ色ツカズ（心持桃色カ）
朝八時ノモノニ太イ線ノ如クニ色ヅク、二三回
唐津木村旅館、／イロイロ準備スル　ハガキかく、／カルシウムヲ竹下君ヨリモラフ（「手帳二」）[14]
そして、八月三十日には、唐津海岸へ療養した。

三十日　朝四時頃色ツカズ、六時、極ク淡紅色、然るに洋服著て少し窮屈ノ感アリシガ、淡紅色ニ色ツク。（午前七時半）夕七時、少しく色づきたるものいづ／散歩やめて寝につく／（略）

八月三十一日　朝五時、第二切ニ淡色、七時、淡紅色　分量少なし（略）
夕食後－淡紅色ノ線ニ點（略）

九月一日　朝六時起床、痰出デズ。海岸を散歩シ、城アトノ砂道ヲ歩ミナガラ咳シテ痰ヲ出シタルニ淡紅色ノ塊（原）に稍濃キ紅色ノ太キ線ヲ混ズ、次イデ、第二回、稍濃淡紅色ノ塊、太い線　ついで、色濃くなり出でず　要之、昨日よりも色濃し　しかしこれ咳して痰を喀出する際の出血なりしが如し。痰をも少し楽に喀血することを得ば結果よからんか、明朝よりも少し寝坊して自然に痰ノ出ヅルヲ待ツ方可ナランカ

二日　朝、痰尠し。鮮紅色の塊（原）あり。午前一回極少出ヅ、／午前三時半水泳、のち淡紅色出づ／夕食後直ぐ寝につけども鮮紅ノ少塊いづ（略）

三日　朝、痰や丶多く、鮮紅ノ血痰喀出、のち出です、（略）夕方少し淡紅色、臥床後二點紅色いづ、

四日　朝痰イデズ、（強ヒテハ出サズ）洗面後極少ク紅點出ヅ、／朝食後便所ニテ極小紅點一ツノミ（略）

五日　夜二點いづ／朝色つかず、（略）午後食後、淡紅色（略）

六日　朝、痰少ナク、朝食前痰カラミ、少々色ヅクノミ（略）午後五時浴、色つかづ白色痰／午後八時浴後、

淡紅色痰少シ（略）

七日　朝、痰多く、血液を混じ、少しく悲観、（略）

八日　痰多く血液ヲ混ズ　あと二三回出づ、（略）

九日　朝、分量多ケレドモ淡紅色ナリ。（略）

十日　朝分量多ケレドモ極メテ淡シ／（略）（「手帳二」）[15]

海風が強く、九月十一日には佐賀県の古湯温泉に移動した。

十一日　天気ヨシ、淡紅色ノ部分限局少ナシ（略）

十二日　天気晴朗、朝七時、痰多量ナレドモ黄褐色後黄色（略）

十三日　天気吉ノチクモリ少々雨／午前六時　痰少シ　前日ヨリモ紅ヤ、強キ淡紅色（略）

十四日　／細雨終日／分量多シ、黄色或ハ黄褐色（略）

十五日　／天気吉／朝二回分量中等、黄色（略）

十六日　／天気吉／朝、分量尠、黄色（略）

十七日　／曇／朝、痰色ツカズ。（略）正午、痰ヲ無理ニ出シタルニ血點ヲ出ヅ、どうも浅い處からだその決心つく。（略）

十八日　ハジメ色ツカズ、二度目、血線ヲ混ジ、三度目血痰（鮮紅色ナリ）／洗面ノ時ニ血點二三、（略）

十九日　／子規忌（略）朝、痰出デズ。故ニ無理ニハ出サズ。（略）

二十日　／曇／朝七時二十分ハジメノ痰寒天様、二度目ニ血點二三ヲ混ズ（略）（「手帳二」）[16]

この後も続くが省略する。血痰の分量が減り、その色が鮮紅色から、淡紅色、黄褐色、黄色へと徐々に変化し、段々と快方へ向かっていくことが手帳の圏点を見ることで分かる。黄褐色に変化した時には、二重丸となっている。

茂吉が、朝だけでなく昼夜を問わず、血痰の分量や色を観察し、良くなったかと思うと、また逆戻りし悲観し、一喜一憂している姿を如実に髣髴させる。一日も怠ることなく、注意深く、念入りに、執拗なまでに自らの血痰を観察している。十月二日になって、「吉／全ク出デズ」（「手帳二」）[17]とあり、十月一日まで続いたのであった。その後、手帳には日付があり「不出」「不出」「不出」という文字が連日続く。

十月三日に帰宅し、十月八日には、新任の山田基校長に会った。続いて、十月十一日に長崎県西彼杵郡西浦上村六枚板で療養し、十五日には小浜温泉へ、二十日には佐賀県嬉野温泉へ移動し、二十六日に長崎へ帰った。十月二十八日に学校と病院に出勤し、次の歌をよんだ。

病院のわが部屋に来て水道のあかく出て来るを寂しみゐたり
（『つゆじも』「長崎」大正九年）

一九二〇（大正九）年は、評論活動が旺盛な年で、『アララギ』（大正九年四月号）に「短歌に於ける写生の説（一）」を発表し、その後八回にわたって写生論を展開した。[18]とくに「実相に観入して自然・自己一元の生を写す。これが短歌上の写生である。ここの実相は、西洋語で云へば、例えばdas Realeぐらいに取ればいい。現実の相など砕いて云ってもいい」という実相観入の写生論の確立を見たのである。この写生論を熱中して書き継いだのは、肺炎から恢復し、喀血から療養生活を送る、病中、病後にまとめたものである。死を予感し、死に直面した中だからこそ、実相観入が生まれたことは間違いないであろう。[19]

3　茂吉の腎臓病

茂吉は、一九二一（大正十）年ヨーロッパ留学の準備のため、長崎から東京へ戻った。そこで、七月六日に健康診断をした結果、腎臓の異常が発見された。その時の状況を、次のように回顧している。

体格検査のをり、友人の神保孝太郎博士は私の蛋白尿を認めて注意するところがあった。「なあんだ斎藤！　Eiweiss（蛋白）が出るぢやないか！」といった調子である。兎も角遠い旅に出るのではあり、異境に果てるやうなことがあつては悲しいとおもつて、少しく煩悶もしたのであつた。ある日、入沢博士の診察を受けた。先生は大体診られ、尿を検査してをられたが、「なる程、あるね」としづかに云はれた。それから血圧を検べて居られた。器械を私の腕からはづされて、一寸考へてをられる様子だつたが、「まあ行つて見給へ」といふ結論であつた。大正九年流感後のこともあり、今回のこともあるから、兎に角私は一夏信濃富士見に転地して能ふかぎり養生して見ることにした。（『作歌四十年』）[20]

そこで茂吉は、八月五日から九月六日の一夏を、長野県の富士見高原に一間を借りて、養生をした。ここで、茂吉は「山水人間蟲魚」の歌をつくった。その中に次の歌がある。

ともし火のもとにさびしくわれ居りて腫《むく》みたる足のばしけるかな
みすずかる信濃国に足たゆく燈のもとに糠《ぬか》を煮にけり
（『つゆじも』「山水人間蟲魚」大正十年）

茂吉は蛋白尿が出ていることを知りながらも「腫みたる足」を脚気のせいであると考えていた。あるいは、そのように考えたかったといえよう。糠を煮て食べるような旧式な療法を試みている。そして、茂吉は八月十四日に島木赤彦へ次の書簡を送った。東京にいる赤彦が、諏訪に帰郷する時に、脚気の新薬オリザニンを持参するように要請した。

三共商会の脚気の薬「オリザニン」三瓶ほど（一瓶は百グラムのものか?）御買求め下されて、御持参願上候。停車場迄頂戴にあがるから時間も一寸御しらせ願ふ。大きな薬店にはあると存候。至急御願いたし候。乱作してもいまだ十首にいたらず。脚気にて、むくみ、競ふ心すくなし。今朝、朝つゆを踏む。敬具　若シ無ケレバ君ガ出立スル迄ニ三共カラ取リ寄セテモラツテ置イテクレ玉へ。新宿通、又は麹町の薬店にありと思ふが。[21]

歌人で医者の上田三四二は「思い立ったら箭も楯もたまらぬといった心のむきがここから読み取れるが、赤彦は大正六年以来、郷里の下諏訪と東京の間を往復しながら暮していたのである。（略）が、浮腫は果して軽快したかどうか。八月二十六日にも、下諏訪にいた赤彦に、『心臓少し弱りたり、脚気のため也』と言ってやったのをみると、経過は必ずしもはかばかしくなかったようである」(22)という。

このような健康状態でありながらも、あえて茂吉はヨーロッパへ留学した。その辺の事情は、一九二一（大正十）年一月二十日付、島木赤彦宛の書簡にすでに論じたように記されている。

（當分以下他言無用）小生は三月で学校をやめる。そして帰京して體を極力養生する。そして十月頃欧州に留学して少し勉強して来る。（略）僕はどうしても少し医学上の実のある為事をする必要がある。それには国を離れていろいろの雑務から遠離して専心にならねば駄めなり。小生は外国に行けば必ず為事が出来ると信ず。そこで兎に角行ってくる。病中いろいろ考へてこの結論に達せり。（略）(23)

茂吉は病中、死の予感や覚悟を体験し、将来の自己を検討した。「僕はどうしても少し医学上の実のある為事」とは、もちろん精神医学上の成果ではあるが、結局は医学博士号の取得を目指すものであった。医学論文の成果がなく、書簡の続きには「暗々のうちに軽蔑さる」という。そして「医学上の事が到々出来ずに死んだといはれるのが男として、それから専門家として残念でならぬ」とまで心情を吐露する。茂吉は、すでに『赤光』『あらたま』を上梓し、文学上の名声を得ているが、あくまでも医学に、そして学位の取得に拘泥するのである。

斎藤家に婿養子として迎えられた茂吉が、健康上の懸念などよりも、身を粉にしても学問上の成果を挙げ学位を取得するという決意が、悲痛なまでに感じられる「多言無用」という書簡である。茂吉にしてみれば、病気などしている余裕などこの時期には全くなかったのである。とはいえ、『アララギ』への未練は捨てがたきものもあり、精神医学に関して他の同僚と比較しても自信があるといいつつも、不安も胸中に抱えているのであった。

また、北杜夫は「一言でいえば、歌では食べてゆけぬからである。晩年こそ全集が出たりしてかなりの高収入を得たが、この頃はそんなことは想像もできなかったことだろう。もう一つの理由は、医学界が前近代的、封建的であることとである。私の時代もまさしくそうであった。その中にあって、負けず嫌いの茂吉がこのように勢いたったのは無理からぬ心情だ。軍人の世界にしてもそうである。たとえば鷗外は文学などやるからといって、留学仲間の上官、同僚中で蔑ろにされたところがずいぶんとある。しかし、鷗外のドイツ語の力は抜群であった。それゆえ、プロシャの軍略などを習うには、どうしても鷗外の語学力に頼らざるを得なかったのである。」(24)という。

茂吉にとって、鷗外の生き様を意識し、自らに重ね合わせるところもあろう。しかも、何よりも自らの生命を賭け、引き換えにしてまでも、医学博士号を取得しなければ、斎藤家に、妻てる子に対して自らのアイデンティティを確立することが困難であったからなのである。よって腎臓病ではなく、脚気を治療したかったのである。

三年間におよぶヨーロッパでの博士論文取得という困難な研究生活は、茂吉自ら身体を顧みる余裕さえなかった。しかも、一九二五(大正十四)年一月に茂吉が留学から帰国すると、茂吉に待っていたものは、病院再建という思いがけない重荷だった。青山脳病院は養父である斎藤紀一が経営し院長であったが、一九二三(大正十二)年の関東大震災で大きな損害を受け、さらに一九二四(大正十三)年十二月には、餅つきの残り火の不始末から火事となり、三百余名の入院患者のうち、二十名が焼死するという大惨事になった。おまけに、火災保険は同年の十一月に失効していた。その心境は、茂吉の次の歌に込められている。

うつしみの吾がなかにあるくるしみは白ひげとなりてあらはるるなり　(『ともしび』「随縁近作」大正十四年)

そして、茂吉は、病院の再開に向けて奔走し、一九二七(昭和二)年に院長に就任したのであった。翌年には、紀一は他界した。院長となって、その激務から少し余裕が出た頃に次の歌をよんだ。

茂吉われ院長となりいそしむを世のもろびとよ知りてくだされよ　(『石泉』「世田谷」昭和七年)

茂吉は激務に耐え、休養の必要性を意識していたが、病気を押して働いた。漸く一段落ついて、一九二九（昭和四）年一月七日に、四十八歳の茂吉は自らの尿を検査したが、留学前から恢復していないのであった。以後連日の検尿の結果も同じで、日記には前述したように次のようにある。

一月十七日　木曜日。天気吉。寒。一、一人診察。試ミニ尿ヲ検査シタルニ蛋白ノ反応著シ一寸悲観セリ、（略）

一月十八日　金曜日。天気吉。一、検尿蛋白少シ、ソレヨリ試薬ノ沈殿ヲ解シタルニ相當ニ雲ノ状ニ濁リタリキ、（略）

一月十九日　土曜日。天気吉。一、検尿ヲナス。朝食かゆ、（略）

一月二十一日　月曜日。天気吉。ヤ、暖。一、円タクニ乗リテ駿河台ニ行キ、杏雲堂ノ佐々廉平君ノ診察ヲ受ク。ヤハリ　Chronische Nephritis ナリ。ソコデ養生ノ法ト薬トヲ教ハリ(25)、

一月二十一日には杏雲堂病院を訪ねて、友人の佐々廉平に診察を乞うている。診断は予想通り慢性腎炎であった。そこで、食餌療法を行うこととなったが、まさしく三日坊主で取り止めたことが日記に書かれている。

一月二十四日　木曜日、天気吉。寒気強シ。

二、（略）ドウモ食物ガ蛋白脂肪ガ少イノデフラフラシテ困ッタ。頭痛モシタ。三、ソコデ鰻ヲ食シタ。（略）四、寒夜ニ帰リ来リ、寐タリ。ドウモ體ヲ温クシ、イクラカ旨イモノヲ食シタ方ガ工合ガヨイヤウデアル。サウデナイト心悸ガ亢ツテ工合ガワルク、夜半等ニモ心配ガ出テ困ルナリ。

一月二十五日　金曜日、天気佳。寒シ、（略）六、勉強セントシタルガ足ガ冷エテドウシテモイカヌノデハヤクカラ床ノ中ニモグッタ。夜半ニ目ガサメタ。ヤハリ病気ノコトガ気ニナッテ心臓ノ鼓動ガハゲシイラシイノデアッタ。

一月二十六日　土曜日、天気吉。（略）三、夜ニナリテ青山ニカヘリ。夜食ニうなぎヲ食ス。牛乳ニ珈琲ヲ入ル。実ハモット養生シナケレバナラヌノデアルガ、サウスルトドウモ體力ガ衰ヘテ何ニモ出来ナイカラ思切ッテカウシタ。机ノ下ニ湯婆ヲ入レテ文章ヲ少シカイタ。

一月二十七日　日曜。天気クモリ。ヤ、暖。（略）五、夜食ニうなぎノ辨当ヲ食フ。ツマリ、餘リ厳格ナル食事ヲトッタモノダカラ却ッテ気力衰へ、動悸ガシタ。ソレヨリモ甘イ旨イモノヲ食シテ、太ク短カク生キヨウト思フ。(26)

かつて血痰の量と色を克明に記録したように、検尿検査を行ったが、恢復することなく慢性腎炎になっていた。「ドウモ食物ガ蛋白脂肪ガ少イノデフラフラシテ困ッタ」といい、大好物の鰻を食べ、「旨イモノヲ食シタ方ガ工合ガヨイヤウデアル」と納得させ、結論づける。さらには「太ク短カク生キヨウト思フ」とまでいい、養生することを放念した。その後は、養生について語られない。茂吉の心境は、病気を平癒する時間的な余裕もなく、養父紀一の没後に、借金を返済しつつ、病院を軌道に乗せる重責を全うしなければならなかった。

上田三四二は「大正十年、四十歳で蛋白尿を発見したとき、茂吉はおそらく慢性腎炎があった。昭和四年、四十八歳のとき受診によって確定した慢性腎炎は、その再発か、あるいはより一層の確かさをもってその悪化と想像される。そうして、腎臓病を基礎として昭和七年、五十一歳頃に高血圧症が成立し、高血圧症は、年齢と素因からくる動脈硬化症の発生を助け、次には逆にそれに助けられながら、結局典型的な高血圧・動脈硬化症の病像を完成したと見るのである。(27)」と医学的に分析する。さらに「その結果が、昭和二十二年と二十五年、六十六歳と六十九歳の茂吉を襲った脳軟化症による左半身不全麻痺であり、昭和二十六年以後、四回にわたる心臓喘息発作であった。昭和二十八年、数え年七十二歳の老人を見舞った発作は死の原因としては劇的なものだが、死は発作の一突きを待たずとも目の前に迫っていた。(28)」と続く。

茂吉は腎臓病より高血圧症、動脈硬化へと病像を完成させていった。茂吉といえば、後生大事にしていた小水用のバケツ「極楽」(29)を思い浮かべるが、腎臓病と頻尿との関係だけではなく、神経性のものであった。幼少時の夜尿症（小便虫）に始まる頻尿は、茂吉の人間性を知るには不可欠なものである。

戦時中は郷里の山形県金瓶に疎開し、敗戦を迎えた。翌年に大石田に転居したが、そこで左肋膜炎という大患になった。その後、東京へ帰るが、脳軟化症による左半身不全麻痺となり、晩年には認知症が茂吉を襲った。茂吉の記憶力は低下し、「手帳の置場所を幾度にても」忘れるようになり、その姿を周囲にも示すようになった。

子規の晩年は、煩悶、号泣、痛哭で表現されるような壮絶な病気との闘いであった。茂吉の場合はどうであろうか。身体を蝕んだのは解剖の結果にある通り、肺における結核性病変と循環系における硬化現象であった。茂吉自らのこれらの病気の診断は、一見すると「インフルエンザをこじらせて喀血」となり、あるいは「脚気から腎臓病」になったというものであり、自らの病状を的確に診断せず、誤診とまでもいわないが、大きく甘い診断であったかのようだ。しかし、残された手帳や書簡を検証するに、結核や腎臓病に罹患したことを自覚しながらも、その病気を否定したい気持ちと、自然のなすがままに任せようという気持ちが交錯していると見て取れる。まさに、それは「異境に果てる」ことがあっても、病気を超剋し、征圧し、自らの信念を貫徹させようとする強靭な意志と、一方では「しづかに生きよ、茂吉われよ」という病気と共に歩もうとする姿勢がうかがわれる。これは、人間茂吉の頑固さとユーモアという両面性にも通底するものである。

茂吉には病気になっても、時間をかけて、ゆっくりと療養するような余裕はなかった。東京帝国大学医科大学の卒業試験前に腸チフスに感染した時のように、病気になっても、自然のままに病気を任せるしかなかった。手帳に残された連日の血痰の量と色への執着は、茂吉の粘着性もあるが、当時は不治の病気であった結核への恐怖に対する過剰な反応のように見えるが、冷静に考えれば医者としては、当然の観察でもある。

茂吉にとって、短歌の創作活動が生命のエネルギーの源泉であり、「余業のすさび」と揶揄しながらも、病気を抱えながらも、創作活動を捨てることなど毛頭なく、時折見せる、憤怒の激烈な論争を挑むのであった。

『アララギ』の「斎藤茂吉追悼号」に平福一郎による「斎藤茂吉先生剖検所見概要」があるが、病と共に歩んできた、茂吉の強靭さと、慣れ親しんだ両面を垣間見ることができるのである。解剖に立ち会った一人である次男宗吉（北杜夫）は、「強制的に医学を学ばされたおかげで、私がたじろがずに遺体が切りさかれてゆくさまを見ることができたのは、やはり父に感謝せねばならぬのかも知れなかった。また父の屍の状態を一般の人よりはまともに摑むこともできた。どこもかしこも疲れきり、困憊しきった身体であった。そのことは痛々しい感じと共に、何か安堵めいた気持をも私に与えた」[30]という。解剖によって、茂吉は身体のどの臓器も襤褸《らんる》になるほど酷使し、自らの生命を燃え尽くしたことが証明されたのであった。

注

（1）岡田靖雄『精神病医　斎藤茂吉の生涯』思文閣出版、二〇〇〇年、六五〜六六ページ。
（2）『斎藤茂吉全集』第三三巻、岩波書店、一九七三年、一五〇ページ。以下、『全集』と記す。
（3）同巻、一五〇ページ。
（4）同巻、一五一ページ。
（5）同上。
（6）同巻、一五四ページ。
（7）『全集』第五巻、三三ページ。
（8）『全集』第九巻、九ページ。
（9）東京都健康安全センター年報五六巻「日本におけるスペインかぜの精密分析」二〇〇五年、三六九〜三七四ページ。
（10）『全集』第三三巻、三七二ページ。

(11)『全集』第二七巻、五七ページ。
(12)同巻、五九〜六〇ページ。
(13)同巻、六〇ページ。
(14)同巻、六一ページ。
(15)同巻、六二〜六六ページ。
(16)同巻、六六〜六九ページ。
(17)同巻、七二ページ。
(18)藤岡武雄『新訂版・年譜　斎藤茂吉伝』沖積舎、一九八七年、一七四ページ。
(19)茂吉は結核の病気観について、「結核症」で「総じて結核性の病に罹ると神経が雋鋭《しゅんえい》になって来て、健康な人の目に見えないところも見えて来る。末期になると、病に平気になり、呑気になり、将来に向っていろいろの計画などを立てるやうになるが、依然として鋭い神経を持ってゐる。それであるから、健康の人が平気でやってゐることに強い『厭味』を感じたり、細かい『あら』が見えたりする。」(大正十五年九月二日筆)という。(『全集』第五巻、四七一ページ。)
(20)『全集』第一〇巻、四六九ページ。
(21)『全集』第三三巻、四三七〜四三八ページ。
(22)上田三四二『斎藤茂吉』筑摩書房、一九六四年、四五ページ。
(23)『全集』第三三巻、四一〇ページ。
(24)北杜夫『壮年茂吉――「つゆじも」〜「ともしび」時代』、岩波現代文庫、二〇〇一年、六六ページ。
(25)『全集』第二九巻、六〇五〜六〇七ページ。
(26)同巻、六一〇〜六一二ページ。
(27)上田三四二、前掲書、五一ページ。
(28)同上。
(29)山形県上山市北町弁天一四二一にある、財団法人「斎藤茂吉記念館」に展示してある。
(30)北杜夫『茂吉晩年――「白き山」「つきかげ」時代』岩波現代文庫、二〇〇一年、一八六ページ。

第十二章　女性観——永井ふさ子との恋愛事件

1　ダンスホール事件

　斎藤茂吉は、妻てる子が銀座の「ダンスホール事件」に関わり、その醜聞が新聞に掲載されるに及び、「精神的負傷」となり、妻てる子に別居を命じたのであった。時に茂吉は、五十一歳で青山脳病院院長という重責にあったが、院長辞任までも決意した。しかし、亡き養父紀一の長男である西洋が若輩であるために慰留され、分院と本院を週一度の診察という条件付きで、院長職を継続することとなった。女婿の茂吉ではあるが、この件だけではなく、妻てる子の行状に対し、堰を切ったようにそれまでの憤懣が爆発し、癒しがたい心の傷となったのである。欧州留学後に焼失した青山脳病院の再建、院長就任、養父紀一の死亡などの難局を乗り越えた自らの艱難辛苦を顧みれば、妻てる子を赦すことが到底できなかったのであろう。この事件では歌人吉井勇夫人も名を連ね、離婚している。しかし、茂吉は離婚しなかった。その理由は、女婿であるため、離婚となれば茂吉が青山脳病院を辞去することになろう。茂吉には、精神病医として担当する精神病者を捨て置くことができなかったのであろう。まさに「狂人守」を生業とする茂吉の職業倫理であろう。そして茂吉は、別居したとはいえ、その寂寥感を次のようによんでいる。

寒き臥処《ふしど》に体ちぢめつかたはらに吾の怒らむ人さへもなし

（『白桃』「寒月」昭和九年）

さて「ダンスホール事件」とは、一九三三（昭和八）年十一月八日に、「青山某病院長医学博士夫人」という見出しで新聞にも掲載された、不良ダンス教師が検挙された事件である。てる子は、あくまでも参考人として事情聴取されただけである。この事件があったのは、軍靴の跫音が響く時局であり、「有閑マダム」の余暇など許しがたい遊興であった。ましてや、文化人の夫人は当局にとって恰好の標的となり、粛正するに都合がよかった。今ならば、何ら事件にすらならないであろう。この事件から七日間は、日記も中断されている。意図的に破棄したのかもしれない。北杜夫は「茂吉の日記のこの箇所を破ったのは輝子のしわざではなかろうか(1)」と指摘している。晩年に新宿大京町の家で、認知症となった茂吉の世話をしていたてる子が、日記の管理をしていた時に、自分に不都合な箇所をごくわずか消したり破ったりしたのではと推察している。

十一月十四日には「午前中、身体綿ノゴトクニ疲ル、故ニ診察休ム。午睡、鑑定一ツ出来アガリ来ル。ソレヨリ少シヅ、人麿ノ歌ノコトヲ書キハジメ。到底ハカドラズ(2)」十一月二十日には「心身疲レ、衰ヘ著シ、サレドモ服薬、（丸薬、ロダンカルシウム。等）、人麿ノ長歌ノコトヲ大体カキ終ル。机ニノミ座リヲルヲ以テ身体ガダルクテ、午睡セリ。(3)」十一月二十一日には「人麿総論ナドニ少シヅ、手ヲ入レ、丸薬ノミ、辛ウジテ気ヲマギラスニ過ギズ。（略）心臓ノ音ノ乱レ苦悶ヲ感ズ、苦シトモ苦シ(4)」十一月二十七日には「ウイスキー飲ム。夜半ニ夢視テサメ、胸苦シク、動悸シ如何トモナシガタシ。コノママ弱リ果テテ死ヌニヤアラントオモフバカリナリ(5)」十二月三日には「入浴　又西洋ノコノコ来リタルソノ態度非常ニクヤシ、胸内苦悶アリ。時々心音不整トナル(6)」とある。

日記を読むと、「精神的負傷」によるものか、肉体的にも「胸内苦悶」で相当に憔悴し悪化している姿が見て取れる。てる子との葛藤に落魄の運命を嘆じ、生きがいを喪失し、さらには老いを自覚し、死を予感させるともいえる状況であった。

うづくまるごとく籠りて生ける世のはかなきものを片附けて居り
（『白桃』「折りに触れたる」昭和九年）

この歌は一九三四（昭和九）年二月十五日作である。このように茂吉は身辺整理をし、自らの戒名までも用意するのであった。しかし、一方ではこの精神的負傷を癒すためか、日記にあるように茂吉は「鴨山考」という柿本人麿の研究に没頭するのであった。後年に、この膨大な研究は帝国学士院賞を受賞した。

ところで、別居を命じられたてる子は、実母の生家である秩父や、山形県上山《かみのやま》にある茂吉の実弟高橋四郎兵衛が経営する旅館山城屋に預けられることとなる。山城屋でのてる子は、まさに軟禁状態にあり厳しく監視されていた。その後、結果的には世田谷区松原にある青山脳病院の本院で実母や弟の西洋と生活するようになった。よって、茂吉の次男である宗吉（北杜夫）は、少年時代に非公式に松原の本院へ母を訪ねたのであった。茂吉は、戦後もなく山形県大石田に疎開しているが、一九四七（昭和二十二）年十一月三日に上京するまで、別居生活が続行することになった。

2　ふさ子との邂逅

茂吉が永井ふさ子と邂逅したのは、一九三四（昭和九）年九月十六日、正岡子規三十三回忌歌会が開催された向島百花園であった。茂吉は五十二歳、ふさ子は二十五歳であった。この二人については、やがて弟子の佐藤佐太郎や山口茂吉などの知るところとなり、またアララギ会員の一部では噂になったようであるが、北杜夫によれば「斎藤家の家族にとっては、まったく知らされなかった秘事であった」(7)という。弟子にとっては公然の秘密であり、家人に漏洩せぬように細心の注意を払ったのであろう。世間に公になったのは、茂吉没後十年目に当たる一九六三（昭和三十八）年で、ふさ子が雑誌(8)に手記や茂吉の書簡を発表したからである。また、それが師に対する弟子の務めであったのだろう。同様のことであるが、茂吉が晩年に認知症となっても、弟子は口をつぐみ、茂吉の病状を口外していない。さらに北杜夫は、次のようにいう。

私は高校時代に「おくに」「おひろ」の相聞歌を愛唱し、また大学時代に人が茂吉のエロティシズムと見る滞欧随筆を愛読した。だがそれはあくまでも書物の上の父の若い頃のもので、現実の父は謹厳実直な男と信じていた。なにせ父は石原純と原阿佐緒の恋(9)を否定し、「女というものは恐ろしいものだから、決して近寄ってはならぬ」という手紙を私に寄こし、また面と向かってもそう説教したからである。(略)従って、この遅まきの恋愛事件を知ったとき、私が亡き父に抱いた感情は、「恐るべき勝手気ままな、横暴極まりない男だなあ」というものであった。(10)

次男である北杜夫の茂吉の評価は、父に対するものであり、母てる子への配慮もあるのであろう。息子の将来を思う父茂吉の発言としては、ごく一般的であり、謹言実直な姿を見せるのも当然であろう。むしろ、この二人の関係よりも、それをを秘していたことの方が、家人に対して「雷親父」であった父への批判ではないだろうか。

ふさ子は松山の県立高女を卒業後、上京し姉の嫁ぎ先から東京女子高等学園に通っていたが、病気により中退し、短歌に親しむようになり、昭和八年にアララギに入会したのであった。はじめての歌会であり、緊張した面持ちで過ごしたのであろう。歌会が終わり、茂吉に初対面の挨拶をし、簡単な自己紹介をしたのであった。四国の松山出身で、父が正岡子規と幼な友達であり、子規のことを「のぼさん」(11)と呼んで、よく話をしたことなどを述べたようだ。子規を崇拝していた茂吉にすれば、子規三十三回忌でのふさ子との邂逅は、「ほう、それは因縁が深いな」ということになる。子規の正岡家とふさ子の永井家は、祖母が姉妹に当たる関係であったのだ。たとえ、ふさ子が意識していなかったとはいえ、茂吉に対して、自分が子規の遠縁であることや、茂吉が尊敬する子規の話題を提供したことで、これを機会に、恋愛に対し免疫力がなく無防備な茂吉が、ふさ子の意図しない巧妙な甘い罠にはまり込み、後戻り出来なくなるのは、いとも容易なことであったと推察される。とはいえ、子規の霊が二人を取りもったというのは、いい過ぎであろう。この歌会の後に、ふさ子を意識した次の歌をよんでいる。

この園の白銀薄《しらがねすすき》たとふれば直ぐに立ちたるをとめのごとし
（『白桃』「百花園」昭和九年）

その後、茂吉にすれば大胆な行動を取り、二人は急速に接近していくようになる。百花園歌会から四十日ほどした十一月三日から一泊二日で、茂吉は土屋文明らと埼玉アララギ歌会に出席し、奥秩父吟行に出掛けた。四日は七時に三峯登山口の旅館を発ち、中津峡に金鉱を見学する。この吟行に永井ふさ子も参加したのであった。帰途の汽車は混雑していたが、二人仲良く話が弾んだようだ。茂吉にすれば、純粋に子規のことを詳細に聞きたかった気持も少なからずあったのは事実であろう。

川の瀬に山かぶさりてあるごときはざまも生きぬ相語《あいかた》りつつ
もみぢばのうつろふころを山に入りて今年の秋の福《さいはひ》を得つ
（『白桃』「秩父吟行」昭和九年）

この歌も、明確にふさ子を意識したものだ。上田三四二は、秩父吟行について「再会を喜ぶ茂吉の心の踊りのようなものを感じとって、その出会の、いちはやくかく感応の声を成しているのに驚くのである(12)」という。

ふさ子がはじめて茂吉宅を訪問するのは、それから一か月程後の「とろろ会」であった。二人の関係は公から私へと転換した。「十二日午后五時トロロ少々差上げたきにつき、拙宅迄御光来願候」と記された、ふさ子宛の速達ハガキが、ふさ子の寄宿していた姉の家に送られた。茂吉は、しばしば親しい弟子と共にトロロ飯を食べる「とろろ会」を開催したのであった。そして、十二月十二日の茂吉の日記には永井ふさ子の名前がはじめて出る。

午后本院ニ行キテ総廻診ヲナス。ソレヨリ家ニカヘリ、五時半ヨリ、小野寺夫人、遠藤真子夫人、永井房子サン、山口茂吉君ヲ交ヘてとろろ会ヲナス(13)。

一九三六（昭和十一）年一月十八日には、茂吉はふさ子と共に浅草寺へ詣でた。浅草は茂吉にとって因縁浅からぬ場所である。養父紀一が、絢爛豪華な威容を誇る青山脳病院を建設する前は、浅草三筋町で開業をしていた。茂吉も郷里金瓶村から上京した時には、浅草での生活であった。ふさ子は、次のように記している。

　正月十八日の浅草寺は参詣人でにぎわっていた。仲見世の雑沓の中を、そこここをのぞきなどしながら本堂の前まで来た。そこで先生は掌に十銭玉を一つ渡し、自身も賽銭箱へ投入れて合掌された。段をのぼり堂の右手の所で観音経を一部買って私に下さった。それから映画街へ出て、何というところだったか憶えていないがエノケンのかかっている劇場へ入った。一時間ばかり見て先生はもう出ようかと言われ、街に出た。伸びかかった冬の日も暮れがたになっていた。先生は時々来られる所と見えてさっさと一軒のうなぎ屋に上ってゆかれた。広い二階はがらんとして幾つかの衝立で仕切った席は他に一組の客があるばかりであった。僅かのお酒で先生は幾らか上気した顔かがやかして、いかにも楽しそうに見えた。さきほどの観音経をひらき、普門品第二十五の中の『設欲求女便生端正有相之女』を指して『これだ』と言って読んできかされた。外に出た時にはすっかり夜になっていた。公園には人気もすでになく瓢箪池の噴水が凍っていた。この池のほとりの藤棚の下ではじめての接吻を受けた。(14)

茂吉は熟知している浅草でシナリオ通りに、首尾よく接吻にまでこぎつけたということである。まさに、この文章を読むと、年齢差を考慮しなければ恋人同士の情景のようにも見える。なお観音経にある「設欲求女便生端正有相之女」とは、『法華経』の「観世音菩薩普門品第二十五」にある「若し女人ありて、設《も》し男《おのこ》を求めんと欲して、観世音菩薩を礼拝し供養せば、便ち福徳・智慧の男子を生まん。設し女《めのこ》を求めんと欲せば、便ち端正《ととのえる》有相《すがた》の女の、宿《むかし》、徳本を殖えしをもて衆人に愛敬《あいぎょう》せらるるを生まん。(15)」の一文である。茂吉が、ふさ子にこの一文を読んで聞かせた意図は何であろうか。観音経を篤信する茂吉は、ふさ子を観音菩薩の化身として愛するとたとえたのであろうか。山上次郎は「恐らくは、茂吉は観音様の御許しによって自分に与えられた化身の乙女として抱いたであろうし、ふさ子もまた自ら崇拝してやまない師のくちづけ、身をふるわせつつも快く、しかも無限の感動のうちに受けたにちがいない」[16]という。果たして、このように二人が憧憬し合うような純愛で美化されたものだろうか。もっと不器用で、落ち着きがなく様《さま》にならない泥臭い感じではないだろうか。山上次郎の推測とは異なり、茂吉は周囲を気に掛け、どうにか頬に口を寄せた程度で、ふさ子が観音菩薩の化身となり身を振るわせ恍惚となった情熱的な光景とは異なるのではないだろうか。その後、茂吉は二人の行動を訝った巡査に職務質問を受けることになった。二人は浅草六区の交番で、一人ずつ調べられることとなった。疑惑は晴れて解放されるのだが、何とも茂吉らしい経過である。同年六月には「東京ラプソディ」という昭和モダニズムの終焉を予感させる歌が流行するが、時局を勘案すれば、ふさ子が述懐するように野外で接吻するという行為は不自然ではないだろうか。なお、当日の茂吉の日記には「ダットソンにて銀座より浅草に行きエノケンを見、鰻を食ひ、酒少し飲んだが、日頃酒のまぬので酔がまはつたので散歩してかへつた。」[17]とある。

やがて茂吉の行動はエスカレートし歯止めが効かなくなり、ふさ子へ耽溺し独占しようとした。大龍寺[18]へ子規の墓参と称して、ふさ子を誘った。ふさ子が東横の前で待っていると、茂吉はマスクをかけてあらわれた。二人は車に乗ったが、大龍寺のある田端方面ではなく、裏通りを入り、待合いに案内したのであった。ふさ子は約束が違うといい泣いて帰るとせがんだので、茂吉の機嫌は悪かったが、子規の墓参といった手前そのまま帰った。茂吉には何とも惨めな結果となってしまった。その後、ふさ子は郷里松山へ帰り、文通が始まることとなる。

茂吉の同年六月六日、ふさ子宛の書簡には「手紙は二人ぎりで、絶対に他人の目に触れしめてはなりませぬ、そこで御よみずみならば必ず灰燼にして下さい。さうして下さればつぎつぎと、心のありたけを申しあげます。さもないと心のありたけは申しあげられませんから虚偽になります。これを実行して下さいますか、いかがですか[19]」とあるので、ふさ子は、忠実にはじめの三十通ほどは焼却したようだ。

愛は惜しみなく奪うというが、茂吉の行動が大胆になればなるほど、二人の関係は少しずつ周囲に知られるようになる。また、茂吉はユーモアに富む性格であるが、粘着型でもある。このような性格は、ひとたび点火した恋愛の炎は消しがたい。煩悩の炎を吹き消すことがニルバーナ（涅槃）であるが、茂吉の執着は容易に取り払えず、深みにはまってしまうのである。

一九三六（昭和十一）年六月十四日付の書簡は以下である。

○封筒の上には御父さんの御名で宿所をかかずに、守谷誠二郎宛にねがひます。守谷からわたるのは、少しおくれますが、どうぞさうして下さい。○もし東京にいらしても、小生の処には電話かけずに下さい。そして守谷を通じて御手紙下さい、封筒に宿所なしに、○東京の宿所と電話番号御しらせ願ひます[20]

守谷誠二郎とは茂吉の甥で、青山脳病院薬局長である。あくまでも用意周到に準備する茂吉のエゴであり、守谷を通じて文通を継続しようとした。その後ふさ子は、妹たけ子が青山学院へ入学したので、渋谷駅裏近くの香雲荘へ寄宿した。

3　ふさ子への耽溺

日蝕の日は午後となり額より汗いでながら歩みをとどむ

（『暁紅』「日蝕」昭和十一年）

これは六月十九日付の歌であり、ふさ子は次のように回顧する。

この日蝕の日を先生と共に野道で仰いだ。荻窪駅で待つ様に、との約束で、新宿中央線ホームに来た時、カンカン帽を少しあみだに被った先生の姿を見つけて私は近寄った。先生は非常にドギマギした様子で、何か聞き取れない言葉をつぶやいている唇がかすかに震えているのに気がついた。―とおもうと逃げる様にホームの階段を下りてゆかれた。意外のところで出逢ってしまったので、人目をひどく恐れる先生が度を失ってしまったのだと気がついたので、折からホームへ入ってきた電車に私は乗った。先生は有名人であるだけに人に対しては臆病だった。その点、私から見れば、やり切れないおもいで、時には「余り人をおそれすぎる」と、面と向って愬えることもあった。(21)

かえって不審がられる茂吉らしい行動である。堂々としていればよいのに、「ドギマギした様子」で「逃げる様」な茂吉の態度は、ふさ子にすれば辟易し情けない限りであろう。この臆病さは男としての魅力を著しく欠くであろう。ところで、同年六月十九日の日記には次のようにある。

今日ハ日蝕ノ日デ、（略）ソコデ僕一人朝カラ外出シ、勉強セズニ遊ブト云フ気持デ非常ニ気ガノビノビシテ居ル。東横百貨店、新宿三越、午食。武蔵（野）館、真珠盗賊ノ方ガオモシロカツタ。ムーランルウジュ。夜食。九時ニ帰宅。(22)

茂吉の日記や手帳には、ふさ子との事は徹底的に秘して残されていない。何事もない内容であるが「非常ニ気ガノビノビシテ居ル」とは、こういうことだったのだ。

同年十一月二十六日付、ふさ子宛の書簡は以下である。これは手交したものだ。

○御手紙いま頂きました。実に一日千秋の思ひですから、三日間の忍耐は三千秋ではありませんか。（略）その苦しさは何ともいはれません。全くまゐつてしまひます。ふさ子さんどうか、御願いだから、ハガキでいいから、下さい。そして、今日は外出とか。たゞそれだけで結構です。（略）

○ふさ子さん！　ふさ子さんはなぜこんなにいい女体なのですか。何ともいへない、いい女体なのですか。どうか大切にして、無理してはいけないと思います。玉をたいせつにするやうにしたいのです。ふさ子さん。なぜそんなにいいのですか。○写真も、昨夕とつて来ました。とりどりに美しくてたゞうれしくてそわそわしてゐます。併し、唇は今度から結んで下さい。又お笑なるならば思ひきつて笑つて下さい。丁度私のまへでお笑いになるやうに笑つて下さい。さうでないなら、すましてください。○私が欲しいのですから、電通でもう一つとつて下さい。代は私が出します。写真は幾通あつてもいゝものです。ふさ子さんの写真は誠に少い。ほかのお嬢さん方は年に十はとりますよ。今度の御写真見て、光がさすやうで勿体ないやうにおもひます。近よりがたいやうな美しさです。(23)

公開を意図しない書簡とはいえ、読んでいても、こちらが赤面するような恋文で気恥ずかしくなる。茂吉の赤裸な痴情に溺れる肉声が聞こえるような、初《うぶ》な表現も驚きである。また、一方的な思いを綴るだけではなく、いささかストーカー的な臭いすら感じてしまう。弟子たちも、この一連の「愛の手紙」には苦々しく思い、出来る限り隠蔽し無視したかったであろう。あまりにも直情径行であるだけに、歌人たる茂吉の片鱗もなく、もう少し文学的な表現がないものかと思う。恋愛は自らの保身に汲々とするならば、本気になってはならない。浮気と本気を峻別できなければ、まさにエゴイズムとしかいいようがないであろう。茂吉には、てる子と離縁し、すべてを放下するほどの勇気も胆力もなかった。また、ふさ子と駆け落ちする気もなく、世間体を気に掛けながら逢瀬を重ねようとする。これが人間茂吉なのである。

まをとめにちかづくごとくくらなゐの梅におも寄せ見らくしよしも　（『暁紅』「紅梅」昭和十一年）

紅梅の花を純粋な乙女にたとえ、その紅梅に顔を寄せて見ることの喜びをうたったものであり、艶やかで瑞々しい感じがする。ふさ子を意識した歌の一つである。

清らなるをとめと居れば悲しかり青年《をとこ》のごとくわれは息づく　（『暁紅』「秋冬雑歌」昭和十一年）

この歌も、今まで老境に達したといわんばかりの茂吉が、青年のごとくに変身するのである。
同年十一月二十九日付、ふさ子宛の書簡は次のようにある。

○ふさ子さん、何といふなつかしい御手紙でせう。実際たましひはぬけてしまひます。ああ恋しくてもう駄目です。しかし老境は静寂を要求します。忍耐は他力也です。忍耐と恋とめちゃくちゃです。○ふさ子さんへの小さい写真を出してはしまひ、又出しては見て、為事してゐます。今ごろはふさ子さんは寝ていらっしゃるか。あのかほを布団の中に半分かくして、目をつぶって、かすかな息をたてておどとおもふと、恋しくて恋しくて、飛んででも行きたいやうです。あゝ、恋しいひと、にくらしい人。（略）

○僕はふさ子さんただ一人で、第一ほかに逢ふ女などゐないのですから、映画みるか、鰻くひに道玄坂の花菱にゆくか、その他は病院用でゆくほかありません。ふさ子さんの場合は、大体の日記御通知ください。○御写真は、見合ひのためなら、何処へでも上げて下さい。ただし、ただの友達などには見せないでください。お父さんのところへ早速送って下さい焼増は一両日中（多分月曜）に出来ます。御電話しませうか。(24)

茂吉のふさ子への耽溺ぶりを示すために、長い引用となった。茂吉は、痴態を演じているのか、この内容には唖然とするしかない。その後、茂吉はアララギ会員で、クリスチャンである山中範太郎へ嫉妬するという異常な事態となる。当時七十歳であった山中翁は、茂吉との関係が露見しないうちに、ふさ子に別れさせようと、入信を誘ったり、自宅の歌会へ誘ったりした。この行動が、茂吉の疑惑を深め、山中翁とふさ子の関係を邪推するのである。これも噴飯ものであるが、茂吉の嫉妬と執念深さが色濃く出ることとなる。

同年十二月二日付、ふさ子宛の書簡は次のようにある。

○これまでは、取り去られる、分離させられるやうな気がして気が張って妬ましさばかりでしたが、それが無くなって、ほっとすると、今度は寂しさのいかに深く強いものだかといふことを昨夜はじめて味ひました。しかし、その寂しさにはこらへられます。たゞ二人だといふ心があればこらへられます。御在京中だけは、嫉妬だけはどうぞ起させないやうにして下さい。（略）○御別れして、遠く隔れば、もはや、せん方もありません。

ただ念々におもってゐるばかりですけれども、東京に居られる時、私は御会ひせずに、ほかの人にやはりお会ひになりますか。○これは私の非常な御願ひですけれども、東京に居られる時山中翁と御二人ぎりで散歩されたり、トンカツ食べられたり、映画見たりしないで下さいませんか。我儘ですみませんが、此処へ来て、心が乱れるのは、苦しくてたまりません。(25)

これに対し、ふさ子は次のように応えている。

一番に相寄りたい者は、どうして一番に早くお別れしなくてはならないのでしょう。恋しいと思う心が非常に激しいものですから、今の様な、中途半端な状態では堪えられなくなったのです。先生のおっしゃる静謐愉悦に至るのも、ある時期を経なくては駄目なのではないでしょうか。それにやはり無理にでも離れてしまうより他に道はないと思います。(略)ゆふべは泣きながら眠りましたが、目が覚めては、布団の上にポタポタと音をたてて涙を流しました。(26)

ふさ子は、このまま中途半端で進展することもない二人の関係に、切々と女心を吐露している。それに対して、煮えきらない茂吉の態度と醜い嫉妬心は、ふさ子に別離を予感させざるをえないであろう。それにしても、山中翁への茂吉の疑念と嫉妬は尋常ならざるものである。

一九三七(昭和十二)年一月某日、ふさ子宛の書簡では次のようにいう。

あなたは白玉のごとき方です。純真で単簡で、何等のはからひがないのです。そこで、直ぐ人を信じます。世の中は、実に恐ろしいものだといふことは、ブローカーの話で御分かりでせう。クリスチャンの仮面、堂々たる邸宅。堂々たる客間、綺麗なる金使ひ、温和抱擁的なる素ぶり。これらがブローカーの、及第点を得る条件で、僕が大正十四年一年間、死ぬ程苦しめられたのは即ちそれです。愛人にむかって直ぐがみがみいふやうなものに悪人はゐません。基督は流石にいい人です。新約を一度御よみ下さい。(27)

茂吉は一九二四（大正十三）年十二月二十九日に焼失した青山脳病院再建に当たり、一九二五（大正十四）年の一年間は金策に奔走し、極悪と思われるブローカーに難儀した。そのブローカーの話をもち出し、山中翁を中傷する。このような茂吉の山中翁への被害妄想的な異常な嫉妬心、あるいはストーカー的な執着へのエネルギーがどこからわき出すのであろうか。常軌を逸しているとしかいいようがあるまい。

4　ふさ子との別離

世間体を気にしながら、しかも不器用で中途半端な恋愛など長く続くはずがない。茂吉は、何に対して臆病となり、恐懼するのであろうか。ふさ子にすれば、茂吉の身勝手な愛をいつまでも甘受することはできない。愛別離苦は世の常であり、やがて二人の別離が訪れることになる。ふさ子は、妹がいる渋谷駅近くの香雲荘に滞在していた。茂吉は青山から近いので度々訪れたが、管理人に気付かれた。世間体を気にし、絶対に秘密を守ろうとするならば、行動範囲も限定され遠出もできない。ふさ子は、やがて郷里の松山へ帰ることとなる。

一九三七（昭和十二）年四月になると、ふさ子に縁談がもちかけられる。相手は、岡山で開業している牧野病院院長の長男である牧野博士であった。茂吉は諦めの気持か、見合いに反対せず、むしろすすめるほどであった。その後「八月には結納の式もすんで、二人は時には宮島や別府などへも遊びにゆくまでになっていた。然しふさ子はこういう時必ず妹を連れて行ったし、婚約者と語らうことはあっても心は常に茂吉の上にあって、その様子を逐一茂吉に報告していた」(28)のであった。

茂吉の同年十月十二日付、ふさ子宛の書簡は次のようにある。

○これも失礼になるかとおもひますが僕との間ですからM氏と最初のキスの時と場処のことを御仰ってくださ

いませんか、これも深く秘めてひと事でなく感銘させますから、岡山でなさった時、或は松山、或は御旅行又は海浜といふやうに場面も一寸御書き下さいませんか、もう御手紙さしあげることも、出来なくなりますから、こんなことも御願するのです、永遠の恋人に最後の我儘だとおもって、委細に写生文式に御願します。(29)

この内容も茂吉の異常な執念と悪趣味が露出している。茂吉の滞欧随筆にあるように、鍵穴から他者の私生活をのぞくようである。まさに茂吉のエゴイズム以外の何物でもなかろう。同年十一月には、ふさ子は結婚の支度のために牧野と共に上京した。二、三日で牧野は岡山に帰宅したが、ふさ子は妹のいる香雲荘へ身を寄せた。この時に、茂吉と再会し二人を激しく燃えたたせた。

山上次郎によれば「このときのふさ子の東京滞在は三か月にも及んだ。ふさ子は別れる前に最後のはげしい言問いをした。ふさ子のこの最後の言問いに茂吉はどう答えたかは今ここに書くペンを持たない。ただこのときふさ子の長い間の愛が一挙に打ちひしがれ愛憎その位置をかえた。悲しみの極東京に居たたまれず、松山の父母の膝下へ帰ってゆく(30)」のであった。牧野にすれば、いつまでも帰らないふさ子を訝しく思う。そして、ふさ子は他者の愛情を受けることが苦痛となり、他者を愛せなくなったという。結果的には、ふさ子の結婚話は破談となり、生涯を独身で過ごすこととなった。

帰郷後、ふさ子は病に臥せた。口中が乾き食物が喉を通らず、微熱が続き肋膜炎となった。しかも、茂吉との事情を知り、心を痛めていたふさ子の父が病に倒れ、一九三八（昭和十三）年十月に死亡した。その後、一九三九（昭和十四）年二月には、ふさ子は母ルイと共に上京し茂吉と出会う。山上次郎によれば「その後もふさ子は時々茂吉に逢うが、それは妹たけ子の縁談のことであって、ふさ子によると、茂吉はふさ子への罪償いのつもりでたけ子のことは心から世話をした(31)」という。

その後、一九四一（昭和十六）年の茂吉の日記には次のようにある。七月十日には、「香雲荘カラ来書ガアツタリシテ、心ヲ専ラニスルコト出来ズ、従ツテ勉強ハカドラズ」[32]、七月二十九日には「永井ふさ子、土屋君ニ愬ヘシ由ノ手紙アリ、一夜会談ヲ欲シタガコトワツタ、敬天堂老人ノ『人外ノ魔』ナリ。今日ハソンナコトデ何モデキナカツタ」[33]とある。十月四日になると「永井ルイ刀自ヨリ来書アリシイロイロ気ヲ使ヒ　何モ出来ズ　アララギ選歌ハカドラヌハソノタメラシ」[34]とある。山上次郎は「このような日記をみるとふさ子と母から何らかの申し入れがあったことがうかがえる。それが何であったか、詮索しようと思わないが、茂吉はすでに、当時獅子文六が朝日新聞に書いていた小説『南の風』に出る敬天老人に自らを擬して、ふさ子を『人外ノ魔』――厄介者と見て居ることがわかる。また母のルイがわざわざ茂吉に手紙を出したのも、よくよくのことであろうが茂吉はそれにも迷惑を感じていることがわかる。この間のいきさつについては敢えて触れない」[35]とある。茂吉と獅子文六の関係であるが、文六の妻はフランス人であるが、統合失調症で青山脳病院へ入院していた。よって、文六の小説の引用となったのであろう。また、茂吉の弟子である佐藤佐太郎と山口茂吉は、ある程度ふさ子のことを知っていたが、ふさ子が歌友の土屋文明にまで二人の関係を相談したのであった。これが、茂吉を憤らせ別離の決定的な理由となったのであろう。

茂吉にとって、漫然と解決の糸口もなく月日が経過し、ふさ子の存在は大きな負担となっていたようである。まさに茂吉のエゴイズムである。妻てる子の醜聞報道、そして別居宣言を断行したことを思えば、自らの醜聞に怖じ気づき、何ら二人の関係が進展することなく、自然に消滅していくことを茂吉は選択したのであった。恋愛とは駆け引きである。一人が逃げると、一人は追いかけたくなり、一人が熱くなりすぎると、一人は冷えてくるのが心情であろう。あれほど溺愛し、忘我の状況であった茂吉であるが、今では懐かしさだけとなり、すでに心は離れていたようだ。

その後、戦況もおしつまった一九四四（昭和十九）年八月二日、ふさ子は箱根の山荘へ茂吉を訪ねた。茂吉は一人であり、抹茶一碗と金平糖三つが出されたという。山上次郎によれば、茂吉はこの邂逅に驚き喜び「ふさ子を引き寄せ接吻しようとしたという。しかしふさ子はそれを許さずわずか二十分で帰った」[36]という。しかし、八月二十七日には、ふさ子は再度米やワカメを持参し再訪した。これが二人の会った最後となる。

六十二歳となった茂吉が、この時期にふさ子を引き寄せて接吻しようとしたとは考えにくい。ふさ子の虚構なのではないだろうか。ふさ子にすれば、いつまでも茂吉の愛を期待している。これはふさ子の願望であるが、ふさ子に対し嫌悪すら感ずる。茂吉のふさ子への燃え上がる炎は鎮火している。ふさ子と話すことは何もない。ふさ子が老残の身となり、箱根の山荘で一人暮らしの茂吉宅へ、お見舞いへ行ったということであろう。

　人知れず老いたるかなや夜をこめてわが臀《ゐさらひ》も冷ゆるこのごろ

（『小園』「老」昭和二十年）

この歌は、一九四五（昭和二十）年四月に、茂吉が東京の戦火を逃れ、故郷の山形県金瓶村へ単身で疎開した時によんだものである。茂吉は五月二十二日付、ふさ子宛の書簡で次のようにいう。

　きびしい折柄おかわりありませんか。難儀して上山にまゐり、表記にうつりました。（略）来る時も一夜の汽

　車で足に浮腫が出来ます。気候不順で蔵王山にはまだ雪が降ります。もう遥かになりました。どうぞ御大切にしてください。東京の病院もダメになりました。

これが、ふさ子への最後の書簡となった。茂吉は六十三歳となり、心ときめかせ濃密な時間を過ごしたことが「もう遥かになりました」という一文にどのような思いを込めていたのであろうか。また、ふさ子は茂吉の他人行儀の心境をどのように受け止めたのであろうか。この書簡を送った三日後の五月二十五日に、青山脳病院は空襲で灰燼に帰した。ふさ子への訣別と青山脳病院の焼失が、あまりにも同時期であり、不思議な因縁を感ぜざるをえないのである。

柴生田稔は、「痴愚を極めた茂吉の恋愛（?）について本書で詳述することを、私は欲しない（略）ただもし夫人の事件がなかったならば、茂吉は決してあいふことにはならなかったろうといふ私見だけを述べて置きたい」[37]と

し、不快感を露わにしている。しかも柴生田は、この恋愛事件により茂吉が作歌や文書に得たものを少しでも詮索しようとした。今までの茂吉にはなかった、高級とはいえないまでも「つやがあり、なまめかしさがある」[38]としている。弟子であれば、この恋愛事件に何らかの価値を付与したいのであろう。しかしながら、この恋愛事件で茂吉の文学的価値を高めたものは、とくにないのでないだろうか。また、一方ではこの恋愛事件で文学的価値が低くなったこともないであろう。ふさ子には、人間的な魅力を感ずることはない。茂吉との関係は恋愛事件であり、恋愛とは言い難いのではなかろうか。むしろ打算的な臭いを感じ、この事実を知った後には、何もなかったごとくに雲散霧消してほしいという思いが募るばかりである。人間茂吉に酔いしれたいという思いに、後味の悪さを感じるだけである。ふさ子という存在は、たとえれば、気になる足の裏の飯粒ならば踏み潰しても痛くも痒くもないが、喉に刺さった魚の骨のような厄介な存在なのである。

茂吉のふさ子との邂逅から別離までの情景を振り返ると、当時であるならば初老となった茂吉の行動や態度が面映ゆい。ただし、茂吉の書簡は事実であるが、その書簡のふさ子の解説については、真偽を十分に検討する必要があるのはいうまでもない。戦前では、政治家や実業家などが男の「甲斐性」という大義名分により妾宅を構えても、批判にさらされることもなかった。一九二四（大正十三）年十二月に起きた青山脳病院の火難時に、養父紀一は妾宅に居たため、現場への出動が遅れた。しかも紀一亡き後に、茂吉は養父の愛人の手切金で苦慮したこともあった。茂吉はふさ子に耽溺したが、世間を意識し保身を貫いた。茂吉が、保身に拘泥した理由は一体何であろうか。

こぞの年あたりよりわが性欲は淡くなりつつ無くなるらしも　（『たかはら』「所縁」昭和四年）

この歌は、茂吉が四十七歳の時の歌であり、てる子のダンスホール事件による「精神的負傷」を受ける以前のことである。この年の一月十七日に自らが検尿したところ蛋白が出たので、一月二十一日に杏雲堂病院の友人佐々廉平が診察すると慢性腎炎だった。それ故か、このような歌をつくったのであるが、ふさ子との邂逅後は別人のごとく精力的となり豹変したことは、驚愕するとしかいいようがない。

藤岡武雄は、ふさ子への書簡に現れた茂吉は情熱の人であり、大胆に愛を訴えているとし、日記に現れた茂吉はアララギ派の総帥、また日本の代表的な病院の院長にふさわしい人格者であるとする。そして「しかしこの茂吉に見る二つの側面も日記の綴られた文面を仔細に検討し、その孤独と焦燥の原因を追求してゆくとき、いつしか異なる二つの像が重なりあうことに気がつくのである。茂吉の日記は彼の上半身であり、永井ふさ子への書簡は彼の下半身である。そして日記はこの下半身を持つことによって人々への関心をひくのである。(39)」という。藤岡も上半身と下半身という関係で茂吉を擁護するが、歯切れが悪い。弟子は師の醜聞を少しでも隠蔽したいのが人情である。しかし、人間茂吉を考察するならば、素直に茂吉の優柔不断な性格と異常な執着性について認めざるをえないであろう。この事件はあるがままの茂吉であることは間違いない。だが、断じて茂吉の評価を貶めることもないのである。ましてや、茂吉は医者であることに拘り、精神病医として病者に寄り添い、医者を辞することはなかったのである。

注

(1) 北杜夫『茂吉彷徨――「たかはら」~「小園」時代』岩波現代文庫、二〇〇一年、一一九ページ。
(2) 『斎藤茂吉全集』第三〇巻、岩波書店、一九七三年、三二三ページ。
(3) 『全集』同巻、三二四ページ。
(4) 同上。
(5) 同巻、三二六ページ。
(6) 同巻、三二八ページ。
(7) 北杜夫、前掲書、一四三ページ。
(8) 『女性セブン』一九六三年五月一五日号「悲しき愛の記憶に生きて」、『小説中央公論』「斎藤茂吉、愛の書簡」一九六三年七月号〜一一月号。
(9) 石原純は、理論物理学者で歌人である。『アララギ』の同人であったが、妻子をもつ身ながら歌人の原阿佐緒と恋愛事件を起こし、東北帝国大学を辞職した。茂吉や島木赤彦の説得を拒絶し、阿佐緒と同棲を続け、結局『アララギ』を脱会した。
(10) 北杜夫、前掲書、一四四ページ。
(11) 幼名の「升」を「のぼる」と読み、「のぼさん」と呼ばれた。
(12) 上田三四二『斎藤茂吉』筑摩書房、一九六四年、二四四ページ。
(13) 『全集』第三〇巻、四二八ページ。
(14) 永井ふさ子『斎藤茂吉・愛の手紙によせて』求龍堂、一九八一年、一四〜一五ページ。
(15) 『法華経』(下) 岩波文庫、一九七六年、二四八ページ。
(16) 山上次郎『斎藤茂吉の恋と歌』新紀元社、一九六六年、三一五ページ。
(17) 『全集』第三〇巻、五六一ページ。
(18) 大龍寺は、東京都北区田端四―一八にある。正面に正岡子規、右に母八重の墓。左に妹律も眠る累世墓がある。
(19) 『全集』第三六巻、五九八ページ。
(20) 同巻、六〇〇ページ。
(21) 永井ふさ子、前掲書、三九ページ。
(22) 『全集』第三〇巻、六一一ページ。
(23) 『全集』第三六巻、六一七〜六一八ページ。
(24) 同巻、六一八〜六一九ページ。
(25) 同巻、六一九〜六二〇ページ。
(26) 永井ふさ子、前掲書、九〇〜九一ページ。
(27) 『全集』第三六巻、六二六ページ。
(28) 山上次郎『斎藤茂吉の生涯』文藝春秋、一九七四年、三九〇ページ。
(29) 『全集』第三六巻、六七三ページ。

(30) 山上次郎、前掲書、三九二ページ。
(31) 同書、三九三ページ。
(32) 『全集』第三一巻、三三七～三三八ページ。
(33) 同巻、三四三ページ。
(34) 同巻、三五九ページ。
(35) 山上次郎、前掲書、三九三ページ。
(36) 同書、三九四ページ。
(37) 柴生田稔『続斎藤茂吉伝』新潮社、一九八一年、三三八ページ。
(38) 同書、三三九ページ。
(39) 藤岡武雄『新訂版・年譜　斎藤茂吉伝』沖積舍、一九八七年、二九六～二九七ページ。

第十三章　作品に見る病者への眼差し

1　東京府巣鴨病院の病者

本章では、斎藤茂吉の歌に焦点を当て、重複するところもあるが考察する。茂吉が精神病医としてはじめて赴任したのが、前述した東京府巣鴨病院であった。そして、精神病医である茂吉の名を歌人として一躍高らしめたのが、一九一三（大正二）年に刊行した第一歌集『赤光』である。その中で異彩を放つのが、「狂人守」の連作である。精神病者や精神病医、さらには精神病院をテーマとした歌がよまれたのである。当時、いかにセンセーショナルであったのか想像するにかたくない。時に茂吉は、恩師呉秀三の許で東京府巣鴨病院医員として勤務し始めた頃であった。その後、茂吉は精神病医でありながら、歌人でもある。

うけもちの狂人《きやうじん》も幾たりか死にゆきて折《をり》をりあはれを感ずるかな

（『赤光』「狂人守」大正元年）

この歌に、とくに難解なところはない。「狂人守」連作八首の最初にあり、一連の導入であり総括的な歌でもある。茂吉が担当していた精神病者が幾人か死んで、時おり無常を感ずるというのである。ただし「狂人も」という「も」に、精神病者への悲哀が、より一層読者に伝わるのである。生きている者の誰もが死を迎えるという無常がある。これは、自分が担当している精神病者も例外ではないのである。茂吉が『作歌四十年』において、受けもち患者が死んだということで、取り上げた歌である。(1)

茂吉は精神病者の「狂人」に対し、精神病医である自らを「狂人守」という。また、精神病医を茂吉自らが「感謝せられざる医者」という。「狂人守」とは、誰もが日常で使う言葉ではない。この言葉には茂吉の精神病者に対する深く沈潜した思いがある。しかし、何度も指摘したが、精神科医で精神医療史の研究者である岡田靖雄は茂吉の歌には「狂人守」「狂人」「狂院」「瘋癲院」などという差別語があり、茂吉には差別問題への意識が欠如しているとするが、皮相的に批判しているといわざるをえない。(2)何故に、岡田は文学者の中で茂吉だけをスケープゴートにするのであろうかとも問いかけたくなる。まさに、「らい予防法」が廃止されるとハンセン病において隔離政策を推進し、それまでは「救ライの父」と呼ばれ賞賛された光田健輔が糾弾されたのと同じ文脈となるのである。さて、この世間では歓迎されない「狂人守」という言葉には、何ともいえない哀切の響きが感じられる。それは、「狂人」に対し「狂人守」である茂吉が病者の側に身を置いているからであり、まさに病者に寄り添う茂吉の温かな眼差しがあるからなのである。さらには当時、誰が「狂人」の立場から、その悲痛な叫びに謙虚に耳を傾けようとしたといえるであろうか。世間では誰もがといえるほど、精神病者への差別問題への意識が欠如していたのである。確かに、恩師呉秀三は病名から「狂」の字を取り除き、例えば躁鬱狂は躁鬱病となった。それでは世間では、そのように「狂」の字と訣別し、差別が解消されたのであろうか。呉秀三による理念が存在するが、現実には精神病医の中で、取り決められた病名の変更に過ぎなかったのが実態である。よって、この呉秀三の高邁な精神は、当時の社会では全くに近いほど浸透していない。一九二四(大正十三)年十二月二十九日、養父紀一の経営する青山脳病院焼失の新聞記事の見出しには「焼出された狂人」とあり、焼け跡に佇む精神病者の姿が赤裸に写真で掲載されている。この一例でもって、すべてを語っているともいえよう。当時は「狂」の字は日常の空間では、何ら抵抗なく語られていたのである。あるいは「狂人」とは別の差別語でも日常会話で語られていたこともあるのである。戦後も四半世紀を経て、一九七〇年代になると短歌にある差別語の「狂人」への批判が高まるようになったのである。

大正デモクラシーとはいえ、女性の参政権もなく、男女同権に程遠い状況であり、まして精神病者の人権の回復まで議論は及ばない。現代では、精神病に対する差別、排除が少しずつ緩やかになっている。何ら抵抗なく「心の病」で精神科へ通院していることを憚らずに他者にいえるようになった。このように精神病院の敷居は少しずつ低くなっている。茂吉の作品を理解する上で、時代精神の隔絶した相違についての認識が極めて肝要なのはいうまでもない。また、当時は精神病に対する有効な治療法が精神医学において確立されていなかったのである。即ち、精神病院は治療により治癒する空間でなく、世間から病者を隔離し、隠蔽する異空間であったのである。恩師呉秀三により、病者は拘束具から解放されたとはいえ、暴力的な病者を投薬により安定化させることが困難であった状況では、精神病医だけではなく、とりわけ看護人の負担は重いものであった。

死に近き狂人を守《も》るはかなさに己が身すらを愛《は》しとなげけり　（『赤光』「折りに触れて」明治四十四年）

茂吉は、間もなく臨終を迎える精神病者を看取っているが、為す術もなく精神病者は死んでいく。このようなはかなさを見るにつけて、自分の身さえいとおしいと嘆くのである。医者という職業の故、身近に死を看取るからである。さて、「狂人を守る」仕事なので自らを「狂人守」という。管見する限り「狂人守」という言葉は一般的ではない。この「守」という一字に茂吉の精魂を込めた、心温まる病者への眼差しが凝縮しているのではないだろうか。この「守」という一字に病者をケアし、包み込むような気持が表出しているようである。例えば、絶壁の孤高の中で、船の安全を守るために灯台を守る灯台守の黙々と一途に仕事に精励する姿と重なり合うものがある。また、東国から徴発され、北九州の守備に当たった兵士、すなわち辺土を守る崎守《さきもり》である防人をも連想させる。いずれにしても、「狂人守」という言葉が鮮烈であり、精神病者の心の痛みを少しでも緩和しようとする精神病医の声無き声に耳を傾けなければならない。

茂吉が「狂人守」の歌をよんだ頃に、恩師である呉秀三は、何度も論じたように東京帝国大学精神病学教室の教室員を一府十四県に派遣し、一九一〇（明治四十三）年から一九一六（大正五）年にかけて三百六十四の私宅監置を調査した。私宅監置とは一九〇〇（明治三十三）年に公布された「精神病者監護法」に基づき、行政庁の許可のもとで、私宅に一室を設け、精神病者を監禁することをいう。国家が容認した「座敷牢」である。当時の精神病者は十四万から十五万人と推定され、官公私立の精神病院入院者数は五千人程であった。したがって、その他は私宅監置か民間療法などに依存せざるをえなかった。呉秀三は、調査報告書『精神病院私宅監置ノ実況』において「我邦十何万ノ精神病者ハ実ニ此病ヲ受ケタルノ不孝ノ外ニ、此邦ニ生レタルノ不孝ヲ重ヌルモノト云フベシ」と断言した。このように呉は、精神病者の救済や保護は人道問題であり、制度、施設の改善に国家は尽力しなければならないと高らかに宣言したのであった。しかし、現実にはこの呉の言葉だけが一人歩きし、その後の国家政策に大きな改善が見られたとは言い難い。この呉の宣言も黙殺されていたに等しいのである。

さて、このような状況下において茂吉が「狂人」「狂人守」の歌をよんだことに着目する必要がある。ただ単に「狂人」の死をうたったのでなく、精神病医茂吉の精神病者の置かれた境涯や差別に対する、歌によみ込まれた悲痛な訴えなのである。茂吉がよまなければ、誰が「狂人」の死に関心をもつであろうかともいえよう。精神病医の臨床医として駆け出しの頃である茂吉にとって、病者の死がはかないものであり、身体が悪寒で震えるような状態なのであった。この心の疼きの表出が、この歌となって収斂していったのである。なお、少し後年となるが、精神病院の入院患者の疾病別比率を見ると、一九二一（大正十）年から一九二五（大正十四）年の東京府松沢病院では、早発性痴呆四九％、麻痺性痴呆三〇％、躁鬱病九％と続く。ここにある早発性痴呆とは、統合失調症の症例である。

また、現代ではほとんど消失した梅毒性の麻痺性痴呆の病者が多いことが特徴といえよう。(3)

かすかにてあはれなる世の相《すがた》ありこれの相《すがた》に親しみにけり

この歌は「狂人守」連作の第二首である。精神病者が世間から隔絶された存在であることを「かすかにて」と表現したのである。さらに「あはれなる」と感情の込もった表現が続く。世間からは忘れられた病者への「親しみ」のある眼差しが感ぜられる。また、精神病者の現実や実態を訴えかけているともいえよう。

くれなゐの百日紅は咲きぬれど此《この》きやうじんはもの云はずけり

第三首である。百日紅はサルスベリともいい、夏から秋に紅色の小さな花が群がり咲く。病院の庭で百日紅が咲いているのか特定できない。「狂人」ではなく「きやうじん」と表現する。この「きやうじん」は、男性なのか女性なのか、どんな症状の病者なのかも分からない。しかし、この病者は百日紅が咲く季節になっても、依然としてものをいわないのである。茂吉は、どのように病者に寄り添うべきか躊躇している。ものはいわないけれども、病者は何かを世間に訴えかけているようでもある。

としわかき狂人守りのかなしみは通草《あけび》の花の散らふかなしみ

第四首である。「としわかき狂人守り」とは、茂吉自らのことである。若い精神病医としての悲哀は、アケビの花が散るさまであるという。アケビは山形県を代表する果実である。茂吉の郷里金瓶村のアケビを思い出したのであろう。アケビは四月頃に淡紅紫色の花をつけ、秋になると淡紫色の果実となる。なお、茂吉には次の歌がある。

屈《かが》まりて脳の切片を染めながら通草のはなをおもふなりけり　（『赤光』「折々の歌」大正元年）

これは、呉秀三が欧州留学でニスルから学んだ神経細胞染色法を、茂吉が病理組織研究室で伝授され、脳片にニスル染色法を行ったことを詠んだものである。病脳を切片にし、それをいろいろな方法で染色し、その標本を屈んでのぞくのであるが、アケビの花や果実が、ニスル染色標本と同色系統であり、脳片が染め出され紫色になると、少年の頃に親しんだ郷里のアケビが脳裏に浮かび懐かしく思い出されたのである。これは、後の博士論文「麻痺性癡呆者の脳カルテ」につながる為事であった。アケビの実は大きく目立ち食用となるが、花は小さく目立たない。世間では報われない「感謝せられざる医者」としての悲哀を、郷里のアケビの花が散るさまに対象化している。

　気のふれし支那のをみなに寄り添ひて花は紅しと云ひにけるかな

第五首の歌である。病者の一人である中国の女性に寄り添って、花を指して紅色であるといったのだという。この花は百日紅であり、第三首の「此きやうじん」のことであろう。ものをいわない病者なので、言葉をかけて病者の反応を確かめているのである。少しでも話をしてくれることを期待しているのである。

　このゆふべ脳病院の二階より墓地見れば花も見えにけるかな

第六首の歌である。「このゆふべ」とは、九月のゆうべに青山脳病院の二階の窓から青山墓地、ないしは立山墓地を見ると、そこにも百日紅の花が咲いているという。遠くの墓地に咲く紅の花が見えるのだという。

　ゆふされば青くたまりし墓みづに食血餓鬼《じきけつがき》は鳴きかゐるらむ

第七首の歌である。茂吉の随筆『童馬漫語』に「食血餓鬼」[4]があるので引用する。

青山の梅窓院境内を抜けて裏手の墓地の凹いところに、うら枯れる草を縫うて細い水が流れてゐる。杉の木に黄色い小鳥がとまつて鳴いてゐる。遠くの方で女の子のじゃんけんをする声が聞える。眼のもとに法号のない（何某長女）といふ小さい木の墓標がある。（略）左手の甲が癢いと思つて見ると蟆子《ぶと》が一つ血を吸つて居る。見つめて居ると、紅く膨れた尻が重た相に飛んで行つた。手の甲は血の滲んだ小点を中心にしてぽつりと腫れて居た。（略）いま人間の血を食つて腹がふくれたひとつの小さい食血餓鬼に堪へ難い『あはれ』を感じた。己は一つの小さな疵を手の甲に得て墓の木立を出た。紅い日が落ちかかつてゐる。

「食血餓鬼」とは、墓地で手の甲を蟆子に刺された話であるが、前世は人間であったが、輪廻転生で蟆子になり、墓前の花立ての水の周辺で鳴いているかもしれないという。仏教的な輪廻や因果が感ぜられる歌である。この歌が「狂人守」の連作にあるのは興味深い。小さい食血餓鬼への堪えがたい「あはれ」が精神病者に投射するということであろうか。

あはれなる百日紅の下かげに人力車《じんりき》ひとつ見えにけるかな

第八首である。百日紅に茂吉は「あはれ」を感ずるという。人力車は誰が利用したものか分からない。病者が乗って来たものともいえよう。おそらく黒塗りの人力車と紅色の百日紅が対比的な構図となっている。連作「狂人守」では、嘱目の風景として百日紅が重要な役割を担っている。

さて『赤光』には、「狂人守」連作の前に、一九一二（明治四十五）年作「黄涙余録」の連作がある。「葬り火　黄涙余録の一」「冬来　黄涙余録の二」「柿乃村人へ　黄涙余録の三」の三部で合計四十四首を数えるのである。この連作においても茂吉の病者への眼差しが見て取れる。医者の宿命として臨終の場に立ち会わざるをえない。また精神病医であるならば、誰もが担当の精神病者が自殺することに遭遇せざるをえない。連作「黄涙余録」は、臨床医として経験の浅かった茂吉が、入院中の病者が隙を見て自殺した事件の衝撃をうたったものである。ただし、この病者が入院していたのは、勤務していた東京府巣鴨病院ではなく、養父紀一の経営していた青山脳病院である。ここで茂吉は、「紅涙」とせずに「黄涙」とした。「紅涙」とするならば子女の涙となってしまうからであろうか。「黄涙」にも、茂吉の精神病者への思いが込められている。

「葬り火　黄涙余録の一」では、自殺した精神病者の粗末な葬列が、代々幡《よよはた》の火葬場にて荼毘に付されるまでを次のようにうたう。

あらはなる棺《ひつぎ》はひとつかつがれて隠田ばしを今わたりたり

衝撃的な歌である。「あらはなる」とあるので、棺に白い布を掛けずに、粗末な棺のままで火葬場へ運ばれていったのである。隠田橋は、かつての渋谷川に架かっていた橋である。棺は青山脳病院から、青山通りを横切り、今の表参道から隠田橋を渡り、原宿、代々木の原を通り、代々幡《よよはた》の火葬場へと向かった。今では、渋谷川もなければ隠田橋もない。世間には知らされることなく、ひっそりと葬儀が執り行われている。

自殺せし狂者《きやうじや》の棺《くわん》のうしろより眩暈《めまひ》して行けり道に入日あかく

土屋文明は「この患者は開成中学同級以来科はちがっても高等学校大学と交わって来た友人某の紹介患者で青山脳病院に入院した者であり、自殺の際にその紹介者からひどく詰問されたということもあるので、それやこれやで作者の傷心は一通りでなかったようである。しかしそういう事実上のいきさつは別としても、精神病医として、患者の死をこれまで深く取上げるということは、作者の性格に基づくものであろう。[5]」という。なお、正確にいえば、棺は死体を納めると柩となる。

茂吉は医者として、病者の自殺に傷心し眩暈を感じ、愚直にもその葬列に随行したのであった。いくら知人の紹介であったとしても、担当医が通常では自殺者の葬列に加わることはない。茂吉は、取り返しのつかない結果となり、茫然自失のままで、おそらく伏し目がちとなり、遠慮深く身体も固くなった状況であったのであろう。自殺した者を、詮索するならば「茂吉の友人が主宰していたらしい雑誌の編集者をしていた安野助多郎という作家志望の青年[6]」だったという。この死者は室生犀星と同郷であった。

赤光のなかに浮びて棺《くわん》ひとつ行き遥《はる》けかり野は涯《はて》ならん
骨瓶《こつがめ》のひとつを持ちて価《ね》を問へりわが口は乾くゆふさり来《きた》り
上野なる動物園にかささぎは肉食ひゐたりくれなゐの肉を

茂吉は、担当医として火葬場まで加わった。納骨箱は桐の箱ではなく、杉板の粗末なものであった。気が付けばかなりの時間が経過し緊張感のためか、喉の乾きを覚えた。「死」に対する、飢えや乾きという「生」が表出されている。その後、病院へ帰ることなく、上野動物園へと場面は転換する。憔悴した茂吉の痛めつけられた神経を鎮める場所が、動物園であったということである。「かささぎ」は、カラス科で漆黒色の長い尾が特徴で、腹は白色である。その「かささぎ」が深紅の肉を喰っているのである。茂吉にとっては、何とも痛々しい光景である。「冬来　黄涙余録の二」では、一転して上野動物園を訪れた茂吉が、生命あるものへの愛惜の思いをよむのである。

自殺せる狂者をあかき火に葬りにんげんの世に戦《おのの》きにけり

この歌は、塚本邦雄が『茂吉秀歌』(7)で論じるように「自殺」「狂者」「あかき火」「葬り」「戦き」と刺戟的な用語が連続した、凄惨な場面をよんでいる。人間を「にんげん」と記し心の悲痛を訴えかけている。そして、動物園での見聞を中心に、改めて生命を思索している。

「柿乃村人へ　黄涙余録の三」では、歌友である島木赤彦（柿乃村人《かきのむらびと》）へ、担当する病者の自殺の衝撃を訴え、また精神病医の心境を慨嘆する歌が続く。

この夜ごろ眠られなくに心すら細らんとして告げやらましを
たのまれし狂者はつひに自殺せりわれ現《うつつ》なく走りけるかも
友のかほ青ざめてわれにもの云はず今は如何なる世の相《すがた》かや

茂吉は、自らの神経が衰弱し、毎晩眠れぬ夜が続くことを告げたものだという。依頼されていた病者が、恐れていた通りに、遂に自殺してしまった。「現なく」とは、無我夢中になって事後処理に奔走したのであった。そして、病人を依頼した友人に、自殺の件を報告すると、たちまち友人が衝撃で蒼白となり、茫然とし無言で堅い表情に変貌したのであった。その後の葬儀の経過は、すでに微細にわたり「黄涙余録の一」にうたわれている。

世の色相《いろ》のかたはらにゐて狂者もり黄なる涙は湧きいでにけり

「色相」とは肉眼で見える姿や形のことであり、現実の世界のことであり、万物の本体は変転し空しいという意味である。そして、精神病医として現実のかたわらにいて「黄なる涙」を流すというのである。よって、茂吉の異常なほどの自殺嫌悪の基層がこの自殺にあることは間違いない。一九三七（昭和十二）年に『改造』に掲載された茂吉の『癡人の随筆』の中に、「自殺憎悪」があり、すでに論じた通りである。

他の医学の部門と違い、精神病医であるならば病者の自殺は不可避なことである。精神病医の間では、担当する病者に自殺された経験のない者は未だ一人前ではないという言説がある程である。しかも、どうして自殺防止ができなかったのかという遺族による理不尽な責任の追及もある。よって、残念ながら自殺に遭遇したならば、職業的に冷静沈着に事後処理に当たらねばならない。担当する病者が肉体的な重い疾患により、生命を喪失することでさえ、深い哀しみであり、諦めにも時間がかかる。まして精神病者は、精神の病気により、精神病医や看護人などが注意を払っているにもかかわらず、巧みに一瞬の間隙を縫って自らの生命を絶つのである。よって、茂吉は「自殺憎悪症」ともいうべき精神状態となり、払拭しがたい心の傷として癒されない状況が続くのであった。茂吉には、臨床医として経験を重ねても、事務的に粛々と自殺に対して処理できぬ心のわだかまりがあるのである。「黄涙余録」の連作は、この茂吉の心情を理解する基調となっている。

ただし、ここで茂吉の「自殺憎悪」を精神病医として不適格であると論ずるものではない。むしろ、精神病者の側に身を置いた茂吉にとって、精神病に罹患し、それが故に自殺していく病者に対する哀しみであり、自らが自殺を防止できなかった無力に対する怒りが、憎悪へと転換していったと思われる。自殺は鬱病に多い。とくに内因性の真性鬱病は最も深刻で、罪業念慮を抱き、自らの存在が家族などに対し迷惑で害があると考え、自殺へと追い詰められるのである。また、統合失調症の病者の場合には、自らの妄想や幻聴により衝動的に自殺をする。茂吉は鬱病となり、自分自身に価値を見出せなくなり追い詰められ、世を憂い自殺していった病者を決して憎悪しているのではない。自分も病院も世間も何ら自殺防止の有効な手だてのない憤りである。少なくとも茂吉の私憤ではなく、義憤であるといえよう。ここに茂吉は拘泥するのである。精神病院で単なる日常に起こる事故として、簡単に割り切れないのである。さらに論ずるならば、茂吉が関わり亡くなった病者に対する自責の念と、誰にも訴えることのできない思いを歌に込めることによって、少なからず怒りを鎮め、世間に知らしめようという意図が見え隠れするのである。そして、かろうじて作歌活動を続けることによって、茂吉の心は昇華していったのである。

ところで、一九〇三（明治三十六）年五月、旧制一高の一年生（満十六歳十か月）であった藤村操が、日光華厳滝から投身自殺をし、当時の若者に大きな衝撃を与えた。投身前に巌頭の大樹を削り、書き残したのが「巌頭之感」である。その中に「真相は唯だ一言にして悉《つく》す、曰く、不可解」とあり、この自殺に対して、当時の論調は青年の煩悶を批判するというよりも、むしろ肯定的であった。藤村の死の後には、相次いで自殺者が出た。時に茂吉は、一高の二年生であった。友人の吉田幸助宛の書簡に、藤村操の死について、一高生の先輩として次のように論じている。

君よ藤村の死を羨しとおもひ給ふ事なかれ、嗚呼彼は死せり彼の名山の彼の名瀑に落ちて死せり世人は文を作り歌を作り詩を作りて彼を誉めたたへぬ。霊も泉下に笑まむ、しかはあれど死人に口なし如何なる理由で死んだか真に分るものにあらず宇宙の真相を不可解と観じ棄てて死せりとはいへどもああ思へ給へよ(8)

茂吉は、世評に対し懐疑的であり、批判的である。書簡では、続いてショウペンハウエルの「戦はずんば勝ちなし」という言葉を引用し、時代的な意義を認めていない。茂吉は、養父紀一の許で、一途に学業に刻苦勉励し、紀一の「期待」に応えるべく東京帝国大学医科大学への進学を目指していた。未だ養子という待遇ではなく、まさに「食客」という身分であった。この不安定な身分の茂吉にとって、世評でもち上げられるような藤村の自殺は容認しがたいものであった。藤村の死は、茂吉にとって終始一貫して見られる精神病者の自殺に対する嫌悪感の原風景として、捉えるべき事件なのである。

また一九二三（大正十二）年六月に、軽井沢三笠ホテルの別荘である「浄月庵」にて有島武郎と中央公論の雑誌記者である波多野秋子が縊死心中をした。有島は人妻の秋子と不倫関係にあり、秋子の夫から姦通罪で告訴すると脅かされていた。鬱々たる日々を経て、結果的には心中することになった。遺体が発見された時には、醜悪な臭気を発し腐乱がひどかったが、遺書から身元が判明した。茂吉は、この心中事件を次のようにうたった。

心中といふ甘たるき語を発するさへいまいましくなりてわれ老いんとす
有島武郎氏なども美女と心中して二つの死体が腐敗してぶらさがりけり
抱きつきたる死《しに》ぎはの溝合《こうがふ》をおもへばむらむらとなりて吾はぶちのめすべし

（『石泉』「美男美女毎日のごとく心中す」昭和七年）

あまりにも生々しい歌である。塚本邦雄は「既に愛慾から縁の遠い年齢になって行くといふ自嘲か。さにあらず、この毒舌の、言ひ放しに似た、あまりにも散文的な三十八音の大破調歌は、文体のみならず、こめられた思考も相当屈折してゐて、一度や二度読み下しただけでは、その面白みも真意もつかめまい。（略）『心中』と呼ぶ行為、合意の二重自殺に批判的で、これを嫌悪するあまり、『発音するさへいまいまし』というのか、その当時『流行』的に頻出した、このささやかなクーデターの、その底にある甘つたれた態度が許せなかったから、口に出して言ふのに抵抗を感じたのか、いづれにせよ、作者の語気は鋭い。(9)」と批評する。

ここで留意すべきなのは、心中事件が起こったのが大正十二年であるのに、十年以上の歳月を経ていることである。この時間的な経過は何を意味するのであろうか。そして、当時大きな醜聞であった有島武郎の情死を、このような過激な表現で歌にしたことである。一九三二（昭和七）年といえば茂吉は五十歳であり、前年に満州事変が勃発し、昭和恐慌が深刻となる時期である。青山脳病院院長であった茂吉の私生活を顧みれば、妻てる子のダンスホール事件の前年であり、夫婦関係は冷え切っていた。しかし、その欲求不満がモチーフで、嫉妬によりこのような表現となったと見るならば、あまりにも皮相的であり、茂吉の内面に肉薄していない。

この連首にも、茂吉の自殺への嫌悪感が根底にあるといわざるをえない。歌人の茂吉ではなく精神病医の茂吉の心情を読み取り、この歌を鑑賞するならば、精神病医として病者の自殺に悩まされ、生命を縮める思いをしてきた、茂吉の哀切な叫びとして捉えることが妥当なのである。病気故に自殺する精神病者の心情を考えるならば、有島の心中事件など「ぶちのべすべし」というべき許せざる背徳行為なのである。精神病医の茂吉からすれば、このような愚の骨頂ともいうべき心中事件への世間の関心と過剰報道に対し、無性に腹が立ち過激な歌となったのである。ましてや、単純な老いの自覚というものでもない。ここに、精神病医である茂吉の病者への眼差しを考えるに、藤村操や有島武郎の自殺に対する茂吉の過剰なまでの反応に通底する心情を見過ごしてはならないのである。自殺憎悪を茂吉の性格による「癖」と見るならば、それはあまりにも一面すぎ、茂吉の魂の叫びが聞こえないのである。病者の自殺という精神病医の宿命に抗い続けるのは、茂吉のリビドーであり、この深い闇までも照射しなければ、茂吉の病者への眼差しが上滑りに理解されるのである。「狂人」をテーマとした作歌活動を通しての茂吉の役割は、精神病者や精神病院に関する世間への発信ということに限定するならば、呉秀三の発信をも凌駕するものであったともいえよう。

さて、『あらたま』は『赤光』に続く第二歌集であり、一九一三（大正二）年九月から一九一七（大正六）年十二月に到るまでの歌である。ここにも巣鴨病院の一風景を見ることができる。

いそがしく夜の廻診をはり来て狂人もりは蚊帳を吊るなり
のびのびと蚊帳なかに居てわが体すこし痩せぬと独語《ひとりごと》いへり
履《くつ》のおと宿直室のまへ過ぎてとほくかすかになるを聞きつつ
ものぐるひの屍《かばね》解剖の最中《もなか》にて溜《たま》りかねたる汗おつるなり

うち黙《もだ》し狂者を解体する窓の外の面《とも》にひとりふたり麦刈る音す

狂人に親しみてより幾年《いくとせ》か人見んは憂き夏さりにけり

（『あらたま』「漆の木」大正四年）

『作歌四十年』では第一首について「宿直の歌である。この宿直は記念で好いものであった」とある。また、第六首については「人を見るのも厭だというのである。併し私は勉強して宿直でも何でもやった。盆の十六日地獄の釜のふたも明くという日に、呉院長がのこのこやって来て、休めぬこともあった」という。虫に好かれる体臭をもつ茂吉にとって、夜の回診は苦痛の一つであったろう。また、宿直のもの哀しさが伝わってくる。また、夜も興奮する病者がいて、十分に睡眠が取れなかったであろう。病者の解剖は、東京帝国大学医科大学の病理学教室へ委託することもあるが、巣鴨病院内の屍室で医員により執刀することもあった。これは、巣鴨病院内での解剖のことであり、屍室は病棟から畑を挟んで離れた北隅にあった。解剖の歌は、茂吉の動揺する魂の叫びを感ずる作品である。まさに精神病院の世間の知らない暗い闇を照射したものであり、それが担当した病者の解剖であるならば、その悲哀は深すぎるといえよう。

このように茂吉は巣鴨病院で、精神病医が遭遇する精神病者の自殺ばかりではなく、逃亡、暴力などを目の当たりに経験し、精神病の臨床医として大きく精神的に成長していったのである。そして、茂吉が病者をよんだ作品からは、病者の置かれた現状や、改善できない苛立ちや怒りを鎮め、病者へ寄り添う姿が垣間見えるのである。

2　長崎医学専門学校の病者

茂吉は東京府巣鴨病院を退職後、一九一七（大正六）年十二月に長崎医学専門学校教授となり、一九二一（大正十）年二月には、文部省在外研究員を命じられ退職することとなった。長崎医学専門学校教授であったが、この短い期間は茂吉にとって大きな転換期を迎える時期でもあった。とくに一九二〇（大正九）年は、病苦に悩まされ生死を彷徨した一年間であった。年頭の一月六日に、猖獗を極めパンデミーとなったインフルエンザの「スペイン風邪」[10]に罹患し、肺炎を併発した。二月二十四日に職場へ復帰するまで、特効薬もなく療養をせざるをえなかった。その後、六月二日には喀血を見て、自宅療養をするが、六月二十五日には県立長崎病院（西二病棟七号室）へ入院した。七月二日には退院し自宅療養に努めるが、その後は転地療養を繰り返すこととなった。喀血したのは結核のためであり、当時は不治の病であり死を覚悟したのであった。漸く病が癒えて出勤したのは、十一月二日のことであった。

病院のわが部屋に来て水道のあかく出て来るを寂しみゐたり　（『つゆじも』「長崎」大正九年）

このように一年間を振り返れば、長崎医学専門学校教授として、心ならずも研究者・臨床医・教育者に関して、どれも自らの責務を全うできなかったのである。しかし、歌人としては、『赤光』に続く『あらたま』を編み始めた頃に当たり、この死を覚悟するような暗鬱な年に、茂吉は血を吐くように渾身をふりしぼり『短歌に於ける写生の説』を書きあげたのであった。

この歌論で、「実相に観入して自然・自己一元の生を写す。これが短歌上の写生である。[11]」という、いわゆる「実相観入」を提唱した。ここで茂吉は、自然と人間を対峙した存在として捉えるのではなく、自然と自分は別なものではなく、自然の中に自己があるとする「自然・自己一元の生」を説いた。自然を写生すれば、そのまま自己を写すこととなる。茂吉は、和辻哲郎の次の文章を歌論に引用し「ここに用ひる自然は人生と対立せしめた意味の、或は精神・文化などに対立せしめた意味の哲学的用語ではない。むしろ生と同義にさへ解せらる所の（ロダンが好んで用ふる所の）人生自然全体を包括した、我々の対象の世界の名である。（我々の省察の対象となる限り我々自身も含んでゐる）それは吾々の感覚に訴へる総ての要素を含むと共に、またその奥に活躍してゐる生そのものを含んでゐる。[12]」という。茂吉は、これと自分のいう自然は同じだとする。「生」は造化不窮の生気、天地万物生々の「生」

で「いのち」の義であるという。そして、『童馬漫語』では、親鸞の自然法爾[13]を引用して「自然を法爾に対し『わがはからざるを自然とまうすなり』の境にゐておのづから予の生の『象徴』は成るのである。予の『象徴流』が流俗の説とちがふのはここだ。[14]」という。また、「予がこれまで処々で書いた、まこと、ひたぶる、直し、自然、象徴、単純化、流露、などの実際的な活動は皆この『写生』から分派せられるのである。[15]」という。茂吉によれば実相に観入することが、写生であるが、写生とは単に対象を客観的に写しとるだけではなく、主観的に対象の本質を深く探り出す態度や姿勢が求められる。写生とは見たものを見たままに書くのではない。この歌論は、「茂吉の一つの人生哲学ともいうべきもの[16]」であり、自らの母の死や、伊藤左千夫の急逝などの無常迅速の人生の生々しい体験と実作を重ねる中で構築したものであった。そこには、インフルエンザに罹患し、後に喀血する中で、茂吉が短歌の世界で一語たりとも粗末にせず、夢中になって実作する集中力、凄まじい生命力を感ずるのである。それは、精神病医であった茂吉の病者への眼差しへも変化があったといえるのである。

　長崎医学専門学校教授を辞職し、留学を決意した心情を島木赤彦に吐露したものがある。公開を予期せぬ書簡で、しかも「他言無用」というだけに、その内容は赤裸なものであり本心そのものである。要するに、医学上の為事である博士論文を仕上げるために、文部省の留学生とはいえ、私費にて留学する決意を連綿と綴った内容である。精神病の臨床医としての経験は、東京府巣鴨病院にてほぼ充足したのであろう。茂吉は、臨床医としてはじめて精神病者と接し戸惑いや驚きもあったであろう。ただし、臨床の現場では学ぶべきことは数多くあったであろう。しかし、少しずつ精神病者とも親しみ、その環境にも慣れてきたが、研究者としての成果はなかった。そして、長崎医学専門学校教授となって、病気となり生死を彷徨い死を覚悟する中で、不惑を前に「茂吉は医学上の事が到々出来ずに死んだといはれるのが男として、それから専門家として残念でならぬ」といい、歌を捨ててまでも精神病医として為事を仕上げる決意をしたのであった。これは、次の歌に茂吉の病者への訣別がよまれているが、決して研究者となっても病者を置き去りにするのではなく、帰国後に病者の救済を将来的に託す覚悟でもあり、精神病医を生業として病者に寄り添っていく表明でもあろう。

ものぐるひはかなしきかなと思ふときそのものぐるひにも吾は訣《わか》れむ　（『つゆじも』「長崎より」大正十年）

同年二月二十二日には、最初の医学論文「緊張病ノえるごぐらむニ就キテ」を漸く完成させた。さすがに、留学前に少しでも医学論文を整えたかったのである。そして、同年の十一月に神戸港を出帆し欧州へ旅立ったのであった。

3　青山脳病院の病者

茂吉は精神病医であると同時に歌人であった。加賀乙彦のいうように「彼は何かに憑かれたような一生でありまして、その憑かれたものは一つは医学の世界に、一つは短歌の世界に。そしてその短歌の世界と医学の世界というものを彼は一生を通じて、手放さないでいた。[17]」のである。この短歌に向けられた茂吉の凄まじい生命力は、医者としても同様であり、相乗的に人間茂吉を形成したのである。そして、欧州留学後に、茂吉は一九二七（昭和二）年四月に養父紀一に代わり青山脳病院院長となったが、短歌の世界だけではなく、精神病医としての日常においても同様に、多忙な中にあっても夢中で病者の治療に専念したのであった。当時の入院患者は三百余名であった。女婿であった茂吉が青山脳病院院長になった経過については、すでに論じているが、本人の全く予期せぬ結果であり、院長を引き受けざるをえなかったのである。紀一の長男である西洋は年若く後継者としては不十分であった。青山脳病院が火難に遭わなければ、いずれは西洋が院長となり茂吉は研究者になれたかは不問にしても、少なくとも研究を継続し、病院経営の雑務からは解放され精神病医として病者に寄り添う予定であった。茂吉にとって、病院の焼失は欧州留学中に今後の研究のために蒐集した医学書、医学雑誌、医療機器などもすべて失ったのであり、この心の痛手は大きかった。また、院長となった茂吉は、必ずしも継承者として安泰な立場にあるのではなく、病院経営が軌道に乗れば院長職を譲るつもりであり、譲らざるをえなかった。しかし結果的には、戦時中に東京都へ青山脳病院を譲渡するまで、院長職を全うしたのであった。

戦前の精神病院は、病者の治療というよりも、病者を隔離することを優先した。私立の精神病院は、公立の代用病院という役割を担っていた。よって、前述のように公費の病者を入院させると、病院にとって経営が安定した。しかし、病者の逃亡は地域住民をはじめ、社会に不安を与えた。社会の安寧秩序という大義名分が、精神病院の役割であったからである。そのような時代に茂吉は精神病医として、さらには院長として身を投じていたのである。

狂人《ものぐるひ》まもる生業《なりはひ》をわれ為《す》れどかりそめごとと人なおもひそ
（『ともしび』「生業」昭和二年）

「狂人」や「狂院」という言葉は今では差別的用語である。また「狂人まもる」とは、茂吉のいう「狂人守」のことである。しかし、時代精神を読めば、このような表現を使用することへの批判は当たらない。茂吉は、精神病院院長として精神病者と共に寄り添い行動し、世間の病者への差別的な眼差しを痛切に感じた。「かりそめごと」とは、かるがるしいこと、なおざり、おろそかということである。世間の人々に「かりそめごと」と思って下さるなという意であるが、「かりそめごと」と思っている人がいるということでもある。また精神病医であり、歌人である茂吉は、世間から医業を疎かにしているのではという強迫観念に囚われているのである。精神病医が生業であることを、自らにいい聞かせているようであり、世間にも知ってほしいのである。また「かりそめごと」では務まらない激務であり、病者を思い日々悩み苦しんでいるのである。そして、この歌は茂吉の精神病者を精神病院に隔離し、隠蔽しようとする世間への内なる怒りでもあり、病者の境涯への配慮も行間から読み取れるのではないだろうか。

茂吉は、養父紀一のような処世術に長けていない。茂吉は、世俗との交渉を不得意とするところであるが、誠実に木訥に交渉し、自らの運命を甘受しつつ、院長の激務にいそしむのであった。また、いそしまざるをえなかったのである。

雨かぜのはげしき夜《よは》にめざめつつ病院のこと気にかかり居り
（『ともしび』「韮」昭和二年）

茂吉は、歌人として名を馳せたが、医者としては忸怩たる思いがあった。この歌には、一人前の医者として活躍したいという衝動や焦燥感が、茂吉の心に複雑に絡んでいるのである。病院経営者の院長として、病院を気にかけたのも事実であるが、病院内の病者を思ったものであると素直に読み取るべきであろう。

生業《なりはひ》はいとまさへなしものぐるひのことをぞおもふ寝てもさめても
狂院《きやうゐん》に寝つかれずして吾居れば現身《うつしみ》のことをしまし思へり
むらがれる蛙《かはづ》のこゑす夜ふけて狂院《きやうゐん》にねむらざる人は居りつつ
ものぐるひを守る生業《なりはひ》のものづかれきはまりにつつ心やすけし
（『ともしび』「雨」昭和二年）

この連作では、精神病院に対して病者の治療というよりも隔離という印象が深まる。茂吉はその病者のことを「寝てもさめても」終日にわたり思っているのである。現代の医療は、キュア中心でありケアを忘れているという批判がある。キュアなしには、病気は治癒しない。キュアとケアは対立するものではなく、ケアはキュアを包み込むものでなければならない。昭和初期の精神病医には、病者に対し思うようなキュアはのぞめない。慢性的に不眠に悩む病者、あるいは深夜に大声を発する病者への投薬も薬効がないのである。このような状況を踏まえて、この連作を見る必要があろう。また、戦後は病者への治療が進んだとはいえ、病者の過激な行動を制御するための「薬漬け」による医療へと転換していった事実も忘れてはならない。

ものぐるひの命《いのちをは》終るをみとめ来てあはれ久しぶりに珈琲を飲む
（『ともしび』「童馬山房折々」昭和二年）

精神病者の臨終に立ち会ったということである。そして、担当する病者に寄り添い過ごしたために、珈琲を飲む暇さえなかったのであろう。この臨終の場における「あはれ」が何とも切なすぎる。

病院に来て吾の心は苦しめどこの苦しみは人に知らゆな　（「短歌拾遺」昭和二年七月十五日、日記より）

これは、日記に書かれてあった歌である。院長として病院経営の難局や、一人の臨床医としての苦痛を他者には語ることのできない心境をよんだのである。また、他者に語っても解決できない苦痛なのであろう。

一夜《ひとよ》あけばものぐるひらの疥癬《かいせん》に薬のあぶらわれは塗るべし　（『ともしび』「折に触れつつ」昭和三年）

病院の衛生状況は、劣悪とはいわないまでも清潔とも言い難い状況であったのであろう。茂吉も虫に好かれる体質であるが、同病相哀れむ心持ちであろうか、病者の疥癬に冒された、指間、腕、腋の下、下腹部や内股などに、薬を塗ったのである。

おしなべてつひに貧しく生きたりしものぐるひ等はここに起臥《おきふ》す　〔公費患者のこと〕

むらぎもの心ぐるひしひと守りてありのまにまにこの世は経《ふ》べし　（『ともしび』「C病棟」昭和三年）

青山脳病院も代用病院として認可され、公費患者を受け入れた。これが、脳病院にとって安定的な収入源となった。いうまでもなく「むらぎもの」（群肝の）は心にかかる枕詞である。ここでは「狂人守」を「心ぐるひしひと守りて」と表現している。

ゆふぐれの光に鰻の飯《いひ》はみて病院のことしばしおもへる　（『ともしび』「業余小吟」昭和三年）

この歌も前述した歌と同様に、茂吉の鰻好きを語る歌でもある。大好物の鰻を食べ、病院の雑事をはじめ何もかもを忘れたいところであるが、常に病院と病者のことを気に掛け、心休まる時間がないのである。とくに、病者の逃亡などの緊急時であれば、すぐに対応しなければならない。

独逸書のこまかき文字は夜ふけて見む競《きほひ》なし老いそめにけり

心こめし西洋の学の系統もすでにもの憂《う》し秋の夜ごろは

（『ともしび』「折々の歌」昭和三年）

院長としての激務と責任の重圧が続く中で、研究者として最新のドイツ精神医学を学びたいという意欲も少なくなり、むしろ懐かしい思いが強いということであろう。臨床の現場にて、病者との関わりが深いものとなったからであろう。また、欧州留学にて研鑽を積んだ日々も、遠い思い出となってしまったのである。

むばたまのこの一夜だに病院のことを忘れて山にねむらな

（『ともしび』「冬」昭和三年）

この歌も、しばし一夜だけでもよいから、病院のことを忘れたいという心境を吐露したものである。岡田靖雄は、茂吉が直接に病者のことを歌うのは「おしなべて」の歌だけだという。あとは、「これが己の生業と自らにいいきかせて、その生業にたずさわっている心境がしずかにうたわれている。『赤光』『あらたま』の頃のはげしい息遣いはもうない。」[18]という。岡田の茂吉への評価は常に辛辣であり、精神病医茂吉への期待が過剰であるのかもしれない。当然ながら、茂吉の臨床医としての日常に何ら問題はない。ましてや、職業的倫理観を発揮し、精一杯病者と向き合っている。精神病者は錯覚や幻覚も多く、軽度の意識障害を伴う譫妄に陥る場合がある。また、誰に対しても罵声を発し、怒号が乱れ飛ぶ中で暴力をふるうこともある。さらには失禁も日常的なことであり、病室や、さらには病棟に漂う臭気も凄惨である。「生業にたずさわっている心境がしずかに」という指摘であるが、臨床医として熟達してきた茂吉の心境としては、新任のような「はげしい息遣い」がなくなってくるのは当然のことである。精神病院の現状を冷徹によんでいても、病者を機械的に冷徹に診ているわけではない。

鈴木一念は一九三六（昭和十一）年から一九三八（昭和十三）年まで、二年あまり病者として入院し、その後病院に就職した。前述したが鈴木は院長茂吉を次のように回想している。

廻診の時の、現実と瞑想の二重世界を同時識しつつ病室や廊下をゆく或時の先生の姿が、半治癒の狂人達には不可解に印象される時があるらしく、「院長も少し可笑しいのではないか」そんなことを私に囁く者もあった。[19]

飄々とした茂吉ではなく、一途に診察をしている凛とした姿を髣髴とさせる。これは、恩師呉秀三の診察スタイルと同様の病者と一如になった状態であるともいえよう。茂吉の性格を活写する挿話に、これも前述した「ノーネクタイ事件」がある。ネクタイを着け忘れ診察を終えた後に、ネクタイを着けていないことを指摘され、なぜ早くに指摘してくれなかったのかと激怒した事件である。これは激昂する茂吉の姿として引用されるのだが、ひとたび診察に入れば、服装のことなど無頓着に診察に全霊を傾けるのが茂吉の流儀なのである。茂吉の診察は、病者の訴えを丁寧に聴き、極めて親切であったという。茂吉の家人が犠牲となった癇癪は、精神病者の診察では一切ない。精神病の症状は、病者との会話により把握するため精神病の問診は時間を要する。十分に構え、じっくりと病者の愁訴を「聴く」ことが肝要なのである。また、精神病者は病識を欠き、自らは健全であると信じている。むしろ、自発的に精神病医を訪れる病者は精神病者ではないといわれるほどである。

茂吉は作歌活動をあくまでも「業余のすさび」とし、「狂人守」たる精神病医であることを生業とした。これは、歌道よりも医道に重きを置き、医道に研鑽するということである。次は、茂吉の代表作の一つである。

あかあかと一本の道とほりたりたまきはるわが命なりけり　（『あらたま』「一本道」大正二年）

茂吉は『作歌四十年』で、次のように述懐する。

秋の国土を一本の道が貫通し、日に照らされているのを『あかあか』と表現した。これも『しんしん』流のものに過ぎぬが、骨折ってあらわれたものである。貫通せる一本の道が所詮自分の『生命』そのものである、というような主観的なもので、伊藤左千夫先生没後であったので、おのずからこういう主観句になったものと見える。『たまきはる』などという枕詞を用いたのも、単純に一気に押してゆこうという意図に本づいたものであった。この一首は私の信念のように、格言のように取扱われたことがあるが、そういう概念的な歌ではなかった。(20)

有名なこの歌は、代々木の原っぱでよんだものである。茂吉は精神病医としての悩みだけではなく、母の死、恩師左千夫の死などによる喪失感、さらに左千夫が急逝した後の雑誌『アララギ』の運営の問題などを抱えていた。茂吉は、これらを自らが引き受けて、自分の道を歩もうとしているのである。夕陽が照り輝きあかあかとした一本の道を、自らの命をかけて歩もうとする。この歌は、概念的な歌ではなく、秋の落日の一本道の風景に生命の象徴を託したものであるが、茂吉の眼前に広がる一本道とは、どのような道なのだろうか。その道とは、宿命として受容した精神病医として一人前になることではないだろうか。この歌は、精神病医たる茂吉の悲痛な叫びも込めてよんだものであろう。茂吉は自らの生き方に対し煩悶しつつ、精神病医であることから逃走せずに、烈風にも耐え忍びながら、病者と共に、たとえ牛歩であったとしても着実に一歩ずつ進み足跡を残そうとしたのであろう。そして、戦前の精神病者に対して、「治療」することよりも社会の「治安」を優先するという、想像を絶する精神病院や精神病者の実態を体験し、精神病医として命懸けで、命をすり減らしても歩まなければならないという茂吉の覚悟であり、その決意を表明した歌ともいえるのである。

茂吉は自分らしさを自覚し、しっかりと自立し、人生に真剣に立ち向かおうと思えば思うほど、おそらく自分を超えた大きな力に翻弄されているという意識が襲ってきたのではないだろうか。そして、精神病医として自らの宿命的な限界状況を、自ら運命として背負い、これからの不安に満ちた畏怖の中に立って、その中で自分らしく充実した仕方で生き、生きがいを求めるには、精神病医の仕事に励み精進する以外には自ら進むべき道はないと決断したのであろう。

注

（1）斎藤茂吉『作歌四十年』筑摩書房、一九七一年、一五～一六ページ。

（2）岡田靖雄『精神病医　斎藤茂吉の生涯』思文閣出版、二〇〇〇年、一四七ページ。

(3)『図説　日本の精神保健運動の歩み』日本精神衛生会、二〇〇二年、二二一ページ。
(4)『斎藤茂吉全集』第九巻、岩波書店、一五～一六ページ。以下、『全集』と記す。
(5)土屋文明編『斎藤茂吉短歌合評』上巻、明治書院、一九八五年、五四ページ。
(6)本林勝夫『茂吉遠望』短歌新聞社、一九九六年、一一〇ページ。
(7)塚本邦雄『茂吉秀歌――『赤光』百首』文藝春秋、一九七七年、一六五～一六六ページ。
(8)『全集』第三六巻、四七ページ。
(9)塚本邦雄『茂吉秀歌――『つゆじも』『遠遊』『遍歴』『ともしび』『たかはら』『連山』『石泉』百首』文藝春秋、一九八一年、三〇六～三〇七ページ。
(10)なお、この「スペイン風邪」で島村抱月は死亡し、松井須磨子は後追い自殺をした。米国滞在中の野口英世は故郷会津の母がこれで死亡したことを知る。竹久夢二の愛児も宮沢賢治の妹とし子もこれに罹った。
(11)『全集』第九巻、八〇四ページ。
(12)同上。
(13)「自然といふは、自はおのづからといふ、行者のはからひにあらず。然といふはしからしむといふことばなり。しからしむといふは、行者のはからひにあらず、如来のちかひにてあるがゆへに法爾といふ。法爾といふは、この如来のおむちかひなるがゆへに、しからしむるを自然とまうすなり」『末燈抄』
(14)『全集』第九巻、一六一～一六二ページ。
(15)同巻、八一六ページ。
(16)山上次郎『斎藤茂吉の生涯』文藝春秋、一九七四年、二二九ページ。
(17)加賀乙彦「医師・歌人としての茂吉」『今甦る茂吉の心とふるさと山形』短歌研究社、二〇〇四年所収、一一五ページ。
(18)岡田靖雄、前掲書、二六五ページ。
(19)『アララギ　斎藤茂吉追悼号』、アララギ発行所、一九五三年、一五四ページ。
(20)斎藤茂吉『作歌四十年』三〇ページ。

第十四章　老いの諸相

1　老いの徴候

老いはなかなか自覚できない。家族や周りの年下の人たちが本人の老いを早く認識する。人間は他人の目の中で老い、そしてゆっくりと自らの老いを受容していく。疾病の場合は、治癒の可能性があるが、老いは加齢にしたがい進行し治癒することはない。しかし、高齢者は、老化現象に対して病名を付けられ、病人であることを期待する。老いとは、老衰、老残、老醜に代表されるように、死への近さが、否定的なイメージを増幅させる。一方では、老成、老熟、老実などのように老いに対して、肯定的な意味をもつ言葉もある。私たちは、一人ひとりの長い人生の経験と、その蓄積の上に構築された老いの知を発掘し、老いの価値を見出すことが必要である。本章は、茂吉の老いの諸相を凝視することにより、その底流にある生死観を考察し、さらには宗教観に迫ろうとするものである。

茂吉が、ミュンヘンのドイツ精神病学研究所に留学していた時の歌が次にある。当地には、一九二三（大正十二）年七月から約一年間滞在した。

München《ミュンヘン》にわが居りしとき夜《よる》ふけて陰《ほと》の白毛《しらげ》を切りて棄てにき　（『ともしび』「閉居吟　其一」大正十四年）

四十一歳であった茂吉が、自らの肉体を冷徹に写生した回想詠である。陰の白毛は老いのまぎれもない象徴であり、老いを意識した眼差しであった。まさに、茂吉にとっては、老いの徴候であり、あるいは「老いの坂」の起点ともいえるのである。兼好法師は、「住みはてぬ世に、みにくき姿を待ちえてなにかはせん。命長ければ恥多し。長くとも四十《よそぢ》に足らぬほどにて死なんこそ、めやすかるべけれ。(1)」とまでいう。とはいえ、老いには個人差があるが、四十代での早熟な老いの印象を免れないのは、茂吉の病歴を考えると、腎機能の障害との関連性があろう。欧州留学前の一九二一(大正十)年七月六日に、東京で友人の神田孝太郎が健康診断をしたところ、尿蛋白が検出される腎臓の異常が発見された。しかし、茂吉には、留学を目前に治療や療養をするための時間的余裕はなかった。腫みたる足を、脚気のせいであるとし、オリザニンを服用したのであった。(2)自らの病気を直視し対坐することを避け、むしろ病気から逃走し、先延ばしにして留学したのであった。また、茂吉は、腎臓だけではなく、長崎医学専門学校教授時代には、スペイン風邪(インフルエンザ)に罹り生死を彷徨し、その後に喀血し、血痰が続くという最悪の健康状態であった。また、留学中にも、恐れていたように血痰を吐いた。(3)結果的には不養生により、留学後に茂吉の腎臓は慢性腎炎へと移行したのであった。

朝々にわれの食《たう》ぶる飯《いひ》へりておのづからなる老《おい》に入るらし
(『たかはら』「日常吟」昭和四年)

一九二九(昭和四)年一月七日、四十七歳となった茂吉は自らの尿を検査した。日記には、「一人診察。試ミニ尿ヲ検査シタルニ蛋白ノ反応著シ一寸悲観セリ(4)」と記すように、再び尿蛋白が検出された。同年一月二十一日には、杏雲堂病院を訪ね、友人の佐々廉平の診察を乞うた。診断は、予想通り慢性腎炎であった。老いれば、食欲も減退してくる。これも老いの徴候であり、厳然たる現象である。この歌には、何ともいえぬ悲哀が漂う感じである。その後、食餌療法を試みるが、現実には食い意地がはって、好物の鰻を食べ、三日坊主で養生を止めてしまう。茂吉は、歌の如くに食欲が減退したとは言い難い。

ところで、茂吉が長崎医学専門学校教授を辞任し、欧州へ留学したのは、一九二一（大正十）年一月二十日付、久保田俊彦（島木赤彦）宛の書簡にある「（當分以下他言無用）（略）茂吉は医学上の事が到々出来ずに死んだといはれるのが男として、それから専門家として残念でならぬ」(5)という決意に収斂される。そして、留学中は、刻苦勉励し、研鑽を積み、学位を取得することができた。目的を達成し、研究の余暇には欧州各地を巡歴した。帰国後には、研究者となる「淡き淡き予感」(6)を期待し、自信をのぞかせるのであった。しかしながら、すでに論じたように茂吉は、欧州留学の帰途、船上にて養父紀一の経営する青山脳病院焼失の電報を受けた。一九二四（大正十三）年十二月二十九日に、火災が起こり、三百余名の入院患者の内、二十名が焼死するという惨事であった。この艱難に遭遇した頃を、次のように詠む。

うつしみの吾《わ》がなかにあるくるしみは白《しら》ひげとなりてあらはるるなり　（『ともしび』「随縁近作」大正十四年）

留学中の茂吉は、倹約をし、今後の研究に必要な膨大な書物を購入し、先に自宅へ送っていたが、火災ですべてが焼失した。焼け跡を棒切れで突き、焼け残りの本を取り出し、一枚一枚焼けた部分を鋏で切り取り、丁寧に干し、一冊の本に綴じた。この行為は、書物への愛惜というよりも、「淡き淡き予感」が完全に潰えたことへの、茂吉の執着である。そして、あまりにも過酷な現実の中で、茂吉は如何ともしがたい運命に翻弄され、短期間のうちに老け込み、苦しみを象徴するように白ひげが生えたというのである。茂吉は、この歌に関して「その頃自分の鬚髯はめっきり白くなったのを一首にした。島木赤彦はこの一首に感心してくれた」(7)という。帰国後の病院を取り巻く状況は、肺腑を抉るような負担を茂吉にかけ、老いをより一層加速させたのである。

その後、病院再建に着手するが、地元住民の反対があり、警視庁の許可もなかったため、郊外に土地を求め、東京府下松沢村（現在の世田谷区松原）への移転を決意した。しかし、何よりも病院財政は逼迫し、資金難となり、慣れない金策のために駆けめぐった。一九二六（大正十五）年四月七日に、漸く青山脳病院は再建された。ところが、患者の逃亡者が出たために、警視庁から院長の更迭を指示され、一九二七（昭和二）年四月二十七日に、茂吉は養父紀一に代わり、青山脳病院院長とならざるをえなかった。なお、元の青山には診療所が置かれ分院となった。翌年には、病院創設者の紀一が亡くなった。爾来、敗戦直前の一九四五（昭和二十）年五月十八日に、青山脳病院本院が東京都に譲渡され、松沢病院分院梅ヶ丘病院となるまで、茂吉は病院の代表である院長と臨床医としての重責を全うしたのであった。それは、茂吉が四十五歳から六十三歳までの約二十年の期間であった。

ゆふぐれし机のまへにひとり居りて鰻を食ふは楽しかりけり　（『ともしび』「この日頃」昭和二年）

これは、院長として多忙な激務にあって、大好物の鰻を一人で食べるという、精神的な安堵感がひしひしと伝わってくる歌である。茂吉にとっては、誰をも寄せつけない、そして何ともいえない一人だけの至福の時間であり空間なのである。茂吉は、家族に対しては固陋で、癇癪もちであったが、一方ではユーモアに富む性格であった。

茂吉われ院長となりいそしむを世のもろびとよ知りてくだされよ　（『石泉』「世田谷」昭和七年）

これは、漸く青山脳病院の経営も少しは軌道に乗り、安定してきたので、年老いてきた茂吉のこれまでの艱難辛苦を少しでも、知ってほしいという、ユーモアの精神と哀愁が読み取れる歌である(8)。

2　老いへの傾斜

一九二九（昭和四）年一月十七日に、自ら検尿すると蛋白が検出されたことは前述した。慢性腎炎へと悪化していた。そして、次の歌がある。

こその年あたりよりわが性欲は淡くなりつつ無くなるらしも　（『たかはら』「所縁」昭和四年）

茂吉が四十七歳の時であるが、老いれば、性欲も食欲も減退し、知足となる。論語では、「不惑」「知命」から

「耳順」となり「矩を踰へず」となる。とはいえ、必ずしも歌の如くに、茂吉は性欲が減退したわけではない。
一九三一（昭和六）年五月七日に、またしてもインフルエンザに罹患し、痰と咳が年末まで続いた。

朝起キテ味噌汁ノ味ワロシ。體温計リタルニ三十七度アリ。ソレヨリ一寸臥床シテ后計リタルニ36°7グラキトナル[9]。

同年十二月三十一日の日記には、一年間を回顧して次のようにある。

今年ハ風邪ヲ幾度モ引キ、ソレカラ喘息ノヤウニナツテ転地シタリナドシテ苦シミ、コレガ持病ニナツテ死ムカモ知レント思ツタガ、幸ナコトニハソレガ直ツタ。院長トシテモ、アレハ歌ヨミデ医者デハナイナドト云フガコレモ力量ニ於テ実際ノ成績ヲアゲルノダカラ信用ガアルノデアル。スベテ神明ニ感謝シシヅカニ今年ヲ終リ、新年ヲ迎ヘヨウ[10]。

さて、一九三三（昭和八）年十一月八日に、ダンスホール事件に関連して、新聞に妻てる子のことが掲載された。それ以後、妻との別居生活が敗戦後まで続くことになる。茂吉にとって、深刻な精神的な負傷を受けた。茂吉の日記は、そのために七日間にわたり中断した。

十一月十四日には、「午前中、身体綿ノゴトクニ疲ル、故ニ診察休ム[11]」

十一月二十一日「丸薬ノミ、辛ウジテ気ヲマギラスニ過ギズ。（略）心臓ノ音ノ乱レ苦悶ヲ感ズ、苦シトモ苦シ[12]」

十一月二十七日「ウイスキー飲ム。夜半ニ夢視テサメ、胸苦シク、動悸シ如何トモナシガタシ。コノマ、弱リ果テテ死ヌニヤアラントオモフバカリナリ」

十二月三日「胸内苦悶アリ。時々心音不整トナル」

このように失意の中にあった茂吉であるが、一九三四（昭和九）年九月十六日に百花園で開催された正岡子規三十三回忌歌会の席で、永井ふさ子と遭遇するのであった。茂吉が五十二歳、ふさ子が二十五歳であった。その後、両者の交渉が始まり、恋愛へと発展していった。茂吉の没後に、ふさ子宛の書簡が公開され、赤裸な、茂吉の愛の告白が綴られている。(13) 五十代とはいえ、初老となった茂吉の、肉声が聞こえてくる。世評がいう「老いらくの恋」と形容すべきものであり、「わが性欲は淡くなりつつ無くなるらしも」とは虚しく響くだけである。しかし、肉体的な老いは止めがたかったのであろう。

3　老いの現実——大石田にて

一九四五（昭和二十）年となり、空襲が激化したため、同年四月十四日に、茂吉は単身で故郷の山形県金瓶村に疎開した。妹なをの嫁ぎ先である、金瓶村の斎藤十右衛門家にある土蔵を借りたのであった。疎開後から、一か月余の五月二十五日には、青山の自宅も病院も空襲により焼失した。当時、自宅に残っていたのは、妻てる子、長男の妻美智子、次男宗吉（北杜夫）、次女昌子の四人であった。家を失い家族は離散せざるをえなくなった。六月六日には、てる子と昌子が、茂吉の許へ寄宿した。疎開先でも食糧事情が悪く、妻子三人の生活は、心身共に苦痛であった。そして、八月十五日の敗戦を迎え、十右衛門家の出征した三人の息子も帰還するので、てる子や昌子は帰京した。郷里とはいえ、疎開先は、肩身が狭い生活を余儀なくされ、不自由な遠慮がちの日々を過ごしたのであった。

茂吉はすぐに上京すべきか逡巡したが、茂吉一人が一九四六（昭和二十一）年一月三十日には、門人板垣家子夫《かねお》（金雄）の世話により、大石田の最上川畔にある二藤部《にとべ》兵右衛門家の離れに転居した。この二階建ての離れを、聴禽書屋と名付けた。当時の大石田町は、戸数八百三十、人口約四千六百人で厳冬の地である。しかも茂吉が転居した年は、稀有の豪雪で、寒さも激甚であった。広い邸宅の庭に建てられた聴禽書屋は、四囲を高く厚い雪に囲繞され、室内は冷蔵庫の如く寒い状況であった。それが影響したのか、茂吉は、転居早々の三月に左湿性肋膜炎に罹り、五月上旬まで病臥し、療養に努めることとなった。家族と離れ、大患し、体力も気力も衰弱し、老いが進行したのであった。茂吉の日記には次のようにある。

三月十日、日曜、雪降ル、後小止トナツタ、（略）昨夜来左胸部ガ痛ンデ困ツタ。モツトモコレハコ、ニ転居以来ノ症状デアツタ

三月十一日　月曜　大雪、寒、左胸疼ム、風邪

○今日モ亦大雪デアル。午前中新聞ヲ読ンダリシテソノマ、ニナツタ。風邪未ダ痊エナク、左胸胸部ノ疼ガトレナイ。

その後、日記は六月十日まで中絶し、十一日から書き継ぐ。

六月十一日　火曜、看護婦、手伝ニ来タ、晴レ

今日カラ看護婦ノ手デナク食事ハコンデモラヒ、体ガ疲労シタ。午前中寐タ、○午後一時カラ看護婦手伝ニ来タ。板垣氏来ル。(14)

板垣家子夫の『斎藤茂吉随行記』によって、病気の経過を見ると、次のようである。少し冗長となるが引用する。山形の言葉での茂吉の「語り」をそのまま記しているので、謦咳に接するが如くであり、茂吉の人となりが身近に迫ってくる。この「語り」は、茂吉を理解するのに極めて重要である。(15)

三月十三日、起きるとすぐ先生のところに行った。玄関の戸を開ける音で分かるのであろう。廊下の襖の外に立った私に、

『板垣君だがっす。』

と声をかけられた。待ちかねていたのでもあったろうか。だが、先生の声が何となく弱々しい調子であった。

『何たっす、先生。』

『少し熱があってなっす。いつも八度五分位あるっす。今朝は七分だったたす。』

『そりゃあ困ったなっす。先生、佐々木先生に来てもらって診てもらた方がええんないがっす。風邪こじらして肺炎になったりすっど大へんだざいっす。』

『ほだなっす。診てもらうにしても、もう少し様子をみてからにするっす。その上で工合悪いときは佐々木先生にお願いすることにするっす。(16)』

その後板垣は、急ぎ帰宅し、茂吉の求めに応じ、氷嚢と水枕を持参し、外に積もった雪を入れた。茂吉は、次のように感謝する。

『いや、どうもありがとう。君、大いに助かったっす。』(略)

『板垣君、心配しなくともいいよ。風邪だから、二三日こうして寝ていると治る。それでも工合悪いときは、佐々木先生にお願いして診てもらうことにするっす。』

板垣は、三月十四日午前中か、あるいは十五日午前中か判然としないとするが、佐々木医師が往診し、診察後に板垣が茂吉の症状を聞いた。

私は大変なことになったものだと、心中がっくりして戻って来た。私を待っている先生が、

『板垣君、佐々木先生は何と言っていた。』

と聞く。嘘を言っては駄目だと思って、正直に医師の言ったことをそのまま報告した。黙ってうなずきながら聞いていたが、改まった口調で、

『板垣君、俺が病気したことは誰にも知らさないようにしてくれ。』

と言い、さらに語をついで、

『世間には俺が病気をしたと知ると、ざま見ろと喜ぶ者が多い。いい気味だ、斎藤の奴くたばれと祈る者もいるから、決して人に知らせないようにしてくれ。』

ときびしい口調で念を押した。

『まさか先生、そんな者は居ねべなっす。』

『そうじゃない。君、絶対誰にも言ってやらぬようにしてくれ。』

三月十八日は、次のように記す。

午後から少し熱が出た。佐々木医師が往診して、その結果間違いなく左側肋膜炎であることを告げ、絶対静養することをすすめた。先生と医師は始終専門語を取り交わしていた。医師は症状が進行中なので、湿布をするよう注意してくれた。こうなればどうしても附添いの看護人が必要である。私は医師を送って行き、細々と注意を聞いて来た。栄養も必要だという。どんなものがいいかと聞くと、バターなどがよいとのことだ。これも何とかして入手せねばならないと考えた(17)。

また、『斎藤茂吉随行記』の「牀上片語覚え書」には次のようにいう。

『万一俺が死んだら、すぐ火葬にして骨にし、小包にして茂太のところに送ってくれ。わざわざ君が持って行ったり、茂太をよんでも、死んでからは生きて来ない(18)。』

三月三十一日には、肋膜に溜まった水を採取した。何と二千ｃｃもあった。

先生は寝床の上に、上半身裸にして背を向けて坐り、その背に向かって佐々木医師が坐り、看護の千代がこれもこわばった表情をして静かに音も立てずに動いていた。私が部屋に入ったのを気配で知った先生が、身動きせず低い声で、

『板垣君、君、見ない方がいい。気持ちを悪くするから。』と言われた。水を採っているのだ。千代が側の洗面器を目で知らせる。それには、うす赤い血泡を立てて液が一ぱい入っていた。水だけでも洗面器に七八分はありそうだ。随分多い量であるのに驚いた。こんなに水がたまっていたんでは、呼吸が苦しかったのも無理はない。先生の強靱な忍耐というか、粘りに改めて驚いたのであった。（略）

洗面器をのぞいている私に、また先生が、

『そんなっものを見るなよ、君。』と言う。

『なあに、先生、私はこんなのを見ても決して気分なの悪くすねっす。』と努めて平気に答えた。先生は、それなり何も言わなかった。その左の背には注射針がうちさされて、佐々木医師が静かに管の中に水を吸わせ採り、針からはずしては洗面器の中に出して、また針に嵌める。ほとんど赤く濁ったものばかりだった。この嵌め外しが、どんなに静かにやっても痛いらしい。先生は目を瞑って苦痛に耐えていた。無言の時が経った。今ではこの間が長いようにも短かったようにも思われるが、果してどうだったろうか。

『もう水が無いようだなっす。』（略）

『佐々木先生、どれくらいたまっていたかなっす。』

『ほだなっす。二千ぐらいかなっす。探り針をしたんだが、余り水が出て抜かんなくなってしまって、こんなにたまっていたんなら太い針を使えばよかったが、そいつを持って来ていなかったんで、先生もなんぼか痛がったんないがっす。こんなにたまっていたとは思わなかったからなっす。』

『いや、お陰さんで胸が軽くなったようだっす。佐々木先生、本当に有難かったす。』(19)

肋膜の水を採取しても、解熱しなかった。佐々木医師が消炎剤である撒曹（サルチル酸ソーダ、略称ザルソー）を飲ませれば解熱するが、軍隊にもっていかれたらしく、大石田近辺の医者も、薬店にもないという。そこで、板垣は茂吉に内密に、長男の茂太宛に手紙を出した。この独断により、茂太が四月十日頃、撒曹を持参し来町した。服用後は、よく効果があり、数日中に平熱に戻った。あまりにも顕著な効果であった。

次は、病臥中の歌である。

雪ふぶく頃より臥してゐたりけり気にかかる事も皆あきらめて

幻のごとくに病みてありふればここの夜空を雁《かり》がかへりゆく

たたかひにやぶれしのちにながらへてこの係恋《けいれん》は何に本づく

（『白き山』「春深し」昭和二十一年）

病中に頬から顎にかけて白髯がのび、額に皺を刻んだ。茂吉が最上川の岸辺に、麦わら帽子を被り、「たらばし」という藁でつくった丸い敷物に腰をおろした写真は、晩年の茂吉を象徴する一つとなった。茂吉は、一九四七（昭和二十二）年十一月四日に上京するまで、大石田町で、約一年九か月余りを過ごすこととなった。茂吉は最上川を中心とした大石田の風光、さらに芭蕉の曽遊の地であったことが念中にあり、大石田に疎開したのであった。そして、最上川の歌を多くよみ『白き山』という歌集に結実した。敗戦の悲嘆さを味わった茂吉であるが、この町の人々の善意と温情に心を洗われ、幸せな時間を過ごしたのであった。決して、流離や流亡ではなく、「敗戦を契機としてその晩年を郷土の風物と、周囲の人たちの敬愛の中に、ふかぶかと身をしずめた『回帰』のとき『いこい』のときであった(20)」のである。

さて、ここに一枚の写真がある。茂吉が帰京する日に、大石田で撮った写真である。中央に茂吉、左に板垣家子夫、右に結城哀草果の三人である。茂吉は上下の背広の正装に、古い中折れ帽子をアミダにかぶり、右手には杖がわりに蝙蝠傘を、左手には愛用の「極楽」を提げている。足元を見ると、いつもの愛用の草履や地下足袋ではなく、靴を履いているようだ。[21]「極楽」とは溲瓶の代用としていたバケツのことである。晩年の茂吉を語るには「極楽」は有名である。

茂吉は、一九三六（昭和十一）年十月十六日に、木曽福島へ、木曽教育五十周年記念の講師として訪れ、「和歌の特質と作歌の態度」という題目で講演した。その後、汽車にて王瀧へ行き、小林旅館に投宿した。次は、その時の歌である。

この町に一夜《ひとよ》ねむらばさ夜中《よなか》の溲瓶《しゅびん》とおもひバケツを買ひつ　（『暁紅』「木曽福島」昭和十一年）

この歌は、茂吉五十四歳の時であるが、すでに「極楽」を使用していたのだ。バケツに付けられた「極楽」という名称は、秀逸で感心するばかりである。しかし、この時には、まだそのように呼ばれてはいない。加藤淘綾が回顧している。

「加藤君、先ほど散歩に街へ出た時、金物屋があってこれを買って来た。十五銭だよ。安いものだよ。」
「こんなもの東京へ持って行くんですか、何所にだってあるでせうが。」
「これは今夜の溲瓶だよ。僕は小便が近くてね、長い廊下を夜便所に通ふと、冷えてすぐまた行きたくなる。君十五銭で楽が出来るんだよ。」（略）
「僕はよく水洗ひし床の間へでも置いて行く。宿ではお客さん妙なものを忘れて行ったと思ふが、買ったばかりの新品なのだから、多分また水でよく洗って台所で使ふだろう。それでよいんだよ。[22]」

このように、茂吉はバケツを翌朝、新品なので何も言わずに宿に置いておくという。加藤は逆らうこともできず困惑したようだ。この茂吉の無頓着さは、何ともいえない。

さて戦後になり、大石田の生活では、「極楽」に大変世話になり、手放せなかった。取手のついた小型なものを、二つ常備していて、交替に使用していた。斎藤茂吉記念館には、この「極楽」が展示されている。[23]バケツをよく見ると、黒びかりし「茂吉　山人　溲器　昭和十五年」と墨書してある。山人とは、正確にいえば「童馬山人」のことである。茂吉は、腐食しないように、内側にコールタールを塗った。また、バケツは自ら洗い、井戸端で手を清めていた。散歩には必ず携行していたので、時おり村人が空のバケツを見て、野菜などをバケツに入れてくれた。村人が「茂吉先生、持ってけらっしゃい」といって、声を懸けたのである。茂吉は、ありがたく頂戴した。「極楽」は、茂吉の鼓動を直に伝えてくれるものだ。

茂吉は、一九四七（昭和二十二）年八月十六日、東北巡幸中の昭和天皇に上山《かみのやま》の村尾旅館で拝謁し、ご進講することとなった。天皇の御前にありながら、尿意が起こり中座することにならないか、最も心配なことであった。幸いにして、茂吉はその重責を滞りなく果たした。

4　茂吉の晩年

茂吉は一九四七（昭和二十二）年十一月四日に、家族の住む世田谷区代田一丁目四百番地の自宅へ移った。そして、一九五〇（昭和二十五）年十一月十四日には、新宿区大京町へ転居し、終の住処となった。最後の歌集『つきかげ』から、いくつか老いの歌を選んだ。

この体古《からだふる》くなりしばかりに靴穿《は》きゆけばつまづくものを　（『つきかげ』「帰京の歌」昭和二十三年）

老身《ろうしん》に汗ふきいづるのみにてかかる一日《いちにち》何も能《あた》はむ　（同上「わが気息」昭和二十三年）

ひと老いて何のいのりぞ鰻すらあぶら濃過《こす》ぐと言はむとぞする　（同上「鰻すら」昭和二十三年）

茂吉の鰻好きは、あまりにも有名である。しかし、その大好物の鰻すら、身体が受け入れられないという。食から老いを感じ取った、哀切さが伝わるのである。

みずからの落度などとはおもふなよわが細胞は刻々死するを　（『つきかげ』「赤き石」昭和二十三年）

この歌は、医者らしく自己の肉体を冷徹に見つめ、老いをあるがままに受容する諦念が凝縮されるようだ。

朝のうち一時間あまりはすがすがしそれより後《のち》は否《いな》も応《う》もなし　（『つきかげ』「一月一日」昭和二十四年）

朦朧《もうろう》としたる意識を辛うじてたもちながらにわれ暁《あかつき》に臥す　（同上「暁」昭和二十五年）

わがかしらおのづから禿《は》げて居りしことさだかに然《しか》と知らず過ぎにき　（同上「時すぐ」昭和二十五年）

わが色欲《しきよく》いまだ微《かす》かに残るころ渋谷の駅にさしかかりけり　（同上「無題」昭和二十六年）

茂吉は、一九五〇（昭和二十五）年十月十九日に軽い脳溢血を起し、左半身に麻痺がおそった。完全麻痺ではなく不全麻痺であったので、次第に軽くなっていったが、その後は左脚を軽く引きずって歩くようになった。十月二十四日には胸内苦悶があった。長男の茂太によれば、十一月九日には「佐々廉平先生が見舞いに来られて診察された。その際の診断は、腎硬化症兼左半身アタキシーで、血圧二三〇〜一二〇であった」[24]という。

茂吉の門弟である佐藤佐太郎の『斎藤茂吉言行』の同年十一月一日には、次のように記される。

「僕のは脳溢血のかるいようなものだな。医者が看護婦をつれてきて、瀉血をしたりしても相当とられるからね。こんなことならからだをらくにしていればよかったんだが（仕事をしないでという意）。死亡の死だな、死の夢ばかり見るよ。ぼんやりした状態で見ているんだなあ。そういうときは小便にでも起きてしまえば意識がはっきりするんだが、苦しい状態で夢を見ているからね。佐藤君、人にはいわないでくれたまえ」。（略）

「このごろ幽霊のようなものが出てくるよ。いまさらそんなものをみるのは悟りを開いてないようだが、悟りは開いていても現実に苦しいからね。こんどはひとつ工夫して机の前に坐って十時ごろまで起きてみようともうんだ。」

そうしていれば歌も出来ましょうというと、

「そうだ。歌はもうボケてしまってだめだが、それでもかまわない作っておこうとおもうんだ。麻痺があるとボケるもんだからね。これは佐藤君承知してくれたまえ。土屋君などは僕のボケてゆくところをひややかに傍観しているような気がするが。」[25]

十一月二十五日には、次のように記す。

「恥ずかしい歌を作っているよ。頭がぼおっとして朦朧としているからね。意味の通じないような歌ではずかしいが、出たら読んでくれたまえ。（略）」

「僕もこれでこんどは自分の家だから。代田でも自分の家だが、なんだかおちつかなくて自分の家という感じはなかったな。ここでしずかにして、気のあった友人だけに会うということにして、頭がはっきりするようになれば、（語尾不明、しばらく間）ここは（脛を指で軽くたたく）ここは（頭の右耳の上をたたく）いっしょだな。これで記憶が恢復するようならいいんだが。僕の歌もいよいよぼけてしまったなと歌壇からいわれるんじゃないかな、僕のは意識がなくならないからいいんだが、意識がなくなれば死ぬからね。」[26]

一九五一（昭和二十六）年二月二十四日には、次のように記す。

「このあいだじゅうちょっと具合が悪くてね、もうだいぶ元気になったが、しゃっくりが出てとまらないで、なんだかこんどはまいるような気がしたな。医者が来てもだめなときはだめなものだね、佐々（廉平）君が診てくれたが、なにだいじょうぶだなんて、帰るとまたコキリ、コキリとしゃっくりが出てね。」[27]

佐藤佐太郎は『斎藤茂吉言行』の後記で次のようにいう。

晩年になって、先生の健康が徐々におとろえ、頭脳が徐々におとろえてゆくのを見るのはいたいたしかった。私の手帳には昭和二十七年の記録もすこしあるが、私はぎりぎりの限界のところで清書をうち切った。（略）先生は病気によって肉体がおとろえ頭脳がおとろえた。先生は家族の中にだけあって静かに残生を送られるのがいい。これ以上私などが先生を見てはならない。[28]

門弟の佐太郎は、茂吉は病気で肉体が衰えたのだから、頭脳も衰えたという。決して、老いて頭脳が衰えたとは記していない。老いの現実を赤裸に語ろうとしない。そして、一九五一（昭和二十六）年十二月二十九日をもって、言行の記録を終えている。その後の茂吉の老いを、弟子として公にするには抵抗があったのである。

田中隆尚の『茂吉随聞』の昭和二十七年三月三日には、次のようにある。

「めずらしいな」と、先生は私を見て驚いたやうに云はれる。私は始終来てゐたのに、恰も久しく音信を絶ってゐた者を見たやうに云はれた。（略）

「ほんとに暫くでした。お身體はいかがでせうか。」

「衰へたよ。衰へたねえ。」

先生は立止って玄関の履物棚に身體を支へられる。美智子夫人がその間ずっと附添ってゐる。（略）

「一週の中木金土の三日暇になりましたから、少しはお手伝出来ると思ひますが、少しづつ口授でもなさいませんか。」

「いやだめだねえ、衰へたよ。ほんとに衰へたんだ。」

先生がかう繰返し云はれるので、私は慰めやうもない。嘗ては常に光を宿してゐた先生の眼がうるみ、無気力の柔和なまなざしになってゐる。そしてぢっと立ってゐられるのさへ覚束ない。[29]

田中は、茂吉の現状をあるがままに伝えようとしている。しかし、田中も一九五二（昭和二十七）年十二月五日で終わっている。

柴生田稔の『続斎藤茂吉伝』では、次のようにいう。

昭和二十六年四月五日、私はやうやく外出できるやうになつて、九ケ月ぶりに茂吉宅を訪れた。対面した茂吉は、すでに顔面の筋肉が弛緩して、別人のやうな風貌になつてをり、私は何とも言ひやうのない衝撃を受けた。（略）私は幾度か大京町を訪れたのであつたが、その間に茂吉の能力が、徐々にではあるが、確実に低下しつつあることに気がついたのは、やはり言ひやうのない衝撃であつた。私はできるだけ茂吉を訪ねて色々質問し、茂吉の脳に働いてもらつたなら、あるいは能力をよみがへらせることも可能ではないかとも、素人考へで考へてみたのであるが、結局さう繁々と訪問することもできなかつた。（略）茂吉が、ほとんど口を利くのも億劫にするやうになった頃の或る日、夫人が、以前は机に向つて何か彼にかしてゐたのでしたが、もう全く今は何にもしなくなりましたと、寂しさうに語られたことを、私は忘れることができない。さうして、その時も茂吉は私たちの傍に茫然としてゐたのであつた。おそらくそれより大分後に、私は強ひて茂太氏に願って、茂吉に会はせていただいたことがある。布団の上に物憂さうに横になつた茂吉を一目見た時、私はたまらなくなつて、思はずその手首を堅く摑んだ。たちまち、痛てい痛ていといふ叫び声が挙つて、茂吉は憎々しさうに私を睨みつけた（と私には思はれた）。これが、茂吉の言葉を聞いた最後であつた。[30]

このように門弟は、茂吉の認知症の姿を公にすることに抵抗感があり、ある程度の段階で抑えている。柴生田は、茂吉の老いに愕然とし、いたたまれなかったのである。茂吉は、すでに門弟の柴生田であることを、認知していない。むしろ、医者である長男の茂太や、次男の宗吉（北杜夫）が、茂吉の肉体的老いを、医者の眼からありのままに冷徹に見つめ、その記録を公刊している。

長男の茂太は自らの「病床日誌」で、一九五一（昭和二十六）年の十二月九日に次のように記す。

父、このところ連日両便失禁あり。少しくapathisch。明日よりヴィタミンBC注射を再開す。[31]

Apathischとは、痴呆的ということである。一九五二（昭和二十七）年四月六日になり、茂吉は再び呼吸困難の発作に襲われた。「病床日誌」に次のように記す。

午後九時五十五分、ゼイゼイという音に隣室の母が気づく。急に呼吸困難起りたり。十時茂太かけつく。父は右を下にして、呼吸浅表。冷汗淋漓。直ちに、ビタカンファ二ｃｃ、アミノコルジン一ｃｃ皮注。十時二十分、脈一三八、呼吸四一、口唇、指端チアノーゼ、足先にもチアノーゼ。苦悶状、しっかり茂太の手をにぎる。枕頭には、母、私、美智子、昌子、看護婦二名がいる。十時二十五分、綿棒にてのどの痰を取らんせしも、却って苦しがり中止。瞳孔かなり散大、対光反射あり。「寒くない、有難う」と云う。室温十七度。（略）[32]

また、次男の宗吉（北杜夫）は、一九五三（昭和二十七）年一月初旬の自らの「日記」に次のように記す。

正月帰省の折の父。ほとんど一人で歩けない。食堂まで手をひかねばならぬ。ツヴァング（強迫）的な笑い、なにかにつけ（おかしくもないのに）一分くらい笑っている。と思うと、腹を立てて何か言う。ゼニーレ・プシコーゼ（老人性精神病）みたいになった。僕たちの話もあまり理解できぬようだった。[33]

この症状は、精神医学では「感情失禁」と呼ぶもので、感情の抑制がきかない状態である。さらに、七月二十一日には、次のように記す。

昨日見えた山形の重男（四郎兵衛の息子）さんが帰るとき、父は山形へ行くといってきかぬ。挨拶して握手して出て行こうとすると、玄関で「ちょっと、ちょっと」ととめる。「靴を出せ」と言う。食堂にきてからも、「上野へ行く」などと言う。

食堂で坐っていて、そのままHarn（尿）をしてしまう。ときどき、「コラ、コラ」「なんだ、なんだ！」と叱責するように言ったり、たまには憤怒の形をして「糞くらえ！」などともいう。

机、柱、壁に摑まって辛うじて歩く。しかし、大声を出すので誰かが手をとると、その手をぐいと摑む。父の手――白いうすい皮膚の下から血の色が浮かんで、なかなか色はよい。爪は縦に長い。静脈が太く浮いている。汗ばんでじっとりしている。粘着力のある摑み方をする。

ゲニタリエン（陰部）の毛はほとんど白い。ホーデンはやっぱりゼンドウしている。そして（サルマタはなし）尿臭。

目はひどくしょぼしょぼしてきた。ときどき薄く目を閉じて、そのまま上前方を見つめるようにする。そして、目をひらいてそれをまたたかせる。(34)

このように茂吉の記憶力は低下し、「手帳の置場所を幾度にても」忘れ、その姿を周囲にも示した。

茂吉は、一九五三（昭和二十八）年二月二十五日に、心臓喘息のため亡くなった。享年、満七十年九か月であった。次が、『つきかげ』に最後に収録された歌である。

いつしかも日がしづみゆきうつせみのわれもおのづからきはまるらしも　（『つきかげ』「無題」昭和二十七年）

茂吉は、戒名と墓を生前に用意し、死への準備は万全であった。戒名は、すでに一九三四（昭和九）年に「赤光院仁誉遊阿暁寂清居士」と決めていた。五十二歳の時である。さらに、墓は昭和十二年に「茂吉之墓」とし、自ら書いた。師の伊藤左千夫の墓よりも小さくするように要望した。墓は分骨して、郷里金瓶の宝仙寺と東京の青山墓地にある。

柴生田稔は、これまで門弟が茂吉の認知症に関して論じなかったので、『続斎藤茂吉伝』の「あとがき」で、「茂吉が脳に障害を生じた以後の経過を敢へて隠蔽しなかったのは、文学者としての茂吉の名誉を守るための必要措置と考へたからである。(35)」という。とはいえ、認知症の行動を、あからさまに詳細に記したものではない。認知症であったという事実を記したのである。門弟にとって、茂吉の認知症のことは、触れたくない事柄であった。ところが、医者の立場から息子たちは、長男の茂太は『茂吉の体臭』で、次男の宗吉（北杜夫）は『茂吉晩年――「白き山」「つきかげ」時代』で、茂吉の行動をありのままに記した。(36)ことに、北杜夫の『茂吉晩年』での茂吉の行動記録は、門弟にとって、あまりにも忍びえないものであろう。時が経過して息子だから公にすることができたともいえよう。

茂吉は、自らの老境について、老いに抵抗することなく、随順する姿勢がうかがえる。茂吉は、一九四九（昭和二十四）年十二月十六日、『夕刊都新聞』（京都）に「老境」という随想を寄せ、次のようにいう。

> 私はまだ七十にもならぬから、「老境」などといふ註文には応ずるなどといひますけれども、去年あたりから、急にいきほひが無くなりましたやうです。（略）はじめのうちは徒歩で元気よく通ひましたが、去年も暮れ、今年のはじめごろになりますと、歩行が難渋になりました。実にをかしなものだ。（略）前には返信をせぬといふことが気になつて為方がなく、そこでいやいやながらも返信をしたものだが、このごろは、万事が気にかからぬやうになつた。気にかからぬから、万事をうつちやつておくといふことになる。この事柄をおしひろめて行けば、『死』などいふ事柄だつて、若い者のやうに気にかからぬことになつて、わりかた気楽に往生が出来るのではないかとおもはれるのである。（略）耄ろくしたものは、そんな手数もいらず、はたからの手数もいらずに、往生できるのではあるまいか。[37]

このように、耄ろく（耄碌）という、老年にとって嫌悪する言葉も、茂吉は自然に使用している。そして、柴生田稔が「昭和二十四年ごろから老身の衰弱著しかったが、最後の最後まで作歌を止めず、『老年』の心境をその極限まで追尋している。[38]」と記しているように、茂吉は、作歌の創作意欲は衰えることなく、作歌することで自己の老いを解放し昇華していったのである。

注

（1）『徒然草』第七段。

（2）本書第十一章二七〇ページ参照。

(3)　朝々に少しづつ血痰いでしかどしばらく秘めておかむとおもふ（『遍歴』「ドナウ源流行」大正十三年）
(4)　『斎藤茂吉全集』第二九巻、岩波書店、一九七三年、六〇五ページ。以下、『全集』と記す。
(5)　『全集』第三三巻、四一〇ページ。
(6)　医学の書あまた買求め淡き淡き予感はつねに人に語らず（『遍歴』「欧羅巴の旅」大正十三年）
(7)　斎藤茂吉『作歌四十年』筑摩書房、一九七一年、一一五ページ。
(8)　『全集』都立梅ヶ丘病院は閉院し、現在小児総合医療センター門前に歌碑がある。
(9)　第三〇巻、三六ページ。
(10)　『全集』第三三巻、一一一〜一一二ページ。
(11)　『全集』第三〇巻、三三三ページ。
(12)　同巻、三三四ページ。
(13)　永井ふさ子『斎藤茂吉・愛の手紙によせて』求龍堂、一九八一年。
(14)　『全集』第三一巻、一七〇ページ。
(15)　北杜夫『茂吉晩年——「白き山」「つきかげ」時代』岩波現代文庫、二〇〇一年、九〇ページによれば、山形県内でも上山と大石田の言葉は異なっているが、「茂吉はすぐそれを吸収し、会話にも大石田弁を用いたのであろう」という。
(16)　板垣家子夫『斎藤茂吉随行記——大石田の茂吉先生』上巻、古川書房、一九八三年、一九四〜一九五ページ。
(17)　同書、二〇七ページ。
(18)　同書、二一八ページ。
(19)　同書、二二〇〜二二一ページ。
(20)　山上次郎『斎藤茂吉の生涯』文藝春秋、一九七四年、五二四ページ。
(21)　『斎藤茂吉』新潮日本文学アルバム、新潮社、一九八五年、九一ページ。
(22)　『全集』第三三巻、月報二三、七〜八ページ。
(23)　財団法人斎藤茂吉記念館（山形県上山市北町字弁天一四二一）
(24)　斎藤茂太『茂吉の体臭』岩波現代文庫、二〇〇〇年、五八ページ。
(25)　佐藤佐太郎『斎藤茂吉言行』角川書店、一九七三年、三五五〜三五六ページ。

(26) 同書、三四九～三六〇ページ。
(27) 同書、三五五ページ。
(28) 同書、三八五ページ。
(29) 田中隆尚『茂吉随聞』下巻、筑摩書房、一九六〇年、三三〇ページ。
(30) 柴生田稔『続斎藤茂吉伝』新潮社、一九八一年、四四二～四四三ページ。
(31) 斎藤茂太、前掲書、六七ページ。なお、北杜夫『茂吉晩年』で引用されているが、apathisch に対し、（痴呆的）と付加している。
(32) 同書、七一ページ。
(33) 北杜夫、前掲書、二五九ページ。
(34) 同書、二六七ページ。
(35) 柴生田稔、前掲書、四五〇ページ。
(36) 『茂吉の体臭』は一九六四（昭和三十九）年に、『茂吉晩年――「白き山」「つきかげ時代」』は一九九八（平成十）年に岩波書店より刊行され、現在は岩波現代文庫に収録されている。茂吉没後十年後の前者と没後四十五年後の後者では、時代状況が大きく変化していることを勘案しなければならない。
(37) 『全集』第七巻、七六八～七六九ページ。
(38) 山口茂吉・柴生田稔・佐藤佐太郎編『斎藤茂吉歌集』岩波文庫、一九五八年、三〇三ページ。（柴生田稔の解説）

終章　病者に寄り添う

斎藤茂吉は精神病医であるが、自らが医道を志したのではなかった。茂吉の生涯をまとめてみよう。茂吉は養父である紀一によって、医者としての才能を発掘された。そして茂吉は、紀一の期待に見事に応え自らの原石を磨き光り輝かせ、立身出世の階梯を着実に一歩ずつ昇った。茂吉は、刻苦勉励することで、自らの才能を開花させることができたのであった。茂吉は、山形県上山尋常高等小学校を卒業した十四歳の時に、医者となるべき運命を背負い上京した。そして第一高等学校を卒業し、二十三歳となって東京帝国大学医科大学へ入学が決定すると、漸く茂吉は紀一の次女てる子の婿養子として入籍したのであった。その間の茂吉は、精神的な重圧に煩悶した息苦しい日々であったと推察される。それまでの書生の如き待遇から、少しは自らの居場所を見つけることができたであろう。正式に結婚したのは、巣鴨病院医員であった一九一四（大正三）年四月で、茂吉が三十二歳の時であった。前年には、第一歌集『赤光』を東雲堂より刊行し名声を博していた。

茂吉は、大学を卒業後、巣鴨病院医員として勤務し、そして長崎医学専門学校教授となり、その後欧州へ留学することとなった。留学するに当たっての悲壮な心情を、一九二一（大正十）年一月二十日付久保田俊彦（島木赤彦）宛の書簡で、何度も紹介したが「（當分以下他言無用）（略）小生は三月で学校をやめる」(1)と吐露している。この「他言無用」の書簡から茂吉の悲痛なる魂の叫びに耳を傾けてみるならば、茂吉は精神医学の臨床医としての経験を積み、長崎医学専門学校では教育者として医学教育にも尽力した。すでに、茂吉は『赤光』で歌人として脚光を浴び、歌壇においてその地位を得ていたが、まもなく不惑となる茂吉の心の空白を埋めることはできなかった。茂吉は留学前に腎臓の異常が発見され、長野県の富士見高原で一夏にわたり静養した。茂吉は病気療養中に、将来の自己を検討した。茂吉は医者として「医学上の論文らしきものを搿へたるためしあらず」「暗々のうちに軽蔑さる」という。不惑ともなり、留学経験もなく、博士号も取得していない現状を考えると不安であることも当然であった。そして、同僚と比較して「僕はどうしても医学上の実のある為事」「医学上の事が到々出来ずに死んだといはれるのが男として、それから専門家として残念」とまでいっている。斎藤家に婿養子として迎えられた茂吉にとって、健康上の懸念などよりも、身を粉にしても一刻も早く博士論文という「為事」を完成させたい焦燥があった。しかも同僚と比べ学問的な成果が劣っているわけではないという自信ものぞかせている。さらに歌に関しては、すぐにでも空白期間を埋めるだけの自負もある。茂吉の覚悟は不動のものであり、一人前の精神病医になるための仕上げのために、欧州へ留学することを決意したのであった。また、紀一には西洋という実子がいるため、茂吉とは年が離れているが、いずれは西洋が後継者となるため、「為事」を完成させたかったのである。

茂吉は留学し、欧州で為事を仕上げ満足すべき成果を挙げた。欧州各地を遊学し、帰国後は研究者となる淡い期待もあった。その準備のために、欧州で渉猟した専門書は、帰国前に船便にて自宅へ送っていた。その後、順風満帆となるべき予定であったが、帰国前の船上で青山脳病院焼失の報を受けたのであった。事前に送っておいた書籍は焼失したのであった。

焼け跡に佇み、炭化した書籍を掘り出す茂吉の背中に悲哀を感ずる光景であり、茫然自失の茂吉の悲嘆の叫びが聞こえてくる。研究者になるという淡い期待を裏切られ、その後は病院の再建のための金策に奔走し、紀一に代わり病院院長に就任した。火災保険が失効し、さらには近隣住民による精神病院建設反対のため、青山から松原へ移転せざるをえなかった。その後、紀一も病没し艱難辛苦の連続であり、研究者となる夢も潰えた。

青山脳病院院長となり、茂吉は院長として精神病院を経営するという責務だけではなく、臨床医として精神病者に寄り添いながら、治療に診療に専念した。ただし、病者の死亡数の増加、病者の逃走、病者の自殺、病者の暴力など、解決すべき課題が山積した。例えば、作業療法は、精神病者にとって効果があるが、一方では病者の逃走という危険性がある両刃の剣であった。病者の死亡数を減らすために玄米食へ切り換えたり、安全帯を考案し自殺防止に尽力したりするなど、茂吉は病者と共に歩み、病者との共生に向けて腐心した。茂吉はユーモアの精神に富むが、粘着型の性格であった。この性格は時には短所となるが、臨床医として、院長として自殺防止や防火対策などを徹底した。しかし、病者への優しい対応の茂吉も家人へは、しばしば怒りを向けることがあった。茂吉にとって紀一は絶対的存在者であった。紀一没後は、茂吉は今まで耐えていた負のエネルギーが、時おり家人に対し憤怒の形相となり、爆発させたこともあった。しかし、決して病者に対し負のエネルギーを向けることはなく評判は良かった。

また、茂吉は最後まで精神病医であることに拘泥し続けた。紀一の実子である西洋に譲渡することもできたし、妻てる子のダンスホール事件での精神的負傷により、精神病医であることを、いや医者であることを抛棄する機会もあった。しかし、茂吉は精神病医としてその職責を貫き通した。

茂吉は、歌人として大きな足跡を残したが、精神病の研究者として顕著な功績を残してはいない。しかし、当時の精神病や精神病院への世間の否定的な眼差しの中で、茂吉は「感謝せられざる医者」という精神病の臨床医として、誠実に仕事を為したのであった。さらには、昭和初期から終戦までは、院長としての激務もこなした事実は大きく評価されるべきである。茂吉の歌には「狂人」「狂人守」「狂院」などの言葉が使用され、差別の意識があったという指摘もあるが、当時の時代精神、人権意識などを勘案し、マスコミ報道や他の文学者とも比較してみても、茂吉には差別の意識など存在しない。むしろ、恩師呉秀三の医道を継承し、病者と共に歩んだのであった。

茂吉われ院長となりいそしむを世のもろびとよ知りてくだされよ
（『石泉』「世田谷」昭和七年）

この歌碑は、閉院となった東京都立梅ヶ丘病院の正門脇にある。かつて青山脳病院本院があった場所である。何度も紹介するが歌そのものは、文学的に鑑賞すれば秀歌というものではないが、この歌に込められた茂吉の心情は計り知れない。欧州留学後、息つく暇もなく忙殺され、焼失後の病院再建と院長就任、さらには病院経営に邁進したために疲労困憊した茂吉が、自らを諧謔的に激励しているのである。しかも、世間の人々は精神病や精神病院への理解もほとんどなく、どちらかといえば忌避する対象であり、否定的な眼差しを向けていた。だからこそ、行間を読み取れば、歌人であるが、精神病医の茂吉が奮闘努力し、病者と共に生きていることを、是非とも知ってほしいのである。

茂吉は『作歌四十年』で、この歌について次のようにいう。

気ぐるひし老人《おいびと》ひとりわが門を癒《い》えてかへりゆく涙ぐましも
（『白桃』「早春独吟」昭和八年）

『涙ぐましも』の結句は今ではもう珍らしくないが、この歌では割合に自然に据わつているようにも思う。またこういう歌は身辺小説のようなもので大作とは謂えぬが作者自身にとっては未練のあるものが多い。精神病医は多くの場合感謝せられざる医であるから、こういう場合には先づ珍らしい特殊の場合と謂わねばならない。(2)

茂吉自らが回顧するように、当時は精神病の治癒は難しく、また治療には時間がかかるのである。しかし、治癒した老いた病者を送り出すことは「感謝せられざる医者」にとって望外の喜びであった。

ところで、病者と共に生きるとはどのようなものであろうか。そこで「共生」について論ずるならば、英語では「共に生きる」を原義とする二つの単語、symbiosis と conviviality がある。前者は生態学用語としての「共生」というよりも「共棲」であるが、後者は「宴」を意味する。この「宴」とは、特定の個人だけを招待するような宴会ではなく、所属も背景も利害関心の異なった多様な人々が、出会いを求めて集う「宴」である。世間の柵《しがらみ》から解放された饗宴ともいえよう。現代的な意味での共生は「自他が融合する〈共同体〉への回帰願望ではなく、他者たる存在との対立緊張を引き受けつつ、そこから豊かな関係を創出しようとする営為」(3)であると定義される。即ち、馴れ合いにより、対立的な緊張関係をなくすために、ソフトランディングをするような妥協の産物としての「共生」であってはならないということである。「共に生きる」という現実の中では、他者を差別したり、排除したりする。あるいは、他者をうまく利用し、搾取することもある。人間のもつ排他性や攻撃性は、排斥や差別を制度とし固定化し、構造化していったことは否定できない事実である。一方では、パターナリズムによる保護や扶養のもとに、子どもや病者から自己決定権の自由を剝奪したり、女性を家庭に束縛したり、病者を病院へ閉じ込めたりすることもある。上野千鶴子は「複合差別論」を展開し、「たんに複数の差別が蓄積的に重なった状態をさすのではない。複数の差別が、それを成り立たせる複数の文脈のなかでねじれたり、葛藤したり、ひとつの差別が他の差別を強化したり、補償したり、という複雑な関係にある。それを解きあかすために、ここでは『複合差別論』という、いまだ熟さない概念を採用することにしよう。(4)」という。社会的な存在としての個人は、多くの文脈で同時に生きており、一つの文脈で差別を受けている弱者が、別の文脈では強者だったりする。また、社会的弱者が、しばしば複数の差別を同時に受けたりするというのである。異なる差別が、個人や集団の中で錯綜し、ねじれ、逆転しているのである。

福島智は「複合共生論」を展開する。福島は、差別を生み出す共通の主要因として「能力（差）」と「異質性」に注目した。そこで、差別を生み出しかねない要因を、差別に転化させないために、各人がもつ「能力（差）」や「異質性」を尊重しつつ、そこに〈価値の序列〉や〈負の価値観〉をもち込まない新しい人間観が求められるとする。福島は次のように論ずる。

すべての「いのち」は「欠如」を内包している。自分だけで完結できるような〈完全ないのち〉は、そもそも存在しない。赤ん坊も若者も、健康な者も病をえた者も、皆すべて、肉体的に、心理的に、あるいは個人的に、社会的に、時には明白な、時には外部からは伺いしれないような、さまざまな「欠如」を抱えている。そうした「欠如」を〈多くの他者〉によって満たしてもらうことで、ようやく生存できるのである。（略）このことは、言い換えれば、すべての「いのち」が、他者との関係において、「多様性」や「異質性」を保持しつつ、同時に〈共通の存在〉であることを意味しているに違いない。すべての人間は、「年齢」や「性別」、「民族」の違いや「障害」の有無をこえ、皆、〈欠如を内包したいのち〉そのものであり、その〈欠如〉を他者から満たしてもらう関係にある。こうした認識を基礎とする関係性こそが、「複合共生」ではないだろうか。(5)

そして、この「複合共生」において中核的な役割を果たすものとして〈相互コミュニケーション〉という行為に着目している。〈欠如を内包したいのち〉の関連でいえば、人間は病む者であり、完璧に健康な人間などいないといえよう。

さて、精神病への世間の否定的な眼差しを振り返るならば、時代がつくった「狂気」ともいえる側面もある。精神病者は、単に病む者という弱者だけではなく、差別され排除され、さらには貧困という複合的に差別された存在であったともいえよう。しかし、その渦中にあった茂吉が病者と歩み、寄り添った時空をたどれば、恩師呉秀三の医道を踏襲し、病者と一如となろうとした茂吉の姿に敬意を表さざるをえないのである。ホスピタルとは、現代では病院を意味する。語源はラテン語のホスピティウムで「客を丁重に接待すること、宿泊所」を意味する。つまり病院とは、他者である旅人（貧しく、病気の巡礼者）を歓待する場のことであった。また、ホスピタリティとは「歓待性」であり、自分たちと異なる他者を差別、排除するのではなく、心からもてなすことである。病者との共生を考察する場合、この「歓待性」が実践に組み込まれなければならない。そして、他者が負う傷や苦しみに直面することで、自らも傷つき易い（ヴァルネラブル）場に身を置くということであり、自らが他者の傷つき易さ（ヴァルネラビリティ）について配慮しなければならないのである。精神病院も本来はこのような場でなければならないのである。

最後に、本書の研究を踏まえ、今後の課題について論ずる。日本の精神医学の黎明期は、ヨーロッパとくにドイツ精神医学の影響を受け発展した。そこで、茂吉の留学したドイツ精神医学の研究の変遷について体系的にまとめ、日本における精神医学へ果たした役割や影響について、もう少し詳しく点検していく作業が必要であったと思う。そのためには、精神医学、とくに精神病に関する専門的な知識が十分であったとはいえない。また本書では、歌人である茂吉について直接的に論じてはいないが、精神病医である茂吉を知るには、歌人である茂吉に対する理解が求められるのであり、まさに不即不離の関係にあることはいうまでもない。精神病医であることが、茂吉の歌風に少なからぬ影響をもたらしているであろう。その点からすれば、歌人である茂吉についての研究は今後の課題としたい。

注

（1）『斎藤茂吉全集』第三三巻、岩波書店、一九七三年、四一〇ページ。
（2）斎藤茂吉『作歌四十年』筑摩書房、一九七一年、二〇九ページ。
（3）『岩波　哲学・思想事典』岩波書店、一九九八年、三四三ページ。
（4）上野千鶴子「複合差別論」『岩波講座・現代社会学一五　差別と共生の社会学』岩波書店、一九九六年、二〇四ページ。
（5）福島智「複合共生論」『岩波講座・現代の教育五共生の教育』岩波書店、一九九八年、二二五〜二二六ページ。

参考文献

著作

『斎藤茂吉全集』（全三十六巻）岩波書店、一九七三年
『斎藤茂吉集』（現代日本文学全集四十八）筑摩書房、一九六七年
『斎藤茂吉』（日本詩人全集十）新潮社、一九六七年
『斎藤茂吉』（日本の詩歌八）中央公論社、一九六八年
『斎藤茂吉・若山牧水・島木赤彦・釈迢空集』（日本文学全集十六）筑摩書房、一九七〇年
『作歌四十年』筑摩書房、一九七一年
『斎藤茂吉集』（現代日本文学大系三十八）筑摩書房、一九八五年

歌論・解説書など

上田三四二『斎藤茂吉』筑摩書房、一九六四年
上田三四二『晩年茂吉』弥生書房、一九八八年
岡井隆『遙かなる斎藤茂吉』思潮社、一九七九年
岡井隆『歌集「ともしび」とその背景』短歌新聞社、二〇〇七年
岡井隆『「赤光」の誕生』書肆山田、二〇〇七年
片桐顕智『斎藤茂吉』清水書院、一九六七年

片野達郎『斎藤茂吉のヴァン・ゴッホ』講談社、一九八六年
加藤淑子『斎藤茂吉の十五年戦争』みすず書房、一九九〇年
加藤淑子『茂吉形影』幻戯書房、二〇〇七年
木村勝夫『斎藤茂吉』短歌シリーズ人と作品、桜楓社、一九八〇年
木村勝夫『斎藤茂吉の研究――その生と表現』桜楓社、一九九〇年
木村勝夫『茂吉遠望』短歌新聞社、一九九六年
黒江太郎『窿應和尚と茂吉』郁文堂書店、一九六六年
西郷信綱『斎藤茂吉』朝日新聞社、二〇〇二年
佐藤佐太郎『斎藤茂吉研究』日本図書センター、一九八四年
品田悦一『斎藤茂吉』ミネルヴァ日本評伝選、ミネルヴァ書房、二〇一〇年
高橋光義『茂吉歳時記』短歌新聞社、一九八四年
塚本邦雄『茂吉秀歌――『赤光』百首』文藝春秋、一九七七年
塚本邦雄『茂吉秀歌――『あらたま』百首』文藝春秋、一九七八年
塚本邦雄『茂吉秀歌――『つゆじも』『遠遊』『遍歴』『ともしび』『たかはら』『連山』『石泉』百首』文藝春秋、一九八一年
中野重治『斎藤茂吉ノート』筑摩書房、一九六四年
永井ふさ子『斎藤茂吉・愛の手紙によせて』求龍堂、一九八一年
藤岡武雄『評伝　斎藤茂吉』桜楓社、一九七二年
藤岡武雄『斎藤茂吉とその周辺』清水弘文堂、一九七五年
藤岡武雄『斎藤茂吉　人と文学』桜楓社、一九七六年
藤岡武雄『新訂版　年譜　斎藤茂吉伝』沖積舎、一九八七年
藤岡武雄『茂吉評伝』桜楓社、一九八九年

藤岡武雄『斎藤茂吉』沖積舎、一九九二年
藤岡武雄『書簡にみる斉藤茂吉』短歌新聞社、二〇〇四年
古川哲史『斎藤茂吉』有信堂、一九六一年
山上次郎『斎藤茂吉の恋と歌』新紀元社、一九六六年
山上次郎『斎藤茂吉の生涯』文藝春秋、一九七四年
米田利昭『斎藤茂吉』砂子屋書房、一九九〇年
安森敏隆『斎藤茂吉幻想論』桜楓社、一九七八年
斎藤茂吉没後五〇周年事業実行委員会『今甦る茂吉の心とふるさと山形』短歌研究社、二〇〇六年
『斎藤茂吉』日本文学研究資料叢書、有精堂、一九八〇年
『斎藤茂吉』新潮日本文学アルバム、新潮社、一九八五年

精神医学

浅野弘毅『精神医療論争史』批評社、二〇〇〇年
岡田靖雄『私説松沢病院史』岩崎学術出版社、一九八一年
岡田靖雄編『呉秀三著作集』(全二巻)思文閣出版、一九八二年
岡田靖雄『精神病医　斎藤茂吉の生涯』思文閣出版、二〇〇〇年
岡田靖雄『日本精神科医療史』医学書院、二〇〇二年
小俣和一郎『精神医学とナチズム』講談社現代新書、一九九七年
小俣和一郎『精神病院の起源　近代編』太田出版、二〇〇〇年
小俣和一郎『近代精神医学の成立——「鎖解放」からナチズムへ』人文書院、二〇〇二年
加藤淑子『斎藤茂吉と医学』みすず書房、一九七八年

金川英雄・堀みゆき『精神病院の社会史』青弓社、二〇〇九年
川上武『現代日本病人史――病人処遇の変遷』勁草書房、一九八二年
小坂富美子『病人哀史――病人と人権』勁草書房、一九八四年
芹沢一也『時代がつくる「狂気」』朝日新聞社、二〇〇七年
立川昭二『病気の社会史』NHKブックス、一九七一年
立川昭二『病いの人間史』新潮社、一九八九年
中根允文『長崎医専教授　石田昇と精神病学』医学書院、二〇〇七年
兵頭晶子『精神病の日本近代』青弓社、二〇〇八年
広田伊蘇夫『立法百年史――精神保健・医療・福祉関連法規の立法史』批評社、二〇〇四年
ひろたまさき『差別の諸相』日本近代思想大系二二、岩波書店、一九九〇年
昼田源四郎『日本の近代精神医療史』ライフ・サイエンス、二〇〇一年
南博編『近代庶民生活史』第二〇巻「病気、衛生」三一書房、一九九五年
八木剛平・田辺英『日本精神病治療史』金原出版、二〇〇二年
『精神医学古典叢書』（全一六巻）創造出版、二〇〇〇〜二〇〇三年
東京大学精神医学教室一二〇年編集委員会『東京大学精神医学教室一二〇年』新興医学出版社、二〇〇七年
東京都立松沢病院一三〇周年記念事業後援会編『東京都立松沢病院一三〇周年記念業績選集一九一九―一九五五――わが国精神医学の源流を辿る』日本評論社、二〇〇九年

評　伝

板垣家子夫『斎藤茂吉随行記――大石田の茂吉先生』（上下巻）古川書房、一九八三年
佐藤佐太郎『斎藤茂吉言行』角川書店、一九七三年

佐藤佐太郎『童馬山房随聞』岩波書店、一九七六年
柴生田稔『斎藤茂吉伝』新潮社、一九七九年
柴生田稔『続斎藤茂吉伝』新潮社、一九八一年
田中隆尚『茂吉随聞』(全三巻)筑摩書房、一九六〇年
北杜夫『青年茂吉――「赤光」「あらたま」時代』(岩波現代文庫)岩波書店、二〇〇一年
北杜夫『壮年茂吉――「つゆじも」~「ともしび」時代』(岩波現代文庫)岩波書店、二〇〇一年
北杜夫『茂吉彷徨――「たかはら」~「小園」時代』(岩波現代文庫)岩波書店、二〇〇一年
北杜夫『茂吉晩年――「白き山」「つきかげ」時代』(岩波現代文庫)岩波書店、二〇〇一年
斎藤茂太『茂吉の体臭』岩波書店、一九六四年(岩波現代文庫、二〇〇〇年)
斎藤茂太『快妻物語』文藝春秋、一九六六年
斎藤茂太『精神科医三代』中公新書、一九七一年
斎藤茂太『茂吉の周辺』中公新書、一九八七年
斎藤茂太『回想の父茂吉　母輝子』中央公論社、一九九三年
斎藤茂太・北杜夫『この父にして――素顔の斎藤茂吉』講談社文庫、一九八〇年

雑誌特集号

『アララギ　斎藤茂吉追悼号』アララギ発行所、一九五三年
『国文学解釈と鑑賞』特集人間斎藤茂吉とその作品、至文堂、一九八八年
『国文学解釈と鑑賞』没後四十年斎藤茂吉特集、至文堂、一九九三年
『国文学解釈と鑑賞』特集巨人斎藤茂吉総点検、至文堂、二〇〇五年

初出一覧

序　章　書き下ろし

第一章　医学生斎藤茂吉と呉秀三――東京帝国大学医科大学時代（西田哲学研究会編『場所』第八号、二〇〇九年四月）

第二章　斎藤茂吉と呉秀三――巣鴨病院の時代（『日本大学大学院総合社会情報研究科紀要』第九号―一、二〇〇八年七月）

第三章　斎藤茂吉と長崎――長崎医学専門学校時代（『日本大学大学院総合社会情報研究科紀要』第九号―三、二〇〇九年二月）

第四章　斎藤茂吉と欧州留学（一）――ウィーン大学神経学研究所（『日本大学大学院総合社会情報研究科紀要』第十号―一、二〇〇九年七月）

第五章　斎藤茂吉と欧州留学（二）――ドイツ精神医学研究所（『日本大学大学院総合社会情報研究科紀要』第十号―二、二〇〇九年十一月）

第六章　斎藤茂吉と青山脳病院再建――青山脳病院院長就任（『日本大学大学院総合社会情報研究科紀要』第十号―三、二〇一〇年二月）

第七章　斎藤茂吉と青山脳病院長（一）――昭和二年から昭和三年まで（『日本大学大学院総合社会情報研究科紀要』第十一号―一、二〇一〇年七月）

第八章　斎藤茂吉と青山脳病院長（二）――昭和三年から昭和八年まで（『日本大学大学院総合社会情報研究科紀要』第十一号―二、二〇一〇年十一月）

第九章　斎藤茂吉と青山脳病院長（三）――昭和九年から昭和十九年まで（『日本大学大学院総合社会情報研究科紀要』第十二号―一、二〇一一年七月）

第十章　戦時下の斎藤茂吉――昭和二十年の青山脳病院（西田哲学研究会編『場所』第九号、二〇一〇年四月）
第十一章　斎藤茂吉の病気観（『文京学院大学外国語学部紀要』第八号、二〇〇九年二月）
第十二章　斎藤茂吉の女性観――永井ふさ子との恋愛事件（西田哲学研究会編『場所』第十一号、二〇一一年四月）
第十三章　斎藤茂吉の文学作品に見る病者への眼差し（『文京学院大学外国語学部紀要』第十一号、二〇一二年二月）
第十四章　斎藤茂吉の老いの諸相（『文京学院大学外国語学部紀要』第九号、二〇一〇年二月）
終　章　書き下ろし

あとがき

筆者の高校時代には、北杜夫（茂吉の次男）の『どくとるマンボウ』シリーズが大人気であった。とくに『どくとるマンボウ青春記』は、旧制松本高校での生活を中心に書かれたもので、級友たちの愛読書であり評判もよかった。私の好きな作家の一人となり、全作品を夢中で読破した。大胆にも北杜夫に書簡を送り返事もいただいた。ユーモア小説『高みの見物』は、『吾輩は猫である』のパロディーで、ゴキブリから見た人間社会の風刺である。その中で、家人が阪神タイガースの大ファンで、ある行為をすると試合に勝利するジンクスがあるという表現があった。生意気にも、ジンクスは悪い結果が起こる場合の表現ではないかと意見したのであった。心優しい北杜夫は、高校生の書簡にも丁寧に応じてくれたのであった。その大切な書簡は、残念ながら、私が神戸に在住していた時に阪神・淡路大震災で散佚し、今や手許には無い。また、北杜夫により「ソウウツ（躁鬱）病」という精神病名もはじめて知り、その後、斎藤茂太（茂吉の長男）の『茂吉の体臭』や『快妻物語』も読んだ。とはいえ、斎藤茂吉の短歌を鑑賞することはなかった。

さて、筆者は大学卒業後は次第に北杜夫の作品と訣別していった。やがて私の研究テーマの一つが「病者への差別や排除」となり、ハンセン病者への差別や排除のことを調べていると、さらに精神病のことが気掛かりとなった。その時に、北杜夫の『青年茂吉』『壮年茂吉』『茂吉彷徨』『茂吉晩年』の茂吉四部作に邂逅したのであった。そして、精神病医の斎藤茂吉が博士論文のテーマと成ったのである。少し運命的と言えないだろうか。それからは、茂吉の故郷山形県金瓶村や晩年を過ごした大石田へ、また斎藤茂吉記念館にも何回も足を運び、茂吉の原風景を眺め、その空気を吸い込んだ。そして、精神病医の茂吉へ過剰な期待をもって論文を書き進めると、意外な展開になったのも事実である。高名な歌人であれば、精神医学においても画期的な業績をあげたのではと期待する傾向にあったからである。結果的には、臨床医である茂吉の内面にまで深く踏み込み論じるものとなった。また、家人へは激昂したが、ユーモアの精神に富む茂吉の人間性は魅力的である。

これまでに、筆者は早稲田大学名誉教授で妙法院門跡の菅原信海先生、元龍谷大学学長の千葉乗隆先生、新潟大学名誉教授の高山次嘉先生などから多くの学恩を受けた。そして何よりも、日本大学名誉教授の小坂国継先生には、西田哲学の泰斗であるにもかかわらず、「精神病医斎藤茂吉の研究」でご指導を仰ぎ、辛抱強く温かい激励をいただいた。ここに心より感謝申し上げる。本書は博士論文を基に、削除、加筆、修正したものである。出版に至るまで少し時間がかかったが、ようやく上梓することができた。私事ではあるが、亡父の佐太郎も心待ちにしていたと思う。妻の敦子には常に精神的に支えてくれたことを感謝する。また、刊行にあたり、ミネルヴァ書房編集部の堺由美子氏、田引勝二氏には大変お世話になった。

なお、本書は文京学院大学出版助成により刊行したものである。学園長島田燁子先生には心よりお礼申し上げる。

二〇一五年十月十九日

著　者

人名索引

※「斎藤茂吉」は頻出するため省略した。

あ 行

か 行

さ 行

た　行

な　行

は　行

ま　行

や　行

ら　行

わ　行

短歌索引

＊冒頭の５音を示しているが，同一となる場合には判別可能となる文字までを示すこととした。あわせて，（　）内に歌集名を示している。

さ　行

た　行

な　行

は　行

ま　行

や　行

ら 行

わ・を行

《著者紹介》

小泉博明（こいずみ・ひろあき）

1954年　東京都生まれ。

1977年　早稲田大学第一文学部東洋哲学科卒業。

2012年　日本大学大学院総合社会情報研究科博士課程修了。

　　　　早稲田大学教育学部非常勤講師，東京大学教養学部非常勤講師などを経て，

現　在　文京学院大学外国語学部教授。博士（総合社会文化）。

著　書　『共生と社会参加の教育』（共編著）清水書院，2001年

　　　　『人間共生学への招待』（共編著）ミネルヴァ書房，2012年

　　　　『日本の思想家珠玉の言葉百選』（共編著）日本教育新聞社，2014年，ほか

論　文　「病の人間学の一考察――正岡子規を事例に」『文京学院大学外国語学部研究紀要』第5号，2006年

　　　　「斎藤茂吉の仏教観――『赤光』を事例に」西田哲学研究会編『場所』第7号，2008年

　　　　「精神病医斎藤茂吉と精神科医北杜夫」西田哲学研究会編『場所』第10号，2011年，ほか

シリーズ・人と文化の探究⑫

斎藤茂吉　悩める精神病医の眼差し

2016年3月10日　初版第1刷発行　〈検印省略〉

定価はカバーに
表示しています

著　者　小　泉　博　明

発行者　杉　田　啓　三

印刷者　藤　森　英　夫

発行所　株式会社　ミネルヴァ書房

607-8494 京都市山科区日ノ岡堤谷町1

電話代表(075)581-5191

振替口座01020-0-8076

亜細亜印刷・兼文堂

ISBN978-4-623-07541-6

Printed in Japan